HEYNE <

Das Buch

Die Milchstraße im 49. Jahrtausend. Die Erde ist das Zentrum der Liga Freier Terraner, der mehrere tausend besiedelte Welten angehören. Der wichtigste Repräsentant der Liga ist Perry Rhodan – jener Mann, der die Menschheit zu den Sternen führte.

Unermüdlich setzt sich Perry Rhodan für die Menschheit ein. In offizieller Mission auf diplomatischem Parkett ebenso wie auf Kriegsschiffen – oder in absoluter Diskretion. So auch in der aktuellen Situation: Der Terraner hat sich als Passagier auf dem Zivilraumschiff PALENQUE eingeschifft. Sein Ziel ist das Niemandsland des Ochent-Nebels. Dort will er, ungestört von der Aufmerksamkeit der Öffentlichkeit, Kontakt zu den Akonen aufnehmen, den alten Erzfeinden der Menschheit.

Rhodan stößt auf die Akonen – und auf ein gigantisches Raumschiff, das seit Jahrzehntausenden durch das All rast, einem unbekannten Ziel entgegen. Es handelt sich um ein uraltes Generationenraumschiff – und seine Besatzung sind Menschen ...

Der Autor

Frank Borsch, 1966 in Pforzheim geboren, lebt und arbeitet heute in Freiburg. Seit 1997 ist er freiberuflicher Übersetzer, Journalist und Autor. In dieser Zeit übertrug er zahlreiche Comics wie »Daredevil« oder »Hulk« ins Deutsche und publizierte Artikel zu diversen Internet-Themen. Seit 1998 schreibt er regelmäßig für PERRY RHODAN und ATLAN.

Der Umschlagillustrator

Der 1964 in Stuttgart geborene Oliver Scholl gestaltete bereits als Jugendlicher Risszeichnungen für die PERRY RHODAN-Serie. Seit Anfang der 90er Jahre arbeitet er als Production Designer in Hollywood, unter anderem für Science-Fiction-Filme wie *Independence Day*, *Godzilla* und *Time Machine*.

1.-

Perry Rhodan

LEMURIA

FRANK BORSCH

DIE STERNEN-ARCHE

Roman

PERRY RHODAN
LEMURIA
BAND 1

Mit einem Anhang
von Hartmut Kasper

Originalausgabe

WILHELM HEYNE VERLAG
MÜNCHEN

Das Umschlagbild ist von Oliver Scholl
Die Zeichnungen auf den Seiten 5 und 6
sind von Günter Puschman

Umwelthinweis:
Dieses Buch wurde auf chlor- und
säurefreiem Papier gedruckt.

Redaktion: Klaus N. Frick/Sascha Mamczak

www.heyne.de
Printed in Germany 9/2004
Umschlaggestaltung: Nele Schütz Design, München
Satz: Schaber Datentechnik, Wels
Druck und Bindung: GGP Media GmbH, Pößneck

ISBN 3-453-53003-9

Palenque
Palenque

PALENQUE

Terranischer 200-Meter-Kugelraumer

Die ursprüngliche Konzeption der PALENQUE beruht auf einer Studie der Liga Freier Terraner und sollte als Prototyp einer neuen Fertigungsreihe kleiner Kugelraumer dienen. Zur Serienreife gelangte das Modell aber nicht, da kurz nach der Fertigstellung dieses einen Raumschiffs die Finanzierung des Projekts ins Wanken geriet – das Modell wurde an den Meistbietenden versteigert. Eigentümer ist seither die GEMC »Galactic Explorers and Mining Company« bzw. ein Konsortium aus GEMC, Branchen begleitender Firmen und Privatpersonen.
Das Schiff wurde für die Prospektion umgerüstet. Die Mindestbesatzungsstärke liegt bei zehn Personen; diese sind zur Aufrechterhaltung aller Funktionen erforderlich. Im Allgemeinen befinden sich jedoch fünfzig Frauen und Männer an Bord, jeweils drei Prospektoren bilden das Einsatzteam auf einem der Beiboote.

Legende

1. Pol-Transformkanone
2. Oberer Laderaum- und Hangarbereich. Im obersten Hangargürtel sind unter anderem sechs der zwölf Beiboote untergebracht, Kriecher genannt
3. Lebenserhaltungssysteme, Andruckabsorber und Notkraftwerke
4. Hauptzentrale, Unterkünfte der Besatzungsmitglieder, Laboratorien etc.
5. Nugas-Kraftwerke
6. Protonenstrahl-Impulstriebwerke (zwölf)
7. Gravitrafspeicher
8. Unterer Laderaum- und Hangarbereich, mit weiteren sechs Kriechern. Bietet zusätzlich einer aus Kostengründen von der GEMC eingesparten Space-Jet Platz. Sämtliche Hangarbereiche sind multifunktional konzipiert, sie dienen als Beiboothangar und ebenso als Lagermöglichkeit für alle Arten von Stoffen (fest/flüssig/gasförmig)
9. Hyperenergiezapfer (Hypertrop)
10. Hyperfunkaggregat
11. Not-Landebeine, üblicherweise landet das Schiff jedoch auf einem Prallfeld
12. Multi-Variable-Hochenergie-Geschütze (acht), wahlweise im Thermostrahl-, Desintegrator- und Paralysemodus
13. Dezentrale Metagravtriebwerke neuester Bauart

1

Die Sterne riefen ihn.

Venron hatte sie noch nie gesehen, nicht in Wirklichkeit, nur in alten Aufzeichnungen. Heimlich und verstohlen, immer in der Angst davor, dass die Tenoy ihn und die übrigen Sternensucher überraschen würden.

Staunend hatten sie sich ihrem Glanz hingegeben. Hatten versucht, sie zu zählen und schließlich aufgegeben. Es waren zu viele; niemandem konnte es je gelingen, ihre Zahl zu erfassen. Wozu auch? Die Sterne waren selbst in der Darstellung, die die langsam, aber unweigerlich zerfallenden Speicher hergaben, das Schönste, das sie je erblickt hatten.

Venron musste sie sehen.

Mit eigenen Augen.

Er musste Gewissheit haben, dass er sich nicht nach einem Trugbild sehnte.

Venron legte die dicke Plastikschürze und die Handschuhe ab, die ihn in den vergangenen Stunden vor den Stacheln der Eiweißpflanzen geschützt hatten. Das Protein der Pflanzen war das hochwertigste, das ihnen zur Verfügung stand, hochwertiger als selbst das der wenigen Tiere. Warum aber ausgerechnet die Eiweißpflanzen sich nur so widerwillig von ihren Früchten trennten, blieb für Venron ein Geheimnis. Beherrschten die Tenkren, die sie entworfen hatten, ihr Handwerk nicht? Oder verfolgten sie eine Absicht, die ihm entging?

Eine Stimme riss ihn aus den Gedanken.

»Schon was vor nach der Schicht?«, fragte Melenda.

Venron sah überrascht auf. Melenda hatte den Materialverschlag unbemerkt betreten. Sie war in seinem Alter, eine üppige, lebensfreudige junge Frau mit langen Haaren und einem Hüftschwung, von dem er einige Nächte lang geträumt hatte, nachdem sie seinem Metach'ton zugeteilt worden war. Aber die Sterne hatten die Oberhand behalten. Er träumte nur noch selten von Melenda.

»Ja. Ich ... ich wollte noch etwas lesen«, log er. »Du weißt schon, lernen.«

Melenda runzelte die Stirn. »Hast du nie etwas anderes im Kopf, als dich vor dem Rest der Welt zu verstecken?« Sie trat zu ihm, streckte die Hand aus, als wolle sie nach seiner greifen, ließ es aber sein. »Wieso kommst du nicht mal raus aus dem Loch, das du dir gegraben hast? Ich treffe mich mit den anderen am Bug. Delders Pflanzen haben neue Blüten. Ein Kick, wie du ihn noch nie gespürt hast, sagt er, wenn du dir den Saft spritzt. Und Delder hat es drauf! Eines Tages wird er Tenkren, wetten? Ich weiß, die anderen mögen dich nicht besonders, aber wenn ich ein gutes Wort für dich einlege ...«

»Danke«, sagte Venron. »Aber es geht nicht. Vielleicht ein andermal?«

»Ein andermal? Daran glaubst du doch selbst nicht!« Melenda ließ ihre Schürze achtlos auf die Bank fallen und stürmte aus dem Verschlag. Die Tür knallte hinter ihr zu, ließ die gesamte Konstruktion wanken.

Venron starrte einige Augenblicke lang auf den Zugang, legte dann seine Schürze sorgfältig zusammen und schob sie und die Handschuhe in die dafür vorgesehenen Fächer. Dann ging er zu Melendas achtlos hingeworfener Schürze und wiederholte den Vorgang.

Er tat es wider besseres Wissen. Niemand würde den Materialraum vor der nächsten Schicht betreten, und die begann erst am Morgen. Doch Venron brachte es nicht fertig, über seinen Schatten zu springen. »Verschwendung ist unser Untergang!«, hatte man ihm von Kindesbeinen an gelehrt. »Unsere Ressourcen sind endlich – und knapp!« *Du gibst einen schönen Verräter ab!*, dachte er. *Räumst vorher noch mal auf!*

Venron verließ den Verschlag. Es dämmerte bereits. An einen Pfosten in der Nähe lehnte ein Fahrrad. Er tippte auf das Lenkerdisplay und bekam ein Freizeichen. Gut. Auf diese Weise würde es schneller gehen. Venron fuhr los, kreuzte mit der Vertrautheit langer Jahre durch das Gewirr der Wege, das sich durch die Felder und Gärten des Außendecks zog. Er genoss den Fahrtwind, der ihm über die Haut und durch die Haare strich. Auf dem Rad war es einfach, die hohe Schwerkraft zu vergessen, die ihn zu Boden ziehen wollte. Die Schwerkraft ließ die Glieder bei der Arbeit rasch ermüden. Ab Mittag dachten die meisten Metach nur noch daran, Luft zu schöpfen, und an das Mitteldeck, auf das sie nach ihrer Schicht zurückkehren durften.

Venron begegnete in langen Abständen anderen Metach. Um diese Zeit waren nur wenige unterwegs, man saß beim ausgedehnten Abendessen im Kreis des Metach'ton. Wieso die Zeit auf dem Außendeck verschwenden, wo es nur Schweiß und harte Arbeit gab? Er winkte den Passanten grüßend zu. Venrons Puls schlug hart, beruhigte sich erst wieder, als er um eine Biegung fuhr und der Ruf »Halt, was treibst du da eigentlich?« ausblieb.

Und er unterblieb nicht nur einmal, sondern mehrmals. Man nahm ihm ab, was zu sein er vorgab: ein etwas versponnener Metach, der sich nach seiner Schicht die Zeit mit einer Spritztour vertrieb. Schlimmstenfalls eine harmlose Laune.

Niemand sah in ihm den Verräter.

Venron bemerkte in der Ferne den Umriss einer jungen Frau auf einem Rad. Sie hatte den Oberkörper weit nach vorn gebeugt, um einen geringeren Luftwiderstand zu bieten.

Er riss auf der Stelle den Lenker herum und schoss auf dem bockenden Rad zwischen die Reihen der Sträucher, die zu seiner Linken standen. Er glitt aus dem Sattel, drehte sich so, dass er den Weg sehen konnte, ohne selbst gesehen zu werden, und rührte sich nicht mehr, bis die Frau ihn passiert hatte.

Es war Denetree. Sie hatte ihr Haar zu einem Knoten zusammengebunden, wie üblich, wenn sie ihre Runden drehte. Ihre Beine hoben und senkten sich in schnellem Rhythmus. Sie fuhr einen hohen Gang, um den Muskelaufbau zu fördern, aber auch um jederzeit ruckartig beschleunigen zu können.

Venron wartete beinahe eine halbe Stunde, bis er sich wieder aus den Sträuchern wagte. Er hätte es nicht geschafft, seiner Schwester gegenüberzutreten. Sie hätte seinen Plan erraten, ihn aus seinem Gesicht abgelesen, aus seiner Körpersprache. Und hätte darauf bestanden, ihn zu begleiten ...

Doch das war unmöglich. Venron wusste nicht, was ihn erwartete. Er würde Denetree später aufsuchen. Und sich bei ihr dafür entschuldigen, dass er sich nicht verabschiedet hatte.

Ich habe für sie getan, was ich konnte, versuchte er sich zu trösten. Er würde gehen, aber sein Fortgang würde nicht spurlos bleiben, dafür hatte er gesorgt.

Venron setzte seinen Weg fort, machte schließlich an einem Unterstand Halt. Es war eine simple Plastikkonstruktion; ein Dach, das auf vier dünnen, ungefähr mannshohen Pfosten stand. Selbst ein leichter Sturm hätte den Unterstand davongerissen, aber Stürme waren unbekannt. Der Unterstand musste vor dem künstlichen Regen schützen, das genügte.

Venron lehnte das Rad gegen einen der Pfosten, schaltete es frei, damit jemand anders, der zufällig vorbeikam, es benutzen konnte, und ging in die Knie. Eine dünne Schicht aus vermoderndem Gras und anderen Pflanzenhalmen bedeckte den Boden des Unterstands. Venron strich sie zur Seite und entblößte das nackte Metall. Nahe der Mitte der Fläche fand er, wonach er suchte: ein zerkratztes Display. Selbst in der inzwischen hereingebrochenen Nacht genügte seine Leuchtkraft, um es lesbar zu machen.

Er spreizte Daumen- und Zeigefinger beider Hände und presste sie gleichzeitig gegen die Ecken des Displays. Eine

Tastatur erschien auf dem verkratzten Schirm. Venron gab eine zufällige Zeichenfolge ein.

Das genügte. Die Abfrage fand nur statt, damit der Mechanismus nicht zufällig ausgelöst wurde. Sie öffnete die Schotte zu den Druckkammern, die im Notfall das Überleben sichern sollten. Soweit Venron wusste, war ein solcher Notfall noch nie eingetreten – und er bezweifelte stark, dass die Kammern viel nützen würden, wenn es dazu käme. Man konnte einen Tag oder eine Woche in ihnen überleben – aber was dann?

Venron hörte ein Klicken. Ein Teil des Bodens hob sich knirschend an, klappte hoch und verharrte schließlich im rechten Winkel. Das Netz hatte das Schott freigegeben. Gut. Das Netz war darüber informiert, dass eine Schottöffnung angefragt worden war. Weniger gut. Alles kam jetzt darauf an, wie das Netz den Vorgang deutete. Es kam immer wieder vor, dass spielende Kinder die Schotte öffneten. Das Netz ließ sie für gewöhnlich gewähren. Es gehörte zu der normalen Entwicklung von Kindern, die Grenzen des Erlaubten und ihrer Welt auszuloten. In Maßen.

Hatte Venron das Pech, dass dieser Zugang in letzter Zeit häufig von Kindern genutzt worden war, würde das Netz ihn in der Kammer einsperren, bis die Tenoy eintrafen. Es würde ihm schwer fallen, eine Erklärung dafür zu finden, was er dort suchte. Er war ein Erwachsener, der es besser wissen musste, als seine Nase in Dinge zu stecken, die ihn nichts angingen.

Venron stieg eine enge Metallleiter hinunter in die dunkle Kammer. Die Leiter gab jedes Mal, wenn er eine neue Sprosse mit seinem Gewicht belastete, quietschend nach. Das Schott über ihm schloss sich. Gedämpftes Licht ging an, machte Umrisse sichtbar. Venron sah zur Decke. Nur jeder dritte Leuchtkörper hatte sich eingeschaltet.

Unsere Ressourcen sind endlich.

Venron hatte seit seiner Kindheit keine Druckkammer mehr betreten. Er war überrascht darüber, wie klein und eng sie war. Im Grunde genommen handelte es sich um einen langen, schmalen Gang mit niedriger Decke, an beiden Seiten von Bänken gesäumt. In Aussparungen in den Wänden hingen weit geschnittene Schutzanzüge. Sie erinnerten eher an Ponchos oder Säcke, an die man einen Helm geflanscht hatte. Sie eigneten sich für jede Körpergröße, jeden Körperbau, waren selbst für Ungeübte in wenigen Sekunden überzustreifen – und verurteilten ihren Träger zur Immobilität. Es würde unmöglich sein, sich mit einem solchen Schutzanzug durch den engen Gang zu bewegen, schon gar nicht, wenn er voll gestopft mit Menschen war.

Venron wollte es sich nicht vorstellen. Er empfand die Enge bereits jetzt bedrückend.

Er ging los, zählte dabei die Schutzanzüge ab. Als er bei 63 angekommen war, klaffte eine Lücke in der offenbar endlosen Reihe. Ein schmaler Durchgang befand sich an der Stelle, an der eigentlich ein weiterer Schutzanzug hängen sollte. Venron zwängte sich hinein. Nach einigen Metern mündete der Durchgang in einen weiteren von Schutzanzügen gesäumten Korridor. Venron wandte sich nach links, zählte wieder die Anzüge ab. Bei 96 fand er einen neuen Spalt und zwängte sich wieder hinein.

Das Gefühl, in einer Falle zu sitzen, das ihm die Kehle zuschnürte, ließ langsam nach. Die tatsächlichen Begebenheiten stimmten bislang mit seiner Beschreibung überein, was in ihm die Hoffnung nährte, dass sie zur Gänze zutraf. Die schweren Schritte der Tenoy, die durch die Gänge hasteten, um ihn zu fassen, waren ausgeblieben, ebenso wie die Ermahnungen des Netzes.

Wieder zählte Venron durch. Bei 33 blieb er stehen. Diesmal blickte er auf einen Schutzanzug, der sich in nichts von den hunderten anderen unterschied, die er bislang passiert hatte. Er griff den Anzug am Halsring, hob ihn hoch und setzte ihn auf der gegenüberliegenden Seite ab. Der Anzug war überraschend leicht. Als Kind hatte er einmal einen von ihnen übergestreift, aus Durchtriebenheit, ohne zu verstehen, womit er eigentlich spielte. Die anderen Kinder hatten ihn danach noch wochenlang damit gehänselt, dass der Anzug beinahe straff gesessen hatte. »Bist du fett!«, hatten sie immer wieder gerufen. »Fett! Fett! Fett!« Nur Denetree hatte ihn nicht ausgelacht, sondern ihn einfach nur wortlos in die Arme genommen, bis er sich wieder beruhigt hatte.

Venron wusste noch genau, wie schwer es ihm gefallen war, den Helm über den Kopf zu heben. Jetzt wäre es ihm leicht gefallen. Er war schlank und stark geworden.

Blankes Metall war hinter dem Anzug zum Vorschein gekommen. Venron beugte sich vor, kniff die Augen zusammen und betastete die Wand. Sie wirkte massiv. *Macht nichts,* beruhigte er sich. *Das muss so sein. Sie soll ja schützen.*

Seine Finger strichen auf der Suche nach Unebenheiten über das Material. Keine leichte Aufgabe. Staub hatte sich in den Jahrhunderten auf der Wand abgesetzt und verhärtet. So sehr, dass er den Wartungs- und Reinigungskommandos widerstand, die in Intervallen die Kammern überprüften. Zweimal glaubte er, das Gesuchte gefunden zu haben, zweimal wurde er enttäuscht. Dann hatte er Glück. Er entdeckte den versteckten Kontakt, und rechts von ihm schob sich ein bislang verborgenes Display aus der Wand.

Eine Eingabemaske leuchtete Venron entgegen. In Gedanken sagte er noch einmal das Passwort auf, auf das er vor einigen Wochen gestoßen war. Er hatte neue Sternbilder gesucht, um sie den anderen zu zeigen. Es war ihm gelungen, unbemerkt eine Speichereinheit vom Netz abzuklemmen, für wenige Minuten nur, länger konnte er dem Netz nicht als unverfänglichen Ersatz eine virtuelle Einheit unterschieben. Zu seiner Enttäuschung hatte er keine Sternbilder gefunden, nur langweilige Konstruktionspläne. Wahllos hatte er einige davon auf seinen Mobilspeicher kopiert, die Manipulation rückgängig gemacht und sich davongeschlichen.

Später hatte er die erbeuteten Daten untersucht – und war auf das Tor zu den Sternen gestoßen, verborgen in einem Gewirr von nüchternen Bau- und Schaltplänen.

Würde es ihm gelingen, es zu öffnen?

Er gab das Passwort ein, und ein Teil der Wand glitt zurück. Das Schott hatte sich noch nicht ganz geöffnet, als

Venron bereits mit einem Hechtsprung in das Dunkel dahinter schnellte.

Seine Zeit lief ab.

Das Öffnen dieses Schotts, das wahrscheinlich nicht einmal dem engsten Führungszirkel des Naahk bekannt war, würde dem Netz nicht entgehen – und es alarmieren. Venrons einzige Chance bestand darin, schnell zu sein.

Scheinwerfer flammten auf und tauchten den Gang hinter dem Schott in grelles Licht. Venron glaubte, von tausend Blicken durchbohrt zu werden. Einen Moment lang kam er geblendet aus dem Tritt, doch er fing sich wieder und lief weiter. Er drückte die Lider fest aufeinander, verließ sich ganz auf die Karte, die er verinnerlicht hatte. Die Pläne, die er sich in den letzten Wochen so genau eingeprägt hatte, bis die Sterne, von denen er geträumt hatte, plötzlich von sich windenden Röhren verschluckt worden waren und er schreiend aufgewacht war und in die besorgten und wütenden Gesichter der Metach geblickt hatte, mit denen er den Schlafraum teilte. »Venron«, hatten sie geflüstert. »Was soll der Mist? Was schreist du so? Schlaf! Morgen müssen wir arbeiten!«

Er hatte niemals geantwortet, auch nicht, als sie ihm Prügel angedroht hatten, wenn er nicht endlich den Mund hielt. Auch nicht, als sie ihre Drohung wahr gemacht hatten.

Venron hielt die Augen geschlossen. Der Sprint ließ seinen Puls nach oben schnellen. Seine Brust hob und senkte sich regelmäßig, sog die Luft ein, die hier so anders roch, so kalt und metallisch.

Er hörte ein Knacken und wartete auf die herrische Stimme des Netzes, die ihm aus tausend Lautsprechern umzukehren befehlen würde.

Sie kam nicht. Noch nicht.

Das Licht wurde schwächer. Er spürte einen leichten Luftzug. War er am Ziel? Er bremste ab, verlangsamte in einen Laufschritt, jederzeit bereit, zur Seite zu springen oder erneut loszusprinten. Er öffnete die Augen, vorsichtig, nur einen kleinen Spalt breit. Das Licht war nicht mehr so grell, leuchtete nicht mehr unmittelbar über ihm, sondern oben, weit oben.

Vor ihm tat sich ein Umriss auf, sperrte einen Teil der Lichter aus, als er sich ihm langsam näherte.

Venron streckte beide Arme aus, lief weiter. Und schließlich spürte er kühles Metall. Er hielt an, legte den Kopf in den Nacken und riss die Augen auf.

Er befand sich in einem großen, viele Dutzend Meter hohen Raum. Vor ihm ruhte ein wuchtiger Rumpf. Er stand auf einer schräg nach oben weisenden Rampe, die an einem Schott endete, groß genug, um ihn passieren zu lassen.

Die Fähre! Die Pläne waren korrekt!

Venron stieß einen Freudenschrei aus und verdrängte die Furcht und die Zweifel, die ihn auszufüllen drohten. Der Schrei hallte von den Wänden zurück, hinter denen die Sterne auf ihn warteten!

Venron rannte um den Rumpf herum, fand die Heckrampe, breit genug, um selbst großen Spezialfahrzeugen die Zufahrt zu erlauben. Sie war geöffnet, als wartete die Fähre nur auf ihn. Venron hastete die Rampe hinauf, lief durch den Laderaum der Fähre. Er war nicht von Interesse für ihn. Venron musste zum Cockpit. Die Pläne für das Fahrzeug waren unvollständig gewesen. Venron hatte wenig mehr aus ihnen lesen können, als dass Fähren existierten und stets einsatzbereit gehalten wurden.

Und bewaffnet waren.

Er erreichte das Cockpit. Es war klein, bot nur einer Person Platz, und hing wie eine durchsichtige Warze am Bug der Fähre. Ein zweites Cockpit, vermutlich für den Copiloten, drückte sich einige Meter daneben aus dem Bug. Venron glitt in den Pilotensessel. Über der Aussparung, in der seine Beine verschwanden, hing ein großflächiges Display. Es zeigte Statusanzeigen. Venron berührte eine davon, und eine detailliertere Ansicht erschien.

Die Fähre verlangte keine Authentifizierung!

Venron hatte darauf gezählt; alles andere wäre widersinnig gewesen. Die Fähre war unter anderem für Notfälle konzipiert. Eine restriktive Zugangsregelung barg die Gefahr, dass im Ernstfall eine intakte Fähre nicht benutzt werden konnte, da sich zufällig niemand an Bord befand, der befugt war, sie zu steuern. Er hatte Recht behalten – und das auch in einer zweiten Hinsicht: Die Bedienung der Fähre war selbst einem gewöhnlichen Metach möglich. Ein interaktives Hilfesystem sorgte dafür.

Venron wäre auch ohne solch ein System ausgekommen. Mit Computern kannte er sich aus.

Seine Finger bearbeiteten den Touchscreen. Zuerst stellte er sicher, dass der Bordrechner keine Verbindung zum Netz hielt, dann schloss er die Heckluke und fragte den Status der verschiedenen Module ab. Er erhielt Grünmeldungen. Die Fähre war startbereit.

Er leitete die Zündung der Triebwerke ein. Die Fähre erbebte. Dann, nach einigen Momenten, ging das Beben in ein sanftes Vibrieren über. Ein Joystick fuhr aus, schob sich in seine Hand. Venron ergriff ihn. Ein Countdown erschien auf dem Display, zeigte die Sekunden an, bis die Triebwerke zur Zündung bereit waren. Die Spanne war kürzer, als er zu hoffen gewagt hatte. Nicht mehr lange, und er ...

Die Darstellung auf dem Pilotendisplay wechselte. Venron blickte plötzlich vom Heck der Fähre aus in den hinteren Teil des Hangars. Laut quietschend fuhren große Schotte hoch. Durch die Öffnungen quollen Männer und Frauen in den schwarzen Uniformen der Tenoy, die Waffen im Anschlag.

»Lass es sein!«, hallte eine laute Stimme durch den Hangar. Es war nicht die des Netzes, sie musste einem der Tenoy gehören. Sie drang selbst durch die beinahe schalldichte Pilotenkanzel.

»Denk an das Unglück, das du über uns bringst!«, fuhr die Stimme fort. »Und über dich selbst! Dort draußen wartet nur der Tod auf dich. Kehr um, solange du noch kannst!«

Er ließ sich nicht beirren. Dazu war es längst zu spät. Der Naahk würde keine Gnade für einen Verräter kennen.

Venron schaltete den Countdown über das Bild der Heckkamera. Noch ein paar Sekunden. Er umgriff den Joystick fester, ließ einen Schalter einrasten. Die Tenoy, die die Fähre jetzt fast von allen Seiten umringt hatten, gingen zu Boden, als führe eine Klinge durch ihre Reihen. Die Männer und Frauen krochen davon, suchten hastig nach Deckung, die es in dem Hangar nicht gab. Venron konnte keine Gesichter sehen, sie waren von den Visieren der Helme bedeckt. Er war froh darum. Es hätte ihm nicht gefallen, vertraute zu sehen.

Das unter dem Bug angebrachte Dreifachgeschütz beendete den Schwenk, ohne dass Venron es ausgelöst hatte. Er hatte nicht die Absicht, zum Mörder zu werden. Er wollte nur zu den Sternen.

Das Geschütz zeigte jetzt direkt auf das verschlossene Hangarschott. Venron drückte den Auslöser.

Ein Feuerball tat sich vor ihm auf, unmittelbar gefolgt von einem Partikel- und Trümmerhagel, der gegen die Kanzel trommelte. Eine schwarze Rauchwolke stob in den Hangar. Venron drückte ein zweites Mal ab. Ein zweiter Feuerball, gefolgt von einem Trümmerregen, doch diesmal stieg kein Rauch auf. Stattdessen wurde der Qualm wie von einer Pumpe nach draußen gesogen.

Venron, der von den Sternen träumte, ohne zu ahnen, was sie eigentlich waren, der nicht wusste, dass zwischen ihnen ein Vakuum herrschte, sah einige Augenblicke lang verwundert zu, wie die Atmosphäre des Hangars nach draußen entwich. Dann zündete er die Triebwerke.

Die Fähre raste aus dem Hangar. Der Andruck der Beschleunigung drückte Venron tief in den Sitz. Ihm wurde schwarz vor Augen – eine gnädige Schwärze, verhinderte sie doch, dass er Zeuge wurde, wie die Tenoy von dem Sog der entweichenden Luft in das Vakuum gerissen wurden und erstickten. Venron schmeckte Blut, spürte, wie etwas Weiches und Festes zugleich an seinen Zähnen rieb; seine Zungenspitze, die sein unter dem Andruck zusammenklappender Kiefer abgebissen hatte.

Doch Venron spürte keinen Schmerz. Als er sich an die Beschleunigung gewöhnte und seine Durchblutung sich normalisierte, kehrte sein Augenlicht zurück.

Er sah die Sterne.

Heller waren sie als auf den Filmen. Glänzender. Und bunter. In einer Richtung leuchteten sie rot, in einer anderen weiß wie auf den Aufnahmen und in einer dritten violett. Sie waren zum Greifen nahe. Sie gehörten ihm. Er musste nur die Hand nach ihnen ausstrecken und ...

Ein Schlag ging durch die Fähre. Der Pilotensessel bäumte sich auf, und Venron wäre gegen die Kuppel geschleudert worden, hätten sich beim Start nicht automatisch Gurte um ihn gelegt. Er hörte das Reißen von überbeanspruchtem Stahl, dann erlosch das Display vor ihm, ebenso die Lichter, die auf der Spitze des Joysticks geleuchtet hatten.

Die Sterne begannen sich zu drehen. Schneller und immer schneller.

Venron schrie, aber die Sterne hörten ihn nicht.

2

»Kriecher VI an Mama. Leiten Landeanflug an. Ihr hört von uns, sobald wir gelandet sind.«

»In Ordnung. Viel Glück und fette Funde!«

Alemaheyu Kossa, Funker des Prospektorenraumers PALENQUE, schaltete den Stream des Kriechers in den Hintergrund. Die Syntrons beider Schiffe würden ohne sein Zutun einen beständigen Strom von Daten austauschen: Position, Aggregat-Status, Messwerte – eine Nabelschnur, nicht mit Händen greifbar und dennoch real.

Kossas Aufgabe bestand darin, dafür zu sorgen, dass der Stream niemals abbrach. Ohne ihn waren die Kriecher der PALENQUE hilflos, im übertragenen Sinne blind und taub. Die zwölf Kriecher des Prospektorenraumers stellten keine herkömmlichen Beiboote dar, sondern waren eigentlich Kompaktlaboratorien, an die man ein Impulstriebwerk, einen rudimentären Überlichtantrieb und eine Druckkammer geflanscht hatte, Letztere gerade groß genug für eine dreiköpfige Besatzung. Und diese, hatte die Erfahrung die Männer und Frauen der PALENQUE gelehrt, sollte besser aus Personen bestehen, die es einige Wochen auf engstem Raum miteinander aushielten, ohne sich gegenseitig an die Kehle zu gehen.

Nach der ersten gemeinsamen Woche herrschten zwischen der Besatzung eines Kriechers blanker Haß oder unverbrüchliche Kameradschaft. Viele der Teams arbeiteten bereits seit Jahren zusammen und waren dazu übergegangen, auch an Bord der PALENQUE in Dreierkabinen zu wohnen, die nur wenig großzügiger waren als ihre Stahlkäfige von Kriechern. Und für alle Teams gab es, wenn sie sich in die unendliche Leere des Alls wagten, nur einen einzigen Bezugspunkt, der sie mit der Welt verband: Mama Kossa.

»Kriecher IV an Mama«, ertönte eine hohe, zwitschernde Stimme. Sie gehörte dem Blues Yülhan-Nyulzen-Y'sch-Takan-Nyül. Ihm oder seinem Bruder Trülhan, Alemaheyu konnte sie immer noch nicht auseinander halten. Die Brüder waren Blues, »Tellerköpfe«, wie man sie auf manchen terranischen Welten noch immer schimpfte, und neben dem Gurrad Grresko die einzigen Nichtmenschen, die der Besatzung der PALENQUE angehörten. »Gehen in 20 Sekunden in den Planetenschatten. Austritt aus dem Schatten in voraussichtlich 13 Minuten und 34 Sekunden. Mach dir keine Sorgen, wenn du so lange nichts von uns hörst, Mama!«

»Um euch doch nicht. Ihr seid groß genug, um eine Viertelstunde ohne Mama zu spielen. Viel Spaß, aber stellt mir keinen Mist an!«

Anfangs hatte Alemaheyu sich gegen den Spitznamen gewehrt. Prospektoren waren ein rauer Menschenschlag, und obwohl die Mannschaften schon längst aus einer gleichmäßigen Mischung aus Frauen und Männern bestanden – und zuweilen Wesen, deren Geschlecht nicht eindeutig bestimmt werden konnte –, war die Anspielung auf vorgeblich Weibisches die beliebteste Strategie der Schmähung geblieben. Und die Kriecher-Teams nannten ihn »Mama Kossa« ...

Alemaheyu hatte einige schlaflose Nächte und einen im letzten Augenblick dank seiner Wachsamkeit verhinderten Totalverlust eines Kriechers benötigt, bis ihm aufgegangen war, dass der Spitzname als aufrichtige Verbeugung vor ihm gemeint war. Für die Männer und Frauen in ihren stählernen Nussschalen da draußen *war* er die PALENQUE, das Mutterschiff, das Symbol dafür, dass man die Prospektoren zwischen den kalten und mitleidlosen Sternen nicht vergessen hatte.

»Alles klar bei dir, Alemaheyu?«, rief Sharita Coho zu ihm hinüber, die Kommandantin der PALENQUE.

»Natürlich. Was sonst?«

»Gut.«

Die Kommandantin trug wie üblich ihre Fantasieuniform, am Gürtel einen Kombistrahler. Alemaheyu konnte sich nicht erinnern, sie jemals in anderer Kleidung gesehen zu haben, auch nicht außerhalb des Schiffs. An diesem Tag hatte sie trotz der angenehmen Wärme in der Zentrale den Verschluss der Jacke ganz hochgezogen. Sie musste ordentlich schwitzen, nein, vielmehr bei lebendigem Leib gesotten werden, aber offensichtlich war ihr der Extra-Halt, den ihr die Steifheit der Uniform gab, die Unannehmlichkeit wert.

Der Auslöser ihres Schweißbads hatte einen Namen: Perry Rhodan.

Ein leises Fiepen brachte Alemaheyu dazu, sich wieder seiner Konsole zu widmen. Seit der denkwürdigen Beinahehavarie des Kriechers hatte Alemaheyu es sich angewöhnt, in regelmäßigen Intervallen die Streams durchzuchecken. Für gewöhnlich begnügte er sich mit einer stündlichen Überprüfung, aber hier im Ochent-Sektor mit seinen fünfdimensionalen Anomalien, Hyperstürmen und ungewöhnlich aktiven Sternen hatte er das Intervall verkürzt.

Er holte die Daten eines Kriechers nach dem anderen vor sich. Sieben von ihnen bahnten sich den Weg über die Oberflächen von Planeten und Monden, nahmen Gesteinsproben auf und Messungen vor, die anderen fünf befanden sich entweder auf dem Weg zu einem vielversprechenden Himmelskörper oder kehrten nach Abschluss einer Mission zur PALENQUE zurück. Kriecher IV befand sich nach wie vor im Funkschatten eines jupiterähnlichen Planeten fünf Lichtjahre von dem Prospektorenraumer entfernt.

Konzentriert arbeitete sich Alemaheyu durch die Datenströme. Er stellte keine Anomalien fest; nur bei Kriecher IX zeigte eine der Kurven eine winzige Abweichung, so winzig, dass er sie um ein Haar übersehen hätte.

Er zoomte sie heran und ließ den Bordsyntron die Statusdaten analysieren. Die Andruckabsorber des Kriechers arbeiteten im Simulationsmodus lediglich mit einer Leistung von 99,93 Prozent, unbedeutend, solange das Gefährt über die Kraterоberfläche des atmosphärelosen Mondes kroch, den es gerade erforschte, aber womöglich tödlich, sobald es den Mond hinter sich ließ und beschleunigte. Ein Hardwarefehler? Unwahrscheinlich, Absorber stellten seit Jahrtausenden gebräuchliche, sicherheitskritische Gebrauchstechnik dar. Und die der Kriecher waren mit besonderer Sorgfalt ausgewählt: Um teuren Platz zu sparen, gab es keine Redundanzaggregate. Sie *mussten* zu hundert Prozent funktionieren.

Ein Softwarefehler? Alemaheyu ging die Logdatei des Kriechers durch. Gleich an dritter Stelle fand er einen Eintrag, der ihm ungewöhnlich vorkam. Er forschte weiter und fand schließlich den Fehler. Ein Software-Update von vor einer Woche hatte sich nicht installiert. Da es Teil eines ganzen Pakets von Updates gewesen war, war der Fehler nicht weiter aufgefallen. Prima! Hatte er es den Syntron-Fritzen nicht gleich gesagt? Die Kriecher arbeiteten fehlerfrei, wieso sollte man ohne Not etwas verändern? Aber auf ihn hörte ja niemand an Bord. Für die Kernbesatzung der PALENQUE war er nur der Funker, nicht Mama.

Alemaheyu schickte den Update ein zweites Mal über den Stream und jagte anschließend die Absorber durch den Simulationsparcours. Alle Werte blieben bei 100 Prozent.

Eine Unruhe im hinteren Teil der Zentrale lenkte Alemaheyu ab. Die Männer und Frauen tuschelten untereinander, dann hörte er eine Reihe von »Guten Morgen«-Grüßen.

Ihr Passagier musste in der Zentrale erschienen sein. Die ausgiebigste Begrüßung, auf die selbst die Kommandantin von Seiten der Zentrale-Besatzung hoffen konnte, war ein Kopfnicken und ein Brummen.

»Guten Morgen, Perry«, bestätigte Sharita Coho einen Augenblick später Alemaheyus Vermutung. »Gut geschlafen?«

»Ja, danke. Irgendwelche Neuigkeiten?«

»Nein. Keine Rohstoffe. Und keine Akonen.«

Alemaheyu fragte sich zum wiederholten Male, ob er Rhodans Geschichte abkaufen sollte. Der Ochent-Sektor war Niemandsland, von keiner der großen Mächte der Milchstraße für sich beansprucht, offiziell zumindest. Die Region grenzte an die Einflussbereiche verschiedener Blues-Völker und der Akonen, aber bislang hatte sich der Sektor als viel zu uneinladend erwiesen, um Begehrlichkeiten zu wecken. Die Anzahl lebenstragender Welten war gering, die Häufigkeit von Hyperstürmen hoch und der strategische Wert gleich null. Wer den Ochent-Sektor besetzte, handelte sich nur jede Menge diplomatischer Verwicklungen und horrende laufende Kosten für den Betrieb seiner neuer Basen ein, in denen sich teuer ausgebildete Soldaten zu Tode langweilen würden.

Doch der Sektor war keinesfalls verlassen. In den letzten Jahren hatte er eine zunehmende Zahl von Prospektoren angezogen: Terraner, Blues, gemischte Crews, die sich keiner gemeinsamen Herkunft zuordnen ließen und die nur die Aussicht auf den großen Fund einte, sowie neuerdings Akonen. Bislang hatten die Prospektoren lediglich viel Arbeit und Kapital in den Sand gesetzt, doch die Wahrscheinlichkeit, dass sich das schlagartig änderte, wuchs mit jedem Tag.

Ein Vorkommen fünfdimensional strahlender Quarze ... die High-Tech-Hinterlassenschaften eines ausgestorbenen Volkes ... ein Erzvorkommen von hoher Reinheit – jeder dieser Funde konnte ein Wettrennen der galaktischen Mächte auslösen und den unerklärten Kalten Krieg, der die Milchstraße im Griff hatte, in einen heißen umschlagen lassen.

Rhodan war auf die PALENQUE gekommen, um den Kontakt zu den Akonen zu suchen, die Krise zu entschärfen, bevor sie ausbrach. Er wollte das Forum Raglund, zu dessen wichtigsten Mitgliedern die Akonen zählten, auf die Seite Terras ziehen.

Alemaheyu hatte laut lachen müssen, als er davon erfahren hatte. Wie naiv war der Unsterbliche eigentlich?

Der Ochent-Sektor war eines der wenigen verbliebenen Niemandslande in der Galaxis. Erwartete er von den Akonen – und von den Blues, die einander selbst in ihrer Geschichte noch nie grün gewesen waren –, dass sie auf sein Wort hin abzogen und sich vielleicht den Fund ihres Lebens entgehen ließen? Alemaheyu hatte weiß Gott nichts für die Tellerköpfe und die hochmütigen Akonen übrig, aber einfach auf eine bloße Bitte und einen Verweis auf die galaktopolitische Lage abzuziehen? So verrückt waren nicht einmal sie ...

»Sie werden sich schon noch zeigen«, sagte Rhodan an die Kommandantin gewandt.

»Ja, früher oder später«, entgegnete Sharita. Es war ihr anzusehen, dass ihr die Aussicht, den Unsterblichen wochenlang an Bord zu haben, nicht gerade behagte.

Alemaheyu beobachtete Perry Rhodan aus dem Augenwinkel. Der Terraner war ein mittelgroßer Mann mit dunkelblondem Haar. Er trug eine einfache Kombination, die nichts von seiner Stellung verriet. Wäre Alemaheyu ihm auf Terra auf der Straße begegnet, er hätte ihn nicht als den Mann erkannt, der die Menschheit vor beinahe 3000 Jahren zu den Sternen geführt hatte. Rhodan wirkte wie ein gewöhnlicher Mensch.

Eigentlich.

Der Funker der PALENQUE fand keine Worte dafür, aber irgendetwas veränderte sich in der Zentrale des Schiffs, jedes Mal, wenn Rhodan sie betrat. Da waren natürlich die Äußerlichkeiten. Die Zentralebesatzung bemühte sich mit unterschiedlichem Erfolg, das Fluchen zu unterlassen, der Umgangston war weniger rüde, überhaupt wurde weniger gesprochen. Nichts davon war aber unerklärlich. So waren Menschen eben: Sie suchten enge Gemeinschaften, und sobald sie sie gefunden hatten, verschlossen sie sich Außenseitern.

Aber da war noch mehr. Alemaheyu ertappte sich dabei, dass er kerzengerade vor seinem Pult saß, anstatt wie sonst eher nachlässig gegen die Sessellehne gelehnt zu liegen als zu sitzen. Und auch durch sein Inneres ging ein Ruck.

Nicht, dass er sonst in Versuchung geriet, die Kriecher aus dem Auge zu lassen – eine Mama tut alles für ihre Kleinen, nicht? –, doch er erledigte selbst die lästigen kleinen Pflichten gewissenhaft, von denen kein Menschenleben abhing.

Und das alles nur wegen Perry Rhodan.

Alemaheyu erging es wie der Kommandantin der PALENQUE. Es gelang ihm nicht, das Wissen aus seinem Bewusstsein zu verbannen, dass Rhodan in seinem langen Leben einer unüberschaubaren Zahl von Menschen begegnet war und Gefahren und Prüfungen gemeistert hatte, die Alemaheyu nur erahnen konnte. So sehr sich der Funker der PALENQUE darüber ärgerte, es gelang ihm einfach nicht, sich in Rhodans Gegenwart gehen zu lassen – und das, obwohl der Unsterbliche mit keiner einzigen Silbe oder Geste angedeutet hatte, dass er von Seiten der Besatzung eine Sonderbehandlung erwartete. Im Gegenteil, Rhodan schlief in einer Standardkabine, aß das Standardessen, verrichtete Standarddienste. Am Vortag erst war er in einem Hangar aufgetaucht und hatte einem Techniker bei der Wartung eines Kriechers geholfen.

Rhodan war der freundlichste und umgänglichste Passagier, den die PALENQUE seit langer Zeit gehabt hatte, und doch konnte Alemaheyu sich nur mit Mühe davon abhalten, vor Aufregung zu stottern, wenn er mit ihm sprach. Es war zum Aus-der-Haut-Fahren.

Alemaheyu widmete sich wie die übrige Zentralebesatzung wieder seinen Pflichten. Es gab nicht viel zu tun. Die Kriecher verrichten die eigentliche Arbeit. Die PALENQUE stand für den Fall in Bereitschaft, dass etwas Unvorhergesehenes geschah. Akonen auftauchten oder so, was aber bestimmt nicht geschehen würde, solange sie Rhodan an Bord hatten. So war das Leben eben: Konnte man auf etwas verzichten, hängte es sich einem an die Fersen. Suchte man es aber, war es nicht zu finden ...

»Leichter Hypersturm«, rief der Orter. »Sektoren 72Z bis 84R.«

Nicht gerade unvorhergesehen. Hyperstürme waren in

diesem Gebiet eher die Regel als die Ausnahme. Alemaheyu rief die Orterdaten auf. Kein Grund zur Beunruhigung. Der Sturm war nicht stark genug, um die Kriecher zu gefährden. Außerdem befand sich nur einer von ihnen in dem betroffenen Gebiet.

»Kriecher XI!«, nahm Alemaheyu Kontakt auf.

»Was gibt's, Mama?«

»Auf eurem Kurs braut sich ein Hypersturm zusammen. Eher schwach, nichts, was eurer Kiste was antun könnte.«

»Okay. Wieso funkst du uns dann an, Mama?«

»Weil Mama sich immer Sorgen macht.« Die beiden Männer, Alemaheyu Kossa auf der PALENQUE und Mikch Theyner auf dem Kriecher, lachten. Der Witz war mittlerweile mehr als abgedroschen, aber sie konnten es nicht lassen. Es war Mikch gewesen, der Alemaheyu mit seinem Spitznamen ausgestattet hatte. »Im Ernst«, fuhr der Funker fort. »Möglicherweise bricht der Stream für ein paar Minuten ab. Wollte euch nur Bescheid sagen, damit ihr euch keine Sorgen macht.«

»Zu spät, unsere Hosen sind schon ganz verklebt und stinken. Bis dann!«

»Bis dann!«

Alemaheyu hatte kaum zu Ende gesprochen, als der Stream abbrach. Der Sturm hatte den Kriecher erfasst. Das Gefährt würde jetzt ganz schön durchgeschüttelt werden. Würde Mikch und seinen Leuten gut tun. Erinnerte sie daran, wie bequem sie es auf der PALENQUE hatten und wo sie hingehörten. Viel schief gehen konnte nicht. Der Kriecher war zwar ohne die Leitung durch die PALENQUE ortungstechnisch gesehen so gut wie blind, befand sich aber im langsamen Unterlichtflug. Es würde noch Stunden dauern, bis er in die Nähe eines Mondes oder Planetens kam.

Sharita Coho und Rhodan hatten sich in den rückwärtigen Teil der Zentrale zurückgezogen und unterhielten sich flüsternd. Alemaheyu versuchte sie zu belauschen, aber sie waren zu weit weg. Er schnappte nur ein paarmal das Wort »Akonen« auf.

Das leise Fiepen erinnerte den Funker daran, dass es wieder Zeit für seinen Routinecheck war. Er vertiefte sich in die Arbeit, wechselte ein paar Worte mit den Besatzungen der verschiedenen Kriecher. IV meldete sich zurück. Das Boot hatte den Planetenschatten verlassen und leitete nach der optischen Erfassung der gesamten Oberfläche die Landung auf einem vielversprechenden Hochplateau ein.

Alemaheyu wünschte der Besatzung einen fetten Fund. Und stutzte. Was war mit Kriecher XI los? Der Stream war noch immer ausgefallen.

»Ortung!«, verlangte Alemaheyu. »Was ist mit dem Hypersturm? Noch im Gange?«

»Ja«, kam die Rückmeldung. »Erreicht in ungefähr einer Stunde seinen Höhepunkt.«

»In Ordnung«, sagte Alemaheyu. Dann kam ihm ein Gedanke. »Standort?«

»Hat sich verlagert nach Sektor ...«

»Verlagert? Was ist mit dem Gebiet, in dem er entstanden ist?«

»Beinahe wieder normale Werte.«

Alemaheyu rief das Funkmodul auf den Holoschirm, versuchte, Kontakt mit Kriecher XI herzustellen. Keine Reaktion, weder von der Besatzung noch vom Syntron. Der Funker gab volle Sendeleistung auf den Hypersender, bündelte den Strahl auf die Sektoren, in denen der Hypersturm gewütet hatte. Keine Reaktion. Es war, als ob Kriecher XI niemals existiert hätte.

Ein Klumpen bildete sich in Alemaheyus Hals. Am liebsten hätte er einen Joint aus der Hosentasche gezogen und angezündet, um seine Nerven zu beruhigen. Doch das hätte sie nicht weitergebracht, sondern ihm nur einen Wutanfall von Sharita eingebrockt. Der Funker gab sich einen Ruck und eilte zu Rhodan und der Kommandantin.

»Sharita«, sagte er, als sie ihn zornig anblickte, »entschuldige die Störung. Aber ich glaube, wir haben einen Notfall.«

3

Eine nicht greifbare Unruhe trieb Denetree an diesem Abend an.

Sie war es gewohnt, dass es sie nach der Schicht auf ihr Fahrrad zog. Die meisten Metach, die Feldarbeit leisteten, waren danach zu müde, um sich zu mehr aufzuraffen, als sich in die halbierte Schwerkraft des Mitteldecks zurückzuschleppen, mit ihrem Metach'ton zu essen, sich in das Netz zu einem Online-Match einzuklinken oder einfach dazusitzen und auf den nächsten Tag zu warten.

Nicht so Denetree.

Ja, die Arbeit war hart, aber nach über einem Bordjahr – mehr als der Hälfte ihrer Verpflichtung als Feldhand lag hinter ihr – hatte sie sich an sie gewöhnt. Zuvor waren nur ihre Oberschenkel trainiert, ansonsten war sie ein dürres Gestell gewesen, doch jetzt hatte sie zugelegt. Die Arme, der gesamter Körper waren muskulös geworden. In den ersten Monaten hatte die Anstrengung Denetree beinahe zur Gänze aufgezehrt. Die Schwerkraft des Außendecks drückte Neulinge erbarmungslos zu Boden, machte schon nach wenigen Minuten jede Bewegung zur Qual. Und auf den Feldern geschah nur wenig mithilfe von Maschinen, angeblich, um wertvolle, an Bord stets knappe Energie zu sparen. Denetree war sich sicher, dass dieser Gedanke mitspielte, aber ebenso sehr, dass die Erschöpfung der jungen Metach, die ihren Dienst für das Schiff leisteten, gewollt war. Sie hielt sie davon ab, auf dumme Gedanken zu kommen.

In der Theorie zumindest. Praktisch gesehen stellte Denetree den Gegenbeweis dar: Ihre endlosen Runden, die sie nach Schichtende auf dem Rad durch das Schiff drehte, fielen nach einmütiger Meinung aller, die sie kannten, eindeutig in die Kategorie »dumme Gedanken«. Nur: Sie waren harmlos. Denetree belästigte niemanden, und solange ihre Touren sie immer wieder zu ihrem Metach'ton zurückführten und am nächsten Tag ihre Arbeitsleistung nicht litt, kam niemand auf den Gedanken, sie ihr zu verbieten; weder ihre Nachbarn, geschweige denn der Naahk oder das Netz.

Denetree war wie alle übrigen Metach frei.

Unmittelbar nach Schichtende stieg Denetree auf das Rad, das sie als »ihres« bezeichnete. Es war natürlich nicht ihr eigenes. Kein Metach besaß ein eigenes Rad, nicht einmal der Naahk oder sein engster Zirkel; die Räder gehörten allen gleichermaßen – was aber nicht zwangsläufig bedeutete, dass jeder Metach jedes Rad zu beherrschen vermochte.

Denetree hatte an dem ihren eine Reihe von Veränderungen vorgenommen; »Optimierungen«, wie sie sie nannte. Die Felgen ihres Fahrrads hatten einen geringeren Durchmesser als die des Standardmodells. Seine Reifen dagegen waren dicker, nicht wie üblich auf einen möglichst geringen Rollwiderstand getrimmt, und hatten ein ausgeprägtes Stollenprofil. Für gewöhnlich pumpte Denetree die Reifen so fest auf, dass nur der innere Ring des Reifens auf dem Untergrund auflag. Ein schmaler, glatter Streifen, der das Fortkommen auf festem Grund erleichterte, dennoch im direkten Vergleich den üblichen, ultradünnen Reifen klar unterlegen.

Die anderen Mitglieder ihres Metach'ton hatten sie ausgelacht, als sie zum ersten Mal mit ihrem Rad zur Schicht gekommen war. »Seht mal, die verrückte Denetree hat einen Pflug gebaut!«, hatten sie gespottet. »Komm, wühl uns eine Furche!« Erst nachdem sie in einem Rennen das lautstärkste der Großmäuler in Grund und Boden gefahren hatte, war wenigstens der unverhohlene Spott abgeflaut.

Denetree hatte Glück gehabt, ausgerechnet einen der schwersten Männer als Kontrahenten erwischt zu haben, einen Stier von über hundert Kilo. Sie, die wenig mehr als die Hälfte wog, hatte gegen ihn bestehen können, auch auf dem ungünstigen Untergrund der Straße.

Denn dafür war ihr Rad nicht gedacht. Es hatte einen niedrigen Schwerpunkt und eine computerunterstützte Schaltung, auf die sie heimlich eine neue, selbst geschriebene Firmware aufgespielt hatte. Mit ihrer Hilfe konnte sie die vorgegebenen Wege verlassen, zwischen den Feldern fahren und sogar durch die Wildnis-Trakte des Schiffes, in die sich nur wenige Metach verirrten, lagen sie doch abseits der Siedlungen und Felder.

Und die Firmware hatte noch einen zweiten, ebenso wichtigen Effekt: Sie machte das Rad zu Denetrees. Stieg ein anderer in den Sattel, schaltete die Firmware in den Leerlauf. Das Schauspiel, das sich anschloss, kannte viele Variationen, aber nur ein Ende: Der Unglückliche stieg laut fluchend vom Rad, schickte über den Lenkercomputer eine Schadensmeldung an das Netz und ließ das Rad achtlos im Graben liegen. Keine der Meldungen hatte je das Netz erreicht. Denetrees manipulierte Firmware sorgte dafür, dass sie niemals gesendet wurden. Stattdessen erhielt das Netz vom Lenkercomputer lediglich eine Standard-Grünmeldung – »Rad intakt. Kein Wartungsbedarf.«

In einem hohen Gang ließ Denetree mit harten Tritten das Feld, auf dem sie ihre heutige Schicht verbracht hatte, hinter sich. Ihre Arme und ihr Nacken schmerzten. Jakulenten zu ernten, war Schwerarbeit. Die langstieligen Pflanzen wurden vom Schiff wegen der reißfesten Fasern kultiviert, die sich aus ihren Stielen gewinnen ließen. Aber zu entscheiden, welche der Stiele reif für die Ernte waren, sie abzuschneiden und in die individuellen Fasern zu trennen, war eine üble Plackerei – so hart, dass ein Metach üblicherweise nicht länger als zwei Wochen für diese Arbeit eingeteilt war.

Denetree ignorierte den Schmerz. Sie würde ihn vergessen, spätestens in einer halben Stunde, wenn die Anstrengung des Tretens ihren Puls auf beständige 140 Schläge pro Minute gebracht haben würde und das Blut, das durch ihre Adern schoss, den Schmerz mit sich riss.

Ihre Gedanken waren ohnehin woanders.

Sie machte sich Sorgen um ihren Bruder. Venron war in den letzten Wochen so schweigsam gewesen wie nie zuvor. Nicht, dass er jemals viele Worte gemacht hätte, aber zumindest gegenüber ihr hatte er sich auch dann geöffnet, wenn das Gefühl des Eingesperrtseins, der Ausweglosigkeit übermächtig zu werden drohte. Dann hatte er seinen Kopf in ihren Schoß gelegt, hinauf in den Himmel geblickt, der zum Greifen, nein, zum Heulen nah über ihnen hing und seinen Anblick nie veränderte. Hell, aber nicht blendend bei Tag, von lastender, undurchdringlicher Schwärze bei Nacht.

Er und Denetree hatten viel Spott und hämische Bemerkungen wegstecken müssen. Nicht wegen ihrer Sehnsucht nach den Sternen, die behielten sie für sich, sondern wegen der Nähe, die sie mit ihrem Bruder verband. Auf dem Schiff existierten keine Familien. Kinder wurden in nach Altern geordneten Gruppen großgezogen; oft lernten Geschwister einander nie kennen. Die wenigsten versuchten es. Wozu auch?

Durch einen Zufall waren Denetree und Venron Metach'tons in unmittelbarer Nachbarschaft zugeteilt worden. Und seit sie das erste Mal einander durch Zufall über den Weg gelaufen waren, blieben sie unzertrennlich. Ein Band bestand zwischen ihnen, das selbst die beiden Geschwister nicht mit Worten beschreiben konnten.

Venron hatte oft geweint, während Denetree vergeblich darauf gewartet hatte, dass ihr erlösende Tränen kamen. Irgendwann schlief ihr Bruder ein. Der harte Griff seiner Hände um ihren Körper wurde zu einer zärtlichen Berührung, sein Atem entspannt und gleichmäßig, während er von den Sternen träumte, und dem Leben zwischen ihnen, das ihnen womöglich offen stand, wenn es ihnen nur gelang, das Gefängnis von Schiff hinter sich zu lassen.

Denetree hatte es nie geschafft, sich in ihre Träume zu

flüchten, um Ruhe zu finden. Sie hatte nur ihr Rad, das Pumpen ihres Herzens, das protestierende Pochen ihrer Oberschenkel und die endlosen Runden durch das Schiff, die nirgendwohin führten.

Denetree gelangte zu den Feldern, auf denen Venrons Metach'ton derzeit eingesetzt war. Die Hütte, die den zwei Dutzend jungen Männern und Frauen als Unterstand und Umkleide- und Materialraum diente, war verlassen. Sie mussten ihre Schicht bereits beendet haben. Denetree überlegte, dann fuhr sie weiter, in Richtung Bug. Den ganzen Tag über hatten die Angehörigen ihres Metach'tons von der Party geschwärmt, die dort stattfinden sollte. Vielleicht hatte die Nachricht auch den Venrons erreicht.

Nach einigen Minuten sah sie vor sich einen Pulk, der sich langsam durch die Felder bewegte. Sie trat schneller und holte ihn rasch ein. Es war Venrons Metach'ton. Ein Schwarm von Rädern umringte eine von einem Elektromotor angetriebene Ernteplattform. Es war strikt verboten, die Plattformen zu etwas anderem als zur Arbeit einzusetzen – Energie war zu wertvoll, um sie auf etwas anderes zu verschwenden –, aber die jungen Männer und Frauen kümmerten sich nicht darum. Die eine Hälfte des Metach'tons hatte es sich auf der schmutzigen Plattform bequem gemacht, die Übrigen fuhren auf Rädern, versuchten, sich mit einer Hand an der Plattform festzuhalten, um sich mitziehen zu lassen. Die Metach waren ausgelaugt vom Tag, aber die Sehnsucht danach, etwas zu erleben, trieb sie an.

»Deckung!«, rief einer der Männer auf den Rädern, als er Denetree näher kommen sah. »Da kommt wieder der bleiche kleine Flitzer!«

Der Pulk machte keine Anstalten anzuhalten. Denetree ging längsseits, schaltete in einen niedrigeren Gang und schoss gezielt durch eine Lücke der Radfahrer zur Plattform.

»Melenda!«

Die junge Frau kauerte auf dem Schoß eines Metachs. Als sie Denetree kommen sah, warf sie den Kopf demonstrativ herum und gab, die Augen geschlossen, dem Mann einen langen Zungenkuss.

»Melenda, bitte!«

Die Frau löste sich aus der Umarmung und starrte Denetree missmutig an. »Was willst du von mir? Du siehst doch, dass ich beschäftigt bin.«

»Ich suche Venron. Weißt du vielleicht, wo er ist?«

»Venron ...« Melenda verdrehte die Augen. Ihre Pupillen hatten sich geweitet. Hatte sie schon geraucht? Die Jakulentenstiele waren zu mehr als einem Zweck zu gebrauchen, auch für solche, die dem Schiff nicht gefielen. »Ach, jetzt weiß ich, wen du meinst! Diesen Überlangweiler, der sich zu gut für uns ist. Er war auf Schicht.«

»Und?«

»Er hat wieder einmal nur seine halbe Quote geschafft. Wir durften für ihn ranklotzen, damit er verträumt durch das Feld tapsen kann.«

Einer der Männer auf den Rädern kam näher, machte sich einen Spaß daraus, Denetree abzudrängen. Ohne hinzusehen, löste Denetree ihren rechten Fuß aus der Magnethalterung des Pedals und versetzte dem Mann einen Tritt.

»Und nach der Schicht?«

»Wen interessiert das schon?«

Dem Mann gelang es, Denetrees Tritt auszugleichen. Er winkte die übrigen Radfahrer heran. Sie bildeten eine Phalanx, die von allen Seiten auf Denetree eindrang, entschlossen, dem Störenfried eine Lehre zu erteilen.

»Bitte, Melenda! Hilf mir! Ich ...«

Die Männer waren heran. Denetree spürte einen Schlag in die Seite. Ihr Hinterrad und das Vorderrad eines der Männer rieben mit einem schrillen Pfeifen aneinander. Denetree riss den Lenker herum, fing sich ab. Sie spürte einen weiteren Schlag. Der Kreis um sie schloss sich. Gesichter wie die von Kindern lachten sie aus, denen es Freude machte, einen gefangenen Feldnager zu quälen. Denetree warf den Kopf herum, sah eine Lücke halbrechts, eine winzige nur, und stieg aus dem Sattel, um mit aller Kraft in die Pedale zu treten. Um den Akku zuzuschalten, genügte die Zeit nicht mehr.

Es gelang ihr auszubrechen, aber nicht, den Sturz zu verhindern. Plötzlich war der ungesicherte Bewässerungskanal vor ihr, im nächsten Moment kam ihr mit einem metallischen Schrammen der Boden entgegen. Begeisterte Ausrufe begleiteten ihren Sturz.

Denetree blieb regungslos im Gras liegen, während der Pulk sich entfernte. Nach und nach erstarben die Rufe. Denetree hörte noch die schrille Stimme einer Frau – »Frag doch das Netz nach deinem Bruder!« – und das wiehernde Lachen des übrigen Metach'ton, das ihr antwortete.

»Frag doch das Netz!«

Nichts leichter als das.

Sie stand vorsichtig auf, untersuchte ihren Körper auf Verletzungen. An ihrer Hüfte zeichnete sich ein blutunterlaufener Fleck ab, dort, wo sie gegen den Lenker gestoßen war. Ansonsten schien sie unverletzt. Sie hob das Rad auf, dessen Hinterrad im Bewässerungskanal zu liegen gekommen war. Auch hier hatte sie Glück gehabt. Die gegen Stöße von der Seite hoch empfindlichen Felgen waren nicht verbogen.

Sie zitterte, als ihr aufging, wie sehr man sie gedemütigt hatte. Die Metach hatten kein Recht, so mit ihr umzuspringen! Sie ... Denetree dachte an Venron. Was musste er in seinem Metach'ton tagtäglich erdulden? Wieso versetzte ihn das Netz nicht in einen anderen? Hieß es nicht, dass dem Netz nichts entging und es für alle Metach da war? Venron würde nicht mehr lange durchhalten.

Sie stieg wieder auf das Rad. Wo konnte er nur stecken? Venron verstand sich darauf, sich abzusondern, von anderen fern zu halten. Immer wieder verschwand er für Stunden oder sogar ganze Nächte. Er erzählte niemandem, wo er gewesen war, nicht einmal Denetree, aber es mussten Orte sein, an die sonst keiner gelangte, denn jedes Mal brachte Venron eine Gabe mit: neue Aufnahmen des Sternenhimmels, Aufzeichnungen früherer Generationen, Werkstücke, wie sie noch keiner gesehen hatte.

Denetree kehrte zu der Hütte von Venrons Metach'ton zurück und begann, von ihr ausgehend, mit einer systematischen Suche. In immer größer werdenden Kreisen erkundete sie die Umgebung.

War Venron vielleicht zu einem seiner Beutezüge aufgebrochen?

Nein, unwahrscheinlich, entschied Denetree. Die Beutezüge waren die Höhepunkte seiner Existenz, Stunden, auf die ihr Bruder hinfieberte. Jedem von ihnen ging eine ausführliche Planung voraus, Tage, in denen sich Venrons Aufregung langsam steigerte, bis er es schließlich nicht mehr aushielt und unaufhörlich mit seinen langen Haaren spielte. An diesen Tagen lächelte er oft und er machte ihr Geschenke, kleine Figuren, die er aus heimlich abgezweigtem Holz oder Metall für sie formte, Vorboten des großen Geschenks neuen Wissens, das er ihr bald bringen würde.

Von seinem letzten Beutezug war Venron verschlossener denn je zurückgekehrt. Er hatte viel geweint, und fand er endlich Schlaf, gruben sich die Finger seiner Hand nur noch tiefer in Denetrees Hüften, als klammere er sich verzweifelt an ihr fest.

Dann, vor drei Tagen, hatte er ihr ein Geschenk gemacht. Eine kleine Schachtel, mit Faserband umwickelt. Sie konnte sie mühelos mit einer Hand umfassen. Als sie sie aufmachen wollte, hatte er es ihr verboten. »Nein«, hatte er gesagt. »Nicht jetzt.«

»Wann denn?«, hatte sie gefragt.

»Nicht heute. Und auch nicht morgen«, hatte seine Antwort gelautet. »Du wirst wissen, wenn es so weit ist. Versteck es bis dahin an einem sicheren Ort.« Und dabei hatte er es bewenden lassen, so sehr sich Denetree bemüht hatte, ihm weitere Worte zu entlocken.

Denetree beendete ihre erste Umrundung der Hütte. Sie hatte niemanden getroffen. Wer nicht unbedingt auf dem Außendeck bleiben musste, zog sich abends auf das Mitteldeck zurück, wo man besser vor der Strahlung geschützt war und sich ausruhen konnte.

Venron plante etwas. Nur was? Manchmal argwöhnte Denetree, dass Venron heimlich Abschied vom Schiff nahm, er nach der Schicht all seine Lieblingsorte aufsuchte, versuchte, Zeit mit den wenigen Freunden zu verbringen, die er hatte.

Denetree zog immer weitere Kreise, und im selben Maß, wie der dumpfe Schmerz der Erschöpfung in ihre Oberschenkel einzog, überschritt ihre Unruhe die unsichtbare Grenze zur Furcht. Die Wege lagen im letzten Licht des Tages verlassen da. Es war beinahe unmöglich, einen Metach zu Fuß oder Radfahrer zu übersehen. Es sei denn, er versteckte sich vorsätzlich vor ihr. Aber das würde Venron ihr nicht antun. Welchen Grund sollte er auch haben, sich vor seiner eigenen Schwester verstecken?

Es wurde Nacht. Der Lenkercomputer schaltete das Licht zu.

Venron würde sich nichts antun, oder? Denetree war jung, aber auch sie wusste, dass sich immer wieder Metach das Leben nahmen. Niemand sprach über die Unglücklichen. Das Netz, das sonst jede noch so unwichtige Kleinigkeit aus dem Leben des Schiffs vermeldete, schwieg sich über sie aus. Aber die Selbstmörder, das waren andere. Schwache oder Alte, die den Glauben an die Metach'rath – die Leiter des Lebens – verloren hatten, nicht Leute wie sie, nicht Venron.

Denetree keuchte. Sie stieg aus dem Sattel, schaltete in einen höheren Gang und versuchte, mit harten Tritten die Furcht aus ihren Gedanken zu vertreiben.

»Frag doch das Netz!«

Der spöttische Rat hallte in ihr wieder. Ja, das Netz würde wissen, wo Venron steckte. Nichts – beinahe nichts, es wusste nicht von den Sternensuchern – entging dem Netz. Sie konnte Venron als vermisst melden, dann würde ihm nichts mehr geschehen. Nie wieder. Das Netz würde ihn in seine sorgende Obhut nehmen. Den Magtar, den Psychologen, überstellen, die sich im Innendeck eingerichtet hatten, es niemals verließen – es inzwischen dank ihrer atrophierten Muskeln nicht mehr verlassen konnten – und sich trotzdem anmaßten, besser über das Leben an Bord Bescheid zu wissen als alle Übrigen. Sie würden Venron testen, bis sie zu einem Befund kamen. Sie würden von Venrons Beutezügen erfahren, ihn mit Injektionen traktieren und mit ihren Mitteln voll pumpen, bis er nur noch seinen Namen und »Treue dem Schiff!« murmeln konnte, und ihn dann wieder entlassen, ein geläutertes Mitglied der großen Gemeinschaft.

Aber er würde leben.

Falls er nicht zu stark war und die Magtar ihn dem Pekoy überstellten.

Denetree sah einen der einfachen Unterstände auftauchen, die in diesem Teil des Schiffs in regelmäßigen Abständen aufgebaut waren.

Leben ...

Sie würden Fragen stellen. Warum? Wer noch? Verrat war eine ansteckende Krankheit. Er mochte in einem Individuum heranreifen, sprang dann aber ab einem gewissen Punkt auf andere über, wucherte als Geschwür in vielen. Wollte man verhindern, dass es das Ganze gefährdete, musste man es ausbrennen. Vollständig. Verständigte sie das Netz, würde man die Sternensucher finden. Sie alle würden die Leiter des Lebens hinunterfallen und, wenn sie Glück hatten, sich vielleicht an der untersten Sprosse abfangen können. Vielleicht.

Leben ...

Für einen Toten hatte die Leiter des Lebens keine Bedeutung mehr.

An jedem Unterstand gab es ein Terminal, eigentlich nur für Notfälle gedacht, aber zugleich eine vollwertige Verbindung zum Netz.

Denetree fuhr an dem Unterstand vorbei, machte kehrt und hielt an ihm an. Jemand hatte ein Rad gegen einen der Pfosten gelehnt. Denetree sah sich um. Niemand war zu sehen. Der Boden des Unterstands und der kleine Touchscreen des Not-Terminals daneben waren frei gewischt. Wahrscheinlich Kinder, die mit ihm gespielt hatten und von Erwachsenen erwischt worden waren. Sie mussten davongerannt sein, um einer Tracht Prügel zu entgehen. Das Rad hatten sie in ihrer Panik zurückgelassen.

Denetree beugte sich über den Touchscreen.

Leben, dachte sie. *Venron muss leben!*

Sie berührte das Display, legte sich in Gedanken die Worte zurecht, mit denen sie ihren Bruder als vermisst melden wollte. Stellte sich seinen reglosen, starren Körper, seine gebrochenen Augen vor, damit sie nicht im letzten Augenblick der Mut verließ.

Es tut mir Leid!, entschuldigte sie sich in Gedanken bei den übrigen Sternensuchern. *Es tut mir Leid. Aber Venron muss leben.*

Das Display leuchtete auf. Aber statt der üblichen Eingabemaske sah ihr Venron entgegen.

»Bruder!«, rief sie überrascht. »Ich habe mir schon solche Sorgen um dich gemacht! Wo ...«

Der Lautsprecher des Displays schnitt ihr das Wort ab. »... seht in das Gesicht des Verräters, Metach! Dieser Mann, Venron, hat heute versucht, das Unterfangen, dem wir alle unser Leben geschworen haben, zu zerstören. Er hat uns alle in tödliche Gefahr gebracht! Seht seine abscheuliche Tat!«

Venrons Gesicht verschwand. An seine Stelle trat die Totale einer Halle. In ihrer Mitte stand eine große, klobige Maschine, wie Denetree sie noch nie gesehen hatte. An einem Ende wölbten sich zwei halb durchsichtige Kuppeln wie die Augen eines Insekts, aber an der Stelle, an der das Maul des Tiers gewesen wäre, ragte ein langer, dreistieliger Stachel heraus. Einige Augenblicke lang geschah gar nichts. Hinter einer der Kuppeln nahm Denetree eine Bewegung wahr, aber das Material spiegelte und ließ nicht mehr als den Schemen eines Menschen erkennen.

Dann öffneten sich hinter der Maschine große Tore. Tenoy, Wächter, rannten herein. Sie trugen Körperpanzer, zielten mit langen Gewehren auf die Maschine. Eine Stimme dröhnte durch die Halle: »Komm zurück! Noch kannst du umkehren!«

Der Stachel schwenkte herum. Die Tenoy warfen sich in Deckung. Der Stachel beendete seine Drehung.

Das Bild fror ein. »Seht gut hin, was dieser Mörder getan hat!«, krächzte der Lautsprecher.

Der Stachel spuckte Feuer. Einmal, dann ein zweites Mal.

»Venron, nein!«, schrie Denetree hilflos der Aufzeichnung entgegen.

Aus dem hinteren Ende der Maschine drang ein riesiger Feuerstrahl, katapultierte sie durch die Wand aus Flammen und Rauch, die sich vor ihr auftat.

Die Maschine hinterließ eine Öffnung. Und durch sie hindurch sah Denetree die Sterne. Einen Moment lang vergaß sie ihre Angst. Die Sterne! Venron hatte sich nicht das Leben nehmen wollen, er hatte einen Weg zu den Sternen gefunden!

Ein Zischen, das blechern aus dem Lautsprecher drang, holte Denetrees Gedanken zurück. Es klang, als wehte in dem Saal ein furchtbarer Sturm. Er erfasste die Tenoy, riss mit furchtbarer Gewalt an ihnen. Die Männer und Frauen versuchten sich festzuhalten, aber der nackte Metallboden bot keinen Halt. Einer nach dem anderen wurden sie durch die Öffnung gesaugt, zu den Sternen, wo sie mit aus den Höhlen quellenden Augen und verzweifelt rudernden Armen und Beinen starben.

»Venron! Was hast du getan?« Tränen schossen in Denetrees Augen. Zum ersten Mal, seit sie sich erinnern konnte. »Das ... das ist ... was werden sie mit dir tun?«

Der Lautsprecher gab die Antwort: »Der Verräter hat sein verdientes Ende bereits gefunden. Und jene, die ihm geholfen haben, werden sein Schicksal teilen!«

4

Die Besatzung der PALENQUE wirkte wie ein auf einem Hinterwäldlerraumhafen im Eiltempo zusammengewürfelter Haufen, aber eines musste Rhodan ihr lassen: Sie war schnell.

Keine fünf Minuten waren seit der Eröffnung des Funkers verstrichen, als das Schiff an dem letzten bekannten Standort von Kriecher XI aus dem Hyperraum fiel.

»Ortung!«, bellte Sharita Coho. Die Kommandantin wirkte in ihrer streng sitzenden Uniform auf skurrile Weise fehl am Platz unter den Prospektoren. Die Männer und Frauen der PALENQUE legten größten Wert auf eine individuelle Erscheinung. Rhodan konnte noch immer kaum glauben, dass beispielsweise die Kommandantin und der Funker demselben Schiff angehörten. Alemaheyu Kossa mutete für Rhodan wie die Reinkarnation von Jimi Hendrix an, einem altterranischen Rockmusiker, der kurz vor dem Mondflug ums Leben gekommen war, nur dass Kossa dunklere Haut hatte und meist auf ein Stirnband verzichtete, um seine Kraushaarmähne zu bändigen.

»Im Gange«, gab Omer Driscol, der Orter, zurück. Der stämmige Schwarze hatte das Gesicht so nah an den Holos seines Pults, dass seine Nase beinahe in ihnen versank. »Letzte Ausläufer des Hyperstrurms ...«

»Davon gehe ich aus«, schnitt ihm die Kommandantin das Wort ab. »Ergebnisse?«

»Noch nichts. Auswertung läuft.« Driscol schien sich nichts aus dem barschen Ton Sharita Cohos zu machen. *Gewohnheit?*, fragte sich Rhodan. *Oder drückt er die Wut aus Sorge um seine Kameraden weg?*

Die Kommandantin wandte den Kopf. »Alemaheyu? Kontakt?«

Der Funker schüttelte die Mähne. »Nein.«

»Nicht gut. Gar nicht gut. Versuch es weiter.«

Der dürre Terraner beugte sich über seine virtuelle Tastatur, tippte eine Reihe von Befehlen ein und murmelte dabei vor sich hin. Rhodan glaubte »Kommt schon! Kommt zu Mama!« zu hören, kam aber zum Schluss, dass er sich getäuscht hatte. So abgedreht konnten nicht einmal diese Prospektoren sein.

»Geschwindigkeit auf halbe LG herabsetzen. Der Kriecher war mit knapp einem zehntel LG unterwegs. In einer halben Stunde haben wir seine gesamte Flugstrecke abgegrast.«

Einige Minuten lang herrschte angespannte Stille in der Zentrale, dann meldete sich Alemaheyu wieder. »Sharita!«

»Hast du Kontakt?«

»Nicht mit Kriecher XI, aber die übrigen Kriecher haben sich gemeldet. Sie wollen helfen.«

»Da gibt es nichts zu helfen. Wir sind ihre Augen und Ohren – und wir sind schon vor Ort.«

»Ja, aber sie wollen trotzdem helfen.«

»Was für ein Unsinn! Sag ihnen, sie ...«

Die Kommandantin brach ab, als eine Frau, die sie um mehr als einen Kopf überragte, neben sie trat und ihr die Hand auf den Arm legte. Es war Pearl Laneaux, die Erste Offizierin der PALENQUE.

»Pearl?«, sagte Sharita. »Was soll das?«

»Tu es nicht.« Pearl musterte die Kommandantin aus ihren sanften Rehaugen. Die beiden Frauen hätten kaum gegensätzlicher sein können. Sharita hätte mit ihrem martialischen Auftreten als übereifriger Kadett auf einem Kampfraumer der LFT-Flotte durchgehen können – wäre nicht ihr Alter gewesen: Mit 74 hatte sie keine Aussicht mehr darauf, von der Flotte akzeptiert zu werden. Pearl Laneaux dagegen erschien als Sanftmut in Person, eine zarte Schönheit, die dem Stereotyp des ungehobelten Prospektoren komplett quer lief.

Eigentlich hätten sich die beiden Frauen den ganzen Tag in den Haaren liegen müssen. Eigentlich. Und manchmal, so wie jetzt, geschah es auch. Aber jedes Mal, wenn es geschah, wirkte der Streit der beiden Ranghöchsten an Bord auf Rhodan wie ein reinigendes Gewitter. Wenn sich Blitz und Donner verzogen, war eine Entscheidung gefallen. Eine, in die die Klugheit beider Frauen eingeflossen war.

»Was?«, fragte Sharita. Sie funkelte die Erste Offizierin wütend an.

»Stoß die Besatzungen der Kriecher nicht vor den Kopf. Natürlich können sie bei der Suche nicht helfen, das wissen sie so gut wie du. Es geht ihnen um die Geste.«

»Pah, Gesten!«

»Sharita, du weißt, wie nah die Kriecher-Besatzungen einander stehen. Mach es ihnen nicht schwerer, als es bereits für sie ist.«

Rhodan sah, wie die Nackenmuskeln der Kommandantin gegen den eng anliegenden Kragen der Uniform drückten. Es hätte ihn nicht gewundert, wenn Sharita ihrer Offizierin einen Schlag versetzt hätte. Stattdessen streifte sie die Hand Pearls ab und rief: »Du hast sie gehört, Alemaheyu! Lass die Kriecher kommen. Aber sag ihnen, dass die Ausfallzeit selbstverständlich von ihren Anteilen abgezogen wird. Wir sind nicht zu unserem Vergnügen hier draußen!«

Die Suche nahm ihren Lauf. Ein Kriecher nach dem anderen materialisierte in der Nähe der PALENQUE. Die fliegenden Labore schossen wie ein Vogelschwarm hin und her und machten sich mit einer Wendigkeit, die Rhodan überraschte, an ihre Aufgabe.

Es nutzte nichts. Die PALENQUE und ihre Begleiter durchflogen den infrage kommenden Sektor, ohne auf eine Spur des Kriechers zu stoßen.

»Tut mir Leid«, sagte der Orter und rieb sich verlegen die Hände. »Der Sektor ist leer gefegt, hier und da etwas kosmischer Staub, sonst nichts.«

»Aber das ist unmöglich!«, entgegnete Sharita heftig. »Der Kriecher kann nicht weit gekommen sein.«

»Wieso nicht?«, warf Rhodan ein. »Er könnte beschleunigt oder sogar den Überlichtantrieb eingesetzt haben. Der Entmaterialisierungsimpuls könnte im Hypersturm untergegangen sein.«

»Niemand hat ihnen dazu den Befehl gegeben. Aber ...« Die Kommandantin setzte ein grimmiges Lächeln auf. »Aber das will nicht viel heißen. Wer hört hier schon auf meine Kommandos?«

Niemand in der Zentrale wagte zu lachen.

»Ortung ausweiten!«, befahl Sharita. »Auf einen Radius von einem Lichtjahr. Ich will, dass ihr jedes Staubkorn unter die Lupe nehmt!«

Die Zentralebesatzung machte sich an die Arbeit. Überall beugten sich die Männer und Frauen in ihren Nischen über die Pulte ihrer Instrumente. Niemand hatte die schall- und sichtisolierenden Felder hochgefahren, mit denen man sich von der übrigen Zentrale abschotten konnte. Waren sie aktiviert, schalteten sich automatisch Holos zu, die dafür sorgten, dass der Kontakt unter der Zentralebesatzung nicht abbrach. Auf LFT-Schiffen war es Sitte, die Felder die meiste Zeit angeschaltet zu lassen. Es arbeitete sich einfach ungestörter auf diese Weise. Auf der PALENQUE hatte sich eine gegenläufige Bordkultur entwickelt. Die Prospektoren genossen die Nähe zueinander, und Rhodan hätte sich nicht gewundert, wenn sie eines Tages die Abschirmfelder als nutzlosen Plunder ganz ausbauen würden.

Keiner der Prospektoren sagte etwas. Ab und zu hörte Rhodan ein unterdrücktes Keuchen, aber die erhoffte Meldung blieb aus.

Rhodan ertappte sich dabei, wie er nervös mit den Fingern auf der Lehne des Kontursessels spielte. Er war es nicht gewohnt, in Momenten der Krise untätig zu sein. Doch der Sessel, den man ihm zugeteilt hatte, bot lediglich passiven Zugriff auf die Daten, der Zugriff auf den Bordsyntron und seine Subsysteme war ihm verwehrt.

Sharita Coho räusperte sich, ging auf und ab. Die Finger ihrer rechten Hand hieben auf den Kolben ihres Kombistrahlers. Rhodan kam das Geräusch wie ein Trommelwirbel vor.

»Ortung!«, rief Omer Driscol. Es war ein Freudenschrei. »Objekt in einer knappen Lichtstunde Entfernung. Masse ...«

»Ja?«

»Masse dreifach über der des Kriechers«, antwortete der Orter tonlos. »Keine Ahnung, was das ist, aber es sind nicht unsere Leute.«

»Bekommt der Syntron eine optische Darstellung hin?«

»Gerade so. Die Ausläufer des Hypersturms behindern die Ortung immer noch. Und das Ding ist verflucht schnell! Aber eine Simulation sollte drin sein.«

»Her damit!«

In der Zentrale-Mitte entstand ein übermannsgroßes Holo, ein Fenster in die Schwärze des Alls. Das Objekt war erst beim genauen Hinsehen zu erkennen. Es war ein dunkler Schatten, der sich überschlagend durch den Raum raste und dabei in fließender Bewegung verschiedene Anteile der Sterne abdeckte. Der Schatten erinnerte Rhodan in seiner Gedrungenheit an einen Daumen, hatte nichts von der Plattgedrücktheit, denen die Kriecher ihren Namen verdankten.

Beim Anblick des Objekts stießen die Männer und Frauen Verwünschungen und Flüche aus. Für Rhodan hatte ihre Handlungsweise etwas Beruhigendes. Er hatte sich schon gefragt, ob es der Besatzung der PALENQUE je gelingen würde, unverkrampft zu sein.

Aber um welchen Preis ...?

»Wir sehen uns das Ding an«, befahl die Kommandantin.

Rhodan spürte ein Vibrieren unter den Füßen, als die Triebwerke die PALENQUE mit Höchstwerten beschleunigten und sich das Schiff an die Fersen des Objekts heftete.

Auf dem Zentrale-Holo wuchs der rotierende Schatten immer weiter an. Seine Umrisse wurden zunehmend schärfer. Rhodan glaubte Metall zu sehen, in dem sich das schwache Licht der Sterne widerspiegelte. Lange, regelmäßige Bahnen und an einem Ende ... ein schwarzer Abgrund, eingerahmt von scharfkantigen Metallzungen, die nach allen Richtungen abstanden. Ein Ausleger wurde durch die Rotationsbewegung vor- und zurückgerissen, fast, als winkte er. Was für ein absurder Gedanke.

»He, das Ding winkt uns zu!«, rief Alemaheyu, der sich offenbar nicht zu schade war, selbst die verrücktesten Interpretationen laut auszusprechen.

»Behalt diesen Mist für dich! Das da drüben ist ein Stück totes Blech, mehr nicht!«

Totes Blech ... In dem, was Sharita sagte, lag ein Körnchen Wahrheit.

Die PALENQUE führte eine kurze Überlichtetappe durch. Als sie wieder in den Normalraum eintrat, befand sich das Objekt unmittelbar – eine Viertelmillion Kilometer – vor ihr.

Es war unverkennbar ein technisches Gebilde. Rhodan erinnerte es an die Raketen, die die Menschen während seiner Zeit bei der US Space Force benutzt hatte, vor fast dreitausend Jahren, bevor sie die Arkoniden entdeckt hatten.

Nur, dass diese Rakete entzweigerissen worden war. Sie hatten einen Stumpf vor sich, und die Brandspuren auf dem Metallgewirr an einem Ende bewiesen, dass die Zweiteilung das Resultat einer Explosion gewesen war. Hatte sich an Bord ein Unfall ereignet? Oder hatte jemand auf das Schiff geschossen? Und – Rhodan erkannte sie als die im Augenblick entscheidende Frage – was war mit dem anderen Teil geschehen?

Er wandte sich an den Orter. »Irgendwelche weiteren Objekte wie dieses hier in der Umgebung?«

Driscol zögerte, schüttelte dann den Kopf.

Sharita bedachte Driscol mit einem wütenden Blick. Zu Rhodan sagte sie: »Du vergisst deinen Status. Du bist auf der PALENQUE ...«

»... als Gast, ich weiß. Ich habe mir auch keine Befehlsgewalt angemaßt, sondern nur eine Frage gestellt. Und auch das habe ich mir nur herausgenommen, weil die Zeit drängt.«

»Was du nicht sagst!«

»Ja, und zwar noch viel mehr, als dir bewusst zu sein scheint. Dieses Ding da« – Rhodan deutete auf das Zentrale-Holo, auf dem das Trümmerstück nun beinahe die gesamte Fläche ausfüllte – »bewegt sich mit einem Tempo knapp unterhalb der Lichtgeschwindigkeit – und wir haben unseres dem seinen angepasst.«

»Na und?«

»Dass heißt, wir befinden uns im relativistischen Bereich. Ich kann das im Augenblick nur im Kopf überschlagen, da ich keinen Zugriff auf den Bordsyntron habe, aber ich schätze, dass für jede Minute, die wir bei dieser Geschwindigkeit verbringen, ungefähr hundert Minuten auf Terra und den übrigen Welten der Liga freier Terraner vergehen. Wir müssen so schnell wie möglich wieder herunter von dieser Geschwindigkeit, sonst haben wir jede Chance vertan, die Crew des Kriechers zu retten.«

Sharita nickte; langsam, fast, als müsste sie sich dazu zwingen. »In Ordnung, das ist stichhaltig. Aber vorher holen wir das Ding da an Bord – wer weiß, vielleicht ist es ja wertvoll. Und danach finden wir unsere Kameraden!«

Rhodan sagte nichts. Er glaubte zu wissen, was aus Kriecher XI geworden war. Es würde der Besatzung der PALENQUE nicht gefallen.

Die PALENQUE kehrte in das ursprüngliche Suchgebiet zurück. In einer Serie von kurzen Hyperetappen durchkämmte sie es ein zweites Mal, unterstützt von dem Schwarm aus ebenso emsigen wie blinden Kriechern. Als auch diese Suche ergebnislos blieb, ließ Sharita den Suchradius erweitern.

Niemand kümmerte sich in der Zwischenzeit um das geborgene Wrack, das in einem der Hangars der PALENQUE ruhte. Nicht in dem von Kriecher XI – die Symbolik wäre der Besatzung unerträglich gewesen –, sondern in dem Hangar, der eigentlich für die bordeigene Space-Jet vorgesehen war – hätten sich die Eigner der PALENQUE endlich zu der Investition in das Beiboot durchringen können. Es war nicht mangelnde Neugierde, die die Prospektoren davon abhielt, ihren Fund zu untersuchen, aber schließlich war das Wrack ein totes Ding, und ihr Augenmerk galt den Lebenden.

Doch mit jeder Stunde, die verstrich, wurde klarer, dass die Crew von Kriecher XI nur noch in den Köpfen ihrer Kameraden lebte. Im Ochent-Nebel war nicht die geringste Spur des Spezialfahrzeugs zu finden.

Rhodan verfolgte als hilfloser Zuschauer, wie die Hoffnung der Prospektoren Stück um Stück starb. Anfangs hinderte die Anspannung die Männer und Frauen daran, nachzudenken. Die Mitglieder der Zentralebesatzung klinkten sich in die Orterdaten ein, gingen sie mit dem bloßen Auge durch, in der verzweifelten Hoffnung, auf Anomalien zu stoßen, die der Bordsyntron übersehen hatte. Einige der Prospektoren, insbesondere der Funker Alemaheyu Kossa, schrieben hastig Suchroutinen, die die hereinkommenden und archivierten Daten analysierten. Doch ihre Mühen verliefen im Sande, sie fanden lediglich hier und da kleinere Wolken kosmischen Staubs. Erschöpfung nahm den Platz der Anspannung ein, während die Verzweiflung wuchs. Es *durfte* einfach nicht sein! Ihre Kameraden *mussten* leben! Die Männer und Frauen wehrten sich gegen die Erschöpfung, die sie immer stärker in den Griff bekam. Sie durften ihre Kameraden nicht im Stich lassen! Doch die Orter blieben stumm, der Suchradius wuchs stetig, die Wahrscheinlichkeit, auf Kriecher XI zu stoßen, sank im umgekehrten Maß.

Schließlich hielt Rhodan den Augenblick gekommen, sich zu Wort zu melden. »Sharita«, sagte er. »Ich glaube, die Suche hat keinen Sinn mehr.«

»Ach ja?« Der Blick aus ihren mittlerweile von dunklen Strichen umrandeten Augen fügte noch ein weiteres Wort hinzu: *Klugscheißer*.

»Die Mannschaft des Kriechers ist tot.«

»Und woher willst du das wissen? Der Kriecher hat Atemluft und Proviant für Wochen.«

»Das weiß ich. Aber das nützt nichts. Der Kriecher ist zerstört.«

»Das kann nicht sein.« Die Kommandantin erhob sich von ihrem Sessel, auf dem sie zusammengesunken war, und straffte sich. Mit der Rechten wischte sie sich einen Fussel von der Uniformjacke. »Wir haben das gesamte Gebiet durchkämmt. Die letzten Ausläufer des Hypersturms sind abgeebbt. Die Orter arbeiten wieder mit voller Leistung. Wenn da draußen nur ein Trümmerstück größer als ein Staubkorn flöge, hätten wir es gefunden.«

»Eben.«

»Was willst du damit sagen?«

»Dass aller Wahrscheinlichkeit nach nicht einmal ein Staubkorn von Kriecher XI geblieben ist.«

Sharitas Rechte schloss sich um den Kolben ihres Kombiladers. »Jetzt verstehe ich, was du damit sagen willst! Diese verfluchten Akonen! Das werden sie mir büßen! Wer soll sonst dahinter stecken? Sie oder diese Tellerköpfe! Ich ...«

Rhodan schüttelte den Kopf. »Ich glaube nicht, dass sie es waren.«

»Und wer sonst, bitte? Sag jetzt nicht, die Arkoniden, und dass sie der wahre Grund sind, weshalb du dich hier am Ar... der Welt herumtreibst?«

»Nein, ich habe dich nicht belogen. Ich bin hier, um über inoffizielle Kanäle Kontakt zu den Akonen aufzunehmen und unser Verhältnis zu verbessern. Terra wird in den nächsten Jahren alle Freunde gebrauchen können, die es bekommen kann. Und die Akonen treiben sich überall hier im Ochent-Nebel herum. Aber nicht die Akonen haben den Kriecher vernichtet, sondern das da.« Der Terraner deutete auf ein kleines Holo am Rand der Zentrale, das den Hangar mit dem geborgenen Wrack zeigte. »Oder besser gesagt, die fehlende Hälfte.«

Pearl Laneaux, die sich bislang an einem der Pulte den Orterdaten gewidmet hatte, schaltete sich ein. »Da ist etwas dran. Das Ding flog mit nahezu Lichtgeschwindigkeit, als wir es einfingen. Die Masse eines Körpers steigt gegen unendlich, je näher er an die Lichtgeschwindigkeit kommt.

Selbst die Kollision mit einem Spielzeugball, der mit so einem Tempo heranrast, wäre fatal. Von den beiden Körpern blieben nur winzigste Partikel.«

»Mag sein«, sagte die Kommandantin. »Aber wieso ist dann von diesem Ding die Hälfte geblieben? Angenommen, deine Vermutung trifft zu, dann dürfte nur eine einzige Partikelwolke übrig sein.«

»Das ist richtig«, gab Rhodan zu. »Aber wer sagt dir, dass das Auseinanderbrechen durch den Zusammenprall mit dem Kriecher verursacht wurde? Was, wenn diese Rakete schon lange vorher auseinander gebrochen ist? Die Trümmerstücke folgten vielleicht nur geringfügig auseinander driftenden Kursvektoren. Dann kollidierte die eine Hälfte mit dem Kriecher – und wir sind bei unserer Suche auf die zweite gestoßen, die sich trotz ihrer hohen Geschwindigkeit noch in unmittelbarer Nähe des Kollisionsortes befand.«

Sharita Coho schloss die Augen, atmete tief durch und wandte sich dann an den Orter. »Omer, geh die archivierten Orterdaten durch. Such nach Partikelwolken. Vielleicht gibt es eine, deren Masse ungefähr der des Kriechers und eines Trümmerstücks wie dem im Hangar gleichkommt ... auch wenn ich es nicht hoffe.«

Wenige Minuten später kam die Rückmeldung: In dem fraglichen Sektor existierte tatsächlich eine Partikelwolke, und ihre Richtung, Geschwindigkeit und Masse lag im Rahmen dessen, was nach einer Kollision des Kriechers mit einem Trümmerstück zu erwarten war.

Die Kommandantin bedankte sich ruhig bei dem Orter. »Wenigstens haben wir jetzt Gewissheit.« Sie wandte sich an Rhodan, fixierte ihn. »Du hast das schon die ganze Zeit vermutet, nicht wahr? Wieso hast du nichts gesagt?«

Rhodan hielt ihrem Blick stand. »Weil es keinen Unterschied gemacht hätte. Keiner von euch hätte mir glauben wollen. Ihr hättet trotzdem weitergesucht, bis ihr vor Erschöpfung umgefallen wärt. Und das verstehe ich: Ich hätte an eurer Stelle nicht anders gehandelt, wenn es um das Leben meiner Kameraden gegangen wäre.«

Pearl Laneaux öffnete den Mund, um zu sprechen. Die Kommandantin winkte mit einer militärisch knappen Geste ab. »Ich weiß, ich weiß: Da ist was dran.« Sharita rückte den Gürtel zurecht, an dem ihr Kombilader baumelte. »Fest steht: Die Drei sind tot. Pearl, du benachrichtigst ihre Angehörigen. Sorg dafür, dass sie den Risikobonus bekommen, der ihnen zusteht. Und jetzt will ich mir dieses Ding ansehen, das meine Leute auf dem Gewissen hat.«

Die Kommandantin stapfte aus der Zentrale. Rhodan schloss sich ihr an. Sharita akzeptierte seine Begleitung wortlos.

5

»Bist du traurig?«

Lemal Netwar wandte vorsichtig den Kopf in die Richtung, aus der die Stimme gekommen war. Seine Umsicht wurde belohnt, er verspürte nur einen Anflug von Schmerz.

Er blickte auf die nackte Wand. Das Netz wollte sich heute in keiner äußeren Form manifestieren. Es tat es in letzter Zeit immer seltener. Vielleicht war der Projektor ausgefallen, und das Netz fand keinen Ersatz. Es wäre nicht das einzige Gerät auf der NETHACK ACHTON, das den Dienst versagte.

»Wieso fragst du?«

Netwar war ein großer, kräftiger Mann; immer noch, trotz der Krankheit, die seine Gelenke zerfraß. Mit seinen breiten, wenn auch neuerdings hängenden Schultern hätte man ihn für einen Metach halten können, der sein Leben lang für schwere körperliche Arbeit eingeteilt worden war. Doch der Schein trog. Nichts konnte der Wahrheit ferner sein.

»Ich kenne dich, Lemal«, sagte die Stimme. Sie kam jetzt aus einer anderen Richtung. Netwar machte sich nicht die Mühe, sich zu ihr zu drehen. Ihm war nicht danach, Spielchen mit dem Netz zu spielen. Hier in seinen Privaträumen hörte es ohnehin jedes Wort, das er sagte, ob ihm das gefiel oder nicht. Und er musste sich schonen, nicht durch unnötige Bewegungen Schmerzen provozieren.

»Die Falte auf deiner Stirn sagt mir alles, was ich wissen muss«, fuhr die Stimme fort. In ihr schwang eine menschliche Wärme mit, die jeden zufälligen Zuhörer davon überzeugt hätte, einem Menschen zu lauschen. Hätte man denselben Zuhörer allerdings befragt, ob die Stimme einem Mann oder einer Frau gehörte, wäre er die Antwort schuldig geblieben. »Sie verläuft von deiner Nasenwurzel senkrecht nach oben und verzweigt sich auf deiner Stirn nach beiden Seiten. Du hast sie immer, wenn du dir Sorgen machst.«

»Immer?«

»In 97,355 Prozent aller Fälle.« Die Stimme seufzte. »Wieso zwingst du mich zu unnötiger Genauigkeit? Um mich daran zu erinnern, dass ich nur eine Maschine bin?«

Netwar gab keine Antwort. Manchmal wünschte er sich, er hätte nie damit begonnen, mit dem Netz herumzuspielen. In gewisser Weise hatte er die natürliche Ordnung der Dinge durcheinander gebracht. Er war der Naahk, der Herrscher der NETHACK ACHTON. Das Netz stellte die Fühler, mit deren Hilfe er seine Herrschaft zum Wohl aller Metach ausübte. So hatten es die Erbauer gewollt.

Und was hatte ihn geritten, an ihm Veränderungen vorzunehmen? Er hatte eine Reihe von Entschuldigungen. Gute sogar. Stillstand bedeutete Rückschritt, lautete eine. Sie mussten die beschränkten Mittel, die ihnen auf dem Schiff zur Verfügung standen, optimal einsetzen, sie fortentwickeln. Netwar hatte nicht gewusst, auf was er sich einließ, lautete eine andere. Die einzig ehrliche Entschuldigung aber war: Sein Amt machte einsam. Von den anderen Metach des Schiffs wurde er nicht als gewöhnlicher Sterblicher gesehen. Die meisten verehrten ihn, manche hassten ihn, und ohne Ausnahme respektierte und fürchtete man ihn. Hätte er versucht, mit irgendeinem Metach über seine Sorgen und Nöte, die Bürde der Verantwortung zu sprechen, er wäre auf blankes Unverständnis, ja auf Ablehnung gestoßen.

Es brauchte keinen brillanten Kopf, sich das auszurechnen, und obwohl Netwar über einen gestochen scharfen Verstand verfügte, hatte er sich einmal, vor langer Zeit, in einer seiner dunkelsten Stunden, dazu verleiten lassen, die Vernunft in den Wind zu schlagen. Er hatte die Frau, der er sich anvertraut hatte, zur lebenslangen Arbeit auf den Feldern degradiert, im Außendeck, so weit weg, wie es an Bord des Schiffs nur möglich war. Eine Entscheidung nicht nur zu seinem Wohle, sondern zu dem des gesamten Schiffs.

Bald darauf hatte er begonnen, mit dem Netz herumzuspielen. Die Hardware des Netzes war fix, das Schiff verfügte nicht über die Ressourcen, für Expansionen oder großmaßstäbliche Veränderungen, aber die Hardware war in gewisser Weise vernachlässigbar. Sie war nur das Knochengerüst, auf dem das Netz aufsetzte. Entscheidend war das Fleisch, die Software, und die hatte er nach seinem Gutdünken geformt.

Er war der Naahk, er entschied über Leben und Tod an Bord der NETHACK ACHTON, aber Allmacht war nicht gleichzusetzen mit Allwissen. Lemal Netwar hatte lange Zeit gebraucht, sich die Grundbegriffe des Programmierens beizubringen, und noch länger, um zu ersten, winzigen Erfolgen zu kommen. Das Fundament hatten natürlich die Erbauer gelegt. Sie hatten das Netz, den dezentralen Verbund aller Rechner der NETHACK ACHTON, mit einer einfachen Spracherkennung und -Steuerung ausgestattet. Diesen Teil der Arbeit hatten sie Netwar abgenommen. Ihm war »nur« noch geblieben, das Netz mit einem Interface auszustatten, das sich in der Interaktion nicht mehr von der mit einem Menschen unterscheiden ließ.

Seine ersten Gehversuche waren geradezu lachhaft primitiv gewesen. Ursprünglich hatte das Netz lediglich auf eine Reihe von genau definierten Befehlen – exakt 214 verschiedene – reagiert. Natürlich gesprochene Sprache lag außerhalb seines Vermögens. Netwar hatte sich an eine ebenso strenge wie schlichte Syntax halten müssen, um vom Netz verstanden zu werden. In der ersten Phase hatte er dem Netz nur eine schnell ermüdende Pseudo-Intelligenz verleihen können. Im Grunde war es nicht mehr als ein Frage- und Antwortspiel gewesen. Das Netz hatte an jede seine Äußerung mit einer Frage angeknüpft. Ganz gleich, was er gesagt hatte, er hatte immer nur Fragen bekommen, nie Antworten.

»Du *bist* traurig«, stellte die Stimme fest.

Manchmal wünschte sich Netwar, es wäre dabei geblieben. Er hatte sich einen Gesprächspartner gewünscht, mit dem er sich austauschen konnte; jemanden, bei dem er seine Sorgen abladen konnte, und nicht jemanden, der ihn mit ihnen konfrontierte.

Der Naahk schwieg, versuchte sich auf die Daten auf seinem Kommandodisplay zu konzentrieren.

»Es sind die Kinder, nicht wahr?«

Es war genug. Netwar sah auf. Eine widersinnige Geste, hatte er doch mit dem Display direkt in das Gesicht des Netzes geblickt. Und eine schmerzhafte dazu. Er stöhnte leise auf.

»Nenn sie nicht so. Es sind keine Kinder mehr!«

»Oh. Sind nicht alle hier an Bord deine Kinder?«

»Wir sind eine Gemeinschaft. Wir müssen zusammenhalten, um zu überleben. Jeder muss ihr an seinem ihm zugeteilten Platz dienen. Wir ...«

»Erspar mir die Vorträge, großer Naahk«, unterbrach ihn das Netz. »Ich habe die meisten davon geschrieben, schon vergessen?« Netwar hörte ein seufzendes Durchatmen, das von allen Seiten kam. Dann sagte die Stimme betont ruhig: »Darüber wollte ich nicht mit dir reden. Es geht um die Kinder.«

»Sie sind keine Kinder mehr. Ihr Anführer war 22, ich bin sicher, die Übrigen werden nicht viel jünger oder älter sein.«

»Ich bitte dich, Lemal. Was sagt schon das physische Alter über einen Menschen aus? Du solltest es besser wissen.«

Netwar strich sich durch das kurze, schwarze Haar. Am liebsten hätte er sein Quartier verlassen, wäre er davongerannt. Doch wohin? Er konnte nirgendwohin fliehen. Das Schiff war zu klein, um vor sich selbst davonzurennen, vor der Verantwortung, die er sich freiwillig aufgebürdet hatte.

»Also gut«, sagte er, »dann lasse ich dir eben deinen Willen. Nenn sie, wie du willst.«

»Na also«, sagte das Netz. »Ich wusste doch, dass wir vernünftig miteinander reden können. Es sind Kinder. Sie waren ungezogen. Sie haben Dinge angestellt, die ihnen verboten waren, an Fragen gerührt, die sie nichts angehen.«

»Nicht Kinder. Wenn schon, dann *ein* Kind. Sein Name war Venron. Er war allein. Das hast du selbst bestätigt. Er hat sich allein die Daten beschafft, ist allein in den Hangar eingebrochen. Hat allein ...«

»... dreiundvierzig Tenoy zu einem qualvollen Tod verurteilt. Dreiundvierzig deiner besten Wächter. Ein Verbrechen ohne Beispiel in der Geschichte des Schiffs. Und er hat es allein durchgeführt. Das ist richtig. Aber der Keim dazu kann nicht in ihm allein gewachsen sein. Und um eben diesen Keim geht es. Venron ist tot, vergessen. Vergangenheit. Wir müssen uns um die Zukunft kümmern!«

»Wir?«

»Du, selbstverständlich. Mit meiner unbedeutenden Hilfe.«

»Und wie sieht sie aus?«

»Ich bin bei dir«, sagte die Stimme mit einem fast mütterlichen Beiklang. »Ich stehe dir bei in der Stunde der Not und der schweren Entscheidungen.«

»Die Entscheidung ist bereits gefallen. Der Verräter ist tot.«

»Er ja, aber nicht die anderen.«

»Die anderen?« Es war eine rhetorische Frage. Der Naahk wusste ebenso gut wie das Netz, dass Venron Freunde gehabt haben musste, Vertraute, Mitverschwörer. Aber Netwar hatte gehofft, diese Tatsache so lange vor sich selbst zu verleugnen, bis er sie vergessen hatte.

»Seine Mitverschwörer. Hast du dir nicht seine Akte angesehen?«

»Natürlich. Er war ein Sonderling, ein Einzelgänger. Menschen wie ihn gibt es immer wieder, so sehr wir auch versuchen, es zu verhindern. Aber die pränatale Genetik hat ihre Grenzen. Wie die Erziehung.«

Insbesondere die Erziehung, dachte Netwar. *Wann bist du zu dem Inquisitor geworden, der du heute bist, Netz? Du hast mir eine Stütze sein, mir helfen sollen, mich von meinem Amt zu entspannen, nicht, es zu führen.*

»Einzelgänger sind niemals allein. Der Begriff ist lediglich ein Sinnbild, eine Unschärfe der Sprache. Einzelgänger haben Familie, den ein oder anderen Freund, sie gehören einem Metach'ton an.«

»Soll ich etwa alle verhaften lassen, die jemals mit Venron gesprochen haben?«

»Nein. Eine Hand voll genügt.«

»Du hast Beweise?«

Einige Sekunden vergingen, bevor das Netz antwortete. »Die Kinder sind geschickt. Und meine Präsenz ist nicht mehr so umfassend, wie sie einmal war, auch wenn wir versuchen, den gegenteiligen Eindruck zu erwecken.«

»Du hast also keine«, sagte der Naahk. Er versuchte, die Erleichterung nicht in seine Stimme fließen zu lassen.

»Nein, das ist aber auch nicht nötig. Wir wissen, mit wem Venron Umgang hatte. Wir schicken ein paar Tenoy zu ihnen, schüchtern sie ein, stellen bohrende Fragen. Sollte jemand mit Venron unter einer Decke gesteckt haben, wird er sich früher oder später unter dem Druck verraten. Sich selbst und vielleicht noch ein paar weitere. Und diese werden wieder weitere verraten, bis wir die ganze Bande haben. Die Verräter verraten einander. Könnte es ein passenderes Bild geben?«

»Und wenn wir die Falschen erwischen?«

»Haben wir wertvolle Erziehungsarbeit geleistet. Sollte irgendjemand Zweifel daran gehegt haben, wo sein Platz ist, haben wir sie ihm ausgetrieben.«

Netwar setzte sich, musterte seine großen Hände. Er glaubt an ihre Mission, an das große Ziel. Er hatte geschworen, alles zu tun, um sicherzustellen, dass sie ihre Aufgabe erfüllten. Alles. Aber als er den Schwur geleistet hatte, hätte er sich nie vorstellen können, wie schwer er auf ihm lasten würde. Er hatte sich immer als gütigen Herrscher vorgestellt, als liebevollen Vater, der dafür sorgte, dass seinen Schützlingen nichts geschah. Nie hätte er geglaubt, dass er eines Tages einige seiner Schützlinge umbringen musste, um ihre Gesamtheit zu schützen.

Er wünschte, etwas würde geschehen und ihm die Entscheidung abnehmen. Dass einige Jugendliche sich reuig stellten und ihm die Möglichkeit gaben, Gnade walten zu lassen. Dass das Netz sein Drängen aufgab – eine unwahrscheinliche Entwicklung, hatte er doch selbst an seiner Basisprogrammierung mitgewirkt. Oder dass – der Gipfel der Unwahrscheinlichkeit! – der Hüter zurückkehrte.

Ist es schon so weit mit dir gekommen, dass du auf Wunder hoffst?, ermahnte er sich. *Zeit, dass du dich erneuerst!*

»Und?«, fragte das Netz.

Der Naahk straffte sich. »Du hast wie immer Recht. Mach, was du für richtig hältst.«

»Gut, ich gebe die Befehle. Wir fangen mit seiner Schwester an. Es ist beinahe unmöglich, dass sie nichts von seiner zersetzenden Aktivität wusste.«

»Gut.«

Netwar versuchte, den Gedanken daran zu verdrängen, was seine Befehle anrichten würden, und konzentrierte sich auf das Kommandodisplay vor ihm. Er rief die Statusdaten des Schiffs auf, verglich sie mit den Sollwerten, prüfte die Berichte der jeweiligen Verantwortlichen auf ihre Stichhaltigkeit. Nach einiger Zeit ließ seine Anspannung nach. Die vertraute Routine der Herrschaft beruhigte ihn. Fragen der Bewässerung, Personalentscheidungen, die Schlichtung von Streitigkeiten unter Nachbarn – der banale, aber beruhigende Alltag – führten ihm vor Augen, was seine wahre Arbeit war: die Pflege des Gemeinwesens.

»Lemal?«

»Ja?«

»Was tust du da?«

»Das siehst du doch. Ich arbeite.«

»Ja, aber was?«

»Das siehst du auch.«

»Ja, du tust die falsche Arbeit.«

»Und die richtige ist?«, fragte der Naahk, obwohl er die Antwort kannte. Ihm wurde flau.

»Du musst zu den Metach sprechen. 43 Tenoy sind tot. Ihre Angehörigen und Freunde haben eine Erklärung für ihren Tod verdient – und die Aussicht auf Gerechtigkeit.«

»Muss das sein? Ich werde die Angehörigen persönlich anrufen und informieren ...«

»Das ist eine hervorragende Idee. Du solltest das gleich tun, nachdem du deine Ansprache gehalten hast.«

»Meine Ansprache?«

»Die Metach haben ein Recht darauf zu erfahren, wer ihre Gemeinschaft gefährdet hat, meinst du nicht?«

Als der Naahk schwieg, fuhr das Netz fort: »Ich habe mir erlaubt, begleitendes Filmmaterial zusammenzustellen.« Auf dem Kommandodisplay erschien das Gesicht eines jungen Mannes. Es war blass. Die Kiefer waren verspannt, traten überdeutlich hervor. Er mochte es offensichtlich nicht, fotografiert zu werden. In seinen Augen lag ein verträumtes Funkeln und wache Intelligenz. Es musste Venron sein, der Verräter.

Immer die Besten, dachte Netwar. *Es sind immer die Besten, denen das Leben an Bord zu eng ist. Die nach draußen streben, denen die Neugierde keine Ruhe lässt. Und ich zerschmettere sie ...*

Unter dem Kinn des Verräters erschienen Buchstaben. »Metach, ich spreche heute zu euch ...«

»Was hat das zu bedeuten?«

»Du musst den Text nur ablesen. Keine Angst, er ist nur für dich sichtbar.«

Netwar ruckte hoch, Schmerz stach in seine Gelenke. »Weg damit! Sofort, weg damit!«

»Wie du willst.«

Wütend zog der Naahk sich die Uniformjacke zurecht. Hatte das Netz nicht genau das beabsichtigt ... ihn in Rage zu bringen? Egal, die Wut würde ihm helfen, seine Aufgabe zu erfüllen.

Lemal Netwar sprach frei zu den Metach, berichtete ihnen von dem abscheulichen Verrat, den Venron begangen hatte, von der unermesslichen Gefahr, in die er sie alle gebracht hatte, und von der unbarmherzigen Strafe, die alle erwartete, die mit ihm im Bunde waren.

Das Netz unterlegte seine Worte mit Bildern von sterbenden Tenoy, aber während er sprach, sah Netwar nur sein eigenes Gesicht, das sich im Display spiegelte.

Er suchte nach dem verträumten Funkeln, das seine Augen stets gehabt hatten, ganz gleich, in welcher Phase er sich befunden hatte.

Er fand es nicht mehr.

6

Es war, als lebe das Wrack.

Das Metall des Trümmerstücks, das weiß Gott wie lange Temperaturen in der Nähe des absoluten Nullpunkts ausgesetzt gewesen war, dehnte sich in der Wärme in der PALENQUE knarrend und knackend aus.

Normalerweise hätte Sharita Coho kehrt gemacht, gewartet, bis der Temperaturausgleich abgeschlossen war – das Ding war tot, sie hatten keine Eile – und wäre dann mit Verstärkung zurückgekehrt und einer Ausrüstung, mit der sich eine sinnvolle Untersuchung des Wracks hätte bewerkstelligen lassen.

Normalerweise. Aber nichts war mehr normal, seit Perry Rhodan die PALENQUE betreten hatte. Sharita hatte es geahnt. Sie hatte sich mit Händen und Füßen gegen den prominenten Passagier gewehrt, aber die Eigner hatten kein Pardon gegeben und sie vor die Wahl gestellt: Rhodan würde in jedem Fall an Bord gehen und wenn es ihr nicht passte, konnte *sie* ja von Bord gehen ...

Als hätte sie das Ergebnis jahrzehntelanger Mühen einfach so hingeschmissen! Wäre Rhodan nur ein Jahr oder zwei später aufgekreuzt, vielleicht. Aber so ... es würde schon nicht so schlimm werden, hatte sie sich eingeredet.

Sie fühlte Rhodans Blick überall auf sich ruhen, in der Zentrale, hier im Hangar, ja sogar in ihrer eigenen Kabine. Rhodans Blick maß sie, prüfte sie – und sie wurde das Gefühl einfach nicht los, dass er sie für zu leicht befand. Kein Führungsmaterial.

Sharita schüttelte die Gedanken ab und trat auf das

Wrack zu. Es war mit einer dicken Schicht aus Eiskristallen bedeckt, keine kompakte Fläche, eher wie Schnee, den man dünn aufgetragen hatte. Die in der Luft des Hangars gebundene Feuchtigkeit hatte sich auf dem kalten Metall niedergeschlagen. Sie legte eine Hand auf den Rumpf. Durch den Handschuh ihrer Uniform spürte sie Kälte, die sie wie ein Schlag traf.

»Sei vorsichtig«, sagte Rhodan, der einige Schritte hinter ihr geblieben war. »Das Material, aus dem dieses Wrack gebaut wurde, scheint Temperaturunterschieden nicht sehr gut zu trotzen.«

»Das sehe ich.«

Aus dem Augenwinkel nahm Sharita eine Bewegung wahr. Sie warf sich nach hinten. Eine Metallstrebe fuhr sirrend an ihrem Kopf vorbei.

Rhodan war beinahe im selben Moment bei ihr. »Alles in Ordnung? Die Strebe muss unter Spannung gestanden haben.«

»Ja, es geht schon.« Sharita schüttelte seinen Arm ab, wütend auf sich selbst, dass sie so unvorsichtig gewesen war, und noch wütender auf Rhodan. Musste er unbedingt Recht behalten? Und dazu noch den rettenden Ritter spielen, der ihr zur Hilfe eilte, natürlich ohne ihr Vorwürfe zu machen?

Sharita stand auf, zog ihre Uniform glatt, schloss den Kragen, der sich geöffnet hatte. Der Stoff war wie eine Klammer um ihren Hals, hielt sie aufrecht. Gut so.

Sie ging zurück zu dem Wrack, umrundete es langsam. An der schmalen Seite, die sie für die vordere hielt, wölbte sich eine Kuppel, die sie an das Facettenauge eines Insekts erinnerte. Links neben ihr befand sich eine zweite. Sie war geborsten. Sharita sah hinein, machte aber nur die übliche aufgeraute Eisschicht aus. Unten am Bug ragt ein von einem Eispanzer bedeckter Sporn hervor. Eine Antenne? Eigentlich war der Sporn zu kurz und dick für diesen Zweck.

Sie setzte die Untersuchung fort, bis sie an das hintere Ende des Wracks kam. Ein Gewirr aus geborstenem und gebogenem Metall tat sich vor ihr auf. Sie packte mit beiden Händen – mal sehen, was Rhodan dazu sagen würde! – eine aus der Metallmasse ragende Strebe und zog mit aller Kraft daran. Es knackte, Eisstücke platzten von der Stange ab, aber sie wollte sich nicht lösen – und ließ sich ebenso wenig als Hebel verwenden.

Rhodan, der hinter ihr Stehen geblieben war, schwieg.

»Miststück!« murmelte Sharita in Richtung des Wracks. »Wieso musst du es mir so schwer machen?«

Sie trat zurück. Mit der Linken zog sie Rhodan mit sich, der sie überrascht gewähren ließ, mit der Rechten zog sie ihren Kombilader und legte auf das Wrack an.

»Sharita, nein!«, rief Rhodan.

Na also, geht doch!, dachte sie. *Klingt ja schon fast menschlich. Du kannst also auch die Fassung verlieren.*

Sharita drückte ab. Ein grüner, flimmernder Strahl löste sich aus ihrer Waffe, fächerte kreisförmig auf und bohrte sich in das Wrack.

Das Metall ächzte protestierend. Sharita widerstand dem Impuls, in Deckung zu springen – sie wollte sich vor Rhodan schließlich nicht endgültig zur Idiotin stempeln – und wartete reglos. Das Ächzen verklang, das Wrack kam wieder zur Ruhe. In dem Stumpf klaffte ein Loch, groß genug, um einen Menschen Zutritt gewähren zu lassen.

»Das hättest du nicht tun sollen!«, sagte Rhodan.

Sharita steckte den Kombilader weg. Ihre Lippen, die sich seit dem Verschwinden von Kriecher XI nach und nach zu einem schmerzhaften Knoten zusammengezogen hatten, entspannten sich. »Aha. Und wieso das?«

»Du hättest eine Explosion auslösen können!«

»Habe ich aber nicht, oder?«

»Nein, aber wer weiß, was du zerstört hast! Vielleicht die einzigen Hinweise, die uns Aufschluss über die Herkunft des Wracks geben könnten. Wieso hast du nicht gewartet, bis ...«

Sharita stampfte wütend auf. »Wieso, wieso, wieso?«

Weil du mich nervös machst, Unsterblicher!, dachte sie. *Weil ich mich bei jedem Schritt, den ich tue, von dir beobachtet fühle.*

Weil ich einen idiotischen Schiss habe, dass du mich mit allen anderen Kommandanten vergleichst, mit denen du geflogen bist, und mich als Amateurin abtust. Deshalb.

»Weil ich keine gottverdammte Archäologin bin, sondern die Kommandantin eines Prospektorenraumers«, fuhr sie laut fort. »Kapiert? Ich habe keine Herde Robots und Wissenschaftler, die mir mit neunmalklugen Ratschlägen zur Seite stehen, sich die Hände für mich schmutzig machen und Schritt für Schritt planen und dokumentieren. Ich habe keine Flotte, bei der ich nur anrufen muss, und eine halbe Stunde später fliegt ein Geschwader Schlachtschiffe mit tollen studierten Spezialisten ein. Ich habe nur den hier« – sie tippte gegen die Seite des Kopfs – »und den!« Sie klopfte gegen den Griff des Kombiladers. »Und weißt du was? Ich habe noch nie bereut, den hier bei mir zu haben!«

Um Rhodan keine Gelegenheit zu einer Erwiderung zu geben, setzte Sharita den linken Fuß prüfend auf eine herausragende Strebe und stieß sich ab. Dunkelheit umfing sie. Sie schaltete ihr Vielzweck-Armband ein und benutzte es als provisorische Taschenlampe. Rhodan, der ihr wortlos folgte, hatte keins dabei, ebenso wenig eine Waffe. Als Passagier der PALENQUE war er bislang ohne ausgekommen. Und Sharita konnte sich nicht verkneifen, sich still daran zu freuen, dass er von ihr abhängig war, solange sie sich in diesem Wrack aufhielten.

Eine Eislandschaft erwartete sie. Sharita erinnerte sie an eine Höhle. Ihr Atem stieg in Dampfwolken auf. Es knackte und klickte in dem Wrack, während das Metall sich aufwärmte.

Die Lufttemperatur musste weit unter null Grad liegen. Sharita fröstelte trotz der Uniformjacke, in der sie den ganzen Tag geschwitzt hatte. Rhodan, der nur leichte Freizeitkleidung trug, musste es noch schlimmer ergehen.

»Verschwenden wir keine Zeit!« Sie leuchtete den Weg vor ihnen aus und ließ den Lichtkegel dann suchend durch den Raum wandern. Der Lauf ihres Strahlers folgte dem Licht.

»Hast du Angst, dass sich hier Weltraummonster versteckt haben, die darauf warten, über uns herzufallen und uns zu fressen?«, fragte Rhodan.

Sharita überging seine Bemerkung. Sie fühlte sich sicherer mit der Waffe in der Hand. Das zählte, nicht, was Rhodan davon hielt.

Der Lichtkegel ihres Vielzweck-Armbands wanderte auf und ab. Sharita schätzte, dass sich die Decke ungefähr zehn oder fünfzehn Meter über ihnen befand und gleichzeitig den Rumpf bildete. Sie befanden sich in einem großen Lagerraum oder Hangar.

Was war darin transportiert worden?

Links und rechts von ihnen, entlang der Wände, die den Rumpf markieren mussten, zog sich in knapp einem Meter Höhe ein Band entlang. Eine Bank für Passagiere? Möglich. Das hätte bedeutet, dass sie ein Fahrzeug vor sich hatte, das für kurze Strecken konzipiert war. Eine Fähre oder Ähnliches. Das würde auch den breiten, leeren Innenraum erklären: Standplätze für planetengebundene Fahrzeuge oder Ausrüstungscontainer.

Doch wenn das Wrack tatsächlich Teil einer Kurzstreckenfähre war, fragte sich Sharita, was hatte es dann im Ochent-Nebel verloren, weitab von jeder galaktischen Zivilisation? Und dazu mit nahezu Lichtgeschwindigkeit dahinrasend?

Sie und Rhodan erreichten das Ende des Hangars. Vor ihnen ragte eine Wand auf, die den gesamten Querschnitt des Rumpfs einnahm. Der Eispanzer verbarg die Schotte, die die Spitze der Fähre mit dem Laderaum verbinden mussten, vor ihren Blicken.

Sharita spreizte den kleinen Finger der Hand, mit der sie den Kombilader hielt, und tippte auf ihr Multifunktions-Armband. Eine Reihe von Diagrammen und schematischen Darstellungen wechselte einander ab.

Sie grunzte zufrieden, zielte mit dem Kombilader auf eine Stelle etwa drei Meter zu ihrer Rechten. Ein breit gefächerter Energiestrahl schmolz die Eisschicht auf einer Fläche von mehreren Quadratmetern. Als der Wasserdampf sich an anderer Stelle niederschlug und die Sicht wieder frei war, schaute Sharita auf eine Metallfläche, die sich stellenweise dunkel verfärbt hatte.

Kein Wunder, dachte sie, *die Konstrukteure dieser Fähre werden nicht im Traum daran gedacht haben, dass ihr Innenraum Temperaturen nahe dem absoluten Nullpunkt ausgesetzt wird. Das Material ist der Belastung nicht gewachsen.*

»Bingo, da haben wir unser Schott!«

Auf der Fläche war ein Rechteck aus geraden Linien sichtbar geworden, breit genug, um zwei Menschen gleichzeitig den Durchgang zu ermöglichen.

Sharita löste den Kombilader aus.

»Nein!«, rief Rhodan, aber es war zu spät. Der fokussierte Desintegratorstahl folgte dem Umriss des Schotts. Das Metall bot keinen nennenswerten Widerstand. Es löste sich im Bereich des Strahls in grünliches Gas auf, an den Rändern wurde das Metall schlagartig schwarz.

Wenige Augenblicke später kippte das Schott, herausgelöst und seines Halts beraubt, nach vorn. Es kam mit einem dröhnenden Schlag auf, der noch in der Zentrale der PALENQUE zu hören sein musste.

»Was hast du jetzt schon wieder?« Sie hatte es satt, ständig auf dem Prüfstand zu stehen. »Hätte ich zuerst auf ein Spezialistenkommando warten sollen, das das Schott vorsichtig öffnet, damit ich nichts Wertvolles vernichte?«

»Ja. Und ...«

»Ich weiß nicht, was du hast«, unterbrach sie ihn. »Einen besseren Schnitt hätten sie auch nicht hingekriegt, oder?«

»Wohl kaum.«

»Na also. Wieso dann der Aufstand?«

»Ich glaube, ich habe Buchstaben gesehen. Links neben dem Schott, in Augenhöhe.«

»Vielleicht Interkosmo? ›Bitte nicht schießen, der Schlüssel liegt unter der Matte!‹«

Rhodan ging nicht auf ihren verletzenden Spott ein. »Nein, nicht Interkosmo. Aber in einer Sprache, die mir bekannt vorkommt.«

Prima!, dachte Sharita. *Das hast du gut hingekriegt. Wenn das so weitergeht, jagst du eines Tages aus Nervosität die ganze PALENQUE in die Luft.*

»Kein Grund zur Aufregung«, versuchte sie Rhodan zu beschwichtigen. »Das können ja nicht die einzigen Schriftzeichen in dem ganzen Ding hier gewesen sein.«

Rhodan nickte geistesabwesend. Er war offenbar mit den Gedanken woanders.

Hinter dem Schott erwartete Sharita und Rhodan eine weitere Eislandschaft, nur in weit kleinerem Maßstab. Sie fanden sich in einem schmalen Gang wieder, von dem andere Gänge verzweigten, von Türen, nicht Schotten, gesäumt. Sharita vermutete, dass sie in den Bereich der Mannschaftsquartiere eingedrungen waren. Die Triebwerks- und Kraftwerkssektion musste sich im hinteren Teil befunden haben, der mit dem Kriecher kollidiert war.

Einige Minuten lang gingen sie die Korridore entlang, kletterten über primitive Leitern mehrere Decks in die Höhe. Die Leitern waren in quadratischen Schächten angebracht, ihre Sprossen säumten jeweils durchgängig alle vier Wände.

»Keine Antigravitation«, kommentierte Rhodan. »Wenn du mich fragst, ist dieses Ding hier für einen Raumflug ohne künstliche Schwerkraft konzipiert. In der Schwerelosigkeit genügt es, sich an den Sprossen abzustoßen und wieder festzuhalten. In Beschleunigungsphasen oder im Schwerefeld von Planeten benutzt man sie als gewöhnliche Leitern. Primitiv, aber dafür absolut wartungsfrei.«

Sharita hatte kaum noch Augen für ihre Umgebung. Ihr kleiner Finger – sie legte den Kombilader nicht aus der Hand – raste über ihr Multifunktions-Armband, fragte unentwegt Daten ab, veranlasste Messungen und Ortungen. Schließlich blieb sie abrupt stehen.

»Ist was?«, fragte Rhodan.

»Hm ...« Sharita hackte weiter auf das Display ein. »Da ist eine ... hm ... Auffälligkeit.«

»Ja?«

»Da drüben.« Sie zeigte auf einen Abschnitt der Wand einige Meter weiter. »Zu warm. Viel zu warm dahinter.«

Die Messergebnisse des Armbands nahmen Sharita so sehr gefangen, dass sie einen Augenblick lang sogar ihre Befangenheit vergaß.

»Wie viel Grad?«

»Minus 1,3 – also 14,8 Grad wärmer als hier.«

»Energieemissionen?«

»Keine. In diesem Teil des Wracks gibt es keine Energie erzeugenden Aggregate. Wenn es Notsysteme gab, funktionieren sie vor langer Zeit nicht mehr.«

»Also muss der Messwert falsch sein.«

»Ich habe den Selbstcheck des Pikosyns laufen lassen. Das Armband ist in Ordnung.«

Sie tauschen einen Blick aus.

»Sehen wir es uns an.«

Sharita richtete den Kombilader auf den Abschnitt der Wand. Der Desintegratorstrahl kam nur langsam voran.

»Das Schott hier ist wesentlich dicker als das vorhin«, rief sie über das Zischen der Waffe.

»Vielleicht eine Rettungszelle, die im Notfall abgesprengt werden sollte.«

Sharita arbeitete sich weiter durch das Metall. Kurz darauf fiel ihr das herausgelöste Schott entgegen. Sharita trat zuerst durch die Öffnung, den Kombilader im Anschlag.

Ein winziger Raum öffnete sich vor ihnen, frei von dem Eispanzer, der das übrige Wrack bedeckte. Sharita sah im zitternden Lichtkegel des Armbands mehrere fest im Boden verankerte Kontursessel, vor ihnen Instrumentenpulte und erloschene, tote Schirme, daneben mehrere Behälter, in denen kleine Pfützen schimmerten und verrieten, dass sich Wasser in ihnen befunden hatte. Am gegenüberliegenden Endes des Raums nahm sie eine Aussparung wahr, die in eine Art Kanzel führte. Und davor, auf dem Boden ...

»Ein Mensch!«

Venron hört ein Geräusch. Ein Schlag, der ihn daran erinnert, dass er noch am Leben ist, die Kälte ihn nicht ganz verzehrt hat. Noch nicht.

Sharitas Schweinwerferkegel verharrte auf dem Umriss eines Menschen. Er hatte sich wie ein Embryo zusammengerollt und wandte ihnen den Rücken zu. Einen Arm hatte er ganz ausgestreckt, als wolle er nach etwas greifen. Er trug eine dünne Hose und ein Hemd, die im schwachen Licht des Armbands farblos und matt wirkten.

Licht. Nicht das Licht der Sterne. Nein, sanfter. Venron versucht, die zusammengefrorenen Lider zu öffnen. Es gelingt ihm, nur einen Spalt breit. Die Farben stimmen nicht. Es ist, als hätte die Kälte auch sie gefroren. Er sieht den stumpfen Boden der Fähre. Und einen Arm. Ein langer Moment vergeht, bevor er das ausgemergelte Glied erkennt. Es ist sein eigener Arm. Er hat ihn ausgestreckt. Er hat geglaubt, sie berühren zu können. Sie mit dieser Hand ergreifen und sich an sie klammern zu können. Wen?, *fragt er sich. Er hat es vergessen.*

»Das ... das ...«

Sharita wollte zu der Gestalt stürzen, ihr helfen, aber ihr Körper gehorchte nicht, als sei er zusammen mit ihrem Geist im Moment der Entdeckung festgefroren. Scham stieg in ihr auf. Wie hatte sie nur diese Spielchen mit Rhodan treiben können, während hier ein Mensch im Sterben lag?

Mit einem Satz drängte sich Rhodan an ihr vorbei und kniete neben der Gestalt nieder. Sharita ließ es geschehen.

»Du brauchst keine Angst zu haben«, flüsterte Rhodan leise auf Interkosmo. »Wir wollen dir helfen.«

Ein Schemen. Eine Stimme. Sie flüstert etwas. Venron versteht nicht, was sie sagt, doch das ist egal. Sie klingt beruhigend, ehrlich.

Vorsichtig nahm Rhodan die Gestalt an den Schultern und drückte sie zur Seite. Sie gab nur widerwillig nach, verdrehte sich in der Bewegung auf seltsame Weise, als sei jede Gelenkigkeit, die einem Menschen zu Eigen war, in ihr erstorben.

Es war ein Mann.

Ein Mann. Venron sieht ihn aus großen, traurigen Augen an. Der Mund des Mannes bewegt sich unaufhörlich, flüstert eine Botschaft, die er nicht verstehen kann. Venron will etwas sagen. Es gelingt ihm nicht. Sein Mund gehorcht nicht. Stattdessen verschwimmt der Mann vor ihm zu einem Schemen.

Sharita und Rhodan blickten in ein stoppelbärtiges Gesicht. Die Augen lagen tief in den Höhlen, die Wangen waren eingefallen. Die braune Haut des Mannes glänzte wächsern, hatte einen Stich ins Blaue. Rhodan schob eine Hand unter den Hinterkopf des Mannes, mit der anderen öffnete er den Magnetsaum seiner Jacke und wand sich heraus. Er wechselte die Hand unter dem Hinterkopf, um sich aus dem zweiten Ärmel zu schälen, knüllte die Jacke zu einem provisorischen Kissen zusammen und schob es dem Mann unter den Kopf.

Eine warme Hand. Die Berührung fühlt sich gut an. Unendlich gut. Sie erinnert Venron an ... an Denetree. Jetzt weiß er wieder, wem er seine Hand entgegengestreckt hat. Er hat sie gesehen, zwischen den wirbelnden Sternen. Seine Schwester würde ihn niemals aufgeben. Der Schemen über ihm fließt in eine neue Form, nimmt wieder Schärfe an. Venron sieht die Schwester, die sich über ihn beugt. Sie lächelt.

»Lebt ... lebt er noch?«, fragte Sharita. Es gelang ihr nicht, die Starre abzuschütteln. Ihr Kombilader war auf den Mann und Rhodan gerichtet. Eine ausgesucht unpassende Geste, aber sie konnte nichts dagegen tun. Die Finger ihrer Rechten verkrampften sich mit der Intensität um den Griff der Waffe, mit der sich ein Ertrinkender an einen rettenden Baumstamm klammerte.

Eine zweite Stimme. Eine Frau. Venron versucht, den Kopf zu wenden. Er will sie sehen.

»Ja.« Rhodan sah kurz zu der Kommandantin auf. »Und tu mir einen Gefallen und steck das Ding weg – der arme Kerl tut uns bestimmt nichts!«

»Ja ... ja.« Sharita protestierte nicht. Sie hatten den Verweis verdient. Doch ihre Finger gehorchten nicht. Sie nahm die linke Hand zur Hilfe, versuchte, die störrischen Finger der rechten auseinander zu biegen.

Rhodan wandte sich wieder dem Mann zu. »Keine Angst, alles wird gut. Wir helfen dir. Alles wird gut ...«

Das Flüstern des Mannes trägt Venron. Es ist alles, was ihn davor bewahrt, in den Abgrund zu stürzen, von dem es keine Wiederkehr gibt. Der Mann meint es gut mit ihm.

Während er zu dem Mann sprach, hielt Rhodan ihm den Handrücken vor Mund und Nase. Er spürte den Hauch eines Luftzugs. Der Mann atmete noch. Rhodan nahm die Hand, tastete nach dem Puls des Mannes. »Der Puls ist schwach«, sagte er zu Sharita, »aber stabil.«

Hat er es geschafft? Hat er die Sterne gefunden? Und Freunde, nicht Feinde, wie man ihm sein ganzes Leben erzählt hat?

»Was hat er?« Sharita war es gelungen, neben dem Mann in die Knie zu gehen. Ihre rechte Hand gehorchte ihr immer noch nicht, aber sie hatte es geschafft, den Arm zu senken. Der Lauf des Kombiladers zeigte auf den Boden.

Wieder die Stimme der Frau. Venron will sie sehen. Er legt alle verbliebene Kraft hinein, den Kopf zu drehen. Widerwillig gehorchen ihm die ausgekühlten, atrophierten Muskeln. Das Flüstern des Mannes hilft ihm, gibt ihm Kraft.

Rhodan zuckte die Achseln. »Hunger, Durst, Erfrierungen ... Ich bin kein Arzt. Ich fürchte nur, wenn er nicht innerhalb der nächsten Minuten auf der Medostation ankommt, ist er tot. Wir haben ein Riesenloch in seine Kammer gebrannt, die ihn bislang geschützt hat. Die Temperatur hier drinnen sinkt rapide. Ich bezweifle, dass er diesem Temperatursturz noch etwas entgegenzusetzen hat.«

Sharita nickte langsam, wie in Trance. Ein Teil von ihr schrie in Gedanken auf, wollte sie wachrütteln.

»Sharita!«

Ein Ausruf. Scharf. Schneidend.

Sharita konnte sich nicht rühren.

»Sharita!« Rhodan schrie jetzt. »Du hast das Armband – ruf endlich Hilfe!«

Ein Schrei. Was ist los? Die Geborgenheit, die er verspürt hat, verfliegt.

Sharita riss sich mit aller Kraft zusammen. Der Strahler glitt ihr aus der Hand, ging polternd zu Boden. Sie hatte es geschafft! Mit der Faust hieb sie auf ihr Armband. »Pearl!«

Venron vollendet die Bewegung, sieht den Schemen der Frau. Sie schreit jetzt auch.

»Was gibt's, Sharita?«, meldete sich die Offizierin lange Sekunden später.

Er kneift die Lider zusammen. Langsam, unendlich langsam schärft sich der Umriss.

»Wir brauchen Hilfe, sofort! Schick den Doc mit seinen Medorobots runter!«

Dann sieht er es: eine Uniform! Schwarz wie die Bordnacht.

Der Mann erschauerte. Er keuchte.

Er ist zurück. Sie haben ihn zurückgeholt.

»Schon auf dem Weg«, meldete Pearl Laneaux. »Was ist los bei euch? Ist etwas mit Perry?«

Sie werden ihn richten. Ihn foltern. Sie werden alles aus ihm ...

»Nein, wir haben ...«

Nein!

Der Mann ruckte hoch, sah Rhodan aus weit aufgerissenen Pupillen in die Augen.

Der Mann. Sein Flüstern ist eine Lüge!

Rhodan fasste ihn an den Schultern, um ihn wieder auf den Boden zu drücken. »Keine Angst. Wir sind Freunde. Leg dich wieder hin. Alles wird ...«

Lügen, alles Lügen! Hatte er sie nicht für immer hinter sich zurücklassen wollen?

Der Mann warf sich zur Seite, weg von Rhodan, bekam den Kombilader Sharitas zu fassen, der achtlos auf dem Boden lag.

Er will sie nicht mehr hören. Nie mehr wieder!

Der Mann legte an und feuerte.

Venron sieht noch den erlösenden Strahl, der seinen Kopf in eine Plasmawolke verwandelt. Dann ...

7

Die Nacht war ihr Feind.

Denetree trat keuchend in die Pedale. Sie fuhr im höchsten Gang, hatte zudem den Akku, den sie in einigen Tagen bei ihrem Metach'ton hatte abliefern wollte, zugeschaltet. Eine furchtbare Vergeudung, sie hatte ihn wochenlang bei ihren täglichen Fahrten aufgeladen. Nur noch drei Prozent hatten gefehlt, dann hätte sie den vollen Akku an das Schiff geben können und eine Woche lang zusätzliche Essensrationen erhalten. Sie hätte der Gemeinschaftsküche den Rücken kehren, ihre Extrarationen allein kochen und verspeisen können.

Allein mit Venron.

Doch das war vorbei. Venron war tot. T-O-T. Denetree musste es sich immer wieder vor Augen halten. Sie hatte noch nie jemanden sterben sehen, außer alten Leuten, für die es ohnehin Zeit gewesen war, abzutreten und Platz für Jüngere zu schaffen. Unfälle waren nahezu unbekannt. Im Lauf der Jahrhunderte waren die Arbeitsabläufe und Werkzeuge optimiert worden. Um sich zu verstümmeln oder gar umzubringen, war eine gehörige Portion Dummheit nötig. Oder Vorsatz. Aber den brachten nur die Älteren auf. Nicht die, die zählten, die Metach in Denetrees und Venrons Alter.

Das Schiff sorgte für die seinen. Mit ausgewogener Ernährung, optimal portioniert, denn Übergewicht war Verschwendung, und Verschwendung war ein Verbrechen, Verrat an ihrer Mission. Das Schiff hätte die Ration, die sie für den Akku bekommen hätte, im Lauf der nächsten Monate unauffällig von ihren Üblichen abgezogen. Oder sie zu den schwersten, Kalorien zehrenden Arbeiten eingeteilt.

Ein- oder zweimal begegnete Denetree anderen Radfahrern. Sie sah ihre Lichter aus der Ferne kommen, zwang sich, ihre eigene Geschwindigkeit von wilder Panik auf gewöhnliche Eile zu verringern, die Wege in die Felder zu ignorieren, die sie zu beiden Seiten lockten, und die Metach freundlich und unverfänglich zu grüßen, wenn sie einander passierten.

Denetree hatte Glück. Sie begegnete keinen Tenoy. Niemand hielt an, um sie zu fragen, was sie mitten in der Nacht im Außendeck trieb. Wahrscheinlich, vermutete Denetree, weil die übrigen Radfahrer ebenfalls mit Absichten unterwegs waren, die denen des Schiffs zuwider liefen. Beispielsweise, sich mit Metachs von anderen Metach'ton zu Liebesnächten zu treffen. Das Schiff sah das nicht gern. Die Gene eines Metachs waren zu wichtig, um ihre Rekombination in die Hände des Zufalls zu legen, abgesehen davon, dass eine bewegte Nacht am Tag danach in verminderter Arbeitsleistung resultierte. Wurden die Liebesflüchtigen von den Tenoy erwischt, drohten ihnen Wochen oder sogar Monate in einem der Metach'ton, die von den Tenoy streng bewacht wurden, möglicherweise sogar der permanente Aufenthalt im Außendeck.

Ein weiterer Lichtkegel kam Denetree entgegen. Sie verlangsamte die Fahrt, drückte das Hämmern ihres Pulses weg und grüßte.

Gleich würde sie am Aufzug sein.

Die Jagd war längst eröffnet. Die Ansprache des Naahk hatte daran keinen Zweifel gelassen. Und Denetree ihrerseits hegte keinen Zweifel daran, wer das erste Opfer der Hatz sein würde: die Schwester des Verräters.

Bruder und Schwester, das musste über die biologische Verwandtschaft hinaus nicht viel heißen. Viele Geschwister bekamen einander fast nie zu Gesicht, da das Schiff sie in weit entfernten Abschnitten zur Arbeit verpflichtete. Den meisten machten es auch nichts aus. Die Verbundenheit der täglich miteinander verrichteten Arbeit reichte viel tiefer als die zufällige biologische Nähe.

Aber das Schiff wusste um Denetrees Vertrautheit mit Venron. Die Tenoy würden kommen und sie holen. Sie verhören oder Schlimmeres. Und Denetree war zu nüchtern, um sich Illusionen hinzugeben. Sie würde den Verhören nicht standhalten. Niemand würde ihr glauben, dass sie zwar von den Sternen träumte, aber nichts von den Plänen ihres Bruders geahnt hatte, sie mit eigenen Augen zu sehen. Vielleicht fand sie ja auch in sich eine unvermutete Stärke. Was hatte sie schon zu verlieren? Venron war tot. Etwas Schlimmeres konnte ihr ohnehin nicht zustoßen. Vielleicht widerstand sie den Verhören. Es würde keinen Unterschied machen. Der Naahk brauchte Schuldige. Er würde sich nicht von Feinheiten der Schuld oder Unschuld davon abhalten lassen, sie zu bekommen.

Denetrees Leben war verwirkt. Ihres und das aller übrigen Sternensucher. Was für ein schöner Name. Sie hätte nie erwartet, dass er eines Tages für Tod und Verzweiflung stehen würde. Venron hatte ihn eines Tages ihrer Gruppe gegeben. Woher er ihn hatte, hatte sie nie erfahren. Venron hatte ihn nie als seinen eigenen Einfall ausgegeben.

Es gab nur eine winzige Hoffnung für Denetree: das geheimnisvolle Geschenk, das ihr Bruder ihr vor drei Tagen gegeben hatte. Zu dieser Zeit musste Venron längst innerlich Abschied vom Schiff genommen haben. Bei dem Geschenk musste es sich um mehr handeln als an ein Andenken an den Bruder. Hoffte Denetree.

Vor ihr schälte sich die Röhre eines Aufzugs aus der Nacht des Unterdecks. Die Kabine befand sich unten, ungewöhnlich für diese Zeit. Eigentlich sollte sich niemand mehr auf dem Außendeck aufhalten. Erwartete man sie bereits?

Ein alter Mann saß in einer Ecke der Kabine auf einem einfachen Schemel. Als Denetree ihr Rad hineinschob, erhob er sich steif. Er musste sich dabei auf einen Stock stützen.

»Spät geworden, was?« Er zwinkerte ihr zu.

»Ja ... ja.« Der alte Mann missdeutete offenbar ihr gerötetes Gesicht.

»Macht nichts. Ist mir früher auch so gegangen.« Er zwinkerte ein zweites Mal und bewegte die Hüfte in einer grotesk ungelenken obszönen Geste vor und zurück.

Der Fahrstuhl setzte sich in Bewegung. Quälend langsam. Der alte Mann war wieder auf seinem Schemel zusammengesunken und hielt die Augen geschlossen. Denetree glaubte sogar, ein leichtes Schnarchen zu hören.

Früher, als Kinder, hatten sie und Venron sich einen Spaß daraus gemacht, die Fahrstuhlführer zu ärgern, sie mit Wasser zu bespritzen und wegzurennen oder im letzten Moment ein Stahlrohr zwischen die Führungsschienen zu werfen. Das Schiff setzte nur Alte auf diesen Posten ein, die in den Beinen und Köpfen zu langsam waren, um den Kindern gewachsen zu sein. Später, als Halbwüchsige, hatten sie sich darauf verlegt, über die Fahrstuhlführer herzuziehen. Sie waren perfekte wehrlose Opfer: Was hatten sie schon wirklich zu tun? In Notfällen, oder wenn sie einnickten, übernahm das Netz die Steuerung der Aufzüge zwischen den Decks, und das zügiger und zuverlässiger. Die Alten waren doch nur unnötige Esser!

Es war noch nicht lange her, dass Denetree das Kalkül des Schiffs verstanden hatte: Es wollte die Alten in die Gemeinschaft integrieren, indem es ihnen eine Aufgabe zuteilte, die sie nicht überforderte – und falls doch, fiel es nicht weiter ins Gewicht. Auf diese Weise waren die Alten unter Menschen, anstatt in ihren Hütten zu hocken und auf den Tod zu warten. Sie hatten ja sowieso keine Aussicht, das Ziel zu erreichen.

Die Kabine stieg dem Mitteldeck entgegen. Mit jedem Meter, den sie sich der Mittelachse des Schiffs näherte, schmolz das physische Gewicht, das auf Denetree lastete. Als sie schließlich durch den mehrere Meter durchmessenden Boden des Mitteldecks glitt, betrug die Schwerkraft nur noch die Hälfte des Ausgangswerts.

Neue Entschlossenheit stieg in Denetree auf. Sie würde nicht aufgeben. Sie schuldete es Venron. Ihrem Bruder und sich selbst. Sie musste zu ihrem Metach'ton. Dort hatte sie das Geschenk versteckt. Vielleicht hatte sie Glück, und die Tenoy waren bereits dort gewesen und wieder abgezogen, im Glauben, dass sie niemals so dumm oder verrückt sein konnte, dort aufzukreuzen.

Dann hielt die Kabine auf dem Mitteldeck an. Denetree wünschte dem alten Mann, dessen Kopf nach vorn gesunken war und mit dem Kinn auf der Brust ruhte, einen Guten Abend und zwang sich dazu, die Kabine langsam und unaufgeregt zu verlassen, wie eine Metach, die aus Pflichtgefühl länger auf den Feldern geblieben war und jetzt am Ende ihrer Kräfte ihrem wohlverdienten Schlaf entgegenwankte.

Sie kam nicht weit. An dem Weg, der von der Kabine wegführte, hatten einige Tenoy Aufstellung genommen. Sie trugen Körperpanzer und Handwaffen. Zwei von ihnen lagen in einigen Metern Entfernung auf dem Boden hinter einem Gewehr, dessen Lauf auf einem Gestell ruhte. Denetree hatte nicht gewusst, dass es auf dem Schiff überhaupt so schwere Waffen gab.

Eine Schlange aus Fußgängern und Radfahrern hatte sich an dem Posten gebildet. Die Metach ließen die Prozedur geduldig über sich ergehen. Sie waren es gewohnt, Anordnungen zu folgen. Doch statt des üblichen Gleichmuts glaubte Denetree auf vielen Gesichtern eine Erregung zu sehen, die ihr bislang unbekannt gewesen war.

Ihr blieb keine andere Wahl, als sich ebenfalls in die Schlange einzureihen. Jeder Versuch, ihr auszuweichen, hätte unweigerlich den Verdacht der Tenoy erregt. Mit klopfendem Herzen stellte sich Denetree an, im sicheren Wissen, ihrem Schicksal nicht entrinnen zu können.

Ihr Puls schlug hart. Wann hatte sie das letzte Mal gegessen? Sie konnte sich nicht erinnern. Ihre Umgebung verschwamm, drehte sich plötzlich. Wie aus weiter Entfernung hörte sie die geflüsterten Gespräche der anderen Metach in der Schlange.

»Hoffentlich schnappen sie sie bald!«

»Verräter an Bord! Wie kann das sein?«

»Der Naahk hat Recht. Wir müssen sie auslöschen, bevor sie uns alle in den Untergang reißen!«

Das Drehen wurde schneller. Die Metach um sie herum verwandelten sich in tanzende Schemen, die wild auf- und absprangen. Ihr Flüstern schwoll zu einem Brüllen an.

Was sollte sie nur tun? Die Tenoy würden ihren Armchip in die Handscanner einlesen, und das Schiff würde in Gedankenschnelle wissen, mit wem es zu tun hatte. Die Schwester des Verräters. Sie musste auf ihr Rad springen und davonfahren, so fest in die Pedale treten, wie sie nur konnte, den Akku zuschalten und treten, treten, immer weiter, immer weiter, nicht nachlassen ...

Denetree schwankte. Die Stimmen der Passanten verdichteten sich zu einem bösartigen Knurren, das ihr mehr sagte als alle Worte. Denetree packte mit beiden Händen den Lenker ihres Rads, stützte sich ab. Einen winzigen Augenblick lang fand sie Halt, gab ihr die feste Metallstange ein Gefühl der Sicherheit. Das Drehen hielt an. Denetree sah die entsetzten Gesichter der Metach. Sie wichen vor ihr zurück, als hätte sie eine ansteckende Krankheit.

Ein Tenoy rannte auf sie zu.

Dann ... Schwärze. Denetree fiel und fiel und fiel ...

Sie spürte keinen Aufprall. Das Licht kehrte übergangslos in ihre Wahrnehmung zurück, überflutete sie mit einer grellen Woge, in der sie zu ertrinken drohte.

»Mach die Lampe weg, Tenoy!«, hörte sie eine Stimme. »Merkst du nicht, dass du sie blendest?«

Die Lichtflut versiegte. Denetree nahm Umrisse wahr. Männer und Frauen, die über ihr standen. Sie trugen schwarze Uniformen und Helme, deren Visiere nur die Münder und die Nasen frei ließen.

Sie haben dich!

Seltsamerweise verspürte sie keine Furcht. Hatte es nicht so kommen müssen? Was bildete sie sich ein, dem gesamten Schiff zu trotzen – sie allein?

»Kisame!« Da war wieder diese Stimme. Diesmal gab sie keinen Befehl. Nein, sie war bestürzt, von Sorge übermannt.

Wen meinte sie?

»Kisame! Hörst du mich? Ist alles in Ordnung?«

Eine Hand schob sich unter ihren Nacken, legte etwas Weiches unter ihren Kopf, eine zusammengelegte Jacke oder etwas Ähnliches. Als die Hand sich zurückzog, verharrte sie an ihrem Hals, Finger zwickten sie.

»Kisame! Spürst du das?«

J-ja, dachte Denetree. Sie versuchte, den Gedanken auszusprechen. Ihr gelang nur ein Gurgeln. Der Mann kümmerte sich um sie. Er hatte sie gezwickt, um zu prüfen, ob sie bei Bewusstsein war. Aber da war noch mehr. Als seine Hand unter ihren Nacken gefahren war, hatte er ihn umfasst, nur einen kurzen Augenblick und unsichtbar für die Tenoy. Als wolle er ihr ein Zeichen geben. Was wollte der Mann? Und wer war Kisame? Verwechselte er sie mit jemandem?

»Holen wir einen Arzt, Tenarch«, sagte eine der Tenoy. »Mit dieser Frau stimmt etwas nicht.«

»Nein, nein, das ist nicht nötig!«, beteuerte der Mann. Ein Tenarch, einer der Berater des Naahk. Sie war verloren. »Kisame ist nur etwas überarbeitet. Ich kenne ihren Metach'ton gut. Sie ist die beste Arbeiterin. Hingebungsvoll. Tut alles für das Schiff. Manchmal auch zu viel.« Der Mann lächelte entschuldigend. »So wie jetzt. Sie hat bestimmt wieder eine Sonderschicht eingelegt. Nicht wahr, Kisame?« Er tätschelte ihr die Stirn, als wäre sie ein Kind, wohlmeinend, aber dumm. »Alles für das Schiff, ist es nicht so?«

Denetrees Wahrnehmung normalisierte sich. Die Gesichter über ihr gewannen an Schärfe. Sie konzentrierte sich auf das des Mannes. Er versuchte ihr zu helfen, sie herauszuhauen. Wieso? Wer war er? Er war ein Tenarch; sein schlichter grauer Anzug wies ihn eindeutig aus. Er stand für das Schiff, er konnte ihr nicht wohlgesonnen sein. Wenn er von den Sternensuchern erfuhr, würde er...

Die Sternensucher!

Sie kannte das Gesicht des Mannes. Sie erinnerte sich an eines der ersten Treffen, die Venron organisiert hatte. Sie waren damals kaum mehr als Kinder gewesen, unerfahren und naiv. Venron hatte einfach alle, die ihm passend erschienen, angesprochen und sie zu einem Treffen eingeladen, um über die Sterne zu sprechen. Das Schiff hatte natürlich davon erfahren, und der Naahk persönlich hatte Venron verwarnt. Mehr war nicht geschehen; Venron war ja nur ein Kind gewesen, und das Schiff war nicht blind in seinem Bestreben, die Ordnung aufrechtzuerhalten. Einige Monate lang hatte die Verwarnung gewirkt, dann hatte Venron begonnen, die Sternensucher zu organisieren, mit aller Vorsicht, die ihn seine erste Erfahrung gelehrt hatte.

Bei diesem ersten Treffen war ein Metach gekommen, er musste Anfang zwanzig gewesen sein. Mit seinem sorgfältig gepflegten Spitzbärtchen war er Denetree unendlich viel älter und erfahrener als alle anderen vorgekommen, sich selbst eingeschlossen. Der Metach hatte das ganze Treffen hartnäckig geschwiegen, immer nur geistesabwesend mit seinem Bärtchen gespielt, während Venron von den Sternen geschwärmt hatte und davon, welche Abenteuer und Herausforderungen dort auf sie warteten, und dass sie nicht in Furcht leben durften. War nicht auch der Hüter von den Sternen gekommen und ihnen dennoch wohlgesonnen?

Erst am Ende hatte der Mann das Wort ergriffen. »Du bist ein Träumer, Venron«, hatte er gesagt, »ein Träumer, der mit offenen Augen durch das Leben geht – und gleichzeitig blind ist. Du sprichst von Abenteuern und Herausforderungen, ohne zu erkennen, dass sie hier vor deiner Nase auf dich warten.« Der Mann war aufgestanden. An der Tür war er noch einmal stehen geblieben. »Ich hoffe, dass du eines Tages das Sehen lernen wirst. Bevor es zu spät ist.«

Weder Denetree noch Venron waren dem Mann je wieder begegnet, aber Venron war fest überzeugt gewesen, dass er es gewesen war, der ihn an das Schiff verraten hatte.

Jetzt sah Denetree den Mann wieder. Er war zum Tenarch aufgestiegen. Das Bärtchen war verschwunden, das Kinn glatt rasiert, und dennoch wirkte der Mann viel älter als damals. Waren es die Falten um seine Augen? Oder die Schwere, die in ihnen lag?

»Sie ist gleich wieder bei sich«, sagte der Mann. »Oder, Kisame? Du fühlst dich doch schon wieder besser?«

Wie hieß der Mann? Sie hatte seinen Namen vergessen.

»Ich bringe dich nach Hause.«

L... La... »La...«

»Ja, ich bin es. Launt. Mach dir keine Sorgen, Kisame.«

Ja, Launt. Launt der Verräter, hatte ihn Venron immer genannt. Der Verräter! Sie musste lachen; ein schmerzhaftes Husten kam dabei heraus.

»Gut so!«, ermunterte Launt sie. »Spuck es aus!« Er wandte sich an die Tenoy. »Sie hat wieder zu lange die Kornpflanzen gedroschen«, erklärte er kopfschüttelnd. »Die gute Kisame! Sie weigert sich immer, die Dreschmaschine zu benutzen. ›Vergeudung wertvoller Energie!‹, sagt sie immer. Sie hasst Vergeudung. Sie ...«

Die Frau, offenbar die Anführerin der Tenoy, unterbrach ihn. »Schon gut, schon gut. Ich habe kapiert.« Sie deutete auf Denetree. »Sieh zu, dass du deine Vorzeige-Metach mitnimmst. In drei Minuten seit ihr von hier verschwunden, verstanden? Wir haben keine Zeit für Hundertachtzigprozentige, die meinen, sie würden dem Schiff einen Gefallen tun, indem sie sich zu Tode schinden.«

Die Tenoy verschwanden aus Denetrees Sichtfeld. »Drei Minuten, hast du gehört? Sonst rufe ich einen Arzt!«, hörte Denetree die Tenoy rufen, dann waren sie allein. Die Schlange der Passanten machte einen Bogen um sie, neugierig und ängstlich zugleich. Die Essenz eines verschwendungsfreien Lebens war Gleichmäßigkeit. Es gehörte sich nicht für einen guten Metach, von den vorgegebenen Wegen abzuweichen. Die Nachbarn würden es registrieren. Und natürlich das Schiff. Besser, man blieb an seinem Platz.

Launt zog vorsichtig den Oberkörper hoch.

»Kannst du schon wieder aufstehen?«

»Ich ... kann es versuchen. Ich bin nur ...«

»Später. Du kannst mir später alles erklären. Wenn du willst. Jetzt müssen wir dich erst mal hier wegbringen.«

Launt nahm ihre rechte Hand und führte sie an eine Metallstange. Ohne hinzusehen erkannte Denetree den Lenker ihres Rads. Launt hatte darauf geachtet, dass niemand ihr Rad nahm!

Sie zog sich hoch.

»Geht es?«

»Denke schon. Bin noch etwas zittrig.«

»Darf ich?«

Launt deutete auf das Rad. Sie verstand. Er hatte Recht, dennoch zögerte sie. Sie hatte sich nicht mehr herumkutschieren lassen, seit ... beim Hüter! Sie zwang sich, in die vor dem Lenker angebrachte Transportschale zu klettern. Venron war tot, die Vergangenheit war tot – und wenn sie stur wie eine Maschine an alten Gewohnheiten festhielt, würde sie es ebenfalls bald sein.

»So ist es gut«, flüsterte Launt. Er kletterte in den Sattel und fuhr los. »Danke!«, rief er den Tenoy zu. »Gut zu wissen, dass das Schiff kluge Wächter hat, die zwischen Wichtigem und Unwichtigem unterscheiden können!«

Denetree hielt den Atem an. Fast erwartete sie, dass die Tenoy die Zweideutigkeit seiner Worte erkannten und sie anhielten, aber die Wächter winkten Launt nur zu. Sie glaubte sogar, dass sich ihre Mundwinkel ein wenig nach oben zogen. Es kam nicht jeden Tag vor, dass man von einem Tenarchen gelobt wurde.

Sie fuhren durch die Nacht. Launt keuchte bald vor Anstrengung – er fuhr offenbar nicht oft Rad –, weigerte sich aber, mit Denetree zu tauschen. »Du musst dich ausruhen!«, sagte er. »Entspanne dich. Sollen die Leute denken, wir sind ein Paar!«

Die Leute.

Sie waren überall. Das Mitteldeck war die eigentliche Lebenszone des Schiffs. Es bot Schutz vor kosmischer Strahlung und gleichzeitig eine Schwerkraft, die hoch genug war, um die Muskulatur der Metach nicht erschlaffen zu lassen. Im Mitteldeck wurden die Metach geboren, hier starben sie, hier verbrachten sie den Großteil ihres Lebens, hier waren sie geborgen im Schoß ihres Metach'ton.

Oder gefangen.

Denetree hatte von jeher das Außendeck vorgezogen, trotz der lastenden Schwerkraft, die am Ende des Tages sogar das Atmen schwer machte. Dort konnte man ab und zu allein sein, sich zumindest der Illusion hingeben, Dinge unbeobachtet zu tun.

Nicht so im Mitteldeck. Die Wege waren gesäumt von Metach, die den Abend genossen. Kinder spielten mit selbst gebastelten Bällen, Erwachsene saßen oder standen beisammen, aßen und tratschten. Eng an eng standen die Häuser der Metach'ton; die Flächen dazwischen waren von undurchdringlichem Gestrüpp überwuchert. Die Pflanzen im Mitteldeck waren einzig und allein auf eine möglichst hohe Umwandlungsrate von Kohlendioxyd in Sauerstoff getrimmt, die Nahrungserträge wurden im Außendeck erzielt.

Launt grüßte links und rechts, strahlte freudig, als hätte ihm das Schiff für diese Nacht einen besonders hübschen Fang zugeteilt, um seine Fortpflanzungsquote zu erfüllen, und Denetree gab ihr Bestes, freudige Erwartung auf ihr Gesicht zu zwingen.

Schließlich hielt Launt vor einem allein stehenden Haus, das von einer hohen Mauer umgeben war.

»Was ist das für ein Haus?«, fragte Denetree. Es war zu klein für einen Metach'ton und zu groß für einen Einzelnen. Nicht einmal der Naahk hatte ein so großes – stellte sie sich vor, niemand hatte je das Quartier des Naahk betreten.

»Meines. Tenarch zu sein, bedeutet viel Nachdenken. Und Nachdenken braucht Ruhe.«

Ein Tor öffnete sich automatisch. Launt fuhr hindurch und stellte das Rad ab. »Hier kann es keiner nehmen. Das ist dir doch wichtig, oder?«

Denetree nickte.

Sie gingen ins Haus. Es war riesig. Vier Räume für eine Person! Vor Aufregung vergaß Denetree beinahe die Umstände, die sie hierher geführt hatten.

Launt führte sie in das Schlafzimmer. Es gab nur ein einziges, schmales Bett. Launt grinste. »Ich sagte ja schon: Zum Nachdenken braucht man Ruhe. Ich schlafe in einem anderen Zimmer.«

Denetree wollte protestieren – sie war stark, sie brauchte niemanden, der auf sie Rücksicht nahm! –, aber plötzlich fühlte sie sich unendlich müde. Sie sank auf das Bett.

»Schlaf!«, sagte Launt leise. »Schlaf, und am Morgen sieht die Welt schon wieder ganz anders aus.«

Denetree schreckte hoch. Die Welt. Launts Worte hatten die Illusion der Sicherheit zerbrochen. »Nein«, sagte sie, »das wird sie nicht. Nicht, wenn du nicht etwas für mich tust.«

Launt schien nur milde überrascht. »Und was?«

Denetree sagte es ihm.

8

Pearl Laneaux traf keine zwei Minuten nach der Anforderung des Medo-Teams ein und fand einen Mann vor, dem der Kopf und die rechte Schulter fehlten. Seine toten Finger umklammerten den Griff von Sharita Cohos Kombilader.

Die Erste Offizierin hielt einen schweren Strahler schussbereit in der Hand. Im Gang hinter ihr drängelte sich die Hälfte der Zentralebesatzung, bis an die Zähne bewaffnet.

»Oh, *das* hatte ich nun nicht erwartet«, brachte sie hervor.

»Ich hatte ein Medo-Team angefordert«, entgegnete Sharita, »keinen Sturmtrupp!« Sie ging mit keinem Wort auf den Toten ein, würdigte ihn keines Blickes. Es war, als kümmere er sie nicht. Doch Pearl kannte die Kommandantin zu gut, um sich täuschen zu lassen. Sharitas Lider zitterten. Der Tote hielt ihren Kombilader in den Händen. Die Kommandantin hatte ihren Kombilader noch nie jemand anderem gegeben.

»Der Doc ist hinten in der Schlange«, sagte Pearl mit einer Lässigkeit, die ihr im Umgang mit Sharita Coho in Fleisch und Blut übergegangen war. »Nach deinem Anruf bin ich davon ausgegangen, dass ihr erst in zweiter Linie medizinische Hilfe benötigt.« Pearl deutete mit dem Lauf ihrer Waffe auf den Toten. »Scheint so, als ob ich nicht ganz danebengelegen habe. Der braucht keinen Arzt mehr.«

Sharita und Rhodan schwiegen. Eine Antwort erübrigte sich.

»Was ist hier geschehen?«

»Das wüssten wir auch gern«, antwortete Sharita. Sie kniete vor dem Leichnam, entwand ihm mit spitzen Fingern den Kombilader, sicherte ihn und steckte ihn weg. »Der Typ hat sich umgelegt.«

»Das sehe ich«, antwortete Pearl. »Mit deiner Waffe?«

Sharita verdrehte die Augen. »Klug beobachtet.«

Rhodan schaltete sich ein. »Er hat sich selbst gerichtet, Pearl. Wir fanden ihn halb tot hier in dieser Kammer – einen Menschen. Wir haben versucht, ihm zu helfen. Ich habe ihm gut zugeredet. Er hat nicht geantwortet, aber ich hatte den Eindruck, dass ihn meine Worte beruhigten. Und dann, plötzlich, ohne dass ein Anlass zu erkennen war, griff er nach Sharitas Waffe und legte auf sich selbst an. Keiner konnte damit rechnen. Sharita trifft keine Schuld.«

Pearl nickte. »Verstehe.« Dann schüttelte sie den Kopf. »Nein, nein, ich kapiere gar nichts. Da ist ein Mann, eingeschlossen in ein Wrack, das fast mit Lichtgeschwindigkeit durch den Ar... ihr wisst schon ... der Milchstraße rast, ohne die geringste Aussicht auf Rettung. Aber dann kommt sie doch, durch einen Zufall, dessen Wahrscheinlichkeit ich erst gar nicht ausrechnen will, und der gute Mann hat nicht Besseres zu tun, als sich beim Anblick seiner Retter die Birne wegzublasen.«

»Wir sind so ratlos wie du.«

»Versucht, euch zu erinnern. Habt ihr irgendetwas getan, was ihm vielleicht Angst gemacht hat, solche Angst, dass er sich das Leben nahm?«

»Sharita hatte anfangs ihren Strahler auf ihn gerichtet«, sagte Rhodan.

»Nein«, widersprach die Kommandantin. »Ich hatte den Kombilader in der Hand. Ich habe nicht auf ihn gezielt, nicht bewusst jedenfalls. Und selbst wenn ... sich aus Angst vor einer Waffe, die auf einen gerichtet ist, mit eben dieser zu erschießen, ist nicht gerade der Gipfel der Logik, oder?«

»Angst ist nicht logisch«, sagte Rhodan. »Aber du hast Recht, der Kombilader kann es nicht gewesen sein. Er hat dich überhaupt erst richtig wahrgenommen, nachdem du die Waffe losgelassen hast.«

Eine Zeit lang herrschte Stille in der Kammer, nur unterbrochen von den hastigen Schritten von Pearls Begleitern, die über das Wrack ausgeschwärmt waren, um sicherzugehen, dass es keine weiteren Überlebenden gab.

Was hatte diesen Mann zum Selbstmord veranlasst? Pearl musterte die winzige Kammer – Himmel, war es hier hundekalt! –, dann Rhodan und schließlich Sharita. Sie räusperte sich. Der Kommandantin schien nicht zu gefallen, was sie zu sagen hatte. »Es muss an dir gelegen haben, Sharita.«

»Pearl!«

»Das ist eine Feststellung, kein Vorwurf. Aber nach all dem, was ihr berichtet habt, hat er auf Perry positiv reagiert.«

»Was willst du damit sagen? Was soll an Perry so anders sein als an mir? Nur weil er unsterb...«

»Sharita, er trägt keine Uniform.«

Die Kommandantin sah an ihrer schwarzen Uniform hinab, dann wanderte ihr Blick zu Rhodan, der helle Freizeitkleidung trug. »Na gut, ich trage eine Uniform. Als Kommandantin ist das nicht ungewöhnlich, oder? Und was den Rest angeht: Das ist bloße Spekulation, die wir niemals belegen können!«

»Da bin ich anderer Meinung«, sagte Rhodan.

»Aha. Und wie? Der hier verrät dir nichts mehr.«

»Da wäre ich mir nicht so sicher. Pearl, bist du so gut und rufst den Bordarzt?«

Hyman Mahal, der Mediker der PALENQUE, war ein untersetzter Mann mit einer Halbglatze. Wortlos ging er neben der Leiche in die Knie. Für die großflächige Wunde, die vom Strahl des Kombiladers versiegelt worden war, hatte er nur mehr einen Seitenblick.

Mahal war kein Freund vieler Worte, aber Pearl hatte es einmal, vor einigen Monaten, geschafft, ihn in einer sentimentalen Stunde zum Sprechen zu bringen. Der Mediker war als junger Arzt auf einer Minenwelt stationiert gewesen. Kein Job, um den man sich gerissen hätte, weshalb man auch nur einen Anfänger mit leidlichem Abschluss wie ihn dafür gefunden hatte. Mahal hatte es nichts ausgemacht. Er hatte an das große Abenteuer geglaubt, und daran, dass man nur das Beste aus den Dingen machen musste. Nach einem halben Jahr hatte er kurz vor dem Sprung zum Alkoholiker gestanden, aufgerieben von seinen monotonen Pflichten, den vielen Überstunden und der Einsamkeit. Kameradschaft gab es nur für diejenigen, die in die Minen einfuhren, die Übrigen lebten in Sicherheit, aber isoliert.

Als er glaubte, dass es nicht mehr weiter bergab gehen konnte, war das Erdbeben gekommen, ausgelöst durch den Absturz eines voll beladenen Frachters. Eine Stahlkugel von anderthalb Kilometern Durchmesser war auf den Planeten gestürzt, und die Schockwelle verschonte keine einzige der Minen. Sie stürzten ein. Die nächsten sechs Tage hatte Mahal damit verbracht, furchtbar verstümmelte Verletzte zu behandeln, die nächsten sechs Monate bis zum Ende seines Kontrakts damit, furchtbar verstümmelte Leichen zu bergen.

»Aber immerhin hat es ein Gutes gehabt«, hatte Mahal in Pearls erschüttertes Schweigen gesagt.

»Was?«, hatte die Erste Offizierin gefragt.

»Ich habe es hinter mir. Ich habe so viel Tod gesehen, dass es für zehn Leben reicht. Was soll mich noch erschüttern?«

Pearl war noch nicht so weit, noch lange nicht. Der Anblick der kopflosen Leiche verursachte ihr Übelkeit. Am liebsten wäre sie auf den Gang gerannt und hätte sich übergeben – und sich das Zurückkommen geschenkt.

»Hyman, ich habe zwei Fragen, die du mir hoffentlich beantworten kannst«, wandte sich Rhodan an den Arzt. »Die erste lautet: Ist das ein Mensch?«

Mahal machte sich an die Arbeit, ohne durch eine Geste oder ein Wort zu erkennen zu geben, dass er Rhodans Frage gehört hatte. Der Mediker hatte seinen Arztkoffer bei sich, ein mobiles, von einem Antigrav getragenes Minilabor. Auf seine Anweisung ging das nierenförmige Gerät auf der Brust des Toten nieder. Pearl hörte ein Summen und Zischen, als das Labor seine Nanofühler ausstreckte und winzige Gewebeproben entnahm. Mahal untersuchte den Toten derweil mit bloßen Augen. Er betastete den Körper, hob Arme und Beine an, klopfte auf Knie und Ellenbogen. Besonders viel Zeit verbrachte er mit der Untersuchung der Hände und Finger.

Er zog einen spitzen Schaber aus einer Tasche und schob ihn unter den Fingernagel eines Daumens. Als er ihn wieder hervorzog, klebte an seiner Spitze ein winziger schwarzer Klumpen. Mahal schob ihn in eine Öffnung des Minilabors.

»Dachte ich mir«, murmelte er mehr zu sich selbst als zu den Wartenden. »Erde. Angereichert mit Mikroorganismen.«

»Was? Das kann doch nicht ...«

Das Minilabor schnitt der Kommandantin mit einem Summen das Wort ab. Mahal las die Ergebnisse der Untersuchungen auf einem nur für ihn einsehbaren Display ab.

»Und?«

»Der Tote ist eindeutig ein Mensch, ein Lemurerabkömmling.«

»Irgendwelche Auffälligkeiten?«

»Nun, er ist auffallend gesund. Er scheint an körperliche Arbeit gewöhnt gewesen zu sein. Zugegeben, er dürfte noch keine 25 gewesen sein, aber in seinen Adern findet sich nicht einmal ein Hauch der Ablagerungen, die typisch für eine unausgewogene Ernährung sind, und die haben fast alle Menschen.«

»Das ist alles?«

»Beinahe. Da ist noch etwas: Er hat noch nie einen Sonnenbrand gehabt. Die Hautproben sind eindeutig.«

»Das widerspricht nicht der Erde unter seinem Daumennagel. Er hat sich auf seiner Heimatwelt eben immer gut eingecremt«, sagte Sharita Coho. »Was ist daran so ungewöhnlich?«

»Sein Erbgut. Es ist auffallend stark geschädigt, in weit größerem Ausmaß, als es bei einem Planetenbewohner der Fall sein könnte – und schon gar nicht bei jemandem, der sich offenbar nie ungeschützt der Sonne ausgesetzt hat.«

»Das lässt sich doch einfach erklären«, warf Pearl ein. Seit sie sich ganz auf die Gesichter Rhodans, Cohos, und Mahals konzentrierte, war ihre Übelkeit auf ein halbwegs erträgliches Maß gesunken. »Dieses Wrack kann ihn allenfalls notdürftig vor der kosmischen Strahlung im freien Raum geschützt haben. Daher also die Schädigung!«

Mahal schüttelte den Kopf. Seine Finger spielten geistesabwesend mit dem Spachtel, mit dem er die Erde unter dem Nagel des Toten hervorgeholt hatte. »Dein Ansatz ist richtig. Aber dagegen spricht die Natur seiner Schädigungen. Um sie hervorzurufen, muss er über viele Jahre bestenfalls dürftig geschützt der kosmischen Strahlung ausgesetzt gewesen sein.«

»Was eigentlich unmöglich ist«, schloss Rhodan. »Diese Kammer war der einzige Teil des Wracks, der luftdicht geblieben ist. Wir haben bei ihm nirgends Wasser- oder Nahrungscontainer oder Reste davon gefunden, die Atemluft dürfte ebenfalls begrenzt gewesen sein.«

»Er kann in diesem Raum keine Jahre verbracht haben.«

»Genau. Und das bringt mich zu meiner zweiten Frage: Kannst du uns sagen, Mahal, wie lange er auf diesem Wrack durch das Vakuum getrieben ist?«

»Hm.« Der Bordarzt zuckte mit den Achseln und erteilte dem Syntron des Minilabors einige Befehle. Neue Werte flackerten über das Display. »Davon ausgehend, dass er weder Wasser noch Lebensmittel bei sich hatte, tippe ich auf einen Zeitraum zwischen 13 und 15 Tagen, maximal 17.«

»Danke, Mahal, mehr muss ich nicht wissen«, sagte Rhodan. Er wandte sich an die Kommandantin. »Sharita, ich schlage vor, wir gehen in die Zentrale. Wir haben hier alles erfahren, was wir benötigen.«

Sharita legte keinen Protest gegen Rhodans Vorschlag ein. Der Selbstmord musste sie stärker erschüttert haben, als sie sich eingestand.

Alles Weitere war das Resultat einer simplen Rechenübung, eines harten Gesprächs und eines Kunststücks von Seiten des Orters der PALENQUE.

Rhodan legte Sharita Coho und Pearl Laneaux seine Überlegungen am Kartentisch in der Zentrale dar. Die übrigen Mitglieder der Zentralebesatzung und die Mannschaften der Kriecher waren in Echtzeit zugeschaltet.

»Eigentlich ist es nicht schwierig«, begann Rhodan. »Wir wissen, wie lange der Tote in dem Wrack eingesperrt war: zwischen dreizehn und maximal siebzehn Tagen. Das Wrack flog mit nahezu Lichtgeschwindigkeit, also liegt der Punkt, an dem die Fähre auseinander brach, ungefähr einen halben Lichtmonat entfernt, plus minus zehn Prozent.«

»Vorausgesetzt, dass sie ihre Geschwindigkeit seitdem nicht verändert hat«, warf Sharita mit einem trotzigen Unterton in der Stimme ein, der verriet, dass sie hier, in der vertrauten Umgebung der Zentrale, die Fassung wiedergewonnen hatte.

»Alles andere wäre höchst unwahrscheinlich«, entgegnete Rhodan. Pearl fragte sich, ob der Unsterbliche jemals aus der Ruhe zu bringen war – und ob der Anblick lohnenswert genug war, sich in einem solchen Moment in seiner Nähe aufzuhalten. »Vergiss nicht, die Fähre ist in zwei Teile zerbrochen, sie konnte nicht mehr beschleunigen.«

Sharita verzog das Gesicht.

Zeit einzugreifen. »In Ordnung, wir wissen jetzt also ungefähr, wo die Fähre zerbrach«, sagte Pearl schnell, bevor die Kommandantin die heftige Entgegnung, die ihr auf der Zunge lag, aussprechen konnte. »Was wollen wir dort?«

»Antworten finden. Die Fähre hatte keine Kollision. Wie uns das Schicksal des Kriechers vor Augen geführt hat, wäre sonst nichts als eine Partikelwolke übrig geblieben. Jemand hat auf sie geschossen.«

»Die Akonen?«, vermutete Sharita. »In den letzten Wochen hat es im Ochent-Nebel vor ihnen gewimmelt.«

»Eher nicht«, sagte Pearl. »Ich habe das Wrack in der Zwischenzeit genauer untersuchen lassen. Diese Fähre wurde von einem konventionellen Sprengkopf getroffen – einem besseren Knallfrosch. Weder wir noch die Akonen benutzen so etwas. Und ein Unfall kommt so gut wie nicht infrage. Wir haben die Reste eines Einschusskanals entdeckt.«

»Gut, dann eben nicht die Akonen. Wer dann?«

»Ich weiß es nicht.« Rhodan zuckte die Achseln. »Um das herauszufinden, will ich ja das Gebiet anfliegen, an dem der Angriff stattgefunden hat.«

»Und was dann?« Sharita ballte die Hand zur Faust. »Denkst du etwa, die Angreifer hocken da und warten darauf, dass jemand sie zur Rechenschaft zieht? Abgesehen davon, solltest du vielleicht einmal daran denken, in welcher Gesellschaft du dich befindest: Wir sind Prospektoren, nicht die Retter des Universums, die jedem Unrecht auf den Grund gehen. Wir sind hier draußen, um Profit zu machen!«

»Der höchste Profit winkt dem, der den Mut hat, ausgetretene Pfade zu verlassen. Die Überlichtetappe kostet uns ein paar Minuten, und mehr als ein paar Minuten werden wir auch nicht bleiben.«

»Was? Wieso willst du dann überhaupt hinfliegen?«

»Zur Sicherheit. Vielleicht finden wir ja einen Hinweis, der uns weiterhilft. Aber danach sollten wir uns gleich auf die Suche nach dem Mutterschiff machen.«

»Dem ... dem Mutterschiff?«

Pearl betete, dass ihr der Mund nicht so unvorteilhaft offen stand wie der der Kommandantin.

»Dem Mutterschiff. Überlegt doch! Wir haben das Wrack einer Fähre an Bord geholt, eines Zubringerschiffs. Selbst in intaktem Zustand hat es niemals Triebwerke besessen, mit denen es auf nahezu Lichtgeschwindigkeit beschleunigen könnte, von der übrigen Konstruktion, die eindeutig auf kürzere Flüge ausgerichtet ist, ganz schweigen. Es gibt nur eine Erklärung: Die Fähre muss ihre Geschwindigkeit von dem Mutterschiff mitbekommen haben. Und das muss sich noch in der Nähe befinden, es sei denn, es besäße Hypertriebwerke, aber das halte ich für äußerst unwahrscheinlich. Wir haben auf dem Wrack keinerlei Hinweise auf fünfdimensionale Technik gefunden.«

Pearl und Sharita schwiegen; dann tauschen sie einen langen Blick aus. Pearl nickte kaum merklich. Sie hoffte, dass die Kommandantin genug Beherrschung besaß, ihrem Rat zu folgen.

»In Ordnung«, sagte Sharita schließlich. Sie sprach langsam, als müsste sie jede Silbe einzeln hervorzwingen. »Deine Logik ist stichhaltig. Wir gehen der Sache nach.« Sie sah in die Objektive der Mikrokameras, die sie leise summend umschwirrten und ihr Gespräch für die restliche Besatzung übertrugen. »Ihr habt es gehört, Leute! Wir gehen auf Schatzsuche!«

Sie wandte sich wieder an Pearl. »Bestimme den Kursvektor, den das Wrack hatte, bevor wir es aufgebracht haben – wir folgen ihm. Und nicht einen halben Lichtmonat, sondern vier Lichtjahre.«

»Aber das ist doch viel zu weit!«, protestierte Pearl. Was umtrieb Sharita jetzt schon wieder? »Das ist beinahe das ...«

»... Hundertfache. Eben. Durch die hohe Geschwindigkeit verlief die Zeit an Bord des Wracks hundertmal langsamer als unsere. Die 15 Tage, von denen wir ausgehen, sind in der subjektiven Bordzeit des Wracks gemessen.«

Pearl spürte, wie sie rot anlief. »Oh, daran habe ich nicht ge...«

»Macht nichts«, sagte Sharita. »Dafür hast du ja mich.«

9

»Lemal?«

Der Naahk der NETHACK ACHTON musste sich zwingen, seine Aufmerksamkeit vom Schirm zu lösen. Er schätzte es nicht, gestört zu werden. Und schon gar nicht, wenn er an der Chronik des Schiffs arbeitete.

»Ja, was gibt es?«

»Den Tenoy ist es gelungen, eine aus der Gruppe der Verräter zu fassen.«

»Gut.«

Lemal Netwar beugte sich wieder über den Schirm. Die Arbeit an der Chronik war hart und aufreibend, aber unabdingbar. Wer konnte der Nachwelt die Geschichte der NETHACK ACHTON berichten, wenn nicht er? Das Netz vielleicht, aber irgendwie bezweifelte er, dass die Darstellung des Computerverbunds menschlichen Lesern viel sagen würde. Das Netz würde im Bestreben, eine wahre Schilderung der Sachverhalte zu geben, seine Darstellung mit Zahlen und Statistiken untermauern, vielleicht sogar nichts weiter anfügen. Sollten die Zahlen für sich sprechen.

Lemal Netwar war an dieser Art Wahrheit nicht interessiert. Seine gründete auf der menschlichen Befindlichkeit – und zu dieser schien an allererster Stelle die Vergesslichkeit zu zählen. Jedenfalls schien es ihm, dass es ihm Jahr und Jahr schwerer fiel, sich zu erinnern.

Und um sich zu erinnern, brauchte er Ruhe, Ungestörtheit.

»Lemal?«

Er unterdrückte eine Verwünschung. »Ja, was ist? Habt ihr noch mehr gefangen?«

»Nein, noch nicht«, antwortete das Netz. »Aber es wird nicht mehr lange dauern. Das Verhör beginnt in diesen Minuten.«

Das Verhör. Dem Naahk war es gelungen, es zu verdrängen. »Das weiß ich.«

»Willst du nicht anwesend sein? Das letzte Mal ...«

Das letzte Mal ist lange her!, wollte er rufen. Dieses Verhör, viele andere schwere Entscheidungen ... sie waren der Preis für seinen Rang. Er musste ihn entrichten oder seinen Rang ablegen, zusammen mit allem, was damit einherging – und ein Griff an die Kette um seinen Hals belehrte ihn, dass ihm das niemals gelingen würde. Lemal Netwar hatte zu viel zu verlieren.

»Ich komme«, sagte er.

Der Naahk verließ seine Räume. Es war eine Handlung, zu der er sich immer seltener überwinden konnte. Je älter er wurde, desto mehr neigte er dazu, in seinem Quartier zu bleiben. Das Netz verrichtete die meisten Alltagsgeschäfte ohne seine Mitwirkung und wahrscheinlich besser als er, auf jeden Fall aber treuer zu den Prinzipien des Schiffs und unbestechlicher. Bei den wenigen Entscheidungen, die sein Eingreifen erforderten, hatte er die Erfahrung gemacht, dass er sie ebenso gut aus seinem Quartier heraus treffen konnte. Er glaubte sogar, dass ihm dies von dort aus besser gelang. Die Distanz zwischen ihm und den Schicksalen, über die er entschied, ließ ihn sachlicher urteilen.

Es gab noch einen unmittelbareren Grund, aus dem Netwar nur ungern sein Quartier verließ: Es schmerzte unerträglich.

Das Quartier des Naahk hing in unmittelbarer Nähe der Längsachse, um die die NETHACK ACHTON rotierte, um auf diesem Weg künstliche Schwerkraft zu erzeugen. Diese stieg mit der Entfernung von der Achse. Auf dem Innendeck, das ihr am nächsten lag, herrschte ein Drittel der Schwerkraft der Heimat. Im Quartier des Naahk, das wie die Beute einer Spinne in einem Gespinst aus Seilverbindungen fast im Zentrum des Schiffs hing, war dieser Wert auf ein Zehntel gesunken. Gerade noch ausreichend, damit die Dinge an ihrem Platz blieben, und eine Wohltat für seine geschundenen Gelenke.

Der Fahrstuhl, der das Quartier des Naahk mit dem Innendeck verband, setzte sich in Bewegung. Da die Seile nur selten in Benutzung waren, ächzten sie heftig. Ihnen schien die Anstrengung ähnlich zuzusetzen wie Netwars Gelenken.

Netwar stöhnte auf, als der stechende Schmerz in seine Knie- und Hüftgelenke fuhr. Er versuchte, still dazustehen, um dem Schmerz keine Angriffsfläche zu geben, doch entweder gelang ihm das nicht, oder die Krankheit hatte eine neue Intensität erreicht, die keine Rücksicht mehr auf seine kläglichen Versuche der Linderung nahm.

Als Naahk wurde Netwar selbstverständlich von den besten Ärzten des Schiffs versorgt, doch das nützte ihm nichts, konnten sie ihm doch nicht mehr geben, als er schon wusste, nämlich einen Namen für seine Leiden: Arthrose. Den sich beschleunigenden Verschleiß der Gelenke konnten die Ärzte nicht verhindern, nicht einmal verlangsamen. Netwar blieb nur, seine Krankheit als notwendiges Übel zu akzeptieren, das mit seinem Rang einherging, und darauf zu hoffen, dass er eher früher als später davon befreit wurde.

Durch den transparenten Kunststoffboden der Kabine sah Netwar, dass man ihn erwartete. Einige Tenoy, kein Offizier, niemand aus den höheren Rängen der Verwaltung, schon gar kein Tenarch.

Wieso sich auch die Hände schmutzig machen, wenn andere es für einen taten?

Es gelang ihm, sich bis kurz vor dem Erreichen des Innendecks zu beherrschen. Erst kurz bevor die Kabine den Boden berührte, spritzte er sich das Schmerzmittel, heimlich, die Hand um die Injektionspistole in der Hosentasche verkrampft.

Augenblicklich verschwand der Schmerz und machte

einem Hochgefühl Platz, von dem Netwar aus Erfahrung wusste, dass er es teuer bezahlen würde. Die Injektion befreite ihn für einige Stunden von seinem Schmerzempfinden, doch gleichzeitig machte sie es seinem Körper unmöglich, sich zu schonen. So überwältigend der Schmerz sich auch anfühlen mochte, er kannte Abstufungen, zwang ihn, die schädlichsten Haltungen und Bewegungen zu vermeiden. Ohne den Schmerz, der ihn leitete, versetzte er dem Verschleiß seiner Gelenke unwillkürlich einen neuen Schub, drehte er die Schmerzschraube langfristig eine weitere Umdrehung höher.

Die Tenoy deuteten stumm eine Verneigung an, die Augen fest auf die Kette um seinen Hals gerichtet. Für sie war es vielleicht der bedeutendste Augenblick ihres Lebens: Sie begegneten dem Naahk persönlich! Vielleicht war ihre Ergriffenheit so groß, dass sie die Schreie verdrängen konnten, die sie bald zu hören bekommen würden. Netwar wusste bereits, dass es *ihm* nicht gelingen würde. Die Schreie würden sich zu den vielen anderen gesellen, die ihm nachts aus dem Schlaf rissen.

Die Tenoy hatten ein Elektrodreirad mitgebracht und bedeuteten ihm höflich, auf dem breiten, gepolsterten Sitz Platz zu nehmen. Der Naahk lehnte ab. Wenn er schon nur wenige, teuer erkaufte Stunden hatte, in denen er über seinen Körper verfügte, wollte er sie nicht mit Herumsitzen verschwenden, auch wenn er seine Gelenke damit geschont hätte. Außerdem würde die Ablehnung seinen Status festigen. Die Tenoy würden jede Einzelheit ihrer Begegnung mit dem Naahk berichten, selbstverständlich auch von seiner Bescheidenheit.

Sie brachen auf. Der Marsch führte sie durch die Stahllandschaft des Innendecks. Netwar wusste, dass viele Metach diesen Sektor des Schiffs nur mit Widerwillen aufsuchten. Sie vermissten das Grün, das die beiden anderen Decks des Schiffs prägte, doch vor allem bedrückte sie die Enge. Das Innendeck hatte einen so geringen Durchmesser, dass es keine Illusion eines Himmels zuließ. Hob man den Kopf, traf der Blick die gegenüberliegende Seite des

Decks, auf der die Anlagen und Menschen auf dem Kopf standen, von derselben Fliehkraft gehalten, die einen selbst am Boden hielt. Sogar dem Naahk fiel es selbst nach all den Jahren noch schwer, das Gefühl abzuschütteln, im nächsten Augenblick der Decke entgegenzustürzen.

Aber Netwar sah nicht auf, konzentrierte sich ganz auf das Wunder seiner Beine, die ihn mit der Mühelosigkeit und Kraft vorantrugen, die eigentlich einem jungen Mann zu Eigen waren.

Der Marsch dauerte fast eine halbe Stunde. Zu lange für die Tenoy, die sich in der Gesellschaft des schweigsamen, geheimnisvollen Naahk zunehmend unwohl fühlten, zu kurz für Netwar, der seine flüchtige Illusion von Gesundheit bis zur Neige auskosten wollte – und sich sträubte, ihr Ziel zu erreichen.

Aber es half nichts. Die kleine Gruppe gelangte an einen niedrigen Verschlag aus Plastiklatten. »Da sind wir, Naahk«, sagte einer der Tenoy.

Netwar musterte den Verschlag, von dessen Sorte es Dutzende auf dem Innendeck gab. Sie dienten als Ersatzteillager für die Aggregate der NETHACK ACHTON, die hier im geschützten Innern des Schiffs konzentriert waren. Als die Tenoy erfahren hatten, dass der Naahk bei dem Verhör anwesend sein würde, mussten sie die Gefangene hierher gebracht haben. Zwischen den vom Alter verformten Plastiklatten schien Licht heraus; ein Schatten bewegte sich langsam, ein weiterer, liegender verharrte an Ort und Stelle.

Sie werden jedes Wort hören, dachte Netwar. *Jeden Schrei.*

Als sich die Tür des Verschlags öffnete, wollte er sich an die Tenoy wenden, sie wegschicken. Ein großer Mann mit hageren Zügen trat heraus.

»Launt, was tust du hier? Wieso hast du dich nicht wie die anderen Tenarchen rar gemacht?«

»Ich will mit dir sprechen, Naahk. Allein.«

»Natürlich.« Launt war vielleicht der Intelligenteste der Tenarchen, ein kluger Verwalter. Und ein mutiger Mann: Kein anderer hätte es gewagt, mit dem Naahk so respektlos zu sprechen.

»Geht!«, wandte Netwar sich an die Tenoy: »Ihr habt eure Aufgabe vollbracht. Ich benötige euch nicht mehr.«

Zögernd zogen sich die Tenoy zurück. Netwar hoffte, dass sie aus Pflichtgefühl nicht heimlich in der Nähe blieben. Es war nicht nötig, dass sie sein Gespräch mit dem Tenarchen belauschten. Und schon gar nicht, dass sie die Schreie hörten.

»Sprich!«

»Ich habe eine Bitte, Lemal. Sie mag ungewöhnlich klingen, vielleicht sogar empörend, aber ich muss sie vorbringen.« Launt räusperte sich. »Lass sie. Die Verräter, die Frau dort drin und alle Übrigen. Sie können das Schiff nicht gefährden.«

Die Bitte war in der Tat ungewöhnlich. Aber empörend? Netwar horchte in sich hinein. Ja, empörend. Umso mehr, als sie seine eigenen geheimsten Wünsche widerspiegelte. Er wollte nicht tun, was vor ihm lag, doch das änderte nichts daran, dass er es tun musste. Zum Wohl des Schiffs.

»Sie persönlich nicht«, sagte der Naahk. »Und weder heute noch morgen, das ist richtig. Doch was würde geschehen, wenn wir sie ungeschoren ließen? Sie würden versprechen, nie wieder von den Sternen zu träumen. Ein wertloses Versprechen. Die Verräter konnten nicht von ihnen ablassen. Andere würden sich ihnen anschließen, würde bekannt, dass sie nichts zu befürchten haben. Innerhalb von Jahrzehnten wäre die Ordnung des Schiffs zusammengebrochen. Und das dürfen wir nicht zulassen. Wir müssen in Jahrhunderten, ja Jahrtausenden denken.«

Netwar sprach den Namen, den die Verräter sich gegeben hatten, nicht aus. *Sternensucher* ... der Name stieß ihm bitter auf. Einst hatte er für ihn einen ganz anderen Klang besessen. Vor langer Zeit, so weit entfernt, dass er manchmal glaubte, er bilde sie sich nur ein. Ein Truggespinst, das er zur eigenen Rechtfertigung erschaffen hatte.

Launts Gesicht rötete sich »Du hast leicht reden! Du ...«

»Im Gegenteil. Ich weiß genau, wovon ich spreche. Wir müssen die Verräter unschädlich machen. Jetzt.«

Launt machte keine Anstalten, dem Naahk den Weg frei zu machen.

»Launt, du bist einer meiner besten Tenarchen. Ich will dich nicht verlieren. Geh jetzt, und ich werde diesen Vorfall vergessen!«

Eine Ader schwoll in Launts Hals an.

»Bitte geh!«

Der Tenarch erbebte, machte den aber Weg frei. Mit gesenktem Kopf verschwand er zwischen den Aggregaten des Innendecks, ohne den Naahk anzusehen.

Netwar atmete tief durch und trat in den Verschlag. Eine einzelne, nicht abgeblendete Lampe tauchte den Raum in harte Schatten. Der Pekoy begrüßte ihn mit einer stummen Verbeugung. Die Maske, die er trug, hatte Schlitze für Augen und Mund und eine runde Öffnung für die Nasenlöcher. Es war unmöglich, Empfindungen aus dem verhüllten Gesicht zu lesen. Netwar wusste nicht einmal, ob sich hinter der Maske ein Mann oder eine Frau verbarg. Die schwere Schürze des Pekoys ließ keine Rückschlüsse über den Körperbau des Trägers zu.

Das Netz würde wissen, wer hinter dieser Maske steckte. Fragte er es danach, würde es ihm die Antwort geben – schließlich war *er* der Naahk –, doch Netwar hatte das Netz niemals um Auskunft über den Pekoy gebeten. Es gab Wissen, ohne das es sich leichter lebte. Das um die Identität des Pekoy zählte dazu, auch wenn in Netwar ab und an die Neugierde erwachte. Wie wählte das Netz den Pekoy aus? Und übte der Pekoy – Netwar konnte sich nicht helfen, in Gedanken stellte er sich ihn immer als Mann vor – sein Amt freiwillig aus? Aus Pflichtgefühl gegenüber dem Schiff und seiner Aufgabe? Oder aus Gier, für zusätzliche Rationen, ein eigenes Haus? Und, vielleicht die wichtigste Frage: Ging es dem Pekoy wie ihm? Verfolgten ihn die Schreie seiner Opfer? Oder ging er hinterher mit dem guten Gefühl getaner Arbeit zurück in seinen Metach'ton?

In der Mitte des Verschlags lag auf einem improvisierten Arbeitstisch eine junge Frau, die Verräterin. Ihr halblanges Haar war in schweißnasse Streifen verklebt. Plastikseile fesselten sie an Knöcheln und Handgelenken an die Platte. Ein weiteres Seil schlang sich um ihren Hals, verhinderte, dass sie den Kopf mehr als eine Handbreit heben konnte, als er eintrat.

»D... du bist der Naahk?«

Netwar nickte.

»B... bitte ... du musst mir helfen. Ich habe nichts Böses getan.« Sie sprach leise, musste mehrfach zwischen den Worten schlucken.

»Ich bin hier, um dir zu helfen.«

Die Kleider der Frau waren zerrissen. Nicht die Folge einer Misshandlung – das Netz hätte ihn unverzüglich davon unterrichtet, hätten die Tenoy ihre Befugnis überschritten –, sondern der Festnahme. Die Frau hatte sich heftig gewehrt.

»Danke«, flüsterte die Frau. »Danke. Bitte sag ihm« – ihre Augen verdrehten sich zu dem Pekoy, der schweigend am Kopfende der Platte stand – »dass er mich gehen lassen soll.«

»Das kann ich nicht. Das steht nicht in meiner Macht.«

»Aber du bist der Naahk ...!«

»Ja. Und ich bin es, weil ich mich der Verantwortung stelle.«

»Das tun wir alle.«

»Nein, du nicht. Du hast uns verraten.«

»Das habe ich nicht!« Die Frau hustete heftig.

»Wieso hast du dann versucht, den Posten der Tenoy zu umgehen?«

»Ich wollte nach Hause. Der Tag auf den Feldern war lang. Das Schiff braucht ausgeruhte Metach. Und die Schlange war lang, da wollte ich sie abkürzen.«

Netwar trat näher und setzte sich neben der Frau auf die Platte. Vorsichtig, aber wie erwartet hatte der Pekoy gründlich gearbeitet. Die Platte war fest verankert. Netwar betrachtete die Züge der Frau. Es missfiel ihm, aber er musste sich eingestehen, dass das Netz Recht gehabt hatte. Sie war noch ein Kind. Sie wusste nicht, worauf sie sich eingelassen, welche Gefahr sie für das Schiff heraufbeschworen hatte. Und jetzt war es zu spät. Sie würde in kürzester Zeit lernen, zu einer Erwachsenen heranreifen und sterben.

»Das Netz hat deine Festnahme und die Minuten davor aufgezeichnet. Du scheinst furchtbar nervös gewesen zu sein für eine Metach, die auf dem Weg von der Arbeit ist und sich über eine Verzögerung ärgert.«

»Ich ... ich hatte Ärger bei der Arbeit. Ein dummer Streit mit einer anderen Metach.«

»Das kommt vor. Aber da war noch mehr. Hat dich nicht noch etwas anderes beunruhigt? Die Meldung über den Verräter Venron vielleicht?«

Die Frau schluckte wieder. »Ja, natürlich. Ich war empört und hatte Angst.«

»Angst vor den Verrätern? Oder Angst davor, als Verräterin entlarvt zu werden?«

Der Körper der Frau bäumte sich auf; sie hustete und würgte. Der Pekoy trat etwas näher heran und streckte für den Fall, dass sie sich übergeben musste, den Arm aus. Sie durfte nicht an ihrem eigenen Erbrochenen ersticken. Noch nicht.

»Ich ... habe nichts mit den Verrätern zu tun«, brachte sie hervor. »Ich verabscheue sie.«

»Ja? Dann beweise es mir und nenne mir die Namen der anderen Verräter.«

»Was? Woher soll ich sie wissen?«

»Du hast doch Venron gekannt, nicht wahr? Dann kennst du auch die Übrigen!«

»Das ist eine Lüge!«

Netwar schüttelte traurig den Kopf. »Ich wünschte, es wäre eine. Das Netz hat überall Augen. Es hat eure Begegnungen aufgezeichnet.«

Es war eine Lüge. Einst hatte das Netz Augen im gesamten Schiff besessen, aber die meisten waren im Lauf der Jahrhunderte ausgefallen, und sie hatten keine Ersatzteile, um sie zu reparieren. Selbst wenn sie welche gehabt hätten, hätte es nichts genutzt. Die Speicherbänke des Schiffs trotzten dem Ansturm der kosmischen Strahlung nur leidlich, trotz aller Bemühungen, sie abzuschirmen. Die verfügbare Kapazität reichte längst nicht mehr aus, um auch nur die Daten der verbliebenen Kameras für einen nennenswerten Zeitraum zu speichern. Das Netz war klug genug gewesen, die Kontrollen der Tenoy aufzuzeichnen, mehr nicht; den Rest hatte Netwar erfunden.

Eine Lüge, aber sie erfüllte ihren Zweck, und nur das zählte.

Die Pupillen der Frau weiteten sich, als ihr klar wurde, dass ihr Schicksal besiegelt war.

»Nein«, stöhnte sie. »Nein, nein, nein!«

»Doch. Ihr habt das Schiff in unermessliche Gefahr gebracht. Habt ihr euren Lehrern nicht zugehört? Wir müssen uns verstecken, dürfen niemals auf uns aufmerksam machen.«

»Nein, nein! Venron wollte doch nur die Sterne sehen. Er wollte nichts Böses. Niemandem. Er wollte nur ...«

»Er hätte um ein Haar uns alle umgebracht. 43 Tenoy haben seine irrwitzige Aktion mit dem Leben bezahlt.«

»Das wollte er nicht!«

»Natürlich nicht. Aber dennoch hat er es getan. Und vielleicht war das nur der Anfang. Vielleicht hat er unsere Feinde auf die Spur des Schiffs geführt. Vielleicht ...«

Ein spitzer Schrei schnitt dem Naahk das Wort ab, ging dann in ein Heulen über. Die Frau erbebte, wand sich in ihren Fesseln. Ihr Kopf lief rot an, als sie sich selbst die Luft abschnitt.

Netwar nahm ihre Hand. Erst fuhr sie zurück, dann griff sie nach der seinen, umklammerte sie.

»Beruhige dich«, sagte der Naahk leise. »Noch sind sie nicht hier. Und du kannst mithelfen, dass es nicht so weit kommt.«

»Wie ... kann ich das?«

Sie war eine gute Metach. Sie wollte nur das Beste für das Schiff.

»Wie heißt du?«, fragte Netwar.

»Mika.«

»Mika ...«

Mika ... wieso hast du dich verführen lassen? Wieso zwingst du mich, dir das anzutun?

»Du musst mir ihre Namen sagen, Mika.«

»Ihre Namen?«

»Die Namen der anderen. Venron war nicht allein. Träumer wie er sind es nie. Sie müssen anderen ihre Träume mitteilen, sie mit hineinziehen. Da warst du. Sicher auch seine Schwester. Aber wer waren die anderen?«

Es sind die Besten. Immer die Besten. Diejenigen, die sich weigern, Grenzen als gegeben zu akzeptieren. Die Neugierigen, die wissen wollen, was jenseits der Schiffswand liegt. Diejenigen, die wir eines Tages brauchen werden ... und die bis dahin vielleicht ausgemerzt sind.

»Das ... das ...« Die Frau würgte.

»Bitte, Mika. Sag mir die Namen. Du willst doch nicht, dass das Schiff vernichtet wird?«

»Ich ...«

Ihre Finger, die sich um seine Hand geschlossen hatten, drückten so hart zu, dass der Schmerz die Barriere der Injektion überwand. Netwar unterdrückte einen Aufschrei. Dann gaben die Finger seine Hand frei, wichen vor ihr zurück ...

Ich verliere sie!

»Mika, sag mir die Namen. Bitte. Du ...«

Es war zu spät. Sie hatte die Augen geschlossen, die Lider mit aller Kraft zusammengepresst. Mika hatte ihre Entscheidung getroffen.

Der Pekoy trat an den Tisch. Er schüttelte langsam den maskierten Kopf.

»Mika, sag mir die Namen!«

Die Frau antwortete nicht. Sie lag nur da, steif vor Angst.

»Zwing mich nicht ...!«

Der Pekoy setzte seine Instrumententasche auf der Arbeitsplatte ab. Sie war aus Leder und musste noch aus der Heimat stammen; an Bord gab es keine Tiere, aus deren Haut man sie hätte fertigen können. Der Gedanke, dass jemand bereits vor dem Aufbruch des Schiffs damit gerechnet hatte, dass das Schiff einmal einen Werkzeugkasten der Folter benötigen würde, ließ Übelkeit in Netwar aufsteigen.

Der Naahk wich zurück. Er wünschte sich, dass der

Schmerz in seinen Gelenken zurückkehren, ihn ablenken würde von dem Schmerz, der diesem Menschen, der hilflos vor ihm lag, gleich zugefügt werden würde. Doch dieser gnädige Schmerz kam nicht. Netwar registrierte in aller Klarheit, was geschah.

Der Pekoy öffnete die Tasche, nahm eine Einlage heraus, in die klinisch sauber glitzernde Instrumente eingesteckt waren. Sie erinnerten an die Werkzeuge eines Chirurgen. Der Pekoy wählte eines der Werkzeuge aus, setzte es an.

Mika war stark. Sie hielt die Schreie lange zurück. Doch als sie kamen, waren sie wie eine Flutwelle, die sich Bahn brach und alle Sperren zur Seite fegten, die Netwar in seinem Geist aufgebaut hatte, um sie nicht an sich heranzulassen.

Schließlich nannte sie die Namen. Es waren über zwei Dutzend, mehr, als Netwar erwartet hatte. Vielleicht hatte die Zersetzung bereits weitere Kreise gezogen, als er geglaubt hatte, vielleicht nannte Mika aus Todesangst Unschuldige. Aber die Tenoy würden sie festsetzen und die Wahrheit herausfinden.

Mit der freien Hand gab der Pekoy die Namen in seinen Handcomputer ein, der sie übergangslos an das Netz weiterleitete.

Der Naahk verließ den Verschlag. Seine Aufgabe an diesem Ort war beendet. Alles Weitere würde der Pekoy übernehmen.

Auf dem Rückweg begegnete er niemandem. Falls die Tenoy oder Launt in der Nähe geblieben waren, trauten sie sich nicht, sich zu zeigen.

Gut so. Er wollte allein mit seinen Gedanken sein. Netwar spürte, dass er ein neues Kapitel in der Chronik des Schiffs aufgeschlagen hatte.

Er bezweifelte, dass er jemals die Kraft und den Mut finden würde, es niederzuschreiben.

10

Solina Tormas hatte es gründlich satt.

Seit Monaten kreuzte das akonische Forschungsschiff LAS-TOÓR durch diesen verfluchten Nebel am Hintern der Galaxis, von einer toten Welt zur nächsten. Das einzige Leben hier – wenn man es so bezeichnen konnte! – waren Prospektoren aller Couleur und Zugehörigkeit. Akonen, Terraner, Blues, Angehörige von Völkern, deren Namen sie noch nie gehört hatte, geschweige denn aussprechen und auf deren unappetitlichen Anblick sie wirklich verzichten konnte.

Und was für eine Bande von Autisten diese Prospektoren waren! Sie hatten nur Geld im Kopf, Geld und wieder Geld. Für Solina und ihre Fragen nach dem Woher und Wohin, nach ihren Vor- und Vorvorfahren hatten sie bestenfalls ein höfliches »Oh, ich habe noch zu tun!« übrig, bevor sie sie stehen ließen und sich davonmachten. Eine Historikerin! Jemand, der sich mit der Vergangenheit beschäftigte! Der Prospektoreninstinkt sagte ihnen, dass aus ihr kein Geld zu schlagen war.

Nicht, dass ihre Kollegen Solina Tormas besser behandelten. Nein, sie waren nur raffinierter, die Damen und Herren Yidari. »Das ist wirklich furchtbar interessant«, beschieden sie ihr, die sich Wissenschaftler schimpften, wann immer das Thema auf Solinas Spezialgebiet kam, und das war ohnehin selten genug. »Wir müssen uns unbedingt in der Ruhe und mit der Zeit damit auseinander setzen, die deine wichtige Arbeit verdient. Leider muss ich dringend zu einer wichtigen Sitzung/wartet im Labor ein dringender Versuch/muss ich noch unbedingt meine Berichte schreiben, du kennst ja die Bürokratie. Aber bei Gelegenheit ...«

Und das war es dann auch schon. Niemand interessierte sich für Solinas Arbeit. Lemurer! »Sind das nicht die, die seit 50 000 Jahren oder so tot sind?«, hatten ihre Mit-Yidari bei den obligatorischen höflichen Vorstellungen in den ersten Tagen nach dem Start der LAS-TOÓR gefragt. »Unsere Vorfahren, die diese frechen Terraner für sich vereinnahmen wollen ...?«

Nicht vereinnahmen wollen. Die Lemurer sind die gemeinsamen Vorfahren von Akonen und Terranern!, hätte Solina sie am liebsten belehrt. *Und der Arkoniden und der Ferronen und von so ziemlich jedem humanoiden Volk der Milchstraße! Das wisst ihr so gut wie ich. Nur wollt ihr nicht wissen, wie sie wirklich waren, sondern sie als glorreiche Gründerväter behalten, deren Mut ihr vor euch hertragen könnt, als wäre es euer eigener!*

Schließlich hatte Solina genug gehabt und jemanden böse angefaucht. Einen kleinen fetten Geologen, den beispiellos untalentierten Sprössling einer der besten Familien des Blauen Systems, einen echten Vakt-son, der ihr mitleidig auf die Hüfte geklopft – an ihre Schultern hatte er nicht gereicht – und ihr geraten hatte, sie solle ihr Forschungsfeld doch auf eine nützlichere Epoche verlegen, die glorreichen Abwehrkämpfe gegen die Terraner nach dem ersten Kontakt der beiden Völker oder den Untergrundkrieg der Condos Vasac gegen das damalige Solare Imperium der Terraner.

Solina hatte so wütend gefaucht, dass der fette Geologe vor Schreck sein Glas hatte fallen lassen und die Beine in die Hand genommen hatte, als hetze ihn das Energiekommando.

Seitdem hatte niemand mehr an Bord Solina auf ihre Arbeit angesprochen. Genutzt hatte es nichts. *Eine nützlichere Epoche.* Der fette Geologe hatte ihren wunden Punkt getroffen. Alle Yidari an Bord verrichteten nützliche Arbeiten. Die Astrophysiker katalogisierten den Ochent-Nebel, gewannen neue Erkenntnisse über die Lebenszyklen von Sonnen und halfen damit, die Technologie der Energiezapfung aus Sonnen weiterzuentwickeln. Die Geologen der LAS-TOÓR entdeckten Planeten und Monde, die reich an wertvollen Bodenschätzen waren. Sie standen damit in direkter Konkurrenz zu den privaten Prospektoren, waren jedoch selbstverständlich dem Gemeinwohl verpflichtet: Die Rechte an ihren Funden fielen automatisch an den akonischen Staat und damit an alle Akonen. Die Materialforscher gewannen auf den besuchten Welten wertvolle Erkenntnisse über neue Legierungen und Elementkombinationen, die dazu beitragen würden, akonische Produkte auf den Märkten der Milchstraße konkurrenzfähig zu halten.

Alle taten etwas Nützliches. Selbst der rangniedrigste Neehlak an Bord konnte das noch von sich behaupten, trug er mit seiner Arbeit doch dazu bei, die LAS-TOÓR flugfähig zu halten.

Und sie, Solina Tormas?

Sie steckte ihre Nase in alte Akten und Urkunden, beschäftigte sich tagelang damit, uralten Speicherkristallen ihre Geheimnisse zu entlocken. Und das oft erfolglos: Ohne die passenden Lesegeräte halfen Experimente, was regelmäßig in Datensalat oder, schlimmer noch, in der Vernichtung der Daten endete.

Und wozu das alles? Um mehr über die Lemurer herauszufinden! Gut, die Zeiten, als die akonische Gesellschaft sich kollektiv geweigert hatte, ihre gemeinsame Abstammung mit den Terranern anzuerkennen, lagen zum Glück viele Jahrhunderte zurück. Man gab sich aufgeklärter im Blauen System. Akonen und Terraner hatten also gemeinsame Vorfahren? Möglich. Und wenn schon – nicht die Abstammung zählte, nicht die Gene, sondern, was man daraus machte. Und so schlecht stand man nicht da. Das Solare Imperium der Terraner, einst die größte Macht der Galaxis, war fast vergessen. Heutzutage backten die Terraner kleinere Brötchen. Zugegeben, sie waren eine bedeutende Macht, aber davon gab es in der Milchstraße viele.

Die Akonen mussten die Terraner nicht mehr fürchten.

Die knapp über hundert besiedelten Systeme der Akonen gehörten seit einigen Jahrzehnten dem Forum Raglund und damit einem der größeren politischen Verbünde der Milchstraße an. Seitdem herrschte politisches Tauwetter auf Drohah und den übrigen Welten. Fremde strömten in das Blaue System, die meisten nur als Touristen, aber hier und da hatten sich die ersten Kolonien von Aliens gebildet, die sich auf Dauer niederließen. Es war ein Prozess, der nur langsam in Gang kam und mit vielen Konflikten beladen war, aber eines war unbestreitbar: Ein frischer Wind wehte auf Drorah. Oder war es nur ein laues Lüftchen?

Solina hatte geglaubt, die Zeiten hätten sich geändert. War sie nicht selbst der lebende Beweis dafür? Sie stammte nicht aus dem Blauen System, sondern von einer der unbedeutendsten Welten des Akonischen Reichs. Den Adel, die Vakt-son, kannte sie nur aus den Serien auf dem Trivid. Ihre Familie hatte einen derart unrühmlichen Stammbaum, dass sie irgendwann ganz darauf verzichtet hatte, ihn zu pflegen. Wer wollte schon damit imponieren, dass er einem Geschlecht von politischen Dissidenten entstammte? Und dennoch hatte Solina es geschafft, sich einen Platz an einem der bedeutendsten Forschungsinstitute der Akonen auf der Zentralwelt Drorah zu erarbeiten.

Aber seit sie ihren Forschungsschwerpunkt auf die lemurische Geschichte verlegt hatte, hatte sich ihr bis dahin ohnehin steiniger Weg in einen mit zahllosen Fallen gespickten Hindernisparcours verwandelt. Als wartete man nur darauf, dass sie sich unachtsam in einer der subtilen Fallen verhedderte, um sie daraufhin geräuschlos abzuservieren, zurück nach Shaghomin zu schaffen, ihre Heimatwelt. Eine schlimmere Verbannung konnte sich das Establishment nicht vorstellen.

Anfangs hatte Solina sich geweigert, es zu glauben. Hatte denn niemand an der Wahrheit Interesse? Wollte niemand erfahren, was vor über 50 000 Jahren im Solsystem seinen erschütternden Höhepunkt gefunden hatte? Die Bestien hätten die Lemurer um ein Haar ausgelöscht. Wären die Lemurer ihrem Ansturm unterlegen, gäbe es heute keine

Menschen mehr – weder Akonen, noch Terraner oder Arkoniden, noch die vielen anderen Völker von Humanoiden. Abermilliarden hatten ihr Leben gelassen. Schuldeten es sie, die Nachkommen, es den Toten nicht, wenigstens ihr Schicksal aufzuklären? Dem unbeschreiblichen Schrecken Namen zu geben, ihn in Zahlen zu fassen, in der Hoffnung, ihn eines Tages begreifen zu können?

Die Wahrheit, hatte Solina rasch zu spüren bekommen, war simpel: Nein, niemand hatte Interesse an der Wahrheit.

Die einen nicht, weil der Gedanke an die Katastrophe sie bedrückte. Ihnen die Furcht einflößte, dass auch sie eines Tages einem ähnlichen Kataklysmus zum Opfer fielen. Die anderen nicht, weil sie spürten, dass Solina mit ihren Forschungen an den Grundfesten ihrer Identität rüttelte: Akonen waren Akonen, und jahrtausendelang war das gleichbedeutend mit einer Abneigung gegen alle Nicht-Akonen und insbesondere die Emporkömmlinge von Terranern gewesen, wenn nicht gar Hass auf sie. Die alten Lemurer erinnerten unpassender Weise daran, dass man zur selben Familie gehörte.

Solinas bis dahin zwar mühsame, aber voranschreitende Karriere kam ins Stocken. In hilfloser Wut musste sie mit ansehen, wie weit weniger talentierte Historiker gefördert und gefeiert wurden. Kein Wunder, sie taten ja *etwas Nützliches*. Sie besangen den Ruhm des akonischen Volkes, seines herausragenden, weisen Adels, deuteten die Geschichte um, wie es ihnen gefiel. Schmähliche Niederlagen gegen die Terraner verwandelten sich in heroische Akte, in der zahlenmäßig unterlegene Akonen schließlich von der Übermacht der Terraner überwältigt wurde, Siege eigentlich.

Diese Historiker stärkten die Gemeinschaft der Akonen, taten ihren Teil zum Gelingen des Ganzen.

Und Solina? Sie war trotz ihrer Herkunft nicht gerade ein Staatsfeind, und die Zeiten, in denen man Regimegegner – echte oder vermeintliche – kurzerhand vergiftet oder auf Ödwelten verbannt hatte, waren zum Glück vorbei.

Die akonische Gesellschaft hatte subtilere Wege gefunden, sich missliebiger Angehöriger zu erwehren.

Zum Beispiel, indem man sie auf monatelange Forschungsreisen in Gebiete schickte, in denen sie nach jedem menschlichen Ermessen fehl am Platz waren.

Der Ochent-Nebel war unbesiedelt. Einer Laune des Zufalls folgend – die ihr die »Kollegen« aus der Astrophysik bestimmt erläutert hätten, hätten sie noch mit ihr gesprochen – gab es dort praktisch keine Welten, die Leben trugen, von Intelligenzen ganz schweigen. Und sie hatten auch nie Leben getragen. Solina war schon immer der Meinung gewesen, dass eine gute Historikerin stets die Archäologie im Auge behalten sollte, und war bereit gewesen, wenn nötig mit dem Klappspaten in der Hand ihren Forschungen nachzugehen. Aber selbst das war ihr verwehrt geblieben. Keine der wenigen lebenstragenden Welten, die die LAS-TOÓR besucht hatte, war jemals von intelligenten Lebewesen bewohnt gewesen.

Eine einzige, elende Enttäuschung.

Aber Solina hatte auf ihrem Lebensweg viele Enttäuschungen wegstecken müssen und gelernt, mit ihnen umzugehen. Der Trick bestand darin, offen zu sein, stets eine Ausweichstrategie parat zu haben. Sie schickten sie an den Hintern der Galaxis, an einen Ort, an dem es garantiert keine Arbeit für eine Historikerin gab? Kein Problem, sie brachte sich eben welche mit!

Der Bestand an lemurischen Quellen innerhalb der Galaxis war riesig und wuchs fast täglich an. Durch die gezielte Suche von Archäologen und Historikern, aber ebenso durch Zufallsfunde. Dieser Berg an Dokumenten, manche in einfacher Schriftform, die meisten auf den unterschiedlichsten Formen von Datenträgern, wollte erfasst, ausgewertet, interpretiert und in den Gesamtzusammenhang der bisherigen Forschungen gestellt werden – eine Sisyphos-Arbeit, die oft liegen blieb, auf Assistenten oder Syntrons abgeschoben wurde, aber doch die Grundlage der Geschichtswissenschaft bildete.

An Bord hatte Solina die Muße, ihr nachzugehen. Über

der Platte ihres Schreibtisches schwebte eine Batterie von Holos. In der Mitte war das Originaldokument abgebildet, mit dem sich Solina seit mittlerweile drei geschlagenen Tagen herumquälte, mutmaßlich ein privater, auf einem papierähnlichen Material geschriebener Brief. Sie hatte das Original niemals in den Händen gehalten. Es befand sich in einem terranischen Archiv, zu dem die akonische Historikerin eigentlich keinen Zugang hatte. Um ihn zu erlangen, hätten ihre Vorgesetzten einen offiziellen Antrag bei der zuständigen terranischen Behörde stellen müssen. Solina Tormas kannte ihre Vorgesetzten. Eher hätten die Vakt-son sich mit Pinzetten die manikürten Nägel ausgerissen, als die schmutzigen Terraner um etwas zu bitten.

Solina hatte auf den Antrag verzichtet und kurzerhand direkten Kontakt zu ihrem terranischen Kollegen aufgenommen. Zehn Minuten später hatte sie den Scan auf ihrem Syntron gehabt und einen neuen Freund in der galaxisweiten Gemeinde der Historiker gefunden.

Dankenswerterweise hatte ihr Kollege bereits die Vorarbeiten unternommen. Er hatte das Dokument datiert. Es stammte aus der Zeit zwischen den Jahren 51 389 und 51 378 vor Beginn der alten terranischen Zeitrechnung, die unter Lemurerforschern benutzt wurde. Solinas Vorgesetzte hätten sich die Haare gerauft, hätten sie davon erfahren, dass die Historikerin mit der Zeitrechnung der Terraner arbeitete. Aber Solina war das gleich. Man brauchte ein verbindliches Datierungssystem, und eins war so gut wie das andere. Wieso sollte sie das bestehende ignorieren, nur weil die Terraner die Lemurerforschung begründet hatten?

Solinas terranischer Kollege hatte auch schon den Syntron seines Instituts auf das Dokument angesetzt. Der Rechner hatte es restauriert, die Handschrift erfasst und in lemurische Standardschrift umgesetzt und mehrere Übersetzungen angefertigt, denn obwohl das Akonische sich aus dem Lemurischen entwickelt hatte, existierten nach Jahrzehntausenden der Weiterentwicklung lediglich rudimentäre Ähnlichkeiten zwischen den Sprachen. Die Ergebnisse der Arbeit des Syntrons umrahmten in einer Hand voll Holos das Originaldokument.

Sie hätte sich keine bessere Übersicht wünschen können – und dennoch verstand sie fast nichts. Das Problem begann bereits bei der Erkennung der Handschrift. Mehrere Worte blieben unklar. Begann der zweite Satz des Briefs mit »vecktran« oder »vecktron«? Der Unterschied in der Aussprache und in der Schreibweise der beiden Buchstaben war minimal, der Bedeutungsunterschied dagegen riesig. Der Satz konnte »Mit schweren Herzen schreibe ich dir diese Worte« oder »Die Worte, die ich schreibe, sollen dein Herz nicht schwer machen« bedeuten. Und dabei hatte Solina noch Glück, dass der Verfasser oder die Verfasserin – auch das war unklar – überhaupt die Vokale der Sätze niedergeschrieben hatte. Allzu oft hatten die Lemurer sie einfach weggelassen und sich darauf verlassen, dass ihr Gegenüber sie beim Lesen in Gedanken ergänzte.

In Momenten wie diesen wünschte sie sich, die Menschen wären nicht so gedankenlos und würden mehr Rücksicht auf die armen Historiker nehmen, die Jahrtausende später versuchten, sich den Sinn von Quellen zu erschließen. Täten sie das, würden sie nie wieder ihre Briefe achtlos hinkritzeln. Oder sie gleich tippen und auf einem zukunftssicheren Medium abspeichern, wie es sich gehörte.

Doch selbst, wenn das geschehen wäre ... allein die Bedeutungsunterschiede! Fast jedes Wort jeder Sprache hatte je nach Kontext verschiedene Bedeutungen. Schlimm genug für Historiker, aber nur der Anfang, denn Wörter veränderten im Lauf der Zeit ihre Bedeutung. »Bailff« stand beispielsweise in den ältesten erhaltenen Texten für »Fischjäger«, später verstand man darunter einen Kleinkriminellen und wiederum später, kurz vor dem Ansturm der Bestien, bezeichnete der Begriff eine Modeströmung unter Jugendlichen, Street-Style-Klamotten mit Fischgrätenmustern. So weit der Wissensstand. »Bailiff« konnte noch ein Dutzend andere Dinge bedeuten, je nach Kontext.

Solinas terranischer Kollege war so freundlich gewesen, ihr seine selbst erarbeitete Datenbank lemurischer Begriffe zu überlassen – eine Geste, die sie selbstverständlich erwidert hatte –, doch es half nichts: Sie steckte fest. Mit ihren Mitteln kam sie nicht weiter.

Es war an der Zeit, die Kollegen um Hilfe zu bitten. »Syntron«, sagte sie. »Verbindung zum HistNet!«

Die Holos mit dem störrischen Brief rutschten zur Seite und machten für ein neues Platz, das Markenzeichen von HistNet. Das Logo, ein Stift, der von einer unsichtbaren Hand über die Seite eines Buchs geführt wurde und Zeichen in einer Fantasiesprache hinterließ, hing lange Sekunden über dem Schreibtisch. Der Stift füllte die Seite und begann eine zweite.

Hatte man sie ertappt? Die Beteiligung am HistNet wurde auf Drorah – und vielen anderen Welten der Milchstraße – nicht gern gesehen. Das HistNet war, wie der Name bereits erkennen ließ, eine terranische Erfindung und damit automatisch eine potenzielle Teufelei. Und HistNet kannte keine Zugangsbeschränkungen. Jeder Bewohner der Milchstraße konnte es benutzen, seine Ansichten, Meinungen und Erkenntnisse mit anderen austauschen. Und natürlich konnte jeder in HistNet unbemerkt »lauschen«, was genau der Grund war, warum die offiziellen Stellen Akons es nicht mochten: Der Feind hörte mit.

Wieso sich von anderen in die Karten sehen lassen? Es war viel klüger, selbst unerkannt »mitzuhören« und nützliche Informationen in die eigene Arbeit zu integrieren, als sich selbst aktiv zu beteiligen. Demnach hatte Solina wie alle anderen Historiker an ihrem Institut lediglich einen lesenden Zugriff erhalten. Wie alle anderen nutzte sie ihn eifrig. Doch im Gegensatz zu allen anderen hatte sie den ihren »aufgebohrt«.

Es war ihr nicht schwer gefallen. Niemand hielt Historiker, die sich mit so etwas Weltfremden wie der Vergangenheit beschäftigten, für potenzielle Hacker. Entsprechend nachlässig hatte man die Zugänge abgesichert. Gleich in der zweiten Woche hatte sie die Zugangssperre geknackt und sich seitdem die neue Freiheit ausgiebig zunutze gemacht.

Eine gute Historikerin wusste sich eben in jeder Lebenslage zu helfen.

Der Stift im Logo von HistNet beschrieb eine weitere Seite, sprang in die Höhe, als sie sich selbsttätig umblätterte, und machte sich wieder von neuem an die Arbeit.

Noch immer keine Verbindung. Es musste an der abgeschiedenen Position der LAS-TOÓR liegen. Der Ochent-Nebel war energetisch unberechenbar; eben erst war das Schiff einem Hypersturm ausgewichen, der sich seine Bahn durch den Sektor brach. Vielleicht noch ein letzter Ausläufer ...

Hoffentlich ...

Die Lage auf der LAS-TOÓR war für Solina wesentlich heikler als am Institut. Das Institut mit seinen Dutzenden Fakultäten war ein Ort der Anonymität, eine Stadt innerhalb der Hauptstadt Drorahs, ohne feste Grenzen. Dort wurde man einfach übersehen; der ohnehin vernachlässigbar tröpfelnde Datenstrom, der sie mit dem HistNet verband, verließ das Institut über eine Vielzahl von ständig wechselnden Leitungen und Funkverbindungen. Die LAS-TOÓR war im Vergleich dazu ein winziger Weiler, um den man einen Hochenergiezaun gezogen hatte, damit niemand ihn verlassen konnte. Das Schiff war für seine Besatzung von 42 Personen großzügig bemessen, aber das half wenig: Es war ein Mikrokosmos. Jeder kannte jeden und hatte ein genaues Auge für Eigenheiten oder Unregelmäßigkeiten. Und alle Daten, die den Raumer erreichten oder verließen, gingen durch eine einzige Hyperantenne.

In der ersten Zeit hatte sich Solina nicht getraut, den Syntron der LAS-TOÓR zu manipulieren. *Geduld!*, hatte sie sich gepredigt. *Die paar Monate wirst du auch ohne können. Es ist das Risiko nicht wert.*

Von wegen. Es waren keine zwei Wochen vergangen, da fühlte Solina sich wie ein Fisch, den man ans Trockene gezogen hatte und der verzweifelt nach Luft schnappte. Sie kam einfach nicht weiter. Keine der Quellen, an denen sie arbeitete, wollte sich ihren Bemühungen beugen. Und gleichzeitig spürte sie, dass sie nur einen winzigen Fingerzeig brauchte, einen Hinweis von einem qualifizierten Kollegen hier und dort, um ans Ziel zu gelangen. Außerdem vermisste sie die Gesellschaft. Manchmal hatte sie das Gefühl, dass die körperlosen Wesen, die das HistNet bevölkerten, ihr näher waren als die Menschen, mit denen sie in dieser Stahlzelle durch das All kutschierte.

Nur um der Arbeit willen, hatte sie sich gesagt. *Akon braucht gute Arbeit!* Dann hatte sie sich an den Hack ihres Lebens gemacht. Einige lange Tage hatte sie gebraucht, bis der Zugang stand. Tage, an denen sie jedes Mal weiche Knie bekommen hatte, wenn sie die extravagante Gestalt Eniva ta Drorars, der Netzwerkspezialistin der LAS-TOÓR, auch nur von weitem sah, doch schließlich war es geschafft: Sie war zurück im HistNet.

Dachte sie.

Das dumme Logo rührte sich nicht. Was war da los? Solina war versucht, der winzigen Box unter der Tischplatte, in dem ihr persönlicher Syntron untergebracht war, einen Tritt zu versetzen. Sie hatte in Quellen vieler Völker davon gelesen, dass diese Strategie in ihrer technischen Frühzeit als probates Mittel gegolten hatte, ein störrisches Gerät zur Verrichtung seiner Arbeit zu bringen. Als stecke eine universelle Konstante dahinter.

Solina glitt etwas zurück und holte aus.

»Solina!«

Der Ruf kam zu spät. Ihr Fuß war bereits auf dem Weg, verfehlte aber vor Schreck sein Ziel. Schmerzhaft rammte ihr großer Zeh in das feste Material des Schreibtischs.

»Autsch!« Hölle, das tat richtig weh!

»Solina! Was treibst du da?«

Die Historikerin blickte auf und sah in ein Gesicht. Es war das Jere von Baloys, des Kommandanten der LAS-TOÓR.

Mist! Weiß Jere Bescheid? Egal, tu so, als wäre nichts gewesen!

»Ich ... ich ... äh ... die Schnalle meines Schuhs ist aufgegangen, Maphan. Ich wollte sie gerade schließen, als du anriefst, da bin ich erschrocken und habe mich angeschlagen.«

»Aha.« Jere von Baloys sah einen Augenblick nach oben, als bitte er einen unsichtbaren Gott, ihn von der Plage dieser lebensuntauglichen Yidari zu befreien.

Gut so! Unterschätz mich!

»Wie schwer bist du verletzt?«, fragte der Kommandant.

Solina suchte vergeblich nach einem Anflug von Ironie in seinen Zügen. Es kam ihr zwar gelegen, dass der Kommandant sie für unpraktisch hielt, aber so sehr, dass ...

»Es geht schon wieder«, sagte sie.

»Kannst du gehen?«

»Natürlich, Maphan. Was ...«

»Dann sieh zu, dass du in die Zentrale kommst! Wir brauchen dich hier.«

Sie starrte noch einen Augenblick, nachdem das Holo erloschen war, an die leere Stelle in der Luft, dann schüttelte sie ihre Überraschung ab und rannte zum nächsten Transmitter.

Der Kommandant bat sie, die nutzlose Historikerin Solina Tormas, dringend in die Zentrale?

Sie hätte ihren HistNet-Zugang dafür gegeben, zu erfahren, was los war.

11

Der Posten des Funkers war mit Abstand der beste an Bord der PALENQUE, davon war Alemaheyu Kossa felsenfest überzeugt. Mehr noch: Funker war der beste Posten, den man überhaupt haben konnte.

Alemaheyu störte es dabei nicht, dass sein Stand bestenfalls ein dürftiges Ansehen genoss. Bestenfalls. Meist wurde der kraushaarige Terraner belächelt, wenn er bei den kurzen Zwischenstopps auf Raumhäfen mit Einheimischen ins Gespräch kam.

»Funker, aha. Machen ...« *Machen das nicht die Syntrons?*, lag ihnen auf der Zunge, aber die meisten kriegten im letzten Moment die Kurve und sagten: »Ah, Funker! Interessant. Was ... äh ... treibt denn so ein Funker?«

»Er funkt«, antwortete Alemaheyu dann beiläufig und bedachte sein Gegenüber mit seinem *Was-für-eine-dumme-Frage!*-Blick. Bislang hatte noch niemand gewagt, weitere Fragen zu stellen.

Was eine Schande war, glaubte Alemaheyu, entging ihnen doch ein Vortrag über den schönsten Beruf der Welt. Über das großartige Gefühl, Spinne im Netz, Teil einer Gemeinschaft zu sein. Bei Alemaheyu liefen alle Fäden der Kommunikation der PALENQUE zusammen, intern wie extern. Ihm entging nichts. Er wusste über die – ständig wechselnden – Liebschaften und Beziehungen an Bord Bescheid, über das – zumeist bewegte und nicht unbedingt von Erfolgen verwöhnte – Vorleben der Prospektoren. Kossa wusste, wer mit wem, weshalb und warum oder auch nicht und mit wem noch. Er musste nur die Augen schließen und sich die einzelnen Besatzungsmitglieder vorstellen, um eine genaue Beschreibung der Stärken und Schwächen, Eigenheiten und Launen jedes Einzelnen herunterzurattern.

Zugegeben, einen Großteil seiner Arbeit als Funker nahmen ihm tatsächlich mehrfach redundante syntronische Systeme ab. Doch jede Redundanzkette hatte ihre Grenzen, und in solchen Fällen war menschliches Einfühlungsvermögen gefragt, das auch nach Jahrtausenden der technischen Entwicklung keine noch so ausgefeilte Persönlichkeitssimulation ersetzen konnte. Und außerdem übernahmen die Syntrons lediglich die Routineaufgaben, die Pflicht sozusagen, und überließen Alemaheyu die Kür: Das Netz der Beziehungen zwischen den Besatzungsmitgliedern zu pflegen, es zu kräftigen, damit es auch den stärksten Gewalten trotzen konnte.

Kossa war überzeugt davon, dass er ein guter Netzknüpfer war. Wieso sonst nannten ihn die Besatzungen der Kriecher »Mama«?

Nein, Alemaheyu hätte niemals getauscht, auch wenn sein Anteil an den Erlösen der PALENQUE vielleicht der kleinste aller Prospektoren war. Sharita Coho mochte das Hundertfache von ihm verdienen, aber was hatte die Kommandantin schon davon? Ein Podest in der Mitte der Zentrale, von dem aus sie ihre Befehle bellen konnte, und jede Menge Ärger, der ihr auf den Fuß folgte wie eine ansteckende Krankheit. Nein danke, Alemaheyu konnte darauf verzichten. Und was kümmerte es ihn, dass die Kommandantin kurz davor stand, genug Kapital angesammelt zu haben, um ihr eigenes Schiff zu kaufen? Für Sharita würde es nur ein neues Podest bedeuten, das sie von ihren Kameraden isolierte, und ein Magengeschwür, wenn sie mit ansehen musste, wie die Stümperbande von Besatzung ihr hart verdientes Eigentum misshandelte.

Vielleicht hatte sie das Magengeschwür schon.

Sharita saß so steif auf ihrem Sessel, als hätte sie eine Landestütze der PALENQUE verschluckt, den Kopf stur geradeaus gerichtet, während sie auf die Meldungen der Ortung wartete.

Der Selbstmord des Schiffbrüchigen arbeitete in ihr.

Alemaheyu, der – als Funker eben – die Kommandantin besser kannte als jeder andere an Bord, besser sogar noch als Pearl Laneaux, wusste, dass in der harten Schale ein weicher Kern steckte. Man musste zwar nach ihm suchen, aber er existierte.

Sharita machte sich Vorwürfe. Rhodan saß ihr im Nacken, und sie war zur Untätigkeit verurteilt, solange die Ortung nicht mit Ergebnissen aufwartete.

»Ortung!« schnauzte sie in Richtung Omer Driscols. »Wann bekomme ich endlich Ergebnisse?«

»Gleich, Sharita«, sagte der mächtige Schwarze mit der stoischen Ruhe, die ihm zu Eigen war. »Du willst doch, dass ich gründlich bin, oder?«

Die Kommandantin sagte nichts.

Alemaheyu hielt Kontakt mit den elf verbliebenen Kriechern, die die PALENQUE umschwärmten und zusammen mit dem Mutterschiff den Sektor durchkämmten, an dem Kriecher XI mutmaßlich mit dem Wrackstück kollidiert war. Die Meldungen, die von den Kriechern kamen, waren ungewöhnlich knapp und sachlich, Ausdruck des Schmerzes, den die Besatzungen über den Verlust ihrer Kameraden spürten. Alemaheyu antwortete im selben Tonfall.

Später, nahm er sich vor, würde er versuchen, einen Scherz anzubringen. Jetzt noch nicht. Eine gute Mutter wusste, wann es Zeit war, den Mund zu halten.

Oh, Mann, er liebte diesen Job – aber er wünschte sich, er könnte kurz in seine Kabine schleichen und sich ... na ja ... etwas entspannen.

»Die Auswertung liegt vor«, meldete Driscol. »Keine Spur von eurem hypothetischen Angreifer.«

»Bist du dir sicher? Auch keine Partikelwolken, die von Impulstriebwerken stammen?«

»Ja, ich bin mir sicher«, sagte der Orter lauter als nötig. Es gab nur eins, das ihn aus der Reserve lockte: wenn man seine Fähigkeiten als Orter in Zweifel zog.

»Gut, Omer«, beeilte sich Sharita zu versichern. »Das wäre geklärt. Vielleicht stecken doch keine Akonen hinter der Sache. Ortungsradius ausweiten auf fünf Lichtjahre!«

Der Orter machte sich von neuem an die Arbeit. Alemaheyu rief Omers Daten auf seine Konsole, behielt sie aus dem Augenwinkel im Blick und sah sich in der Zentrale um. Sharita starrte weiter auf einen Punkt jenseits der PALENQUE, während Pearl alle Anstrengungen unternahm, beschäftigt zu wirken.

Die übrigen Mitglieder der Zentralebesatzung beugten sich über ihre Arbeitsgeräte.

Und Rhodan ... Rhodan saß in seinem Sessel und blickte missmutig in das zugehörige Holo. Die Kommandantin hatte ihn fast vollständig von den Datenströmen der PALENQUE abgeklemmt. Der Unsterbliche erhielt nur ein paar unverbindliche Allgemeindaten und hatte Zugang zu einer Auswahl von Bildschirmschonern. Er versuchte, sich nichts anmerken zu lassen, aber Kossa war klar, dass ihm die Untätigkeit mindestens ebenso gegen den Strich ging wie der Kommandantin – nur dass Rhodan effektiv sogar noch vom Zuschauen ausgesperrt war.

Der Unsterbliche tat Kossa Leid. Der Funker wusste, wie es sich anfühlte, wenn einem Sharita Cohos Zorn galt. Vielleicht ...

Ein Gedanke kam ihm. Ja, warum eigentlich nicht?

Alemaheyu gab einige Befehle in seine Konsole ein, dann drehte er den Kopf wieder in Richtung Zentrale-Inneres.

Rhodan war ein Profi. Als plötzlich die kompletten Orterdaten über sein Holo huschten, runzelte er lediglich die Stirn. Einen Augenblick später ließ er betont beiläufig den Blick durch die Zentrale streifen. Als er den Funker traf, zwinkerte Kossa ihm zu. Rhodan zwinkerte zurück.

Na also, ging doch. Kossa fragte sich, wieso sich die Kommandantin mit dem Unsterblichen so schwer tat. Man musste ihn nur wie einen gewöhnlichen Menschen behandeln. Der Rest ergab sich von allein.

»Ortung!«, rief Omer.

»Auf das Zentrale-Holo!«, befahl die Kommandantin.

»Unmöglich.« Der Orter schüttelte den Kopf. »Ich bekomme keine optische Auswertung. Die Impulse sind zu schwach und undeutlich.«

»Okay.« Sharita musste sich das Eingeständnis förmlich herauszwingen. »Dann sag uns, was du reinkriegst.«

»Ein Objekt. Ziemlich groß. Ich bin nicht sicher, ob der Syntron nicht spinnt, aber es dürfte mehrere Kilometer lang sein.«

»Mehrere Kilometer?«

»Habe ich doch gesagt. Aber das ist nur eine Mutmaßung. Ich kriege das Ding nicht richtig gegriffen. Frag mich nicht wieso, der Hypersturm ist längst abgeklungen. Vielleicht eine Art Ortungsschutz.«

»Sonst noch was?«

»Ja, das Ding fliegt mit nahezu Lichtgeschwindigkeit. Entfernung knapp vier Lichtjahre. Kursvektor kommt hin, hat nur ein paar Grad Abweichung von dem Wrackstück, das wir eingefangen haben.«

Sharita entließ mit einem lauten Schnauben die Luft aus ihren Lungen. »Gut gemacht, Omer. Ich wette, dass wir richtig liegen.« Sie wandte sich an die Erste Offizierin. »Pearl, bring uns zu diesem Ding!«

Alemaheyu erwartete keine weiteren Befehle und beugte sich über die Konsole, um die Kriecher zu unterrichten. Bevor er dazu kam, hallte noch einmal Sharitas Stimme durch die Zentrale. In ihr lag eine Härte, die Kossa noch niemals zuvor gehört hatte.

»Harriett«, wandte sie sich an die Ingenieurin, die die Offensiv- und Defensivsysteme der PALENQUE betreute. »Halt deine Feuerorgel bereit! Ich weiß nicht, wer da draußen ist, und wahrscheinlich haben sie nur ein paar Feuerwerkskracher aufzubieten ... aber sie haben bewiesen, dass sie nicht zögern, sie einzusetzen!«

Die PALENQUE ging in den Überlichtflug, im Schlepptau den Schwarm ihrer Kriecher.

Alemaheyu stellte verwundert fest, dass er kurz und hastig atmete. Spannung baute sich in ihm auf. Und es ging nicht nur ihm so.

Überall in der Zentrale sah er nervöse Gesten, fahrige Bewegungen, gerötete Wangen. Selbst Rhodan umklammerte mit der Linken die Lehne seines Sessels etwas stärker als nötig.

Nur Harriett Hewes war die Ruhe selbst. Mit sparsamen Bewegungen, in denen nicht die geringste Eile lag, überprüfte sie die Schirme und Waffensysteme der PALENQUE. Hätte Kossa es nicht besser gewusst, er hätte geglaubt, die Terranerin arbeite an einem der 3D-Puzzles, mit denen sie sich die Zeit vertrieb und die es fast unmöglich machten, ihre Kabine zu betreten. Von Zeit zu Zeit unternahm Harriett einen Vorstoß bei der Kommandantin, einen der Laderäume für ihre »Installationen«, wie sie sie nannte, zu ergattern, der aber mit ebensolcher Regelmäßigkeit scheiterte. »Das ist ein Prospektorenraumer, Harriett«, erklärte ihr die Kommandantin dann. »Wir brauchen die Laderäume für Gesteins- und Erzproben, nicht für Schro... na ja, du weißt schon.«

Natürlich wusste Harriett es. Sie war nicht dumm, im Gegenteil, Kossa war sich ziemlich sicher, dass sie mit ihrem IQ alle Anwesenden ausstach, Perry Rhodan eingeschlossen, aber das hielt sie nicht davon ab, es immer wieder zu versuchen. Beharrlichkeit war ihre Spezialität. Und Geduld. Unendliche, manchmal schmerzhaft mit anzusehende Geduld.

Mit anderen Worten: Sie war der beste Feuerleitoffizier, den Alemaheyu sich vorstellen konnte. Harriett dachte erst nach, dann drückte sie ab. Vielleicht. Und wenn sie es tat, mit exakt der Feuerkraft, die notwendig war. Kein Watt zu viel, keines zu wenig.

»Alle Systeme bereit!«, meldete sie.

»Bestens, wir werden sie gleich brauchen.« Sharita wandte den Blick nicht von ihrem Holo. Als Kommandantin hatte sie als Einzige an Bord Echtzeitzugriff auf alle Daten, sah man von Alemaheyu ab, der sich unbemerkt seinen eigenen Zugang gehackt hatte – als Funker erachtete er als seine unabdingbare Pflicht, umfassend informiert zu sein –, und Rhodan, der von Kossa zugeschaltet war.

Der Funker rief ein Holo neben seiner Konsole auf, das nur für ihn einsehbar war. Zu seiner Beruhigung zeigten alle Aggregate der PALENQUE Grünwerte an. Harriett hortete bereits Energie, um unmittelbar nach dem Eintritt in den Normalraum den Paratronschirm mit maximaler Leistung hochzufahren, zog dafür sogar Energie von den Geschützen ab.

Alemaheyu musste grinsen. Wie sagte Harriett immer? »Es gibt nur tote Helden.«

Auf einem zweiten Holo überprüfte der Funker, welche Daten Rhodan abrief. Zu seiner Überraschung verfolgte der Unsterbliche nicht die Vorbereitungen zum Wiederaustritt aus dem Hyperraum, sondern arbeitete sich durch das Filmmaterial, das im Innern des Wracks aufgenommen worden war. Was umtrieb Rhodan? Hatte er keine Angst, dass sie an ihrem Zielort eine unangenehme Überraschung erwarten könnte?

Alemaheyu schaltete die Ortung zu. Keine große Veränderung. Der Funker blickte in ein oszillierendes Graustufenabbild, das in ständig in Bewegung bleibende Wirbel zerfiel. Hin und wieder glaubte er, einen Moment lang einen gestreckten Zylinder zu sehen, mit Auslegern an beiden Enden, die ihn an Insektenfühler erinnerten. Omer mochte in der Lage sein, aus dem Bild etwas Sinnvolles zu lesen, Kossa hätte ebenso gut versuchen können, aus den Strudeln einer frisch umgerührten Tasse Tee die Zukunft zu lesen.

Am unteren Rand des Holos waren die Längen- und Masseangaben eingeblendet. Sie schwankten zwischen dreihundert Metern und dreißig Kilometern. Die Masse gab der Syntron mal mit fünf Millionen Tonnen an, dann wieder mit knapp fünfhundert Millionen. Was war da los?

»Zehn Sekunden bis zum Wiedereintritt in den Normalraum.«

Alemaheyu klickte das Holo weg. Es verwirrte mehr, als dass es half. Da draußen war etwas. Es war – wahrscheinlich – ziemlich riesig, flog mit nahezu Lichtgeschwindigkeit, und wenn es gerade Lust dazu hatte, schoss es unschuldige kleine Fähren entzwei. Mehr brauchte er nicht zu wissen, der Rest würde sich von allein ergeben.

»Noch fünf Sekunden!«

Aus den Seiten seines Sessels schossen Gurte, vereinigten sich über seinem Bauch zu einem Knoten und drückten ihn fest gegen das Polster. Die Lebensretter für den Fall, dass alles andere nachgab: Die Schirme der PALENQUE, ihr Rumpf aus hochverdichtetem Verbundstahl und schließlich der in den Kontursessel integrierte Prallschirmgenerator. Eine putzige Geste, hatte Kossa schon immer gefunden. Dem Raumfahrer, der in die Verlegenheit kam, auf die Gurte angewiesen zu sein, konnte sowieso nur noch ein Pfarrer oder das entsprechende Gegenstück seiner Glaubensrichtung helfen.

»Noch drei Sekunden!«

Doch die Gurte gaben ihm trotzdem ein Gefühl der Sicherheit, als hätte sich eine schützende Hand um ihn gelegt. Der Mensch war ein merkwürdiges Wesen.

»Wiedereintritt!«

Die PALENQUE erzitterte, als Harriett den Paratron des Schiffs auf 160 Prozent der nominellen Maximalleistung hochfuhr. Die Schutzschirmprojektoren würden es nur ein paar Sekunden lang unbeschadet durchhalten, doch das Manöver war unabdingbar. Vielleicht erwartete man sie – und hoffte, sie unmittelbar nach dem Eintritt in den Normalraum vernichten zu können.

Der Feuerschlag blieb aus.

Das Zittern ebbte ab, wurde wieder zu dem kaum merklichen Vibrieren, das die Raumschiffskonstrukteure trotz ihrer jahrtausendelangen Erfahrung nicht in den Griff zu bekommen schienen. Der Paratron pendelte sich bei 99 Prozent Leistung ein.

Die Kriecher meldeten sich bei Alemaheyu, als einer nach dem anderen aus dem Hyperraum fiel und sich eng an die PALENQUE drängte, als hoffe er, den Paratron als Schild benutzen zu können.

»Ortung!«, bellte Sharita. »Ist da draußen was, das uns gefährlich werden kann?«

»Ich ... glaube nicht.«

»Nennst du das eine Meldung? Raus damit: Ist da was oder nicht?«

Omer schüttelte verwirrt den Kopf. Es war eine beinahe wütende Geste. Alemaheyu entsann sich, dass der Orter noch etwas nicht ausstehen konnte: nicht genau Bescheid zu wissen.

»Da ist etwas. Ich schalte es auf das Zentrale-Holo.«

Alemaheyu verdrehte sich im Sitzen – die Gurte gaben nach, zogen sich aber nicht zurück – und sah wie durch ein Fenster in den Weltraum. Sterne. Und einen länglichen Schatten, der einen Teil von ihnen überdeckte.

»Sehr erhellend«, spottete die Kommandantin. »Geht das besser?«

Omer beugte sich über seine Konsole und hieb hart auf die virtuelle Tastatur ein. Sharita musste ihn in seiner Berufsehre getroffen haben, Kossa hatte den stämmigen Schwarzen noch nie so schnell wirbeln sehen.

Der Schatten auf dem Holo verschwamm, der schwarze Weltraum nahm einen rötlichen Ton an, dann manifestierte sich der Schatten. Alemaheyu sah einen langen, schlanken Zylinder. An beiden Enden wuchsen in regelmäßigen Abständen Metallfinger aus dem Rumpf, stabilisiert von einem Ring, der sie auf ungefähr halber Länge verband.

Antennen?, fragte sich der Funker unwillkürlich. *Die Jungs da drüben scheinen ein ganz schönes Mitteilungsbedürfnis zu haben!*

Aber wieso hatten sie dann noch nichts von ihnen gehört? Alemaheyu checkte seine Konsole durch; alle Geräte waren voll funktionstüchtig. Er hätte selbst den schwächsten Funkimpuls aufgefangen. Nur ... von dem Ding da kamen keine. War es ein Wrack, ein Totenschiff? Aber wer hatte dann die Fähre abgeschossen?

»Na also, geht doch!«, sagte Sharita zufrieden. »Jetzt wissen wir, woran wir sind. Das da drüben ist eindeutig ein Schiff. Erzähl uns mehr darüber, Omer!«

»Das kann ich nicht. Keiner der Taster oder Orter liefert zuverlässige Daten. Das auf dem Holo ist eine Darstellung, die nur auf den Daten der optischen Erfassung beruht, mehr nicht.«

»Ein besserer Kameraschnappschuss also.«

»Ja. Was den Rest angeht ... Du weißt, dass ich schon einer

Menge Planeten und Monden unters Kleid gesehen habe. Mir ist noch nie ein Geheimnis verborgen geblieben. Aber bei dem Ding da komme ich nicht durch. Die haben einen verflucht guten Ortungsschutz.«

»Das halte ich für unwahrscheinlich«, sagte Rhodan.

Der Unsterbliche hatte gerade laut genug gesprochen, um das aufgeregte Gemurmel der Zentralebesatzung zu übertönen. Dennoch flogen sofort alle Blicke zu ihm herum.

Der Mann hatte einen Sinn für Timing. Und Präsenz. Alemaheyu wusste auch nach den zwei Wochen, die Rhodan an Bord der PALENQUE verbracht hatte, noch nicht, wie er es anstellte, aber er hatte es sich geschworen, es herauszufinden. Und wenn es ihm erst gelungen war, dann ... dann würde er öfter das Vergnügen haben, dass man ihm zuhörte. Mehr wollte er gar nicht. Er hatte ja bereits den besten Posten des Universums.

Er sah der Kommandantin an, dass sie Rhodans Einwurf am liebsten ignoriert hätte, aber das war unmöglich.

»Und wieso? Wärst du vielleicht bereit, dein unsterbliches Wissen mit uns zu teilen?«

»Da gibt es nicht viel zu teilen.«

Woher nahm er nur die Ruhe, mit der er Sharitas ruppigen Ton ertrug? Kossa verlor immer irgendwann die Nerven und raunzte zurück.

Rhodan zeigte auf das Holo mit dem Zylinder. »Dieses Schiff dreht sich um die Längsachse. Es gibt nur eine Erklärung dafür: Die Rotation sorgt mit ihrer Fliehkraft dafür, dass an Bord keine Schwerelosigkeit herrscht. Eine primitive, aber narrensichere Methode. Doch wer gezwungen ist, zur Erzeugung von künstlicher Schwerkraft auf Rotation zu setzen, verfügt mit ziemlicher Sicherheit nicht über die höherdimensionale Technologie, die nötig wäre, um unsere Orter auszutricksen.«

Pearl Laneaux schaltete sich ein. »Ich habe das eben durchgerechnet. Ausgehend davon, dass die optischen Daten stimmen, komme ich auf eine Schwerkraft von ungefähr anderthalb Gravos in den Außenbereichen.«

»Hm, klingt zumindest nicht völlig unvernünftig. In Ordnung, nehmen wir deine Vermutung als Arbeitshypothese. Und wie erklärst du dir dann das Versagen der Orter, Perry?«

»Ich habe keine Erklärung. Vorerst.«

»Du hast keine ...«

Rhodan hielt Sharitas schneidendem Blick stand. »Aber ich kann dir sagen, wer an Bord dieses Schiffes sein muss. Ich habe mir erlaubt, die Bilddaten durchzugehen, die Pearls Einsatzteams aus dem Inneren des Wracks an den Bordsyntron übertragen haben.«

»Du hattest überhaupt keinen Zugang zum Syntron!«

»Was? Oh, das wusste ich nicht. Das tut mir Leid.« Rhodan legte eine Unschuldsmiene auf, die sich gewaschen hatte.

Gut so, Kumpel!, dachte Kossa. *Gib's ihr!*

»Ich würde mir niemals unberechtigterweise Zugang zu Daten verschaffen. Dir muss bei der Vergabe der Leserechte ein Fehler unterlaufen sein.«

Sharita setzte zu einer heftigen Entgegnung an. Rhodan ließ es nicht dazu kommen. »Aber das macht nichts. Fehler passieren eben, nicht wahr? Im Augenblick ist nur wichtig, worauf ich gestoßen bin. Die Teams haben beim vorsichtigen Abtragen der Eisschicht an mehreren Stellen Beschriftungen an den Wänden gefunden – genug, um meinen Anfangsverdacht zu bestätigen: Sie sind in Lemurisch.«

»Lemurisch!« Sharita brauchte einen Augenblick, um sich zu fangen. »Aber das würde bedeuten, dass dieses Ding dort seit 50 000 Jahren unterwegs ist. Oder noch länger!«

»Ja«, sagte Rhodan nur. »Wir ...«

»Ortung!«, unterbrach ihn Omer. »Hyperraumaustritt in 90 Lichtsekunden Entfernung!«

»Auf den Schirm damit!«

Das Holo mit dem rätselhaften Zylinderschiff fiel in sich zusammen. Als es sich erneut aufbaute, zeigte es ein anderes Schiff. Kugelform, abgeplattete Pole, ausgefahrene Geschütztürme.

Sharita fand als Erste die Sprache wieder. »Habe ich es euch nicht von Anfang an gesagt? Akonen!«

12

Als Denetree am nächsten Morgen aufwachte, war sie allein im Haus. Sie ging von einem Raum zum anderen, ohne Launt oder eine Nachricht von ihm zu finden. Denetree versuchte sich keine Sorgen zu machen – Launt würde unterwegs sein, um ihre Bitte zu erfüllen –, und zu ihrer Überraschung gelang es ihr sogar.

Die Umgebung war zu fremd, zu unwirklich. Vier Räume! Einige Minuten lang verbrachte sie damit, von Zimmer zu Zimmer zu gehen, als müsse sie sich erst das Gefühl dafür erarbeiten, dass das Haus tatsächlich existierte. Sie hatte noch nie jemanden getroffen, der ein eigenes Zimmer besaß, geschweige denn ein ganzes Haus. Die Häuser der Metach'ton gehörten der Gemeinschaft. Auf jedes Zimmer kamen drei, vier oder sogar fünf Personen, und wer in welchem Zimmer bei wem schlief, war immerzu in Bewegung, abhängig von Sympathien und den Ausgängen der Machtkämpfe, die in jedem Metach'ton beständig unter der Oberfläche brodelten.

Von Zeit zu Zeit machte sie an einem der Fenster Halt und sah nach draußen. Eine Mauer umgab das Haus und schützte seine Bewohner vor neugierigen Blicken. Denetree sah, dass ihr Rad an dem Haus lehnte. Sie wäre gern nach draußen gegangen und hätte es auf Funktionstüchtigkeit überprüft, nicht weil sie an ihr zweifelte, sondern aus dem Drang, etwas Vertrautes in den Händen zu spüren. Sie ließ es sein. Vielleicht gab es eine ihr verborgene Möglichkeit, von draußen in den Hof zu sehen.

Schließlich beendete sie ihren ruhelosen Gang im wundersamsten der Räume: der Küche. Launt besaß eine eigene Küche, er war nicht gezwungen, in den Gemeinschaftsküchen der Metach'ton zu essen! Er konnte für sich sein! Sie durchforstete die Schränke und fand einige Teigfladen und etwas Gemüse. Einen Augenblick zögerte sie – dieses Essen stand ihr nicht zu! –, doch der Hunger wurde schließlich übermächtig. Sie verschlang alle sechs Fladen und hätte noch weitere gegessen, hätte sie welche gefunden.

Es tat gut, satt zu sein, aber in das angenehme Völlegefühl mischte sich rasch ein Unterton der Furcht: Hatte sie eben ihre Henkersmahlzeit gegessen?

Es war ein Wunder, dass Launt sie vor den Tenoy gerettet hatte. Ein Wunder, das nicht mehr lange anhalten konnte. Tenarch hin oder her, auch Launts Möglichkeiten waren begrenzt. Früher oder später würde das Schiff Denetree aufspüren, auch wenn sie bei ihm blieb. Denetree brauchte ein weiteres Wunder.

Sie hörte, wie die Tür geöffnet wurde.

»Denetree!«, rief Launt. »Hab keine Angst, ich bin es!«

Sie stürzte ihm entgegen.

»Wo bist du so lange gewesen? Hast du es gefunden?«

Launt hing seine Jacke an einen Haken an der Wand und zog aus einer Tasche eine kleine Schachtel. »Pflichten«, sagte er. »Und das da hat mich auch einiges an Zeit gekostet. Als Tenarch hat man es bei den meisten Dingen leichter, aber versuche einmal, unauffällig in einem Metach'ton vorbeizusehen und unbemerkt die Wände auf Verstecke abzuklopfen.«

Sie nahm die Schachtel entgegen.

»Wie hast du es angestellt?«

»Die alte Respekt-Schiene. Der Naahk hat einen seiner Berater geschickt, um sich zu vergewisern, dass es den hart arbeitenden Metach an nichts fehlt. Aus Gründen der Unbestechlichkeit hat der Tenarch bei seiner Inspektion natürlich auf Ungestörtheit bestanden.«

»Natürlich!« Denetree lachte auf und drückte die Schachtel eng an die Brust. Ein Teil von ihr beäugte ihr Verhalten argwöhnisch – es gab nichts zu lachen! – und registrierte auch, dass Launts gute Laune aufgesetzt wirkte. Der Tenarch war bleich und wirkte müde. Seit er ihr die Schachtel gegeben hatte, kamen seine Hände nicht mehr zur Ruhe, rieben unentwegt aneinander.

Sie gingen in die Küche. Denetree stellte die Schachtel vor sich ab, nahm ein Messer und wollte die herumgewickelte Schnüre durchtrennen.

»Denetree«, sagte Launt. »Du kannst hier nicht bleiben.«

»Ich weiß.« Sie konnte nirgendwo an Bord bleiben. Das war ihr klar. Aber es berührte sie nicht. Vor ihr stand ein Geschenk von Venron. Ihr Bruder würde sie nicht im Stich lassen. Niemals.

»Die Tenoy haben eine aus eurer Gruppe festgenommen.«

»Wen?« Ihre Zuversicht bekam einen Riss.

»Mika. Sie hat bei einer Kontrolle die Nerven verloren.«

Mika? Sie war Denetree immer als eine der Stärksten der Sternensucher erschienen.

»Was ist mit ihr geschehen?«

»Sie ...« Launt schluckte. »Sie hat die übrige Gruppe verraten.«

»Nein, das glaube ich nicht! Mika würde niemals ...«

Launt schüttelte den Kopf. »Sie hat. Glaub mir.«

»Nein!« Denetree wollte es nicht wahrhaben. Sie nahm das Messer fester in die Hand, zerschnitt die Schnur und öffnete die Schachtel.

Verblüfft erstarrte sie in der Bewegung.

»Was hast du? Was ist in der Schachtel?«

Sie griff hinein und zeigte es Launt.

»Ein Armchip?«

»Er wusste, dass er mich in Gefahr bringen würde, dass seine Schwester Denetree nicht mehr ungeschoren an Bord bleiben kann.«

»Du glaubst ...?«

»Das ist Venrons Geschenk. Ein neues Leben für mich.« Sie starrte auf den hauchdünnen Chip, der auf zwei ihrer Fingerspitzen ruhte. *Eine neue Identität – war es möglich?*

»Darf ich?«, sagte Launt. Sie ließ ihn den Armchip nehmen. Launt verschwand mit ihm in einem Nebenraum und kehrte mit einem Handscanner zurück. »Keine Sorge«, beruhigte er sie, als er sah, wie sie erstarrte. »Er ist nicht mit dem Netz verbunden. Das Haus besitzt einen Computer der ... wie soll ich sagen ... sich zeitweilig vom Schiffsnetz abgemeldet hat.«

Launt las den Chip ein. Er holte tief Luft und pfiff anerkennend, als die Daten auf dem Display erschienen. Zum ersten Mal, seit er das Haus betreten hatte, schien es Denetree, als habe die Anspannung ihn verlassen.

»Nun, es war mir eine Ehre, dich zu Gast gehabt zu haben, *Danque*«, sagte er zu Denetree. »Aber es ist jetzt wirklich Zeit, dass du dich auf den Weg machst. Die Angehörigen deines neuen Metach'ton warten schon sehnsüchtig auf die Verstärkung, die sie angefordert haben! Worauf wartest du noch, Danque?«

13

Als das schwere Schott zur Seite glitt und Solina Tormas den Weg in die Zentrale der LAS-TOÓR freigab, musste die Historikerin sich zwingen, ihre Scheu abzuschütteln und hindurch zu treten.

Es war das erste Mal, dass man ihr gestattete, dass Innerste des Forschungsraumers zu betreten. Eine so unwichtige Person wie sie hatte dort nichts zu suchen, hatte man ihr zu verstehen gegeben. Solina hatte das Beste aus der Beleidigung gemacht, sich gesagt, dass sie ohnehin nicht das Bedürfnis hatte, die Zentrale zu aufzusuchen. Was gab es dort schon zu sehen? Dieselben Leute, denen sie in der Messe und auf den Gängen begegnete, nur dass sie alle wichtigtuerisch mit ihren Instrumenten beschäftigt sein waren.

Doch als Solina die Zentrale erblickte, gestand sie sich unumwunden ein, dass sie sich mit einer Notlüge abgespeist hatte, um ihr ohnehin angeschlagenes seelisches Gleichgewicht zu retten.

Die Zentrale war überwältigend.

Die Historikerin in ihr hatte selten ein vielsagenderes Beispiel für das ausgeprägte hierarchische Denken der akonischen Gesellschaft erblickt. Die Zentrale der LAS-TOÓR hatte einen kreisförmigen Grundriss, über den sich eine Kuppeldecke spannte. In der Mitte saß auf einem erhöhten Podest der Maphan, der Kommandant, Jere von Baloy. Schräg zu seiner Linken war der Platz des Keven, des Piloten, zu seiner Rechten der des Techten, des Ersten Offiziers. Das Podest war überproportioniert, nahm beinahe die Hälfte der Grundfläche ein. Um das Kommandopodest zogen sich in einem Ring die Arbeitsstationen der wichtigsten Mitglieder der Zentralebesatzung: Therso, Feuerleitoffizier, Davron, Orter, Espejel, Funker und Heroth, Cheftechniker. Alle Stationen waren kreisförmig, die Pulte aber – und damit die Aufmerksamkeit derer, die sie bedienten – waren auf den Maphan gerichtet. In einem dritten Ring, der gleichzeitig den Boden der Zentrale bildete, befanden sich schließlich weitere Arbeitsstationen für die verschiedenen Yidari des Schiffs. Sie waren, soweit Solina es von ihrem Standort aus beurteilen konnte, bis auf eine Ausnahme besetzt.

Das Kind in Solina, das neugierige Mädchen, das die Akonin zu dem gemacht hatte, was sie heute war, sah über die in Stahl gegossene Hierarchie buchstäblich hinweg. Die gesamte Wandung und Kuppel der Zentrale war von einem Holo verdeckt.

Es zeigte den Hyperraum.

Zumindest glaubte Solina das. Kein Stern war zu sehen, keine Spur von der Schwärze, die eigentlich das All bestimmte. Stattdessen sah sie in einen Regenbogen von einander träge umschlingenden Farben, als bestünde der überdimensionale Raum aus schwerfälligem, vielfarbenem Sand, der sich unter dem Einfluss einer unsichtbaren Kraft drehte, vermischte, verwirbelte – und sich ihr immer wieder entwand. Jedes Mal, wenn Solina einen Punkt fixierte, verlor ihre Wahrnehmung an Schärfe, und wenn sie die Lider dann zusammenkniff, um den Effekt auszugleichen, war der Punkt verschwunden. Sie hätte tagelang damit verbringen können, den Hyperraum auf sich einwirken zu lassen.

»Solina!«, rief der Maphan von seinem Podest herunter. »Wieso stehst du da, als hättest noch nie den Hyperraum gesehen, und meldest dich nicht?«

»Ich ... äh ... das wollte ich gerade.«

»Schon gut.«

Die Schirme und Instrumente der bislang verwaisten Arbeitsstation im unteren Ring erwachten zum Leben, das blaue Licht der Anzeigen vermengte sich mit dem Leuchten des Hyperraums.

»Siehst du ihn?«, sagte Jere von Baloy. »Ich habe einen Arbeitsplatz für dich freigehalten. Setz dich.«

Solina folgte seiner Aufforderung und sah dann zu dem Maphan. Zu ihm auf, anders ließ es die Einrichtung der Zentrale nicht zu.

Jere von Baloy wandte sich ab und wechselte einige Worte mit dem Keven, der daraufhin den Kursvektor anpasste. Was konnte er von ihr wollen? Solina tat sich schwer damit, ihn einzuschätzen. Allein das »von« in seinem Namen und die Tatsache, dass er der Kommandant der LAS-TOÓR war, hätte einen unüberbrückbaren Graben zwischen Solina und ihn ziehen sollen. Tat es aber nicht. Jere hatte seit ihrem Abflug von Drorah noch kein einziges Mal Uniform getragen, meist war er in schmutzigen Overalls unterwegs, die ebenso gut zu einem Neehlak gehören mochten, der sich um die Wartung der Beiboote kümmerte. Der Maphan gab nicht viel auf Ränge, auch wenn er sein gesamtes erwachsenes Leben in einem Rangsystem verbracht hatte – und das erfolgreich, wie seine Position belegte.

Nach allem, was sie von ihm wusste, stand Jere von Baloy ihr in puncto Geisteshaltung näher als alle anderen an Bord der LAS-TOÓR. Oder war es nur Wunschdenken? Der Maphan hatte ihr bislang mit keiner Silbe oder Geste zu verstehen gegeben, dass es zwischen ihnen ein besonderes Verständnis gab.

»Sieh dir das an«, ertönte die Stimme Jeres jetzt aus der Konsole vor ihr. Ein Holo entstand vor ihr. Es zeigte ein pixeliges, graustufiges Flimmern. Mit Mühe konnte Solina darin für einen Moment eine zylinderförmige Form ausmachen.

»Was ist das?«, fragte sie. »Was soll ich damit?«

»Das haben die Orter aufgefangen. Mit knapper Not«, erklärte ihr der Kommandant. »Das Ziel unserer Überlichtetappe. Und ich glaube, das Ding ist von Interesse für dich.«

»Was? Wie kommst du darauf?«

Sie bekam keine Antwort. Solina blickte auf. Jere von Baloy hatte sich abgewandt, sprach jetzt mit der Therso, die mit geübten Bewegungen die Einsatzbereitschaft der Bordgeschütze überprüfte. Der Maphan machte nicht den Eindruck, als wäre er geneigt, einen weiteren Augenblick seiner wertvollen Zeit auf Solina zu verschwenden.

Dann eben nicht. Solina rief die zur Verfügung stehenden Daten zu dem geheimnisvollen Objekt ab. Die Größenangaben waren äußert vage, fest stand nur, dass dieses Ding ziemlich groß war. Erhoffte sich Jere von Baloy, dass sie den Schiffstyp erkannte? Wenn ja, war das entweder ein sehr dummer oder sehr kluger Test, je nachdem, was er damit beabsichtigte. Hoffte er, dass sie den Typ erkannte, war er dumm. Es gab buchstäblich Milliarden von Typen von Raumschiffen, die in den letzten Jahrzehntausenden in der Milchstraße Gebrauch gewesen waren. Die Chance, dass Solina einen erkannte, der nicht im Bordsyntron gespeichert war, lag bei nahezu null. Hoffte der Maphan aber, sie über ihr Versagen bloßstellen zu können, war er schlicht gerissen.

Was auch immer, Solina hatte keine andere Wahl, als mitzuspielen. Die Historikerin rief die Schiffstypendatenbank der LAS-TOÓR auf und begann mit den auf der Hand liegenden Vergleichen: Springerwalzen aller Epochen.

Aber Solina wäre nicht Solina gewesen, wenn sie nicht mit einem Ohr den Vorgängen in der Zentrale gelauscht hätte. Der kuppelförmige Raum war angefüllt mit der lastenden Stille großer Anspannung.

»Eintritt in den Normalraum in neunzig Sekunden«, meldete der Keven.

Niemand kommentierte die Meldung.

»Noch sechzig Sekunden.«

Eine weitere Stimme meldete sich: »Ortung! Ein zweites Objekt ist in der Nähe des Zielpunkts aus dem Hyperraum getreten.«

Jere von Baloy fluchte. »Großartig! Da ist uns jemand zuvorgekommen!«

»Das ist noch nicht alles!«, rief der Davron. »Zehn, korrigiere elf weitere Objekte, wesentlich kleiner. Gruppieren sich um das erste Objekt.«

Der Kommandant holte tief Luft. Sein Blick wanderte über die Zentrale, streifte Solina, die sich beeilte, geschäftig in das Holo vor ihr zu starren, und blieb schließlich auf der Therso Oe ta Acenusk haften.

»Bereit, Oe?«

Die Feuerleitoffizierin setzte ein raubtierhaftes Grinsen auf. »Schon längst.«

»Eintritt!«, rief der Pilot.

Das unterdrückte Dröhnen der Überlichttriebwerke verstummte, und das Wabern des Hyperraums wich schlagartig der Schwärze des Normalraums.

»Ortung?«

»Es ist ein Terraner!«

Ein wütendes Aufstöhnen ging durch die Zentrale. Ausgerechnet Terraner!

»Signatur ähnelt der eines Schweren Kreuzers.«

»Ist es einer?«

Solina war keine Militärexpertin, doch auch ihr war klar, dass sie gegen ein Kriegsschiff keine Chance hatten.

»Eher nicht. Möglicherweise die Zelle eines Schweren Kreuzers. Die Streustrahlung seines Energieausstoßes ist zu gering. Aber die kleinen Begleitschiffe ... möglicherweise sind das Jäger unbekannten Typs.«

Solina wusste, dass die LAS-TOÓR ihrerseits vier Jäger an Bord hatte. Vier gegen elf, das klang nicht gut.

Jere von Baloy wollte sich wieder von dem Davron abwenden. »Aber da ist noch etwas, Maphan: Der Terraner hat den Paratron hoch- und die Geschütztürme ausgefahren!«

Der Maphan zögerte nur einen winzigen Moment. »Oe, Schirme auf Gefechtslast. Ziel erfasst?«

»Bereits geschehen. Angriff?«

»Wie stehen unsere Chancen?«

»50 : 50. Aber sie werden nicht dadurch besser, dass wir warten. Wenn wir jetzt die Jäger ausschleusen und ...«

»Wir warten ab.«

»Aber Maphan, die Terraner werden behaupten, dass sie dieses Ding zuerst gefunden haben und es ihnen zusteht!«

»Ich sagte, wir warten. Wir wissen noch gar nicht, ob dieses Ding, wie du es nennst, irgendetwas wert ist, und vorher bin ich nicht bereit, auch nur ein einziges Leben dafür zu opfern. Auch nicht das eines Terraners, klar? Auf das Zentrale-Holo damit!«

Ja, es war ein Zylinder, eindeutig künstlichen Ursprungs. Die optische Auswertung war jetzt einwandfrei, aber die übrigen Orter – Solina versuchte die Daten auf ihre Konsole zu rufen – schienen das Objekt nicht zu greifen zu bekommen.

Echkal cer Lethir, der Erste Techten der LAS-TOÓR, meldete sich zu Wort. Er war klein, untersetzt und ein Terranerfresser erster Güte, der in der Messe bei jeder passenden oder unpassenden Gelegenheit darüber referierte, dass die Akonen den terranischen Emporkömmlingen endlich eine Lehre erteilen sollten, die sie nie wieder vergessen würden, notfalls auch mit der Hilfe der Arkoniden. Solina hatte sich mehr als einmal gefragt, was er auf dem Forschungsraumer zu suchen hatte. Lethir gehörte auf ein Kriegsschiff – oder, wenn es nach Solina ginge, zur Aggressionsdämpfung in eine psychiatrische Anstalt. Einmal hatte Solina in einem Gespräch überhört, Lethir habe früher in der Flotte gedient. Wahrscheinlich war dem so, und mit seinem martialischen Auftreten kompensierte er die Schmach, den Ansprüchen der akonischen Flotte nicht genügt zu haben.

»Rufen wir die Flotte zur Hilfe«, drängte der Techten. »Ich weiß zufällig, dass ein Verband in unmittelbarer Nähe des Ochent-Nebels operiert. Rufen wir ihn – und in einer Stunde ist dieser Terranerspuk vorüber!«

Jere von Baloy ging nicht auf den Vorschlag ein. Er wandte sich an die Historikerin: »Solina, bist du schon weiter?«

»Typencheck ist negativ«, meldete Solina, unwillkürlich von der militärisch knappen Sprache angesteckt, die in der Zentrale verwandt wurde.

»Ist das alles?« Die Enttäuschung des Kommandanten war unüberhörbar.

»Ja, vorerst ...«

»Das genügt nicht. Streng deinen Kopf an, Solina!«

Streng deinen Kopf an! Jeden anderen hätte Solina für die öffentliche Beleidigung zur Rede gestellt, aber Jere von Baloy war der Maphan. Und wenn sie darüber nachdachte, war es eigentlich keine Beleidigung gewesen, sondern eine Bitte. Eine flehentliche Bitte.

Auf irgendeine ihr unerklärliche Weise setzte Jere von Baloy seine ganze Hoffnung auf sie. Was ging in ihm vor?

Na los! ermahnte sie sich. *Streng dich an!*

»Maphan, als Therso der LAS-TOÓR muss ich mich dem Urteil des Ersten Techten anschließen«, sagte Oe ta Acenusk. »Wir müssen Verstärkung anfordern! Dort draußen ist ein künstliches Objekt unbekannter Herkunft. Seine Erbauer sind potenzielle Verbündete – oder Feinde, wenn wir den Terranern das Feld überlassen!«

Solina ging fieberhaft durch die Daten es Objekts. Es flog mit beinahe Lichtgeschwindigkeit, das hatte sie bislang übersehen.

Wieso hat Jere von Baloy mich gerufen?, fragte sie sich. *Was kann ich, was andere nicht können?* Die Antwort lag auf der Hand: Sie wusste besser als jeder andere über lemurische Geschichte Bescheid. Aber was, bei allen stinkenden Leuchtfischen von Shaghomin, hatte das mit diesem Ding zu tun?

»Es ist unsere Pflicht, dieses Objekt für das Akonische Reich zu sichern«, bedrängte Echkal cer Lethir den Maphan. »Es könnte Hochtechnologien beherbergen, die wir auf keinen Fall in fremde Hände fallen lassen dürfen!«

Lemurer, Lemurer, Lemurer ... das musste der Schlüssel sein. Aber fast täglich wurden irgendwo in der Galaxis irgendwelche lemurischen Artefakte gefunden. Angenommen, das war hier eines: Was machte es so besonders?

Gut, es war riesig, aber das musste nichts bedeuten. Es befand sich in einer nachweislich von allen Geistern – gut oder schlecht – und Intelligenzen verlassenen Region der Galaxis. Es flog mit beinahe Lichtgeschwindigkeit.

Lichtgeschwindigkeit ... wieso?

Stand es kurz vor dem Sprung in den Hyperraum? Oder waren seine Überlichttriebwerke defekt? Oder ... oder hatte es vielleicht nie welche gehabt?

»Maphan, worauf warten wir noch? Rufen wir die Flotte!«

Das war es! Es hatte keine! Solina stellte mithilfe des Syntrons eine Berechnung an, dann rief sie: »Maphan!«

Sie musste beinahe geschrieben haben. Alle Köpfe wandten sich ihr zu. Auf den meisten Mienen lag Missbilligung. Was hatte sie, die überflüssige Historikerin, in einer Situation wie dieser zu melden?

»Ja, Solina?«

»Ich glaube, ich kenne die Herkunft dieses Objekts. Es ist lemurisch!«

»Und woher willst du das wissen?«, schnappte der Erste Techten.

»Ich habe den Kursvektor zurückverfolgt. Geht man davon aus, dass dieses Objekt Kurs und Geschwindigkeit nicht nennenswert verändert hat, ist es vor über 55 000 terranischen Jahren gestartet – im damaligen Lemur-System!«

»Ein lemurisches Generationenraumschiff? Davon habe ich noch nie gehört.«

»Ich auch nicht«, antwortete Solina. »Aber die lemurische Frühzeit ist nur äußerst lückenhaft erforscht. Die Tatsache, dass wir nichts von einem lemurischen Generationenraumschiff wissen, spricht in keiner Weise gegen seine Existenz. Sollte sich meine Vermutung bestätigten, ist das ein Fund von unerhörter Tragweite.«

Jere von Baloy sagte nichts. Aber in seinen Augen glomm ein anerkennendes Glitzern, dass Solina bislang noch nicht gesehen hatte. Zumindest hatte es nie ihr gegolten. Es gefiel ihr.

Echkal cer Lethir schaltete sich ein. »Gut, dann ist es eben ein lemurisches Generationenraumschiff – umso mehr Grund haben wir, die Flotte zu rufen. Das ist eine Angelegenheit der Sicherheit für das Akonische Reich!«

»Du irrst dich, Echkal«, sagte der Maphan. »Das hier ist

keine Sicherheits-, sondern eine Forschungsangelegenheit. Wenn dieses Schiff hier wirklich über 50 000 Jahre im Unterlichtflug unterwegs war, existieren an Bord keine für uns interessanten Technologien. Aber dafür etwas anderes: ein riesiges Forschungsfeld für alle Wissenschaftler der LAS-TOÓR. Angefangen von den«, er lächelte in Solinas Richtung, »*der* Historikerin über die Materialforscher bis zu den Planetenökologen. Ich sehe keinen Anlass, die Flotte zu rufen. Der terranische Raumer hat bislang noch keinen aggressiven Akt begangen.«

»Und was ist mit dem hochgefahrenen Paratron und der Feuerbereitschaft?«

»Die Terraner sind eben vorsichtig. Sie konnten ja nicht wissen, was sich hinter dem Objekt auf ihren Ortern tatsächlich verbirgt.«

»Das heißt, wir jagen sie nicht davon?« Oe ta Acenusk zog beinahe enttäuscht die Finger von den Sensorfeldern der Geschützautomatik zurück, über denen sie seit dem Eintritt in den Normalraum geschwebt hatten.

»Mal sehen. Jäger ausschleusen! Sie sollen im näheren Umfeld patrouillieren. Vielleicht sind unsere terranische Freunde ja schreckhaft und ziehen sich zurück.«

»Und wenn nicht?«

»Warten wir ab. Vielleicht sind sie ja gesprächig.«

»Sie schleusen Jäger aus!« rief Sharita Coho. »Harriett, kannst du sie wegpusten?«

Die Feuerleitoffizierin ließ sich mit der Antwort Zeit. Das kreisförmige Holo der Offensiv- und Defensivsysteme hatte sich wie ein Festungsring um sie aufgebaut. »Ja, die Jäger schon«, sagte sie schließlich. »Aber das akonische Mutterschiff? Ich bezweifle es.«

»Wieso nicht? Ist das da etwa ein Schlachtkreuzer?«

»Nein, der Energiesignatur nach zu urteilen eher ein Explorer. Aber das ist nicht der Punkt: *Wir* sind kein Schlachtschiff. Unsere Systeme sind auf Verteidigung ausgerichtet – und wenn du mich fragst, ist das gut so.«

Recht so!, dachte Alemaheyu Kossa, der von seiner Funkerkonsole aus das Geschehen mit steigender Sorge verfolgte. Was war in Sharita gefahren? An ihre Ausbrüche gegen die Akonen hatte der Funker sich längst gewöhnt. Sie waren nicht ernster zu nehmen als die altbekannten Unmutsäußerungen über die Wetterkontrolle auf Terra. Das Wetter war immer daneben, egal, was die Meteorologen unternahmen, und trotzdem war noch niemand auf die Idee gekommen, ihnen mit Transformkanonen und schweren Desintegratoren zu Leibe zu rücken.

»Danke für die Belehrung, Harriett«, entgegnete die Kommandantin der PALENQUE. »Ich hatte nichts anderes vor, als uns zu verteidigen. Wenn das, was diese Jäger da gerade vorführen, kein Angriff ist, dann ...«

»... ein durchsichtiger Versuch, uns zu erschrecken.«

Sharita gab es auf. Wenn Harriett nicht wollte, dann wollte sie nicht, das musste sogar die Kommandantin der PALENQUE einsehen.

»In Ordnung, dann greifen wir sie eben nicht an. Aber ich lasse nicht zu, dass sie dieses Lemurer-Ding da draußen bekommen. Es gehört uns, wir waren zuerst hier.«

»Soll ich Kontakt mit ihnen aufnehmen?«, meldete sich Alemaheyu zu Wort. »Dann könntest du es ihnen ins Gesicht sagen.«

Und kämst nicht mehr auf die Idee, sie in eine Partikelwolke zu verwandeln!, vervollständigte der Funker in Gedanken. Gewalttaten fielen Menschen im Allgemeinen schwerer, wenn man seinem Gegenüber erst einmal ins Auge geblickt hatte.

»Gute Idee, Alemaheyu. Und was tun wir, wenn sie behaupten, sie hätten das Ding zuerst geortet?«

»Dann ... es gibt ein Raumfahrtrecht, an das auch die Akonen gebunden sind.«

»Raumfahrtrecht! Genau, ziehen wir vor ein galaktisches Gericht! Die Juristen legen eine große ›Nicht Betreten‹-Schleife um das Ding, bis die Beweisaufnahme abgeschlossen ist, und wenn wir Glück haben, können unsere Urenkel einen Fuß an Bord setzen. Oder die der Akonen. Falls das Ding nicht vorher in eine Sonne gerast ist!« Sharita stampfte mit dem Uniformstiefel auf. »Nein, so nicht!

Dieses Ding gehört uns. Perry hatte Recht. Wir haben den Mut gehabt, uns auf ein Wagnis eingelassen – und jetzt steht uns die Belohnung zu!«

Jetzt verstand Alemaheyu, woher der Wind wehte. Die Kommandantin witterte ihre Chance, mithilfe des Riesenraumers endlich zu einem eigenen Schiff zu kommen. Der Funker blickte unwillkürlich zu der abgeflachten Kugel des Akonenraumers, die über ihnen im Zentrale-Holo hing. Plötzlich taten ihm die Akonen Leid. Sie ahnten nicht, mit wem sie es zu tun hatten. Hatte sich Sharita etwas in den Kopf gesetzt, stellten sich ihr nur Lebensmüde in den Weg.

Wieso unternahm Perry Rhodan nichts? Der Unsterbliche saß auf seinem Sessel und fragte Syntrondaten ab, als gingen ihn die Vorgänge in der Zentrale nichts an. Rhodan musste doch erkennen, dass Sharita außer Kontrolle zu geraten drohte.

Doch der Unsterbliche schien Alemaheyus Fragen nicht zu hören. Seelenruhig arbeitete er weiter, analysierte die Orterdaten. Und dann geschah, was der Funker niemals erwartet hatte: Sharita bat den Unsterblichen um Hilfe.

»Perry ...«, sagte die Kommandantin mit zuckersüßer Stimme und verließ den Kommandostand. Pearl Laneaux, die ebenso überrascht wie die übrige Zentralebesatzung über Sharitas Wandlung war, sprang aus ihrem Kontursessel, als hätte sie ein Stromstoß getroffen, und heftete sich an die Fersen der Kommandantin.

»Perry!« Sharita hielt einen Schritt vor Rhodan an.

Der Unsterbliche deaktivierte die Daten-Holos. »Ja?«

»Ich brauche deinen Rat als Stratege. Die Situation ist verfahren. Waffentechnisch besteht ein Patt zwischen uns und diesen Akonen. Wie sollen wir vorgehen?«

Alemaheyu war, als verließe den Unsterblichen angesichts dieses vierfachen Rückwärtssaltos der Kommandantin ein Stück weit die Fassung. In jedem Fall benötigte Rhodan einige Sekunden, um eine Entgegnung zusammenzustoppeln.

»Nun, ich denke ...«

»Ja, ich auch!«, unterbrach ihn Sharita. »Wir brauchen Verstärkung, nicht wahr? Ein Verband der LFT – ein kleiner, sagen wir ein Schlachtschiff und eine Hand voll Kreuzer – würden den Akonen zeigen, wer hier das Sagen hat.«

»Sharita!«, rief die Erste Offizierin von hinter ihrem Rücken. »Du ...«

»Siehst du nicht, dass ich mit Perry rede?«

»Das darfst du ni...«

»Geh zurück an deine Konsole! Wir müssen jeden Augenblick mit einem Angriff rechnen.«

Pearl rührte sich nicht.

»Das ist ein Befehl.«

Französisch klingende Flüche murmelnd, gab die Erste Offizierin das Gefecht auf und klemmte sich an ihre Konsole. Pearl hatte als Kind mitbekommen, dass es in der Provinz Quebec französisch sprechende Bürger gegeben hatte. Mit etwas verschrobenem Ruf, aber genau das hatte Pearl gefallen: Als Teenager hatte sie sich ein paar Brocken der inzwischen ausgestorbenen Sprache angeeignet. Flüche und Kraftausdrücke vor allem, was man eben als Offizierin auf einem Prospektorenraumer brauchte.

»Wo waren wir stehen geblieben?«, wandte sich die Kommandantin wieder an Rhodan. »Ach ja, die Verstärkung. Wir haben ein Ressourcenproblem. Einfach nicht genug Feuerkraft. Aber das lässt sich ja beheben. Ein Funkspruch von dir, und einen Tag später kreuzt hier die halbe LFT-Flotte ...«

Sharita maß nur knapp über einen Meter siebzig und sah gewöhnlich zu den anderen Besatzungsmitgliedern auf. Auf den sitzenden Rhodan blickte sie hinab. *Und sie genießt es*, dachte Alemaheyu. *Jede Sekunde. Sie hat ihn da, wo sie ihn haben will. Er muss tun, was sie will.*

»So ist es«, bestätigte Rhodan. »Ein Funkspruch würde genügen.«

»Na also. Worauf wartest du noch? Wir wollen doch unsere akonischen Freunde nicht unnötig lange in falscher Hoffnung wiegen.«

Rhodan löste sich fast beiläufig aus dem Kontursessel.

»Auf diesen Funkspruch kannst du warten, bis das Universum den Entropie-Tod stirbt.«

»Was? Aber wieso ...?«

»Hast du schon vergessen, weshalb ich an Bord bin? Um über inoffizielle Kanäle freundschaftliche Kontakte zu den Akonen zu knüpfen.«

Sharita wich einen Schritt zurück. Neben dem einen Kopf größeren Rhodan wirkte sie plötzlich auf verlorenem Posten. »Aber diesen Mist hat dir doch von an Anfang keiner hier abgekauft! Das kann doch nicht der wahre Grund dafür sein, dass du hier bist!«

»Erzähl mir nichts von Mist.«

Alemaheyu sah ein Glitzern in Rhodans Augen. War der Unsterbliche wütend? Der Funker hätte es ihm nicht verübelt. Wem bei Sharita nicht ab und zu der Kragen platzte, war kein Mensch, pflegte er zu sagen.

»Nehmen wir an, ich würde deinem Drängen nachgeben«, fuhr Rhodan fort, »und riefe einen Flottenverband. Was würde passieren? Die Akonen ziehen den Schwanz ein und verdrücken sich? Das glaube ich kaum. Wir täten es bestimmt nicht, wenn hier in der nächsten Sekunde ein akonischer Verband materialisierte, oder? Und wenn, dann nur um Verstärkung zu holen. Und so würde es weitergehen. Jede Seite würde mehr Material auffahren, bis irgendwem die Nerven versagen und jemand losballert.« Rhodan machte einen Schritt auf die Kommandantin zu. Sie rührte sich nicht, entweder aus Fassungslosigkeit, oder weil sie durchzustehen entschlossen war, was sie begonnen hatte. »Willst du das, Sharita? Ein paar Tausend Tote, politische Verwerfungen und Hass, der Jahrhunderte brauchen wird, um zu heilen? Und dabei das Risiko eingehen, dass dieses ach so wertvolle lemurische Schiff in der Hitze des Gefechts in eine Gaswolke verwandelt wird?«

»Nein, nein.« Sharita schüttelte heftig den Kopf. »Ich ...«

Also doch Fassungslosigkeit, entschied Alemaheyu.

»Verdammt, ich will doch nur, dass wir bekommen, was uns zusteht!«

»Ich auch.«

»Und wieso fällt dir dann nichts Besseres ein, als still dazuhocken, nur um dann meine Vorschläge in Grund und Boden zu reden?«

»Vielleicht, weil du mich auf diesem Gästesessel abgesetzt hast.« Rhodan lächelte. Versöhnlich? Gefährlich? »Aber das ist Vergangenheit, nicht wahr? Und außerdem habe ich eine Idee, wie wir bekommen, ›was uns zusteht‹.«

Sharitas Starre löste sich. »Worauf wartest du noch? Raus damit!«

Rhodan schilderte ihr seinen Vorschlag.

»Hm, ich glaube nicht, dass sie sich darauf einlassen werden ...« Die Kommandantin zog gedankenverloren die Jacke ihrer Uniform straff. »Aber einen Versuch ist es wert. Alemaheyu, stell mir eine Verbindung mit dem Kommandanten der Akonen her! Ich ...«

»Einen Augenblick noch«, unterbrach sie Rhodan. »Du bist als Frau mit einem ausgeprägten Gerechtigkeitssinn bekannt. Und als solche erkennst du sicher an, dass ich eine Belohnung für meinen Vorschlag – sollte er Erfolg haben – verdient habe, nicht wahr?«

»Ja ...?« Sharita klang wie eine Frau, die am Fuß eines Berges eine Lawine auf sich zurollen sah, der sie sich unmöglich entziehen konnte.

»Keine Angst. Ich bin ein bescheidener Mensch. Sollten aus diesem Fund finanzielle Erlöse erwachsen, werde ich meinen Anteil unter der Besatzung der PALENQUE aufteilen. Nein, ich bitte dich nur um einen klitzekleinen Gefallen: Ich will bei dem Team sein, das als Erstes das lemurische Schiff betritt.«

Sharitas kleinlaute Zustimmung ging im Jubel der Besatzung für den großzügigen Spender unter.

Was für ein gerissener Fuchs!, dachte Alemaheyu. *Wäre ich Akone und fände heraus, wer mir gegenübersteht, ich würde zusehen, dass ich mich aus dem Staub mache, solange ich noch kann!*

14

»Danque, Mädchen, mach schon! Geht das nicht schneller?« Die Stimme kam von allen Seiten, hallte wie Donner.

Denetree brauchte einige Sekunden, bis sie begriff, dass sie gemeint war.

Dummerchen!, ermahnte sie sich in Gedanken. *Jetzt bist du bald zwei Wochen hier und hast deinen neuen Namen noch immer nicht begriffen!*

»Bin schon dabei!«, rief sie beschwichtigend. Sie kroch schneller durch den engen Belüftungsschacht. Hinter ihr scharrte das Werkzeug und die Ersatzteile, die sie an einem Seil hinter sich herzog. Es war an ihrem Gürtel befestigt. Den Rucksack, den die Kalpen, die »Luftmacher«, für gewöhnlich benutzten, um ihre Materialien zu transportieren, hatte sie an einer Verzweigung des Hauptschachts zurückgelassen. Dieser Schacht war zu eng, um ihn mit einer Last auf dem Rücken zu durchqueren, selbst wenn der Rucksack sich wie eine zweite Haut an den Körper schmiegte. Nein, in diesem Schacht war kein Platz für ihn. Manchmal, wenn Denetree nicht aufpasste und die strikte Disziplin schleifen ließ, die ihr die Kalpen beigebracht hatten, überwältigte sie sogar das Gefühl, dass es hier nicht einmal genug Platz zum Atmen gab.

Dann half nur eines: ruhig bleiben, weiteratmen, flach und schnell, sodass der Brustkorb nicht gegen die Schachtwände drückte, und auf andere Gedanken kommen, sich im Geist weit weg versetzen.

Manchmal dachte Denetree an Venron und das Leuchten in seinen Augen und das Leuchten der Sterne und den unendlichen Platz, den es zwischen ihnen gab. Das machte ihr Angst.

Aber manchmal dachte sie auch an ihr Feldbett – die Kalpen hatten kein festes Quartier, sie zogen unentwegt durch das Schiff, immer der Arbeit hinterher, die niemals ausging – und daran, sich einfach fallen zu lassen und einzuschlafen und keinen weiteren Gedanken an das Gestern oder Morgen zu verschwenden. Das machte ihr noch mehr Angst.

Am besten war es, die Augen zu schließen und weiterzukriechen. Sich voranzutasten, zum nächsten Leck in den Belüftungsschächten oder zu dem defekten Sensor, der einem Sektor die lebensnotwendige Luftzufuhr verweigerte, sich ganz auf die Aufgabe zu konzentrieren, die vor einem lag.

Denetrees tastende Finger fanden eine Unebenheit; gleich darauf fassten sie ins Leere. Im schwachen Licht ihrer Stirnlampe sah sie undeutlich ein Loch. Die Akkus der Lampen hatte ihre Lebensdauer längst überschritten; deshalb hatten die Veteranen unter den Kalpen es aufgegeben, sich mit ihnen zu abquälen. Sie benötigten ohnehin kein Licht, die nötigen Handgriffe waren ihnen längst in Fleisch und Blut übergegangen.

»Tekker!«, rief sie. »Ich glaube, ich habe die Stelle gefunden. Ein Leck!«

»Gut so, Mädchen! Dicht es ab – an der Leitung hängt ein Metach'ton von Feldschweinen. Wir wollen doch nicht, dass deine alten Kameraden nur mit halber Kraft ackern, was, Mädchen?« Tekkers Gackern dröhnte durch die Schächte.

Mädchen hier, Mädchen dort. So ging das jetzt seit ihrer Ankunft beim Metach'ton der Kalpen. Die Metach hatten ihre Enttäuschung über die Neue nur mit Mühe verbergen können. Eine Anfängerin – und das in einer Zeit, in der sie den Notfällen kaum hinterherkamen! Dieser verfluchte Verräter hatte den Sauerstoffhaushalt des Schiffs gründlich durcheinander gebracht. Und dazu entpuppte sich die Neue als Feldschwein! Die Arbeit auf den Feldern hatte Denetree einen kräftigen Körper beschert und damit das Letzte, was sie bei den Kalpen brauchen konnte. Die Luftmacher waren sehnig und schlank, gelenkige Schlangenmenschen, die auch noch in die engsten Schächte krochen, um sie auszubessern.

Denetree zog an dem Plastikseil, schob das Bündel zwischen ihre Beine. Mit ausgestreckten Armen reichte das gerade, um es zu berühren. Es hatte sich verdreht; die Dichtungslösung, die sie benötigte, befand sich zwischen ihren Fußspitzen.

Fluchend machte Denetree sich daran, das Bündel Zentimeter um Zentimeter zu drehen.

Tekkers Gackern holte sie wieder ein. »Recht so, Mädchen! Mit Musik geht die Arbeit ganz anders von der Hand. Hast doch was vom alten Tekker gelernt, was?«

Und dann noch Tekker. Er war mit Abstand der Älteste des Metach'ton. Wie alt er war, wusste keiner. Er sah aber so faltig und klapprig aus, dass man jeden Augenblick befürchten musste, er würde umkippen, und nur ein Sack klappernder Knochen würde übrig bleiben.

Tekker bekam Denetrees neuen Namen so gut wie nie über die Lippen. Für ihn war sie nur das Mädchen. Fertig. Ihre Proteste hatten ihn kalt gelassen. »Werd erst mal so alt wie ich, dann werden wir sehen«, hatte er ihr nur beschieden und war mit der Flinkheit einer Schlange in einem Schacht verschwunden.

Denetree bekam das Holster mit dem Gitternetz zu fassen und zog es heraus. Ihre Arme schmerzten; am liebsten hätte sie sich hier und jetzt gehen lassen und geschlafen, aber das war unmöglich. Tekker würde ihr keine Ruhe lassen. Sie rollte das Gitternetz aus, riss ein Stück davon ab, um das Loch zu bedecken – »Viel zu groß!«, hätte Tekker gemeckert, »du verschwendest Material!« Aber Tekker konnte sie mal, sie war eine *Anfängerin*! – und drückte es gegen den Schacht. Als das Material des Schachts und des Gitternetzes miteinander reagierten und verschmolzen, stieg ihr ein stechender Geruch in die Nase. Glück gehabt. Oft waren die Netze zu alt oder nicht fachkundig hergestellt und funktionierten nicht, was bedeutet hätte, dass Denetree das Netz hätte von Hand ankleben müssen.

Tekker hatte sie um ein Haar in den Wahnsinn getrieben. »Mädchen, tu dies! Mädchen, tu das! Mädchen, bist du zu gar nichts zu gebrauchen?« Nie hatte er sie in Ruhe gelassen, nie war er mit irgendetwas zufrieden gewesen, was sie tat. Hier stimmte die Klebenaht nicht, dort sah eine Reparatur unschön aus. Und wenn die Optik stimmte, passte ihm etwas anderes nicht, saß der neu angebrachte Sensor zu locker, oder sie hatte das falsche Bauteil verwandt. Nach einer Woche war sie an dem Punkt gewesen, sich freiwillig dem Schiff zu stellen. Nichts, gar nichts, konnte schlimmer sein als diese Hölle, dieses endlose Herumgerutsche in den Eingeweiden des Schiffs, dieses ewige Kommandieren und Geschrei.

Und dann war der Tag gekommen, an dem sie um ein Haar gestorben wäre.

Der stechende Geruch verzog sich schnell, fortgetragen von dem beständigen Luftzug, der durch die schmale Lücke drückte, die Denetrees Körper ließ. Denetree steckte das restliche Gittergewebe weg und holte die Sprühlösung hervor. Die Druckanzeige stand im unteren Bereich. Denetree schluckte mit Mühe einen Fluch herunter – nein, danke, nicht noch einmal Tekkers Gegacker! – und machte sich daran, über den mechanischen Pumpmechanismus Druck aufzubauen.

An diesem Tag waren sie im Mitteldeck unterwegs gewesen. Mitten in den zwanzig Metern Stahl, die es durchmaß. Ein Notfall, hatte Tekker gebellt, als gäbe es für die Kalpen etwas anderes als Notfälle. Aber wahrscheinlich war es tatsächlich einer gewesen. Die Kalpen hatten ihre betonte Lässigkeit bei der Arbeit abgelegt. Statt nach dem Gutdünken des Einzelnen arbeiteten sie auf Tekkers Anweisungen, ohne das übliche Geschwätz.

Die allgemeine Aufregung hatte Denetree angesteckt. Sie hatte die Abwechslung von dem Trott genossen, der ihr schon nach einer Woche alltäglich erschien, und die Tatsache, dass Tekker kaum Zeit hatte, sie »anzumädeln«. Als Neuling war sie in einer Situation wie dieser kaum zu gebrauchen, und sie hatte, als Tekker ihr einen Auftrag gab, den Verdacht, er wolle nur sicherstellen, dass sie nicht im Weg stand. Zugegeben, das hatte ihren Stolz ein wenig verletzt, doch sie hatte beschlossen, das Beste daraus zu machen, sich in dem Schacht verkrochen, den Tekker ihr zugewiesen hatte, und versucht, etwas Schlaf nachzuholen.

Endlich wies die Anzeige der Sprühlösung einen ausreichenden Druck auf. Denetree gönnte sich – und vor allem ihrem rechten Arm, der nach dem Pumpen schmerzhaft pochte – etwas Ruhe, dann hielt sie den Sprühtrichter über das Leck. Das Spray fing sich in dem Gitternetz und verdichtete sich rasch zu einer kompakten Schicht, die das Leck abdichtete. Bis zur nächsten Reparatur, wie die Kalpen einander immer Augen zwinkernd bestätigten, um dann prustend loszulachen und sich noch ein Glas des schwarz gebrannten Alkohols zu genehmigen, den ihnen die dankbaren Metach zusteckten – oft schon vor einer Reparatur, als vorweggenommenes »Geschenk«.

Ein Geräusch hatte Denetree geweckt. Nicht das Schlagen und Klopfen der Kalpen, das aus weiter Entfernung kam, sondern eine Art Tippeln. Als flitzten winzige Pfoten über die Schachtwand. Denetree hatte sich aufgerichtet und aufmerksam gelauscht. Gab es die Schachtratten doch? Denetree hatte geglaubt, dass die Kalpen sie auf den Arm nahmen, wenn sie von den Nagern erzählten, die sich in den Schächten eingenistet hatten, und davon, wie lecker sie schmeckten, über einem illegalen Feuer gegrillt.

Sie hatte sich eben wieder hinlegen wollen, als sie den Schemen gesehen hatte. Nur einen Moment lang, aber das hatte genügt. Es gab die Schachtratten wirklich! Ein Gedanke war ihr gekommen: Was, wenn sie eine davon fing? Sie, das ungeschickte, lahme Feldschwein? Das würde ihr Respekt und Ruhe verschaffen. Vielleicht würde Tekker sogar aufhören, sie »Mädchen« zu rufen!

Denetree wartete einige Minuten, dann ging sie mit dem Festigkeitsprüfer über die Verbundschicht. An zwei Stellen schlug das Messgerät an. Denetree sprühte eine zweite Ladung Dichtungsmasse über sie.

Die Ratte war flink gewesen. Denetree hatte Mühe gehabt, sie nicht zu verlieren. Aber in der kurzen Zeit, die sie unter den Kalpen verbracht hatte, war ihr Gehör bereits schärfer geworden. Das Tippeln verriet die Ratte. Rasch hatte Denetree alles um sich herum vergessen. Den Notfall. Das Schandmaul Tekker, ja sogar ihren Bruder.

Sie hatte nur noch an die Ratte gedacht und den Triumph, sie den anderen zu präsentieren. Und dass sie sie noch nicht erwischt hatte, musste nichts heißen: Wer weiß, *hatte sie gedacht,* vielleicht führt die Ratte mich zu ihrem Nest. Dann gibt es ein Festmahl!

Sie ging mit dem Festigkeitsprüfer wieder über die Verbundschicht. Diesmal schlug er nicht an. Die undichte Stelle war geflickt.

»Tekker!«, rief Denetree. »Das Leck ist dicht!«

»Na endlich, Mädchen!«, kam die Antwort. »Hatte schon gedacht, dass das Schiff vorher gegen den Rand des Universums rast. Schwing deinen Hintern zu uns – wir warten schon!«

Wie eine Verrückte war sie durch die Lüftungsschächte des Mitteldecks gerannt, geduckt in den Hauptschächten, dann, als die Ratte in einen Nebenschacht einbog, robbend. Wenn mich Tekker jetzt sehen könnte, *hatte sie gedacht.* Er wäre stolz auf mich!

Dann war der Schacht plötzlich abgeknickt. Nach unten. Denetree hatte einen wilden Jubelschrei ausgestoßen. Umso besser! Sie würde die Ratte rutschend einholen, ohne sich anstrengen zu müssen! Sie war losgerutscht, und innerhalb weniger Sekunden war aus ihrem Rutschen ein Sturz geworden. Denetree hatte geschrien, so laut wie noch nie in ihrem Leben.

Sie kroch zurück. Das war der eigentlich schwere Teil in den engen Schächten. Rein kam man immer irgendwie. Aber zurück ... man war müde und erschöpft, und das Materialbündel versperrte einem den Weg. Man musste es Zentimeter für Zentimeter durch den Schacht schieben.

Sie war gefallen. Unter sich hatte sie plötzlich strahlend helles Licht gesehen. Sie hatte Arme und Beine ausgestreckt, um ihren Sturz zu bremsen. Vergeblich. Dann war das Licht unmittelbar vor ihr gewesen. Und ein dünner, schwarzer Schatten. Sie hatte nach ihm gegriffen und eine kalte Metallstange zwischen den Fingern gespürt, und ihr Sturz war zu einem abrupten Halt gekommen, beinahe 250 Meter über der Oberfläche des Außendecks.

Denetree hatte geschrien, immer weiter, immer lauter. In der Hoffnung auf ein Wunder.

Nur noch wenige Meter trennten sie von den anderen

Kalpen. Denetree hörte ihre brummigen Gespräche. Sie schaltete noch einmal die Stirnlampe an und kontrollierte ihren Armchip. Er hatte sich damals, als sie über dem Außendeck gehangen hatte, beinahe gelöst. Sie hatte ihn in Launts Haus nicht richtig befestigen können, hatte schon froh sein müssen, dass es ihr mit Launts Hilfe gelungen war, den alten zu lösen. Und ohne den Armchip war sie verloren.

Der Chip hielt, auch wenn er an einer Ecke kaum merklich etwas abstand.

Und da war das Wunder geschehen. Etwas hatte sie am Handgelenk gepackt und nach oben gezogen. Nicht mit einer gleichmäßigen Bewegung, sondern in Schüben. Denetree hatte nach oben gesehen und eine dünne Gestalt gesehen, die Beine gegen die Trittrillen in den Wänden des Schachts gestemmt.

Tekker hatte sie keuchend nach oben gewuchtet. Und als sie an der Schräge angekommen waren und endlich zusammensacken konnten, ohne abzurutschen, hatte der Kalpen sie nicht beschimpft, wie sie es erwartet hatte. Tekker hatte sie nur wortlos in die Arme genommen, bis das Beben, das von ihrem Körper Besitz ergriffen hatte, abgeflaut war, und sie wieder kriechen konnte.

Tekker hatte den Vorfall niemals erwähnt. Weder ihr gegenüber noch gegenüber einem der anderen Kalpen.

»Das ist ja endlich unser Feldschwein!«, begrüßte Tekker sie, als Denetree in den Hauptschacht robbte. »Gehen wir endlich? Ich habe Hunger!«

Die übrigen Kalpen lachten pflichtschuldig.

Denetree verstaute ihr Werkzeug im Rucksack, und der Metach'ton trat den Weg zu seinem Nachtquartier an. Sie hatte den Verdacht, dass sie den Weg an der Oberfläche des Mitteldecks zurücklegen könnten, aber die Kalpen zogen es vor, in einem der geräumigen Hauptschächte zu bleiben.

»Hier unten wird man wenigstens nicht von diesen verfluchten Radfahrern umgenietet!«, sagte einer der Männer mit einem Seitenblick auf Denetree, die ihr Fahrrad von einem Einsatzort zum anderen mitschleppte und es zur Verblüffung der Kalpen geschafft hatte, dass kein anderer

Metach damit weggefahren war. Die anderen, Tekker voran, lachten lauthals. Denetree machte es nichts aus. Sie hatte gelernt, dass die Kalpen ihre Gefühle anders ausdrückten als andere Metach. Sie gingen auf ihre Weise auf sie ein. Und sie hatten die Neue buchstäblich in ihre Reihen aufgenommen: Denetree fand sich ganz automatisch in der Mitte der Kolonne wieder, als Teil der Gemeinschaft.

Sie lagerten unter »freiem Himmel«. Die Kalpen machten es sich zur Regel, die Unterkünfte, die man ihnen zuwies, zu ignorieren. Vielleicht, weil sie ihre Tage in den engen Schächten verbrachten, vielleicht als Zeichen ihrer Unabhängigkeit, Denetree war noch am Rätseln. Sicher war sie sich darin, dass ihr zumindest dieser Teil ihres neuen Daseins gefiel. Das Campieren gab ihr ein Gefühl der Freiheit, wie es ihr bislang unbekannt gewesen war.

An diesem Abend kamen einige Metach von dem Metach'ton, dessen Luftversorgung sie wieder auf den Standardwert zurückgebracht hatten, und brachten Geschenke. Essen und einige Flaschen Selbstgebrannten. Tekker nahm sie entgegen und vertrieb die Metach, die versuchten, höflich ein Gespräch zu beginnen, rasch mit seinen rüden Bemerkungen und seinem Gegacker. Denetree bekam, bevor sie gingen, nur noch mit, dass die Tenoy wieder einen »Verräter« gefasst hätten.

Dann waren sie allein. Tekker entzündete höchstpersönlich ein kleines Feuer in ihrer Mitte. »Wir machen die Luft, wir dürfen sie auch wieder verbrauchen!«, gackerte er dabei, und die Übrigen stimmten ein. Bald brieten die Proteinpflanzen, die man ihnen geschenkt hatte, zusammen mit der Standardration, die das Schiff den Kalpen hatte bringen lassen, über der Glut. Die Flaschen kreisten. Das erste Mal, als eine bei ihr ankam, gab Denetree sie weiter, ohne zu trinken, starrte nur in die Flammen.

Jemand hielt ihr einen Teller mit einer großen Proteinpflanze unter die Nase. Es war Tekker. Sie nahm den Teller, und Tekker vertrieb mit einem missbilligenden Blick den jungen Kalpen, der sich neben sie gesetzt hatte, und ließ sich neben ihr nieder.

»Alles in Ordnung, Mädchen?«

»Ja, natürlich. Wieso fragst du?«

»Du wirkst manchmal, als wärest du in Gedanken ganz woanders.«

»Vielleicht bin ich das«, gab Denetree zu.

»Das ist nicht gut. Du bist jetzt hier, bei uns.«

Die Flasche kam bei Tekker an. Er nahm einen tiefen Schluck und hielt sie ihr hin.

»Danke, für mich nicht.«

»Es wird dir gut tun.« Tekker hielt ihr die Flasche hin, als hätte er nicht gehört, was sie gesagt hatte.

Denetree nahm die Flasche und wog sie in der Hand. Tekker meinte es gut mit ihr. Sie setzte an und trank einen Schluck. Der Alkohol brannte in ihrer Kehle und ihrem Magen.

»Und, besser?«

Sie setzte die Flasche wieder an und zwang mehrere Schlucke herunter. Das Brennen verwandelte sich in eine wohlige Wärme.

»Ja, ich denke schon.«

Eine Träne lief ihr die Wange hinab.

»Du weinst?«

»Ja.«

»Wieso? Du bist doch bei uns. Bei Tekker.«

»Ich weiß.«

Weitere Tränen kamen. Die Flammen vor ihr verschwammen. Die Funken, die von dem Holz abplatzten, leuchteten wie Sterne.

»Ich weiß«, sagte Denetree.

15

Was für ein Tag.

Erst rief sie der Maphan in die Heilige Halle der Zentrale, dann stießen sie auf ein riesiges lemurisches Schiff – das größte Artefakt aus der Zeit der Ersten Menschheit seit Jahrhunderten! –, und anschließend ließ Jere von Baloy sie in der Zentrale bleiben, an ihrer eigenen Konsole, ganz, als gehöre sie dazu!

Solina Tormas fragte sich, welche weiteren Wunder ihr noch bevorstanden.

Sie musste nicht lange warten.

Keine Viertelstunde, nachdem die PALENQUE ihre merkwürdigen Jäger ausgeschleust hatte, meldete der Espejel: »Maphan, die Terraner funken uns an. Ihre Kommandantin will mit dir sprechen!«

Jere von Baloy gestattete sich den leisesten Anflug eines wissenden Lächelns in Richtung Echkal cer Lethirs und sagte: »Stell sie durch, Netkim. Wir wollen hier nicht länger Zeit verschwenden als nötig.«

Solina verstand den Hintersinn seiner Bemerkung: Die LAS-TOÓR hatte ihre Geschwindigkeit der des lemurischen Schiffs angeglichen. Knapp unterhalb der Lichtgeschwindigkeit entsprach jede Minute an Bord des Schiffs hundert Minuten im Blauen System. Bedauerlich, aber vorerst nicht zu ändern, wollten sie nicht von vornherein ihren Anspruch auf den Fund aufgeben. Und das wäre niemandem an Bord in den Sinn gekommen, schon gar nicht Solina.

Der riesige Zylinder mit seinen langen Antennenfühlern, der im Holo über ihr schwebte, erfüllte sie mit einer machtvollen Sehnsucht. Dort wartete die Frühgeschichte ihres Volkes auf sie – und dazu möglicherweise die *lebendige*.

Der Kopf der terranischen Kommandantin verdrängte das Abbild des Lemurerschiffs. Sie hatte ein kantiges, militärisch wirkendes Gesicht; eine Wirkung, die auch nicht von ihren sanften Mandelaugen und dem glänzenden, glatt fallenden Haar gemildert wurde. Das Holo zeigte ihren Körper nur bis knapp unterhalb der Schultern, aber das genügte, um zu sehen, dass sie eine schwarze, straff sitzende Uniform trug, die Solina unangenehm an die der Sicherheitskräfte auf Drorah erinnerte.

»Sharita Coho, Kommandantin des terranischen Prospektors PALENQUE«, stellte sie sich vor. Sie sprach interkosmo.

»Jere von Baloy, Maphan des akonischen Explorers LASTOÓR«, kam die Entgegnung, ebenfalls in Interkosmo.

Einen Moment lang herrschte Stille, als die beiden einander einzuschätzen versuchten.

Der Terranerin war nichts anzusehen, aber Solina fragte sich, was ihr beim Anblick von Jere von Baloy in seinem schmutzigen Overall durch den Kopf schießen musste. Das sollte ein Raumschiffskommandant sein? Andererseits ... Solina hatte noch nie einer terranische Kommandantin ins Gesicht geblickt, aber irgendwie hatte die Akonin sie sich anders vorgestellt, lockerer, hemdsärmeliger. Aber auch das hatte Solina als Historikerin gelernt: Sah man erst einmal genauer hin, lagen die Dinge immer anders, als man sie sich vorgestellt hatte.

»Du siehst aus wie ein Mann, der ein offenes Wort schätzt«, sagte die Terranerin. »Ich will deshalb keine Zeit verschwenden: Ihr verschwendet eure Zeit. Wir waren zuerst hier – also verschwindet!«

»Nicht so hastig«, entgegnete Jere von Baloy und schenkte der Terranerin sein strahlendstes Lächeln. »Gibt es nicht ein altes terranisches Sprichwort: ›Gut Ding will Weile haben‹? Wir sind gern bereit, die Logdateien unseres Bordsyntrons mit den euren zu vergleichen. Wie du ja sicherlich weißt, ist allein die Ortung für die Besitzzuordnung entscheidend, wie die galaktische Rechtssprechung in den letzten Jahrhunderten immer wieder bestätigt ...«

»Bleib mir vom Leib mit den Anwälten! Eher werde ich ...« Sie brach ab.

»Eher wirst du was ...?«

»Das ist jetzt egal! Das Schiff gehört uns, und ihr seht zu, dass ihr wegkommt. Seid doch realistisch« – die Stimme der Terranerin mutierte zu einem klebrig süßen Gezwitscher – »das Ding ist doch nur eine Low-Tech-Blechbüchse. Fliegender Schrott. Es ist nicht wert, sich darüber zu streiten.«

»Eine lemurische Blechbüchse ...«, sagte Jere von Baloy nur.

»Was? Woher wisst ihr ...?«

»Wir sind ein Forschungsraumer. Es ist unsere Aufgabe, Fragen zu stellen und Antworten zu finden.«

»Dann sucht sie woanders. Ihr habt die gesamte gottverdammte Milchstraße dafür! Oder wollt ihr mich dazu zwingen, die Assistenz der LFT-Flotte anzufordern?«

Jere von Baloy machte seine Sache gut. Richtig gut. Solina wusste, dass viele an Bord mit seinem Kommando nicht zufrieden waren. »Ein Maphan, der sich wie ein einfacher Neehlak kleidet! Es ist eine Schande!«, flüsterten sie, allerdings nur hinter seinem Rücken. Jere von Baloy war ein Mann, der oft unterschätzt wurde. In Momenten wie diesem zeigte er allerdings seine große Stärke: Jere blieb unter Druck gelassen. Sei es ein Notfall an Bord des Schiffs, streitsüchtige Yidari oder unverschämte terranische Raumschiffskommandantinnen. Er ließ sich nicht aus der Ruhe bringen. Jeder andere wäre längst unter dem Hagel der Beleidigungen und Anmaßungen explodiert. Jere blieb ruhig. Mehr noch, Solina konnte sich des Eindrucks nicht erwehren, dass er das Wortgefecht mit der Terranerin geradezu genoss.

»Tu, was du nicht lassen kannst«, sagte er und breitete in einer Geste der Großzügigkeit die Arme aus. »Ich will dir aber nicht verschweigen, dass zufälligerweise ein akonischer Verband in unmittelbarer Nähe des Ochent-Nebels kreuzt. Unter dem Kommando von Mechtan von Taklir, einem äußerst unangenehmen und cholerischen Zeitgenossen, wie man hört. Er hat diesen Ruf, erst zu schießen und anschließend Fragen zu stellen ...«

Die Terranerin schien jeden Augenblick explodieren zu wollen. Ihre Stirn legte sich in Falten, eine dicke Zornesader trat hervor. Sie öffnete den Mund. Solina duckte sich unwillkürlich hinter ihre Konsole.

Doch der Wutausfall blieb aus. Der Kopf der Terranerin blieb starr auf die Kamera gerichtet, doch ihre Blicke schweiften ab, als konzentriere sie sich auf einen unsichtbaren Regisseur, der sich außerhalb des Aufnahmebereichs befand. Und er schien ihr neue Anweisungen zu geben.

Als die Terranerin weitersprach, war der Ärger in ihrer Stimme wie weggeblasen.

»Gut, dass wir darüber gesprochen haben, Maphan. Jetzt wissen wir beide, woran wir sind.« Die Terranerin erlaubte sich einen Augenblick des stillen Triumphs, als sie spürte, dass sie Jere von Baloy mit ihrem überraschenden Schwenk zum ersten Mal überrumpelt hatte. »Da die Fronten geklärt sind, kann ich ja zum eigentlichen Zweck meines Anrufs kommen.«

»Und der wäre?«

»Ich will euch ein Angebot machen. In Anbetracht der Tatsache, dass wir es mit einem lemurischen Artefakt zu tun haben, sehe ich eine besondere Verantwortung für beide Parteien. Es handelt sich schließlich um unsere gemeinsamen Vorfahren.«

Solina hätte es nicht überrascht, wenn die Terranerin an ihrem eigenen Gesäusel erstickt wäre. Aber Sharita Coho schien ein harter Hund, auch sich selbst gegenüber. Sie hielt durch, atmete tief und gleichmäßig.

»Wieso erforschen wir das lemurische Schiff nicht gemeinsam? Es wäre doch wirklich kindisch, in Eifersüchteleien auszubrechen, nicht wahr?«

»Was du nicht sagst.«

Sharita Coho senkte den Kopf. »Ich verstehe ja, dass ihr nicht bereit seid, uns mit ganzem Herzen zu vertrauen.

Die terranisch-akonische Geschichte ist leider reich an bedauerlichen ... äh ... Missverständnissen. Ich schlage deshalb eine vertrauensbildende Maßnahme vor. Wieso tauschen wir nicht Gäste aus? Es wäre eine wunderbare Gelegenheit, die jeweils andere Seite kennen zu lernen, während die gemeinsame Explorationsmission ihrer Arbeit nachgeht.«

»Ein interessanter Vorschlag ...« Jere von Baloy gab dem Bordsyntron mit der Hand außerhalb des Aufnahmebereichs der Kamera ein Zeichen und wandte sich an die Zentralebesatzung. »Die Karten sind auf dem Tisch. Was haltet ihr von dem Angebot?«

Die Terranerin würde vom kleinen Kriegsrat Jeres nichts mitbekommen: Der Bordsyntron blendete nahtlos einen Avatar des Maphan ein. Der digitale Doppelgänger Jere von Baloys würde jede ihrer Äußerungen mit hinhaltenden Floskeln beantworten, notfalls so lange, bis Sharita Coho selbst an ihre Beteuerungen glaubte.

»Das ist eine Falle!«, meldete sich Echkal cer Lethir nicht überraschend als Erster zu Wort. »Terranern kann man nicht trauen. Rufen wir die Flotte! Das besagen auch die Statuten der LAS-TOÓR: In einer aussichtslosen Lage ist die Flotte zu Hilfe zu rufen!«

Reihum äußerten sich weitere Besatzungsmitglieder. Die Meinungen waren gespalten, die eine Hälfte war auf Echkal cer Lethirs Seite, die andere der Meinung, man solle weiter verhandeln.

Es war eine Marotte Jere von Baloys, die Solina bisher nur vom Hörensagen kannte: Vor wichtigen Entscheidungen holte er zuweilen den Rat der Besatzung ein. Viele legten das als Zeichen der Schwäche aus. Ein Maphan palaverte nicht, er entschied. Solina sah es genau anders. Es war eine Stärke, machte er auf diese Weise doch seine Entscheidungen zu Entscheidungen der gesamten Mannschaft. Und ...

»Solina, deine Einschätzung?«

Sie schreckte hoch. Alle anderen Anwesenden hatten ihre Meinung geäußert, aber sie hätte nie gedacht, dass sie gefragt werden würde. Sie gehörte eigentlich nicht hierher, in den inneren Zirkel.

»Solina, wir hören!«

»Also ... ich ...« Röte schoss ihr in die Wangen. »Ich denke, wir sollten auf das Angebot eingehen. Die Terranerin poltert offenbar gern, aber wir haben auf meiner Heimatwelt Shaghomin ein Sprichwort: ›Ein Leuchthai, der mit den Flossen schlägt, beißt nicht.‹ Die Terraner werden uns nichts tun, solange wir ihre Geiseln an Bord haben. Um nichts anderes handelt es sich dabei nämlich.«

»Und du glaubst, die Terraner haben keinen Hintergedanken?«

Solina hätte beinahe losgeprustet. »Natürlich haben sie einen! Sie halten sich für klüger und gerissener und glauben, dass sie uns früher oder später ausbooten können – aber wir werden noch sehen, wer hier wen ausbootet!« Solina war, ohne es zu bemerken, von ihrem Platz aufgestanden und hatte die letzten Worte ausgerufen.

Jere von Baloy fixierte sie mit seinem Blick. »Du würdest jeden Preis dafür zahlen, um auf dieses Lemurerschiff zu kommen, nicht wahr?«

»J-ja.«

»Gut, dann wollen wir dich nicht enttäuschen.« Der Maphan gab dem Syntron wieder ein Zeichen und sagte zu Sharita Coho: »Das ist ein äußerst kluges und besonnenes Angebot. Wir nehmen an.«

Solina fiel in den Sessel zurück. Ihre Knie zitterten. Sie würde das Lemurerschiff betreten!

Was für ein Tag.

16

Wenn es wenigstens nicht so verflucht eng gewesen wäre!

Pearl Laneaux war sich sicher, dass ihr jeden Augenblick der Atem wegbleiben würde. Die Luft in dem Kriecher war heiß. Sie stank erbärmlich. Nach dem Schweiß ihrer Begleiter sowieso, ihrer Aufregung und Erwartung, aber dazu kam ein Geruch, den Pearl erst auf halbem Weg einzuordnen konnte: Schimmel. Das Erbe der ständigen Crew des Kriechers, die nur unter Protest ihr geliebtes Vehikel für diese Mission geräumt hatten.

Das hast du davon!, dachte sie. *Du hast schon immer wissen wollen, wie es sich in einem Kriecher anfühlt. Jetzt weißt du es.*

Die Kriecher waren reine Nutzfahrzeuge, ausgerichtet auf den Zweck, in lebensfeindlichen Umgebungen Messungen anzustellen, Proben einzusammeln und beides zu analysieren. Pearl kam es vor, als sei den Konstrukteuren der Kriecher erst im letzten Moment aufgefallen, kurz vor der Auslieferung des ersten Modells, dass sie noch irgendwo drei Menschen unterbringen mussten. *Nichts einfacher als das,* mussten sie gedacht haben, *dann flanschen wir hier unten eben noch eine Kabine an!*

Eine Kabine, groß genug für drei Menschen, die bereit waren, Wochen und Monate in einer Art Symbiose zu leben, aus der sie schließlich als Zwitterexistenzen hervorgingen, nicht Kollektivwesen, aber auch nicht mehr Individuen.

Drei Menschen. Monatelang. Pearl war noch keine halbe Stunde an Bord.

Sie musste nur das Gewicht nach links verlagern und

den Kopf einen Tick in den Nacken legen, um ihre Nase zwischen Perry Rhodans Schulterblättern wiederzufinden. Sie fragte sich, wie der Unsterbliche darauf reagieren würde. Wahrscheinlich würde Rhodan eine höfliche Bemerkung machen, oder einen Scherz. Halb so schlimm, und wer konnte schon von sich behaupten, einem Unsterblichen jemals so nahe gekommen zu sein? Pearl verlagerte vorsichtig das Gewicht, ihre Nase hielt einen Fingerbreit vor Rhodans Rücken an. Nein, besser doch nicht.

Sie streckte das rechte Bein, setzte es wieder auf und spürte eine Erhebung. Sie zog es schnell zurück, doch es war zu spät. Hayden Norwell bedachte sie mit einem scharfen Blick. *Sharita, was hast du dir nur gedacht?*, fragte sie in Gedanken die Kommandantin der PALENQUE, die das Team zusammengestellt hatte. *Wolltest du Rhodan dafür bestrafen, dass er cleverer war als du? Oder mich dafür, dass ich mich auf seine Seite gestellt habe?*

Hayden war ein einfacher Prospektor. Normalerweise versah er auf Kriecher XII seinen Dienst – NATHAN allein mochte wissen, wie es die beiden anderen an Bord mit ihm aushielten – und war damit die meiste Zeit aus dem Weg und aus dem Sinn. Pearl hatte einmal herauszufinden versucht, welche Aufgaben Norwell auf dem Kriecher eigentlich verrichtete, war aber bei seinen Kameraden gegen eine Wand gelaufen. Die Erste Offizierin, deren Neugier nun erst recht angestachelt war, hatte eine Entschuldigung gemurmelt und sich an Alemaheyu Kossa gewandt. Der Funker wusste alles über alle an Bord der PALENQUE. Aber auch Kossa hatte passen müssen. Norwell besaß keine erkennbaren Qualifikationen, die seine Anwesenheit erklärten, weder beruflich, geschweige denn menschlich.

Und dazu war er hässlich. Abgrundtief hässlich. Pearl hielt sich für einen feinsinnigen Menschen. Auch wenn sie es liebte, ihrem Ärger ab und zu mit Flüchen in Französisch Luft zu machen, das keiner an Bord verstand, legte sie Wert auf einen Mindeststandard in puncto Umgang und Gepflegtheit. Norwell war in beiden Kategorien ein Versager. Seine dunklen Augen waren stets von einem fahlen Schatten unterlegt, als hätte er zu wenig geschlafen. Seine Augenbrauen waren buschig, schrien förmlich nach einer Schere, die ihren Wildwuchs zurechtstutzten, und dazu kam die Narbe über dem rechten Auge, die »verrutscht« wirkte. Dieser Teil seines Gesichts samt Braue musste irgendwann abgerissen und anschließend notdürftig wieder angeflickt worden sein. Wahrscheinlich ging die Verletzung auf dieselbe Ursache zurück wie seine Nase mit dem unmöglichen Höcker. Wann und aus welchem Grund es zu der Verletzung gekommen war, konnte niemand sagen. Auch hier hatte Kossa passen müssen.

Was, zum Teufel, hat er in unserem Team zu suchen? Soll er die Bewohner dieser lemurischen Blechbüchse – falls es sie überhaupt gibt – durch seinen bloßen Anblick auf Abstand halten?

Dass Norwell physisch in bestenfalls durchwachsener Verfassung war, fiel dagegen kaum ins Gewicht. Sie stießen nicht zu dem Lemurerschiff vor, um körperliche Höchstleistungen zu vollbringen. Und außerdem trugen Pearl, Rhodan und der Prospektor mit Antigravantrieben ausgestattete Schutzanzüge.

»Kriecher IX, alles klar bei euch?« drang Alemaheyu Kossas Stimme aus einem Akustikfeld.

»Alles bestens«, antwortete Pearl tapfer. Sie schnappte nach Luft und achtete dabei darauf, durch den Mund zu atmen, um nicht noch mehr Gerüche aushalten zu müssen. »Wie lange noch ... Mama?«

Pearl konnte Alemaheyus zufriedenes Grinsen förmlich durch das Akustikfeld hören. Er liebte es, »Mama« genannt zu werden, auch wenn er es empört abstritt, wenn man ihn darauf ansprach.

»Ich sehe, ihr habt euch auf dem Kriecher schon gut eingelebt«, sagte der Funker.

»Ja, bestens«, hüstelte Pearl. »Mama, wie lange noch?«

Der Kriecher hing am Stream des Mutterschiffs, wurde von ihm gesteuert. Pearl und die Übrigen waren lediglich Passagiere. Kein schönes Gefühl, aber die vernünftigste Lösung. Sollten sich die Akonen oder das mutmaßliche Lemurerschiff zu einem überraschenden Feuerstoß entschließen, würde ohnehin jede menschliche Reaktion zu spät kommen. Der Syntron der PALENQUE hatte da bessere Karten. Außerdem hatte der Bordrechner einen Überblick über das Gesamtgeschehen, konnte also die Aktionen des Prospektorenschiffs und aller Kriecher koordinieren.

»Elf Minuten 43 Sekunden«, antwortete Alemaheyu.

»Gut«, sagte Pearl und verkniff sich das *Puh!*. »Wie steht es bei den Akonen?«

»Halten sich an den Deal. Ihre Jäger sind auf Distanz gegangen, und sie haben zwei Objekte ausgeschleust, die wir für Shifts halten. Eines davon dockt gleich an der PALENQUE an, das Zweite hält Kurs auf den Rendezvouspunkt.«

»Und wir?«

»Halten uns natürlich auch daran.« Alemaheyu lachte. »Hast du etwas anderes erwartet?«

»Natürlich nicht«, antwortete Pearl, die wusste, dass die Kommandantin sich jederzeit in den gesamten Funkverkehr der PALENQUE einklinken konnte. Sharita war alles zuzutrauen, auch der Versuch, die Akonen auf Kosten des Einsatzteams zu übertölpeln.

»Die Geisel ist ...« Die Impulstriebwerke setzten ein, um den Kriecher abzubremsen, und übertönten den Funker. Die Konstrukteure des Fahrzeugs hatten auf eine Akustikabschirmung verzichtet. Pearl wünschte sich in diesem Moment, einen von ihnen zwischen die Finger zu bekommen und ihn für einen dreiwöchigen Probeflug bei Vollschub in eines seiner Fahrzeuge zu sperren. Sie hätte zu gern gehört, was er zu sagen hatte – wenn er hinterher noch einen zusammenhängenden Satz hinbekommen sollte.

Sie deaktivierte das Akustikfeld, hoffte, dass das Beben des Kriechers sie nicht aus dem Gleichgewicht brachte, und schloss die Augen.

Sie versuchte, sich vorzustellen, was sie an Bord des Lemurerschiffs erwartete. Ein Paradies vielleicht? Wenn ihre Vermutungen zutrafen und das Schiff seit Jahrzehntausenden – und damit seit Jahrhunderten Bordzeit – unterwegs war, musste es eine eigene kleine Welt darstellen. Ein Utopia, in dem es kein Verbrechen und keine Gewalt gab, keine Sorgen, nur einfache Menschen, die zufrieden ihrer Arbeit nachgingen und die Sterne, die sie umgaben, Sterne sein ließen ...

Ein Holo entstand über den Köpfen der Kriecher-Besatzung. Es zeigte das All und in seiner Mitte einen wuchtigen Schatten, der rasch größer wurde.

Der Shift der Akonen.

Die Akonen. Pearl fragte sich, was sie von ihnen zu erwarten hatten. »Trau keinem Akonen!«, hatte ihr Sharita mit auf den Weg gegeben. Pearl hatte die Bemerkung in Gedanken abgetan. Die Akonen waren Menschen wie sie, nicht wahr?

Sie würde es bald herausfinden.

Solina Tormas fragte sich, wie die Terraner sein würden. Sie hatte noch nie einen in Fleisch und Blut getroffen. Nicht, dass sie noch nie mit ihnen Umgang gehabt hatte. Als Historikerin nahm sie regelmäßig an Konferenzen teil, aber aus Kostengründen – oder weil ihre Vorgesetzten fürchteten, was der direkte Kontakt mit Terranern und anderen Aliens in ihr auslösen könnte? – hatte es sich dabei bislang nur um virtuelle gehandelt. Zugegeben, im 13. Jahrhundert der Neuen Galaktischen Zeitrechnung war eine virtuelle Konferenz erst auf den dritten Blick und auch nur für aufmerksame Beobachter als solche erkennbar. Der Instituts-Syntron projizierte Avatare der Teilnehmer in den Hörsaal und verteilte sie über die Ränge. Meldete sich ein Teilnehmer zu Wort, erhob sein Avatar sich von seinem Platz und sprach und gestikulierte ganz wie ein Wesen aus Fleisch und Blut.

Und doch ... etwas fehlte. War es eine letzte verbliebene Lücke in den Verhaltensmodellen, nach denen der Syntron die Avatare agieren ließ? Oder die Uniformität der Modelle, die niemals die Vielfalt echter Lebewesen nachbilden konnte? Möglich, aber für Solina mangelte es an etwas viel Handfesterem: an Gerüchen. Avatare waren körperlos, rochen nicht, und selbst wenn der gesamte Hörsaal mit ihnen voll gestopft war, nahm Solinas Nase lediglich den scharfen Geruch der Reinigungsmittel wahr, mit denen die Roboter jeden Abend den Boden traktierten.

Wie roch ein Terraner?

Bald würde sie es wissen – und noch vieles mehr.

»Alles klar, Robol?« Sie drehte ihren Sessel in Richtung des Logistikers, der die Steuerung des Shifts übernommen hatte.

Der für einen Akonen ungewöhnlich bullige Mann machte eine bejahende Geste. »Die Terraner sind direkt vor uns. Seltsame Blechbüchse.«

Er zeigte auf das Orter-Holo, auf dem das Boot der Terraner abgebildet war. Nein, nicht Boot, *Fahrzeug*. Solina hatte den Eindruck, jemand habe mit einem riesigen Vorschlaghammer auf einen terranischen Kugelraumer eingedroschen, bis er flach wie einer der Raubfische war, die sich an den seichten Küsten Shaghomins gegen den Meeresboden drückten, nur dass der Riese nicht aufgegeben hatte, bis er in die Mitte eine Kuhle geschlagen hatte. Und viel schienen den Terranern an ihrer Konstruktion auch nicht zu liegen; sie wurde von einem einfachen HÜ-Schirm umgeben, ein so dürftiger Schutz, dass sie ihn mit dem Bordgeschütz des Shifts jederzeit hätten hinwegfegen können.

»Was erwartest du, Robol?«, entgegnete Hevror ta Gosz. »Es sind Terraner!« Die beiden Männer lachten. Solina zögerte, stimmte dann ein. Es tat gut, etwas Spannung abzubauen, und wegen Hevror brauchte sie sich keine Sorgen zu machen. Er war kein Terranerfresser, sondern setzte nur die geheiligte Tradition Akons fort, sich über die Terraner lustig zu machen. Es tat gut, immer jemanden zu haben, dem man die Schuld zuschieben oder über den man sich mokieren konnte. Manchmal dachte Solina, dass ihr Volk die Terraner erfinden müsste, gäbe es sie nicht bereits.

Hevror rückte den Köcher zurecht, den er über den Rücken geschlungen trug. Er war mit seinen über zwei Metern selbst für einen Akonen hoch gewachsen. Seine Haut war wettergegerbt und faltig, vereinzelt stachen helle Pigmentflecken aus dem Samtbraun hervor, ein »Andenken«

an die zahlreichen Sonnen, unter denen Hevror sich ungeschützt bewegt hatte.

Die meisten Besatzungsmitglieder der LAS-TOÓR hielten Hevror ta Gosz für einen Spinner. Für Solina war er das, was einem Freund am nächsten kam. Hevror hatte sie sofort angerufen, als die Expedition beschlossen war.

»Solina, ich muss dabei sein!«, hatte er nur gesagt.

»Du?«, hatte sie gefragt.

»Ich bin Spezialist für Planetenökologien.«

»Eben.«

»Das Ding da auf den Schirmen mag ein Stahlzylinder sein – aber ich schwöre, dass du jemanden wie mich dort gebrauchen kannst. Wetten, das Ding hat ein eigenes Ökosystem?«

»Hm, das könnte sein ...«, hatte Solina nur gesagt, aber in ihrem Herzen hatte sie sich längst für Hevror entschieden. Es würde gut sein, einen Freund dabeizuhaben, auch wenn er tatsächlich etwas von einem Spinner hatte. Zu ihrer Überraschung hatte Jere von Baloy keine Einwände erhoben.

Als Hevror an den Shift gekommen war, hatte der Köcher auf seinem Rücken gebaumelt.

Solina hatte die Stirn gerunzelt. »Was willst du denn damit?«

»Dasselbe wie immer?«

»In dem Lemurerschiff?«

»Wir werden sehen ...«, hatte Hevror geantwortet und war im Shift verschwunden.

Solina hatte es durchgehen lassen. Was kümmerte es sie, ob Hevror seinen Köcher mitschleppte oder nicht? Das Ding war leicht. Es würde ihn nicht weiter behindern. Und hatte sie nicht zeitlebens gegen Uniformismus gewettert?

Vor dem terranischen Fahrzeug schälte sich jetzt ein dunkler, mächtiger Umriss aus der Schwärze.

Das Lemurerschiff.

Sie näherten sich ihm vom Bug. Das riesige Schiff – jetzt, da sie dieses Ding direkt vor der Nase hatten, lieferten die Orter endlich einheitliche Werte – hatte eine Länge von knapp fünf Kilometern, der Durchmesser des Rumpfs betrug beinahe 500 Meter. Damit war es größer als alle Schiffe, die auf akonischen Werften gebaut wurden. Nun bedeutete Größe an sich wenig. Solina war sich sicher, dass dieses Schiff mit den Augen eines Technikers gesehen lediglich einen anachronistischen Schrotthaufen darstellte. Aber das war auch nicht der Punkt. Entscheidend war vielmehr die Anstrengung, die hinter dem Bau des Schiffs stehen musste. Um eine derart gewaltige künstliche Struktur zu erschaffen, benötigte es erhebliche Finanzmittel, eines langen Atems und eines eisernen Willens. Solina konnte kaum glauben, dass der Bau und Start eines solchen Schiffs in Vergessenheit geraten war, aber auf der anderen Seite machte gerade das die Faszination ihres Berufs aus: Die Vergangenheit beherbergte Rätsel und Wunder ohne Ende, und jede Antwort, die man fand, warf ein Dutzend neuer Fragen auf.

Und sie wussten immer noch so wenig über die Lemurer!

Der Ansturm der Bestien hatte das Große Tamanium der Lemurer zerstört, die Menschheit um ein Haar in ihrer Gesamtheit vernichtet. Nur durch die Flucht nach Andromeda war es gelungen, ihr Überleben zu sichern. Diejenigen, die zurückblieben, fristeten ein dürftiges Dasein in den Ruinen ihrer einstmals prachtvollen Zivilisationen. Die Akonen waren die große Ausnahme gewesen. Einst hatten sie das 87. Tamanium des Lemurischen Reiches gebildet, in dem sich schon vor dem Ansturm der Bestien separatistische Tendenzen gezeigt hatten. Es war den späteren Akonen gelungen, sich so weit von der Außenwelt abzukapseln, dass der große Kataklysmus der Lemurer sie ungeschoren gelassen hatte.

Doch das Wissen der Lemurer war verloren gegangen. Was nicht in den von den Bestien entfachten Feuerstürmen untergegangen war, fiel schließlich dem Zahn der Zeit zum Opfer. Die Jahrzehntausende hatten selbst der hoch entwickelten Technik der Lemurer zugesetzt, sodass nur die wenigsten Datenspeicher, die die Forscher fanden, noch reparabel, geschweige denn intakt waren. Selbst im

Blauen System, in dem die Linie der Zivilisation niemals unterbrochen worden war, geriet das Erbe der Lemurer in Vergessenheit.

Es lag einfach in der menschlichen Natur. Jede neue Generation sah die Welt in ihren eigenen Kategorien, formte sie nach ihren eigenen Vorstellungen – und nahm dabei wenig Rücksicht auf Vergangenes. Computernetze wurden erneuert, Städte im Lauf der Jahrtausende schleichend viele Male neu erbaut, bis ihre Ursprünge getilgt waren.

Nein, sie wussten wahrlich nur wenig über ihre Vorfahren. In der lemurischen Geschichte verbarg sich so manche Überraschung. Und manche davon, wie Solina nun vor Augen geführt wurde, konnten die mehrfache Masse eines akonischen Schlachtkreuzers mitbringen.

Das Lemurerschiff lag jetzt unmittelbar vor ihnen. Seine »Antennen« streckten sich wie ein Kranz nach allen Seiten. Ungefähr auf halber Länge stützte sie ein Ring. Die Yidari an Bord der LAS-TOÓR hatten die Ausleger ohne zu zögern als Antennen identifiziert. Solina hatte da ihre Zweifel. Seit ihrem Eintritt in den Normalraum in der Nähe des Schiffs hatten die vermeintlichen Antennen noch keinen einzigen Funkimpuls ausgestrahlt. Gut, sie mochten defekt sein, oder die lemurische Besatzung – sollte es sie geben – versuchte, ihre Existenz zu verbergen, aber gerade Letzteres erschien ihr unlogisch. Wozu gewaltige Antennen bauen, wenn man sie nicht benutzte?

»Robol, kriegst du mehr über diese Antennen heraus?«, wandte sie sich an den Logistiker. In ihrem Team – eine Historikerin, ein Spezialist für Planetenökologien und ein Logistiker – ging er als Techniker durch.

»Mal sehen.« Robol von Sarwar beschäftigte sich einen Moment lang mit den Orterdaten. Er vertiefte sich so sehr in seine Arbeit, dass er unwillkürlich zufrieden grinste, als er etwas herausfand. Es war kein schöner Anblick. Seine Zähne waren schwarz, die Folge eines Kindheitsunfalls. Die Vergiftung hatte gestoppt werden können, und auch die Stimulation zum Wachstum neuer Zähne hatte funktioniert. Nur waren die neuen pechschwarz gewesen ...

Die Zähne erweckten, zusammen mit seinen dunklen Augen, oft den Eindruck, dass man einen Roboter vor sich hatte, weshalb Robol es vermied, sie zu zeigen.

Robol blickte auf und sah zu Solina. »*Etwas* habe ich gefunden«, sagte er, wie es für ihn typisch war, mit beinahe geschlossenem Mund. »Zwischen diesen Antennen spannen sich teilweise Felder, die Neutrinos einfangen.«

»Energetische Felder? Das klingt nach fünfdimensionaler Technik!«

»Kann sein. Vielleicht ist es auch nur Zufall. Die Felder entstehen und verschwinden im schnellen Rhythmus. Viel kann da nicht hängen bleiben.«

»Neutrinos ...« dachte Solina laut nach. »Nehmen wir an, sie versuchen, sie absichtlich zu fangen. Wozu ...«

Sie kam nicht dazu, ihren Gedanken weiterzuspinnen.

Das terranische Boot hatte die Höhe der »Antennen« erreicht. Da das gesamte Lemurerschiff sich um die Längsachse drehte, um in seinem Innern auf diese Weise künstliche Schwerkraft zu erzeugen, rotierten die »Antennen« wie die Speichen eines Rades. Für eine Umdrehung benötigte das Schiff knapp 40 terranische Sekunden.

»Was hat er vor?«, rief Robol von der Steuerkonsole. »Ist er verrückt geworden?«

Solina wusste, was er meinte. Das terranische Boot machte keine Anstalten, den rotierenden »Antennen« auszuweichen. Im Gegenteil, der Pilot hielt direkt auf sie zu. Er nahm sogar Kurs in Richtung Rumpf des Schiffs, wo die Abstände zwischen den »Antennen« nur noch mehrere Dutzend Meter betrugen. Mit der Exaktheit einer Maschine schlüpfte das Boot zwischen zwei von ihnen hindurch.

Der Pilot musste Nerven aus Stahl haben.

Solina verfolgte auf dem Holo, wie das terranische Boot seine Fahrt verlangsamte und wenige Meter über dem rotierenden Rumpf verharrte, offenbar auf der Suche nach einem geeigneten Andockpunkt. Dann bemerkte sie, wie die Antennen des Lemurerschiffs immer größer wurden, sich die schlanken Masten in mächtige Türme verwandelten.

»Robol, was soll das? Hast du jetzt auch den Verstand verloren?«

Der Pilot des Shifts wandte den Blick nicht von den Instrumenten ab. »Im Gegenteil. Verstehst du nicht, dass die Terraner uns demütigen wollen? Sie wollen uns beweisen, dass sie mutiger sind als wir! Denen zeige ich was!«

Der riesige Zylinder des Lemurerschiffs wuchs sprunghaft an, füllte nicht nur das Orter-Holo, sondern auch die gesamte Fläche der frontalen Sichtluke des Shifts, tat sich vor ihm auf wie eine Wand aus Stahl.

Robol kümmerte es nicht. Mit entblößten pechschwarzen Zähnen – pfiff er eine Melodie oder bildete Solina sich das nur ein? – sah er dem Stahlkoloss entgegen, um schließlich im selben Moment, als Solina sie bereits zerschellen sah, einen genau kalkulierten Energiestoß an die Impulsdüsen zu geben. Das Lemurerschiff schien einen Sprung zu machen, Solina sah aus dem Augenwinkel die Basis eines mächtigen Turms, der auf sie zuraste, dann waren sie durch.

Der Shift glitt eine Handbreit über den rotierenden Rumpf dahin.

Aus einem Akustikfeld drang die besorgte Stimme Jere von Baloys. »Solina, alles in Ordnung bei euch?«

»Natürlich, Maphan«, gab sie in aller Seelenruhe zurück. »Was sollte nicht in Ordnung sein?«

Sie ahnte, dass ihr nicht nur Entdeckungen über Terraner und Lemurer bevorstanden.

17

Launt kehrte nur selten in sein Haus zurück, um das ihn mehr als ein Metach heimlich beneidete. Die großzügigen Räume, die ihn gerade durch ihre Leere beruhigt und ihm gestattet hatten, Abstand von den zahllosen Pflichten eines Tenarchen zu finden, erschienen ihm verlassen, ja beinahe wie eine stumme Anklage, seit Denetree auf ihr Rad gestiegen war, um ihr neues Leben zu beginnen.

Er hatte sie seitdem nicht mehr gesehen und würde es hoffentlich auch nicht mehr. Sollte er ihr trotzdem noch einmal begegnen, dann wohl aller Wahrscheinlichkeit in der neuen Funktion, die ihm der Naahk zugewiesen hatte. Es war ein Gedanke, der ihm die wenigen Stunden Schlaf raubte, die ihm geblieben waren.

Launt war nicht in Denetree verliebt. Er hatte sich selbst in den ersten Tagen nach ihrem Aufbruch eingehend geprüft, in sich hineingehorcht, ohne irgendein Anzeichen dafür zu finden. Er fühlte sich nicht einmal körperlich zu ihr hingezogen. Als Tenarch hatte er ohnehin nahezu freie Auswahl unter den Metach. Es war kein Recht, das in den Statuten des Schiffs vorgesehen war, aber wenige Frauen würden sich einem Tenarchen verweigern, sei es aus Ehrfurcht für das, wofür er stand, oder aus Furcht vor seinem Einfluss. Um sicherzugehen, hatte Launt eine Frau, die sich ihm angeboten hatte, für eine Nacht mitgenommen. Es war diejenige gewesen, in der er zwar ebenfalls nicht geschlafen, aber wenigstens nicht Denetree und die übrigen Verräter vor Augen gehabt hatte.

Während des Tages hatte Launt weniger Glück. Er hatte

seine Arbeit von jeher als Ausgleich angesehen, eine Angelegenheit, die einen von trüben Gedanken ablenkte oder verhinderte, dass man überhaupt erst auf welche kam. Er hatte sich, kaum dass er den obligatorischen Dienst auf den Feldern hinter sich gelassen hatte, mit Inbrunst in die Arbeit gestürzt. Sein Aufstieg hatte nicht lange auf sich warten lassen. Der junge, vor Eifer für die Mission des Schiffs platzende, intelligente Mann erregte Aufmerksamkeit und erklomm mit unheimlich anmutender Geschwindigkeit die Metach'rath, die Leiter des Lebens, bis er schließlich ihre Spitze erreichte und zum Tenarchen ernannt wurde.

Nie in der Geschichte des Schiffs war ein Metach so jung zum Tenarchen berufen worden.

Launt hatte erreicht, wovon andere nur träumten – doch damit hatten seine Probleme erst angefangen.

Als Tenarch hatte er Zugang zu Informationen, der nur wenig umfassender als der des Naahk persönlich war. Die Tenarchen waren die Personen, bei denen die Fäden zusammenliefen, und das im steigenden Maße, seit der Naahk sich immer mehr zurückzog. Man munkelte von einer Krankheit, die ihn befallen hatte und ihm die Kräfte und den Entscheidungswillen raubte. Den Älteren unter den 25 Tenarchen bereitete das keine Sorgen. Sie hatten in den Jahrzehnten, in denen sie ihr Amt verrichteten, zu viele Höhen und Tiefen erlebt. »Es ist nur eine kurze Phase«, beschwichtigten sie. »Dem Niedergang wird ein neuer Höhenflug folgen.«

Launt war zu klug und zu gut informiert, um ihnen zu glauben. Der Naahk würde wieder zu seinen alten Energie und Entschlusskraft finden, diesen Teil nahm er ihnen ab, aber auch ein allmächtiger und unverwüstlicher Naahk würde hilflos sein. Das Schiff zerfiel. Hier stürzte ein Unterstand ein, da das Plastik, aus dem er erbaut worden war, das Ende seiner Lebensspanne erreicht hatte. Dort versagte ein wichtiges Aggregat unter der jahrhundertelangen Dauerbelastung oder, und das geschah immer öfter, es stellte die Arbeit ein, weil ein einziges Verschleißteil abgenutzt war – während sich die Ersatzteillager zusehends leerten und die Fertigkeiten dahinschwanden, Ersatzteile herzustellen.

Es lag nicht an den Metach, sie waren klug und hingebungsvoll. Doch die Speicher des Schiffs beugten sich der Last des Alters. Immer öfter gaben sie ihren Geist auf. Die Speicherspezialisten kämpften seit langem nur noch deprimierende Rückzugsgefechte gegen den Verfall. Sie lagerten Daten aus, löschten weniger wichtige Daten, um Platz für die lebenswichtigen zu schaffen und sicherzustellen, dass genug Sicherungskopien vorhanden waren. Das Ende dieser Abwärtsspirale war abzusehen, und ihr Fallwinkel wurde zusehends steiler, wenn weitere Speicher ausfielen und sich vermeintlich unwichtiges Wissen, das man gelöscht hatte, im Nachhinein als unverzichtbar herausstellte.

Ein Jahrzehnt oder zwei, und die Gemeinschaft der Metach würde sich im freien Fall befinden.

Das Ende mochte rasch kommen, wenn der Rumpf des Schiffs kollabierte und das Vakuum die Metach erstickte, wie es die 43 Tenoy erstickt hatte, die Venron bei seiner Flucht ins All gerissen hatte. Oder es mochte schleichend kommen, wenn die Kalpen mit dem Nachbessern der Luftversorgung nicht mehr nachkamen.

Launt hoffte auf das Erstere. Im Gegensatz zu anderen sah er in Leid keinen höheren, verborgenen Sinn. Leid war einfach nur Leid, und wer klug war, ging ihm aus dem Weg.

Manchmal träumte Launt davon, dass er das Unheil noch abwenden konnte. Die Metach brauchten eine neue Zuflucht – auf einem Planeten.

Launt hatte dank seines privilegierten Status Zugriff auf die Daten der alten Heimat Lemur. Ihre Vorfahren waren von dort geflohen, aus Gründen, die er nicht einen Augenblick lang infrage stellte. Lemur hatte seinen Bewohnern all das gestellt, was sie auf dem Schiff mit stetig kleiner werdendem Erfolg künstlich aufrechterhielten: eine stabile Ökosphäre mit Lebensbedingungen, die für Metach zuträglich waren.

In Launt war eine Überzeugung herangereift. Damit die Gemeinschaft des Schiffs überlebte, mussten sie das Schiff hinter sich lassen und einen lemurähnlichen Planeten finden. Launt glaubte, dass dieser Plan nicht die Absichten ihrer Vorväter untergrub. Im Gegenteil: Die Vorväter hatten das Überleben über alle anderen Belange gestellt, hatten alles Vertraute im sicheren Wissen hinter sich gelassen, es nie wiederzusehen.

Es war an der Zeit, ihnen nachzueifern.

Das Schiff verfügte über die passenden Mittel. Launt hatte nachgeforscht. Neben der Fähre, die bei Venrons Fluchtversuch vernichtet worden war, existierten noch 47 weitere Boote derselben Bauart, unbenutzt seit dem Tag des Aufbruchs.

Wozu, fragte sich Launt, hätten die Vorväter die Fähren an Bord genommen, wenn sie nicht den Plan gehabt hätten, dass die ihren eines Tages das Schiff verließen?

Es war ein revolutionärer, unerhörter Gedanke – und ein unaussprechlicher.

Launts zaghafte Versuche, ihn im Gespräch anklingen zu lassen, waren auf Unverständnis gestoßen. Im Wortsinn – der Horizont der meisten Metach reichte einfach nicht aus, sich ein Leben jenseits des Schiffs vorzustellen – oder, bei den intelligenteren der Metach, was seine Motive anging. Schon der bloße Gedanke, das Schiff zu verlassen, erschien ihnen wie Verrat. Es grenzte an ein Wunder, dass keiner der Metach Launt dem Schiff gemeldet hatte.

Launt hatte sich in den Luxus seines Hauses zurückgezogen, in die einlullende Monotonie der Alltagsgeschäfte des Schiffs, und darauf gewartet, dass die verbotenen Gedanken erstarben, die in seinem Kopf herumspukten. Doch er war es, der starb. Schleichend, Tag für Tag, den er weiter so tat, als hätten seine Mühen einen Sinn, als gäbe es ein Ziel, dass sie erreichen konnten, und nicht nur die Vernichtung, die das Schiff früher oder später erwartete.

Als er an dem Abend vor dem Kontrollposten der Tenoy gesehen hatte, wie Denetree die Besinnung verlor, hatte er gehandelt, als hätte er sein ganzes Leben auf diesen einen

Augenblick gewartet. Es war ihm nicht um Denetree selbst gegangen – er wäre jedem der »Verräter« zu Hilfe geeilt –, sondern um das, wofür sie stand. Er hatte einfach nicht tatenlos zusehen können, wie die einzigen Metach beseitigt wurden, die eine Zukunftsperspektive für ihre Gemeinschaft hatten, selbst wenn diese Perspektive naiv und haltlos war.

Launt hatte Denetree gerettet, vorerst zumindest. Was die Übrigen anging, hatte er versagt.

Und es würde noch schlimmer kommen.

Der Naahk hatte sich bei ihm am Tag nach Mikas Verhör, das er vergeblich zu verhindern versucht hatte, bei ihm gemeldet. Es war nicht ungewöhnlich, dass der Naahk das Gespräch mit Launt suchte. Meistens ging es um nichtige Details, die Lemal Netwar aus der Masse der Berichte herausgepickt hatte, die ihm täglich zugingen. Netwar walzte sie ungebührlich aus und sah Launt dabei aus dem Display heraus mit einem fast flehentlichen Blick an, der Launt lange verblüfft hatte.

Was liegt dem Mann auf dem Herzen?, hatte er sich oft gefragt. *Was will er von mir?* Und manchmal, wenn die Arbeit sich vor ihm sich so hoch auftürmte, dass ihn jede Störung wütend machte: *Wie bist du Naahk geworden, Lemal, wenn du Wichtig nicht von Unwichtig unterscheiden kannst?*

Launt hatte sich unverbindlich gegeben. Der Naahk war nicht wie gewöhnliche Metach. Ihm nahe zu kommen, wie man es mit anderen tat, lag selbst jenseits von Launts beträchtlicher Vorstellungskraft. Später, als die Anrufe zu einer ständigen Störung geworden waren, war Launt dazu übergegangen, betont kurz angebunden zu sein.

Es hatte nichts genutzt. Lemal ließ ihm keine Ruhe, und das rätselhafte Flehen in seinen Augen wurde zusehends dringlicher.

Eines Tages schließlich hatte Launt verstanden. Lemal rief nicht an, um nebensächliche Verwaltungsfragen mit ihm zu besprechen. Sie interessierten ihn ebenso wenig wie seinen Tenarchen. Für ihn waren sie lediglich ein Vorwand, um aus seinem Quartier herauszukommen, das im

Zentrum des Schiffs und doch abseits von seinem Leben hing. Von diesem Moment an hatte Launt alle anderen Aufgaben zurückgestellt und sich geduldig Zeit für den Naahk genommen, wenn er sich meldete,

Launt hatte Mitleid mit dem Herrscher des Schiffs.

Allerdings mit einem Hintergedanken: Vielleicht würde aus der Beziehung, die sich zwischen ihm und Lemal Netwar unendlich langsam und vorsichtig entwickelte, etwas Gutes erwachsen. Die Aussicht auf eine Reform, eine Neuausrichtung ihrer Mission. Eine Überlebenschance.

Das Gespräch am Tag nach der Folterung hatte begonnen wie hundert andere zuvor. Auf Launts Display erschien ohne Übergang oder Vorwarnung der Kopf des Naahk und verdrängte das Sitzungsprotokoll, an dem der Tenarch gearbeitet hatte.

»Launt, ich will dich nicht lange stören«, sagte Lemal. »Ich möchte nur sichergehen, dass wir uns bei unserer letzten ... Begegnung richtig verstanden haben.«

Früher hätte Launt sich nicht vorstellen können, mit dem Naahk jemals einen derart vertrauten Umgang zu pflegen. Jetzt war es Normalität. Eine Normalität, die seit dem gestrigen Tag schmerzte.

»Ja natürlich«, antwortete Launt. Der Tenarch hatte verstanden. Ihm blieb die Wahl zwischen Gehorsam und Absetzung, vielleicht sogar dem Tod. Lemal Netwar würde vielleicht zögern, die entsprechenden Anweisungen zu geben, wie im Fall der Verräter. Aber am Ende würde er sich dazu durchringen. Wie bei den Verrätern. »Ich arbeite gerade am Protokoll der jüngsten Sitzung der Tenarchen. Es geht dir in Kürze zu. Ich kann dir aber jetzt schon verraten, dass der Funktionsabfall der Neutrino-Fänger das zentrale Thema war. Die Be'ketren sind ratlos, was die Ursache angeht. Nicht mehr lange, und wir werden gezwungen sein, weitere Anlagen stillzulegen. Unsere Energie reicht nicht mehr aus.«

»Ich werde das Protokoll sorgfältig lesen«, versprach der Naahk und blickte dabei an Launt vorbei auf einen unbestimmten Punkt in der Ferne. Er hielt den Kopf beim Sprechen absolut gerade, bewegte ihn nie auch nur ansatzweise, als wäre er fest auf der Wirbelsäule verschraubt. Lemal schüttelte niemals den Kopf, wenn er aus seinem Quartier anrief, noch nickte er. Launt hatte lange gebraucht, sich daran zu gewöhnen. Eigentlich war es eine Kleinigkeit, doch es raubte dem Gegenüber des Naahk das Gefühl, mit einem Menschen zu sprechen.

Launt sagte nichts, wartete darauf, dass der Naahk das Gespräch fortführte. Lemal Netwar räusperte sich, kam dann auf die Frage der optimierten Ernterotation in einem ausgewählten Bereich des Außendecks zu sprechen, und dass er sich von dem System eine Ertragssteigerung versprach, die ihnen erlauben würde, langfristig beinahe hundert zusätzliche Metach zu ernähren.

Launt verzichtete darauf, ihm auszuführen, dass weder die Luft- noch die Energieversorgung einer zusätzlichen Beanspruchung gewachsen war und sie eigentlich weniger Kinder zeugen mussten. Es hätte keinen Sinn gehabt. Lemal Netwar reagierte äußerst ungehalten, wenn man seine Ideen mit der düsteren Wirklichkeit konfrontierte. Der alte Mann hatte in vielerlei Hinsicht den Bezug zur Realität verloren.

In vielerlei, aber in anderer bewies er eine scharfe Auffassungsgabe.

Lemal räusperte sich. »Launt, ich habe über unser Gespräch von gestern nachgedacht.«

»Du hast ...?« Launt brachte den Satz nicht zu Ende. Hörte er richtig?

»Ja. Du weißt, dass ich dich sehr schätze. Du bist der jüngste der Tenarchen – und mit Abstand der fähigste. Ein kluger, unabhängiger Geist. Wir haben viel zu wenige Metach wie dich.«

Kein Wunder, dachte Launt, *wenn das Schiff alles tut, um eigenständiges Denken zu unterdrücken!*

»Ich will dich nicht verlieren, Launt«, fuhr der Naahk fort. »Das Schiff braucht dich.« Lemals Blick war unverändert in die Ferne gerichtet. Der Naahk vermied es, seinem Gegenüber in die Augen zu sehen. »Ich habe deshalb beschlossen, dir eine Aufgabe von größter Wichtigkeit zu übertragen ... du wirst die Festnahme der Verräter überwachen und leiten. Du wirst dafür verantwortlich sein, dass sie ihre gerechte Strafe erhalten.«

»Naahk, das ist ... ist ...«

»Keiner ist besser dafür geeignet. Du bist kein Fanatiker, der in seinem Eifer Unschuldige ans Messer liefern wird. Du bist kompetent! Du wirst die Schuldigen finden und bestrafen, und alle Metach werden wissen, dass in vollkommener Unbestechlichkeit Gerechtigkeit geschaffen wurde.«

»Naahk, ich ...«

»Ich zähle auf dich, Launt.« Zum ersten Mal trafen sich ihre Blicke. In Lemals Augen lag ein inbrünstiges Flehen, das Launt in seiner Intensität Angst machte. »Enttäusche mich nicht.«

Lemal Netwars Bild hatte dem Protokoll der Sitzung Platz gemacht, das nun jede Bedeutung verloren hatte. Launt hatte es wie in Trance fertig gestellt, in Gedanken bei der furchtbaren Wahl, die vor ihm lag. Er konnte zum Mörder an den »Verrätern« werden – oder sein eigenes Leben opfern. Retten würde er damit niemanden, ein anderer würde seine Aufgabe übernehmen.

Seit diesem Tag waren neue Bilder auf seinem Display erschienen. Es waren die der »Verräter«. Einer nach dem anderen wurden sie gefasst. Mika hatte unter der Folter gleich mehrere Dutzend Namen genannt. Einige davon waren gänzlich erfunden. Es gab keine Metach, die diese Namen trugen. Andere erwiesen sich als offenkundig unschuldig. Mika musste sie im Versuch, die Übrigen zu schützen, genannt haben. Doch einige stellten sich rasch als Teil der Gruppe heraus, die Venron um sich geschart hatte. Sie wurden verhört und dem Pekoy vorgeführt. Das genügte, ihren Widerstand zu brechen. Sie hatten gesehen, was mit Mika geschehen war. Im Laufe von weniger als einer Woche war die gesamte Gruppe – 14 Metach – festgesetzt worden. Mit Ausnahme von Denetree, die wie vom Schiffsboden verschwunden schien.

Launt hatte die Vorgänge wie ein Zuschauer verfolgt,

ohnmächtig und allwissend zugleich. Die Tenoy verrichteten ihre Pflichten aus aufrichtiger Sorge um das Schiff, sie benötigten keinen Ansporn. Launt blieb lediglich, dafür zu sorgen, dass aus Übereifer Inhaftierte freikamen – ganz wie der Naahk es prophezeit hatte.

Die Maschinerie nahm ihren Lauf.

Freme war als Erster in ihre Fänge geraten. Die Tenoy hatten ihn in seinem Metach'ton aufgegriffen. Er hatte im Kreis seiner Kameraden gesessen, als sie den Rauch einer Vakrin-Pflanze geteilt hatten, und keinen Widerstand geleistet. Hatte er sich mit seinem Schicksal abgefunden? Oder hatte er erkannt, dass es nur eine Überlebenschance für die Mitglieder der Gruppe gab: stillzuhalten und zu hoffen, dass das Gewitter über sie hinwegzog? Wahrscheinlich. Freme hatte der Anblick des Pekoy nicht eingeschüchtert. Er hätte Bekanntschaft mit seinen Instrumenten gemacht, hätte Launt nicht seine Macht als Tenarch in die Waagschale geworfen und ihm genug Zeit erkauft, bis die Tenoy weitere »Verräter« gefasst hatten, die sich als willensschwächer erwiesen.

Freme war ein hagerer Mann. Für sein Alter besaß er ein ungewöhnliches Gesicht, zerfurcht wie das eines Metach jenseits der Lebensmitte. Hätte er nicht den Fehler begangen, sich Venron anzuschließen, Freme hätte den Tenoy beitreten und dem Schiff große Dienste erweisen können. Es gab viel zu wenige Metach, denen jene Mischung aus Begeisterungsfähigkeit, Augenmaß und Nervenstärke zu Eigen war, die einen gute Tenoy ausmachten.

Freme war der Anfang. Danach verhafteten die Tenoy mit beängstigender Geschwindigkeit weitere Metach. Die meisten ließen sie nach einer Nacht in einer licht- und wärmelosen Zelle, in der man kaum sitzen, geschweige denn stehen konnte, wieder laufen. Eine wertvolle Lektion, bestätigten die Tenoy und übrigen Tenarchen einander, eine himmelschreiende Ungerechtigkeit in Launts Augen und dazu noch eine bodenlose Dummheit: Wer konnte glauben, dass auf diese Weise Loyalität zum Schiff geschaffen wurde?

Launt rief die Bilder der »Verräter« auf und schuf eine Galerie aller vierzehn auf dem Display. Es waren Bilder aus glücklicheren Tagen, aufgenommen vor ihren Festnahmen. Die Männer und Frauen lachten, in ihren Augen glitzerte Erwartung, nicht müde Hoffnungslosigkeit wie in denen des Naahk.

Launt starrte die Gesichter lange an, als erwartete er eine Antwort von ihnen.

Da erklang eine Stimme. Sie kam von allen Seiten, war exakt moduliert und mochte einer Frau oder auch einem Mann gehören.

»Launt«, sagte das Netz. »Worauf wartest du noch?«

Der Tenarch zuckte zusammen. Er löschte die Bildergalerie vom Display, als könne er auf diese Weise seine Taten und Gedanken vor dem Netz verbergen.

»Was meinst du damit? Ich warte nicht, ich arbeite.«

»Nicht gerade effektiv. Wieso schiebst du vor dir her, was getan werden muss?«

»Wir haben Venrons Schwester noch nicht, Denetree«, antwortete er rasch.

»Was macht das für einen Unterschied?«

»Die Klügeren unter den Metach werden sich fragen, was aus ihr geworden ist. Sie könnten vielleicht auf den Gedanken kommen, dass das Schiff Gnade vor Recht ergehen lässt. Das wäre bestimmt nicht in deinem Sinn, oder?«

Das Netz ließ sich mit seiner Antwort Zeit. Einen Augenblick lang glaubte Launt, dass er es rhetorisch überrumpelt hätte, dann hörte er einen Laut, der ihn an einen Seufzer erinnerte, und es sagte: »Die Klügeren unter den Metach sind klug genug, um zu wissen, dass das nicht der Fall ist. Sie wissen, dass es vor dem Zugriff des Schiffs keinen Schutz gibt. Denetree ist wahrscheinlich tot. Sie wird ein ungesichertes Schott gefunden haben und ist ihrem Bruder zu den Sternen gefolgt. Oder sie hat sich in einen Komposter geworfen und ist erstickt. Es gibt keinen Ort auf dem Schiff, an dem sich ein Metach zwei Wochen lang verbergen kann.«

»Du hast Recht, es gibt keinen«, sagte Launt und fragte

sich, wie gut das Netz die menschliche Mimik lesen konnte. Es hatte über fünfhundert Jahre Zeit gehabt, sie zu analysieren.

»Die Metach warten. Der Naahk hat sie vor den Verrätern gewarnt hat, hat ihnen die Gefahr aufgezeichnet, die dem Schiff durch sie droht. Und er hat ihre Strafe verkündet. Wenn sie nun ausbleibt, werden die Metach an ihm zweifeln, und damit an der Ordnung der Dinge. Willst du das?«

»*Nein!* Nein, wie ...«

»Und zweifelst du an der Ordnung der Dinge?«

Launt zwang sich zu einem Ausdruck rechtschaffener Empörung. »Natürlich nicht! Kaum einer hat ihr treuer gedient als ich!«

»Dann verstehe ich dein Zögern nicht.«

»Es ... es fällt mir nicht leicht. Es geht um Menschenleben.«

»Das hingegen verstehe ich«, sagte das Netz. »Doch es ist notwendig, ihre Leben zu opfern, um den Verlust vieler weiterer zu vermeiden. Gib den Befehl.«

Er wollte es nicht, aber was konnte er schon ausrichten? Verweigerte er den Befehl, würde er mit den Verrätern sterben. Nichts wäre gewonnen.

»Ich werde die Hinrichtung anberaumen«, flüsterte Launt. »Morgen Abend werden die Verräter sterben.«

»Wie du befiehlst«, antwortete das Netz.

18

Der akonische Shift schloss bis auf wenige Meter zu dem Kriecher auf und glich seine Fahrt an.

»Mann, was für einen Schrott von Syntrons haben die Akonen?«, rief Hayden Norwell. Er spielte die Orteraufzeichnungen des Anflugmanövers auf ein Holo. Das akonische Beiboot wäre um ein Haar mit einer »Antenne« des Lemurerschiffs kollidiert. »Die sollten dringend ein paar Updates einspielen – und zwar terranische!«

»Vielleicht fliegen sie ihren Shift von Hand?«, warf Perry Rhodan ein.

»Das ist nicht dein Ernst, oder? So dumm können nicht einmal Akonen sein!«

»Nicht dümmer als wir Terraner, aber stolzer. Wieso sollten sie einer Maschine überlassen, was sie selbst vermögen?«

Norwell grunzte etwas und ging nicht weiter darauf ein. Rhodan entschloss sich ebenfalls, die Sache auf sich beruhen zu lassen. Der unsterbliche Terraner war schon oft Akonen begegnet – in Feindschaft, in kühler Distanziertheit und nun, wie er hoffte, in gegenseitigem Respekt. Für die Prospektoren war die Situation neu. Sie wussten nicht, was sie erwartete, und jeder ging auf seine Weise mit seiner Unsicherheit um: Hayden Norwell fluchte, und Pearl Laneaux quatschte mit »Mama« Alemaheyu Kossa, als hinge das Wohl und Wehe des Kriechers davon ab, dass der Gesprächsfaden zwischen ihnen nicht abbrach und nicht etwa der der Syntron-Nabelschnur, die sie mit der PALENQUE verband.

»Wir werfen jetzt den ›Anker‹ aus, okay?«, sagte der Funker.

»Okay.«

Rhodan spürte keinen Ruck, als der Traktorstrahler des Kriechers sich auf eine Stelle des gewaltigen Rumpfs unter ihnen fixierte, an dem mehrere Hauptstreben seines Gerüsts zusammenliefen. Im nächsten Augenblick war der Schiffskörper unter ihnen zum Halten gekommen, und die Sterne rotierten wild. Ein Stoß zeigte an, dass der Kriecher aufgesetzt hatte.

Pearl holte tief Luft. »Da sind wir. Checkt eure Anzüge durch, und dann raus mit euch!« Sie sprach Alemaheyu nicht gesondert an; der Funker lauschte ohnehin jedem Wort, das an Bord des Kriechers gesprochen wurde.

Rhodan hatte seinen Anzug bereits während des Anflugs überprüft und ließ den Übrigen so viel Platz wie möglich. Die beiden Prospektoren stießen in der Enge des Kriechers aneinander an, fluchten und fuchtelten mit den Kombistrahlern herum, die sie gemäß der Vereinbarung mit den Akonen mit sich führen durften.

Sie verließen den Kriecher. Der akonische Shift hatte einige Meter weiter an dem Lemurerschiff angedockt. Gestalten in Schutzanzügen kamen eben aus dem Boot. Rhodan winkte ihnen zu, und einer der Akonen winkte zurück.

Im gedämpften Licht, das aus den Schleusenkammern drang, trafen die beiden Gruppen zusammen. Die Anzüge der Akonen wirkten wie fabrikneu und schienen speziell für ihre Träger geschneidert. Sie saßen jedenfalls bestens und betonten die beträchtliche Körpergröße ihrer Träger. Die Anzüge der Terraner dagegen zeigten die Spuren von hunderten von Welten, auf denen man sie bereits eingesetzt hatte. Rhodan hörte Norwell empört keuchen; dem Prospektor schienen dieselben Gedanken durch den Kopf zu gehen und nicht zu behagen. Rhodan störte sich nicht an der Ungleichheit: Die Erfahrung hatte ihn gelehrt, bei kritischen Missionen eher auf bewährte Technik zu setzen als auf die neuesten High-Tech-Spielereien, die einen im Zweifelsfall meist im Stich ließen.

Pearl Laneaux, die mit Abstand zierlichste und kleinste

Person beider Gruppen, deutete auf eine Stelle im Rumpf in einiger Entfernung. Wortlos setzten sich Terraner und Akonen in Bewegung. Niemand sprach, obwohl beide Seiten eine Frequenz für die Kommunikation vereinbart hatten und sie mit Interkosmo auch eine gemeinsame Sprache zu Verfügung hatten. Es musste die Befangenheit sein. Zudem besaßen sie kein Gesicht, das Material der Helme funktionierte wie ein Einwegspiegel. Sah man sein Gegenüber an, sah man lediglich das eigene Gesicht.

Sie machten Halt. Zwei der Akonen nahmen einen wuchtigen Gegenstand von einer Antigravplattform, die ihnen autonom gefolgt war, und machten sich an ihm zu schaffen. Eine große Plane entfaltete sich und formte sich zu einer Art Zelt, die Terraner und Akonen von den rotierenden Sternen abschloss. Rhodan war froh darüber, die schnelle Bewegung hatte eine leichte Übelkeit in ihm aufsteigen lassen. Die Akonen stellten ihre Kombistrahler auf eine niedrige Leistungsstufe und verschweißten den Rand des Zelts mit dem Rumpf des Lemurerschiffs. Offenbar zufrieden nickten sie einander zu, dann justierten sie ihre Kombilader neu und brannten ein kreisrundes, etwa einen Meter fünfzig durchmessendes Loch in den Rumpf.

Rhodan hätte es vorgezogen, sich den Weg in das Lemurerschiff nicht mit Strahlern zu bahnen, doch die Orter und Taster hatten nirgends ein Schott gefunden, dass sie öffnen könnten. Der Ortungsschutz des Schiffs schien demnach auch im Nahbereich zu wirken, sonst hätten sie die Schleuse finden müssen, durch die die Fähre das Mutterschiff verlassen hatte.

Das herausgelöste Stück stieg nach oben. Die Rotation des Lemurerschiffs erzeugte eine nach außen gerichtete Schwerkraft, die auch die Terraner und Akonen auf der Stelle ins All geschleudert hätte, wenn sie nicht ihre Antigravs besessen hätten. Einer der Akonen fing die Stahlscheibe mit einem Traktorstrahler ein, bevor sie das Zelt zerreißen konnte, und verankerte sie mit einer Magnethalterung an der Außenfläche des Rumpfs. Die Zeltwände spannten sich unter dem plötzlichen Luftdruck, hielten aber.

Pearl Laneaux war offenbar bemüht, von Anfang an zu zeigen, wer das Kommando hatte, und steuerte in die im Dunkeln liegende Öffnung. Abwechselnd folgten ihr Akonen und Terraner. Als alle angekommen waren, verschweißten die Akonen das aus dem Rumpf herausgelöste Stück von neuem. Es würde einen eventuell notwendigen schnellen Rückzug behindern, aber sie schuldeten es einer eventuell vorhandenen Besatzung des Schiffs, den durch ihren Einstieg angerichteten Schaden so gut wie möglich wieder zu reparieren.

Sie klappten ihre Helme ein.

Die erste Begegnung mit den Terranern erschütterte Solina Tormas. Das sollten die Wunderkinder der Galaxis sein? Der Anblick ihrer jämmerlichen Schutzanzüge – sie sahen aus, als hefteten die Terraner sie zum Trocknen immer an die Außenhülle ihres Schiffes, und waren offensichtlich älteren Datums – ließ der Historikerin deutlich vor Augen treten, dass die goldenen Zeiten des Solaren Imperiums längst vorüber waren. Das hier waren nicht die Übermenschen, die unter der Führung ihres Ober-Übermenschen Perry Rhodans einst beinahe die gesamte Milchstraße unter ihren Einfluss gezwungen hatten. Damals wäre es undenkbar gewesen, dass die Terraner irgendetwas anderes als das Neueste und Beste an Ausrüstung benutzten.

Die zweite Begegnung ließ Solina beinahe vor Überraschung umkippen.

Als sie in das Lemurerschiff eingedrungen waren und sicher gestellt hatten, dass ihnen keine unmittelbare Gefahr drohte, klappten sie ihre Helme ein.

Neugierig musterte sie die Terraner. Ihre Anführerin, die sich als Pearl Laneaux vorstellte, hätte auch nach akonischen Maßstäben als Schönheit gegolten, wäre sie nicht so verflucht kurz geraten. Hayden Norwell, der sich als Nächster vorstellte, war etwas größer, aber selbst, wenn er ein Zwei-Meter-Hüne gewesen wäre, hätte seine Attraktivität davon nur gering profitiert. Sein Gesicht war voll und speckig und gehörte – so schien es Solina – einem Mann, der es vorzog, seine Abenteuer vom Komfort einer Trivid-Couch aus zu erleben, nicht einem Prospektor, die angeblich allesamt das Risiko und die Entbehrung liebten.

Am letzten der Terraner blieb Solinas Blick länger hängen. Er war hoch gewachsen – etwa Solinas Größe – und schlank. Er hielt sich im Hintergrund, als gehöre er nicht ganz zu den Prospektoren, und verfolgte geduldig das Zeremoniell der Vorstellung aus graublauen Augen, die Solina auf unheimliche Weise vertraut waren. Solina und ihre Begleiter hatten sich bereits vorgestellt, was einige Zeit in Anspruch genommen hatte, da die Konvention ihnen vorschrieb, sich mit vollem Namen einzuführen, in den zumeist viele Generationen zurückreichende Stammbäume eingeflossen waren, als endlich der hoch gewachsene Terraner an der Reihe war.

Er trat einen Schritt vor und sagte wie beiläufig. »Ich bin Perry Rhodan.«

Solina hatte Glück, dass ihr Robol darin zuvorkam, in aller Öffentlichkeit die Fassung zu verlieren.

»Du ... bist wer?«, stotterte der Logistiker.

»Perry Rhodan«, wiederholte der Terraner und lächelte. »Ist etwas?«

Robol rang nach Atem. Musste er immer sein Herz auf der Zunge tragen? Sein Betragen war eines Akonen unwürdig.

»Robol hört zuweilen schlecht«, schritt Solina ein, bevor der Logistiker ihre gesamte Gruppe der Lächerlichkeit preisgab. »Aber ich muß zugeben, dass ich ein wenig überrascht bin. Wieso hat die Kommandantin der PALENQUE uns nicht von deiner Anwesenheit unterrichtet?«

»Dazu bestand kein Anlass. Glaubst du etwa, dass meine Anwesenheit irgendeinen Unterschied macht?«

Solina dachte nach. »Nein«, versicherte sie dann. »Selbstverständlich nicht. Du bist ein Mensch wie jeder andere.«

Sie brachen auf. Solina überließ Pearl freiwillig die Spitze und bemühte sich, unauffällig in Rhodans Nähe zu bleiben.

Ob es einen Unterschied machte? Was für eine Frage.

Nein, natürlich nicht. Alles war wie vorher, nur dass ihr Universum auf den Kopf gestellt war. Gestern noch war sie in ihrer Kabine auf der LAS-TOÓR versauert und hatte die Minuten bis zu ihrer Rückkehr in das Blaue System gezählt. Jetzt marschierte sie mit entsichertem Kombilader und einem Trupp Terraner durch das größte Lemurer-Artefakt, das jemals gefunden worden war, an ihrer Seite eine lebende Legende – Perry Rhodan! Und der unsterbliche Terraner fragte, ob es einen Unterschied machte.

Ja, einen. Sie hatte sich noch nie so sehr am Leben gefühlt wie in diesem Augenblick.

19

Sie kamen nur langsam voran. Buchstäblich auf jedem Meter, den sie vordrangen, rief einer der Angehörigen der beiden Teams »Halt!«, da er oder sie etwas entdeckt zu haben glaubte, das eine gründlichere Untersuchung notwendig machte.

Pearl Laneaux war es recht. Sie fühlte sich unwohl in ihrer Haut, den entsicherten Kombilader in der Hand. Sie wusste mit einer Waffe umzugehen, hatte auch bereits mehrfach in ihrem Leben von Waffen Gebrauch machen müssen, zog es aber vor, auf anderem Weg ihre Ziele zu erreichen.

Die Lemurer an Bord dieses Schiffes – sollten sie existieren – waren nicht ihre Feinde, auch wenn der Mann, der aus dem Schiff geflohen war, den Freitod der Rückkehr an Bord vorgezogen hatte. Sie wussten nichts über ihn, es war gut möglich, dass die Motive seiner Flucht rein privater Natur gewesen waren, ein tödlicher Streit unter verfeindeten Familien oder etwas Ähnliches. Oder vielleicht war er auch ein Verbrecher gewesen, der mit seiner Tat der gerechten Strafe zuvorgekommen war.

Buchstäblich alles war möglich.

Ihr Weg führte sie aus dem Raum, zu dem sie sich den Weg freigebrannt hatten, hinaus auf einen langen, engen Gang. Er lag fast vollständig im Dunkeln, nur an der Stelle, an der sie sich befanden, erwachte flackernd eine Lampe zum Leben. Es roch seltsam. Pearl reklamierte zwar eine feine Nase für sich, fand aber keine Worte, den Geruch zu beschreiben.

Robol von Sarwar, dem in seiner Bulligkeit gar nichts von der angeblich typischen Feingliedrigkeit seines Volkes anhaftete, hatte keine Schwierigkeiten, seine Empfindungen zu artikulieren. »Hier stinkt's«, sagte er mit geschlossenem Mund; ein Kunststück, das Pearl verblüffte und dessen Hintergründe sie erst viel später erfahren sollte.

Der Akone, der wie ein Muli mit Ausrüstung bepackt war, hatte es auf den Punkt gebracht. Es stank an Bord des Lemurerschiffs. Und, jetzt da der Gedanke ausgesprochen war, konnte Pearl auch benennen, wonach: nach Fäulnis. Pearl warf einen Blick auf ihr Multifunktionsarmband. Der Sauerstoffgehalt der Luft war ungewöhnlich niedrig, nicht lebensbedrohlich, aber unter den Werten, die man als physiologisches Optimum zum Standard auf terranischen Schiffen erklärt hatte.

Perry Rhodan trat neben sie. »Am liebsten würde man sich die Nase zuhalten, was?«

Sie nickte geistesgegenwärtig und wünschte sich, sie hätte die unerschütterliche Gelassenheit Alemaheyu Kossas. Rhodan führte sich in entnervender Weise wie ein ganz normaler Mensch auf – so sehr, dass sie jedes Mal, wenn sie mit dem Unsterblichen sprach, einen Knoten in die Zunge bekam, anstatt einfach auf seinen unverbindlich freundlichen Ton einzugehen.

»Ja«, brachte sie hervor. Plötzlich verstand sie Sharita Cohos Widerstand gegen Rhodan besser. Es war kein schönes Gefühl, nicht mehr zu wissen, wie viel das eigene Wort neben der Meinung eines Unsterblichen galt. »Ich frage mich, wo das herkommt.«

»Aus den bewohnten Teilen des Schiffs«, beantwortete Hevror ta Gosz ihre Frage.

Pearl warf dem Akonen einen irritierten Blick zu. Hatte sie in Xenologie nicht richtig aufgepasst? Ihre Lehrer hatten ihr beigebracht, dass die akonische Gesellschaft einer komplizierten Etikette unterlag, die jede Spontaneität im Umgang erstickte und Akonen eine für terranisches Empfinden übergroße Vorsicht im Umgang miteinander an den Tag legten. Sich ungefragt in ein Gespräch einzuschalten, entsprach nicht Pearls Empfinden von »übergroßer Vorsicht«. War es ein Achtungsbeweis des Akonen, so vertraut mit ihnen umzugehen? Oder Zeichen seiner Verachtung für Terraner, die er nicht einmal grundlegender Höflichkeit für würdig hielt?

»Ich habe die Bordatmosphäre einer genaueren Prüfung unterzogen«, fuhr der Akone fort, als habe er Pearls Blick nicht bemerkt. Seine Haut war wettergegerbt und faltig, als hätte er sein ganzes Leben ohne Hautpflegemittel und Sonnenschutz im Freien verbracht. Sein samtbraunes Gesicht – typisch für Akonen – war von vereinzelten hellen Flecken verunstaltet. Pearl hätte sich nicht getraut, sein Alter zu schätzen. Hevror ta Gosz mochte fünfzig, hundert oder hundertfünfzig Jahre alt sein. Fest stand für sie lediglich, dass er körperliche Bewegung gewohnt war. Er war schlank und sehnig und trug das Gewicht auf seinem Rücken – eine längliche Hülle, die wie warziges Leder aussah – ohne sichtbare Anstrengung.

»Die Luft an Bord ähnelt in ihrer Zusammensetzung verblüffend der eines erdähnlichen Planeten«, berichtete der Akone. Über seinem erhobenen Handgelenk entstand eine Reihe von Holos, die verschiedene Graphen und Tabellen zeigten. »Ich habe Spuren von über vier Dutzend verschiedenen Pflanzenarten festgestellt, sowie eine große Anzahl von Hautschuppen und Haaren sowie Spuren von beiden.«

»Tierhaare?«, fragte Rhodan.

Hevror ta Gosz schüttelte den Kopf in einer Geste, die so verblüffend terranisch anmutete, dass Pearl einen Augenblick vergaß, wen sie vor sich hatte. »So gut wie keine. Die Bewohner dieses Schiffs scheinen fast ganz auf Tiere zu verzichten. Keine Überraschung, wenn du mich fragst. Proteine lassen sich viel einfacher auf pflanzlicher Basis gewinnen als auf tierischer – und mit einem erheblich geringeren Einsatz von Energie und Arbeit.«

Perry Rhodan lächelte. »So viel also zur Vorstellung, wir könnten an Bord dieser Arche Noah persönlich treffen.«

Noah? Wer, verdammt noch mal, ist Noah?, wollte Pearl fragen, aber Rhodan musste die verblüfften Blicke seiner Begleiter bemerkt haben.

»Eine alte terranische Legende«, erklärte Rhodan. »Sagen wir mal, nicht ganz so alt wie die Lemurer. Noah hat ein Schiff gebaut, um eine große Katastrophe zu überstehen, die so genannte Sintflut. Niemand wollte ihm glauben, dass sie bevorstand, und als sie kam, waren nur er und die Seinen an Bord der Arche sowie von jedem Tier, das es gab, ein Paar, um die Welt nach der Flut neu zu bevölkern. An die Pflanzen hatte offenbar niemand gedacht. Oder sie waren zu selbstverständlich, als dass man sie hätte erwähnen müssen.«

»Interessant«, sagte Solina Tormas, und die großen Augen, mit denen sie Rhodan musterte, bezeugten, dass ihre Bemerkung alles andere als eine Höflichkeitsgeste darstellte. »Und hat die Legende eine Grundlage?«

Rhodan zuckte die Achseln. »*Eine* bestimmt, aber niemand weiß, welche. Die Sintflut ist eine Katastrophe, die in den Überlieferungen vieler der alten Völker der Erde zu finden ist. Der Verdacht liegt nahe, dass sie alle von derselben Katastrophe berichten. Es gibt viele Forscher, die glauben, dass in der Legende von Noahs Arche die Erinnerung an den Untergang von Atlantis vor 15 000 Jahren fortlebt. In gewisser Weise ist damals eine Welt untergegangen.«

»Glaubst du auch daran?«

»Nun, ich bin zumindest skeptisch. Meines Wissens gab es nur einen Überlebenden des Untergangs von Atlantis – meinen Freund Atlan. Und er überlebte nicht in einer Arche, sondern unter weit weniger romantischen Umständen in einer unterseeischen Kuppel.«

Während des Gesprächs waren sie weiter den Gang vorgedrungen. Sie gelangten an ein offenes Schott. Solina blieb einen Augenblick lang stehen, um einen verblichenen Schriftzug darüber zu lesen. »Sektor XV oder XXI, Notkammer«, murmelte die Historikerin. »Genauer kann ich die Zahl nicht erkennen. Es ist auf jeden Fall Lemurisch, eine sehr frühe Stufe der Schriftentwicklung.«

Sie durchquerten das Schott. Der Gang dahinter verengte sich weiter. Zu beiden Seiten warteten primitive Schutzanzüge, die Pearl eher an Säcke erinnerten, auf Benutzer. Sie berührte einen davon probeweise. Das Material war härter als erwartet. Es würde schwer sein, sich einen solchen Anzug in den wenigen Momenten überzustreifen, die ein Notfall den Menschen an Bord lassen würde. Als sie mit der ganzen Kraft ihrer Finger an dem Anzug drückte, traten Risse hervor, in denen sich ein leuchtendes Orange zeigte. Das blasse Gelb der Oberfläche musste demnach das Resultat des Alterungsprozesses sein.

Pearl fragte sich, was Alemaheyu von ihren Entdeckungen und speziell von Rhodans Geschichte hielt, aber der Funker, der ihren Gesprächen und ihren Anzugkameras nach wie vor zugeschaltet war, meldete sich nicht zu Wort.

Immer tiefer drangen sie in den Gang vor. Pearl fühlte sich unwohl in dem engen Durchlass. Bei jedem Schritt streifte sie die an den Wänden aufgehängten Schutzanzüge. Was, wenn sie jetzt auf die Bewohner des Schiffs trafen? Die Enge des Gangs hätte der Begegnung eine Unausweichlichkeit verliehen. Eine schnelle Flucht wäre dann unmöglich, selbst mithilfe der Antigravaggregate. Sie würden für lange Sekunden ein nicht zu verfehlendes Ziel bieten. Käme es also zu einer Begegnung, die feindselig verlief, wäre Pearl gezwungen, das Feuer zu eröffnen. Der Gedanke behagte ihr nicht im Geringsten.

Aber Pearls düstere Befürchtungen bestätigten sich nicht. Sie marschierten weiter, ohne auf irgendwelche Lemurer zu stoßen.

Als Pearl gerade Pause anordnen wollte, versperrte ihnen ein geschlossenes Schott den Weg.

»Was jetzt?«, fragte sie. Ihr war von den Akonen nicht offiziell das Kommando über den gemischten Trupp zugestanden worden. Sie hatte damit, dass sie sich an die Spitze gesetzt hatte, einfach Fakten geschaffen. Fakten allerdings, die sie lieber nicht austesten wollte. Sie hob den Kombilader und deutete auf das Schott. »Wieder durchbrennen?«

»Nein, nicht doch!«, kam ein empörter Ausruf von hinten. Gleich darauf quetschte sich Solina Tormas an den übrigen Expeditionsteilnehmern vorbei. »Das ist doch nicht dein Ernst!« rief sie laut. »Willst du etwa dieses einmalige Artefakt zerstrahlen?«

»Ich?« Pearl brauchte einen Augenblick, um ihre Fassung wiederzuerlangen. »Ich?! Wer hat denn einen Zugang in den Rumpf gebrannt?«, entgegnete sie empört. »Ich bestimmt nicht. Ihr ...«

Solina Tormas hörte ihr schon gar nicht mehr zu, falls sie es überhaupt je getan hatte. Die Akonin schubste sie zur Seite – kein böswilliger Akt, die Historikerin verschaffte sich lediglich den Platz, den sie brauchte – und tastete das Schott und die Wand darum ab.

Wenige Augenblicke später hörte Pearl ein triumphierendes »Na also!«

Die Terranerin sah ein kleines, in die Wand eingelassenes Display. Es war lichtschwach und unscharf, sodass sie lediglich ein paar verwaschene Buchstaben erkennen konnte, die sie für lemurische hielt.

Solina gab über eine virtuelle Tastatur Befehle ein, wann auch nur langsam. Pearl hatte den Eindruck, dass die Akonin die lemurischen Worte in Gedanken genau buchstabieren musste. Gegen ihren Willen regte sich ein gewisser Respekt in Pearl. Sie hatte von einer Historikerin keine praktische Veranlagung zum Hacken von Computersystemen erwartet.

Vielleicht überschätzte sie die Akonin aber auch. Minuten vergingen, ohne dass das Schott sich bewegte. Pearl gelang es einige Zeit, ihre Ungeduld zu zähmen, dann wurde es ihr zu viel.

Sie räusperte sich. »Wenn dich dieses Schott überfordert ...« Sie hob den entsicherten Kombilader.

Solina verdrehte die Augen. »Wie kommst du darauf, dass ich damit beschäftigt bin? Das Schott ist ein Klacks. Ich erkunde den Bordrechner.«

»Schön, dass du uns das mitteilst! Und was hast du herausgefunden?«

»Eine Menge. Das hier ist die faszinierendste Anlage, an die ich je Hand gelegt habe. Als Historikerin stolpere ich hin und wieder über alte Rechneranlagen, aber meistens sind sie defekt, und es dauert Jahre, sie wieder zum Laufen zu bringen. Aber das hier ... eigentlich ist die Bezeichnung ›Bordrechner‹ die falsche Bezeichnung, das hier ist vielmehr ein dezentraler Rechnerverbund, der komplett über Leitungen miteinander verbunden ist. Stell dir das vor: über Leitungen! Deshalb haben wir also keine Funksignale von dem Schiff empfangen.«

»Leitungen? Etwas Aufwändigeres kann ich mir kaum vorstellen. Wieso das? Als Ortungsschutz?«

»Möglich. Aber ich vermute andere Gründe.« Während sie sprach, zog die Historikerin eine Werkzeugtasche aus ihrem Tornister und breitete sie vor sich aus. »Erstens Robustheit. Gut abgeschirmte Kabelverbindungen sind nicht anfällig für Störungen von außen, beispielsweise durch auf dem Radioband aktive Sonnen.« Solina griff nach einem Werkzeug, das wie eine Mischung aus Schraubenzieher und Brecheisen anmutete, und nahm die Verschalung des Displays ab. Ein Wust von Kabeln kam zum Vorschein. »Ah, da sind sie ja. Und der zweite Grund ist Energie. Um eine ununterbrochene Funkverbindung zu gewährleisten, sind vergleichsweise hohe Sendeleistungen erforderlich. Ich kann nur mutmaßen, wie sie hier an Bord Energie zu erzeugen, aber nach allem, was ich gesehen habe, dürften sie kaum über primitive Kernspaltung herausgekommen sein. Die Bewohner des Schiffs werden ihre Energie dringender für andere Dinge benötigen.«

Solina zog zielstrebig eins der Kabel aus der Wand und brachte einen Funkstecker an. Ein Holo baute sich vor ihr auf. Zahlenkolonnen und Strukturdiagramme wechselten einander ab. »Kaum zu glauben! Paketbasiert!«

»Paket-was?«, fragte Pearl.

»Basiert. Die Daten werden vom Sender in kleine Pakete zerlegt, die die Information, an welche Stelle des Gesamtpakets sie gehören, mit sich tragen, und auf die Reise geschickt. Der Weg, den sie nehmen, ist nicht vorherbestimmt. Sie suchen ihn selbst. Am Ziel fügen sich die Pakete wieder zusammen. Ein solches System ist extrem ausfallsicher, sozusagen ...«

»Atombombenfest«, vervollständigte Perry Rhodan ihren Satz.

»Ja, so könnte man es sagen.« Solina schien geradezu angenehm überrascht, dass der Unsterbliche ihre Ausführungen für würdig befunden hatte, sie zu ergänzen.

»Ich habe ein solches Netz kennen gelernt, kurz vor meinem Flug zum Mond«, sagte Rhodan. »Ist schon ein paar Jahre her. Damals waren die Rechner auf der Erde noch garagengroß gewesen. Das Verteidigungsministerium hatte ein Projekt, sie zu vernetzen. Man nannte es ARPANET, wenn ich mich richtig erinnere.«

Die Historikerin schüttelte den Kopf. »Den Namen habe ich noch nie gehört.«

»Ich kann dir bei Gelegenheit gern mehr darüber erzählen. Aber zuerst musst du dieses Schott für uns öffnen«, sagte Rhodan. »Denk dran: Jede Minute, die wir hier verbringen, entspricht hundert Minuten auf den Welten unserer Völker. Wir wollen doch nicht, dass uns jemand vermisst, oder?«

»Schon gut, schon gut ...« Die Historikerin hätte sich wahrscheinlich am liebsten die nächsten Stunden mit dem Netz befasst – und mit Rhodan. »Nur noch eines«, murmelte sie, »dann kriegt ihr euer offenes Schott.« Das Holo zeigte ein neues Menü. Pearl verfolgte, wie Solina sich rasend schnell durch eine Reihe von Symbolen arbeitete, schließlich eines auswählte und das Holo deaktivierte.

»›Nur noch eins‹? Was soll das heißen?«, fragte Pearl.

Die Akonin winkte ab. »Nichts, nur eine kleine Sicherheitsmaßnahme. Damit uns das Netz nicht den Spaß verdirbt. Hier habt ihr euer offenes Schott.« Sie deutete eine Verbeugung an, wie eine Zauberkünstlerin, die sich vor ihrem staunenden Publikum warm spielte.

Das Schott glitt quietschend zur Seite und gab den Blick auf eine steile Treppe frei. Warmes Sonnenlicht spielte auf den Stufen und blendete die Erste Offizierin der PALENQUE. Warme Luft strömte ein. Sie duftete nach Blüten.

»Mama!«, rief Pearl aufgeregt in das Mikrophon ihres Schutzanzugs. »Siehst du das? Wir sind da! Du glaubst nicht, wie das duftet!«

Alemaheyu Kossa gab keine Antwort.

20

Als Dr. Hartich von Küspert, Hyperphysiker der PALENQUE und spontaner Freiwilliger des terranisch-akonischen »Gäste«-Austauschs den Kriecher an Bord eines Hangars der LAS-TOÓR verließ, erwartete ihn eine Enttäuschung.

Niemand.

Der Hangar war menschenleer. Keine Akonenseele, nicht einmal ein Roboter war erschienen, um den terranischen Gast zu begrüßen. Hartich zupfte unschlüssig am Kragen seines altmodischen Pullovers, von dem er sich niemals trennte, und sah sich verloren um. Die Akonen wussten doch, dass er eingetroffen war! Die Hangarschleuse der LAS-TOÓR hatte sich für seinen Kriecher geöffnet, der Funker des Schiffs hatte ihm die Einflugerlaubnis gegeben. Was sollte dieses Spielchen?

Hartich musste sich eingestehen, dass er ratlos war. Jeder wusste, wie versessen die Akonen auf Rituale und öffentliche Zeremonien waren, wie sehr sie es liebten, in bunten, glänzenden Uniformen aufzumarschieren und in ihrem Interkosmo, dem ein näselnd arroganter Ton zu Eigen war, auf dessen Karikierung sich Generationen terranischer Komiker spezialisiert hatten, zu parlieren.

War er ihnen so unwichtig, dass sie sich diese Gelegenheit entgehen ließen?

Wie als Antwort auf seine Frage glitt ein kleines Personenschott im rückwärtigen Teil des Hangars in die Wand. Ein Akone trat hindurch. Er war hoch gewachsen und schlank, wie es sich für einen Angehörigen seines Volkes gehörte, und trug sein schwarzes Haar kurz – womit bereits die Übereinstimmung mit dem Bild eines typischen Akonen, wie es sich in Hartichs Kopf fand, endete.

Der Akone trug einen mit zahllosen Taschen übersäten Overall, ähnlich denen der Wartungstechniker auf einem terranischen Raumer. Aus einigen Taschen baumelten Gegenstände. Keine Werkzeuge, wie Hartich es unwillkürlich erwartete, sondern Krimskrams: ein Stift, ein Taschentuch sowie eine Schreibfolie. Oder war es ein Stück Verpackung?

Der Mann blieb vor ihm stehen und hielt ihm in einer umwerfend terranisch anmutenden Geste die Hand entgegen.

»Willkommen an Bord der LAS-TOÓR«, sagte er. »Ich bin Jere.«

Hartich musterte die ihm dargebotene Hand lange Sekunden, bevor er seine Verblüffung überwand und sie ergriff. Die Hand des Akonen war riesig, besaß aber gleichzeitig lange, schlanke Finger, die sich fest um Hartichs Rechte schlossen.

»Äh ... danke«, entgegnete der Terraner. »Ich bin Hartich van Küspert, *Dr.* Hartich van Küspert.« Der Akone gab seine Hand wieder frei. »Jere ... *nur* Jere?«

»Nein, nein ... Jere von Baloy und tausend anderen Dingen – zu vielen, um die Zeit damit zu verschwenden, sie herunterzubeten.«

Jere von Baloy ... von Baloy ... Hartich hatte den Namen schon einmal gehört. Er wünschte, er hätte dem Funkverkehr mit den Akonen zugehört, aber er hatte zusammen mit dem Cheftechniker der PALENQUE, Kurt Brodbeck, und seinem Kollegen Huang Lee am Phänomen des Ortungsschutzes des Lemurerraumers gearbeitet. Sie hatten sich im Glauben, kurz vor dem Durchbruch zu stehen, festgebissen, hatten sich fast völlig von der Außenwelt abgekapselt. Die Wortgeplänkel waren Hartich in dieser Phase der Forschung, die in ihm stets ein Gefühl der Ekstase auslöste, als nebensächlich erschienen. Erst als sie an dem Ortungsschutz gescheitert waren, war in ihm das Interesse an dem Akonenraumer erwacht. Dann aber mit einer solchen Macht, dass er es geschafft hatte, die Fahrkarte zu dem Akonenraumer für sich zu erobern – eine Rückfahrkarte, wie er fest glaubte. Die Akonen waren zu klug und kultiviert, um einen hoch geachteten Wissenschaftler die ihm zukommende Ehre zu verwehren.

Vielleicht hatte er mit Letzterem danebengelegen, gestand sich Hartich ein. Und wer, verflucht noch mal, war dieser Jere von Baloy gewesen? Der Funker? Nein, so sah er nicht aus. Aber das konnte man von Alemaheyu auch nicht behaupten ...

»Wir haben ein Quartier für dich vorbereitet, Dr. Hartich van Küspert«, sagte der Akone jetzt. »Wenn du möchtest, bringe ich dich hin und zeige dir anschließend das Schiff. Du musst sehr neugierig sein.«

Und ob ich das bin!, dachte Hartich, beinahe versöhnt mit dem schlichten Empfang. »Nun«, sagte er, »ich wäre einer kleinen Führung nicht abgeneigt.«

»Wunderbar! Gepäck?«

Hartich schüttelte den Kopf und hob die kleine Tasche, die er in der Linken hielt. »Das ist alles.«

Jere führte ihn aus dem Hangar hinaus zu einem Antigravschacht und ließ dem Gast elegant den Vortritt. Die beiden Männer schwebten mehrere Decks nach oben und verließen dann den Lift im Sektor des Schiffs, der offenbar den Mannschaftsquartieren vorbehalten war. Die LAS-TOÓR erwies sich als ein überaus sauberes Schiff, so makellos, als hätte sie eben erst die Werft verlassen. Hartich stellte eine entsprechende Frage.

Jere lachte höflich. »Eine schmeichelhafte Frage. Aber nein, die LAS-TOÓR ist nicht fabrikneu. Allerdings hat sich innerhalb der akonischen Regierung in den letzten Jahren die Erkenntnis durchgesetzt, dass militärische Stärke zwar vonnöten ist, um in der Galaxis zu bestehen, aber auch von wissenschaftlichem Know-how flankiert werden muss. Die LAS-TOÓR ist das stahlgewordene Produkt dieser neuen Auffassung. Sie wurde vor unserem Aufbruch umfassend erneuert.«

Eine äußerst tief schürfende Analyse für einen einfachen Techniker, stellte Hartich fest, kam aber nicht dazu, den Gedanken zu verfolgen, da sie an seinem Quartier angekommen waren.

Die Tür glitt zur Seite und gab den Blick frei auf eine Serie von sparsam, aber geschmackvoll eingerichteten Räumen. Kristallmöbel glitzerten im Schein unsichtbar angebrachter Lampen und erfüllten die Räume mit sanftem Licht.

»Das ... das ...« Hartich fehlten die Worte.

»Gefällt es dir?«, fragte Jere mit einem zufriedenen Lächeln, das verriet, dass er die Antwort bereits kannte.

»Ja, sehr!« An Bord der PALENQUE hatte Hartich bei seinem Beitritt zur Mannschaft mit knapper Not verhindern können, dass man ihn einem Kriecher zuteilte. Stattdessen hatte man ihm eine Kabine zugewiesen, die so winzig war und so penetrant stank, dass er es vorzog, seine gesamte Zeit im Labor zu verbringen.

»Sind alle Mannschaftskabinen auf der LAS-TOÓR so großzügig?«, fragte er.

»Nein, nein, natürlich nicht. Das hier ist das Quartier des Ersten Offiziers, der darauf bestand, es dem terranischen Gast zur Verfügung zu stellen.« Jeres Lächeln hatte sich verändert. War es jetzt ... spitzbübisch? Es war schwer, die Mimik seines Gegenübers zu lesen, obwohl die Akonen doch physisch ebenso Menschen waren wie die Terraner.

Hartich legte seine Tasche ab – direkt neben dem Eingang, da er befürchtete, sie ansonsten in den weitläufigen Räumen nicht mehr wiederzufinden –, und Jere führte ihn durch das Schiff. Die Maschinenräume waren für Hartich nur von minderem Interesse – seine Neugierde bezog sich auf die Prinzipien, auf denen die Maschinen fußten, nicht auf die Maschinen selbst –, doch er horchte auf, als Jere ihm ihre Leistungsdaten mitteilte. Die LAS-TOÓR war der PALENQUE in puncto Beschleunigung und Überlichtfaktor deutlich überlegen. Danach zeigte ihm Jere die Lebenserhaltungs- und Sekundärsysteme und schließlich die wissenschaftlichen Abteilungen.

Hier wurde es interessant. Endlich traf Hartich weitere Akonen. Wissenschaftler allesamt, Yidari auf Akonisch, und durchweg Menschen, die seinem Bild von Akonen entsprachen. Schlank und hoch gewachsen, mit dem samtbraunen Teint, der die meisten Terraner blass aussehen ließ, und Umgangsformen, die in ihrer Formvollendung einer jahrzehntausendealten Hochkultur würdig waren.

Und ermüdend. Keiner der Akonen wollte offenbar bei der Vorstellung darauf verzichten, seinen vorteilhaften Stammbaum ins rechte Licht zu rücken, und wäre Jere nicht gewesen, der resolut dazwischenging – wieso ließen die Yidari sich das eigentlich von einem einfachen Techniker gefallen? –, hätte jede einzelne Vorstellung eine halbe Stunde oder mehr in Anspruch genommen. Jere war Hartichs Rettung, vor allem, als die ersten Akonen auf den Gedanken kamen, ihn ihrerseits nach seinem Stammbaum zu befragen. Das »van« deutete doch auf einen Adelstitel, nicht wahr? Nein, tat es nicht, war die Antwort. Es war lediglich das Resultat von Eltern, die in die terranische Frühzeit vernarrt waren und Gebrauch vom im Blauen System unbekannten Recht auf freie Namenswahl für ihr Kind gemacht hatten. Mit Sicherheit nicht die Antwort, die die Akonen hören wollten, und eine Notlüge wäre unter den detaillierten Nachfragen schnell in sich zusammengefallen.

Als sie die wissenschaftlichen Abteilungen, ausgestattet mit dem Besten, was Geld kaufen konnte, hinter sich ließen, wünschte sich Hartich nichts mehr, als sich in seinen Palast von Kabine zurückzuziehen, tief Luft zu holen und die Füße hochzulegen.

Jere hatte andere Pläne.

»So, und jetzt in die Zentrale!«, verkündete er.

»Die Zentrale?« Hartich konnte seine Überraschung nicht verbergen. Sharita hätte einen Teufel getan und einen Gast in die Zentrale vorgelassen, selbst Perry Rhodan hatte sie erst nach einem lautstarken Hyperfunkgespräch mit den Eignern der PALENQUE Zutritt gewährt. Und der Akone wollte ihn so mir nichts dir nichts in das Allerheiligste des Schiffs führen? Jere sah nicht einmal so aus, als ob man ihn selbst hineinlassen würde ...

»Ja, natürlich. Keine Führung wäre ohne sie komplett.«

Neugierige Blicke empfingen Hartich, als das Schott zur kuppelförmigen Zentrale aufglitt. Auf drei Ebenen saßen die akonischen Offiziere vor ihren Konsolen – nein, auf zwei, verbesserte sich Hartich. Die oberste Ebene, die dem Kommandanten vorbehalten sein musste, war unbesetzt.

Als sie die Zentrale betraten, verneigten sich die Offiziere. Ein Mann trat auf sie zu, würdigte den Terraner keines Blickes und meldete: »Wir haben eine Anfrage vom Flottenkommando erhalten, Maphan. Es möchte wissen, wieso wir so lange Zeit im Dilatationsflug bleiben. Sie haben anhand unserer Standardpeilsignale festgestellt, dass wir uns mit relativistischer Geschwindigkeit bewegen.«

»Damit hatte ich gerechnet, Netkim«, sagte Jere. »Gib ihnen Antwort, dass der Dilatationsflug im Rahmen hyperphysikalischer Experimente für den Augenblick unerlässlich sei. Ich als Kommandant sei damit alles andere als glücklich, aber meine Aufgabe sei es nun mal, die Damen und Herren Yidari zufrieden zu stellen. Und wir wissen ja alle, was für ein schwieriges Völkchen sie sind, nicht wahr?«

Der Offizier salutierte. Jere – Jere von Baloy, der Kommandant der LAS-TOÓR – wandte sich ein letztes Mal an Hartich. »Siehst du dort drüben auf der zweiten Ebene den kleinen Offizier mit der rotbraunen Haut, der etwas angestrengt auf seine Konsole starrt?«

»J-ja«, stotterte Hartich, entsetzt über den Fauxpas, der ihm unterlaufen war. Er hatte den Kommandanten mit einem Techniker verwechselt! Die statusversessenen Akonen würden ihm das nie verzeihen!

»Das ist Echkal cer Lethir, mein Erster Offizier. Der Mann, der darauf bestanden hat, dir sein Quartier zu überlassen. Du solltest zu ihm gehen und dich bei ihm bedanken.« Er zwinkerte Hartich zu, als seien sie alte Freunde. »Echkal ist manchmal etwas scheu im Umgang. Mach dir nichts draus, wenn er etwas störrisch wirkt. Red einfach weiter, im Grunde seines Herzens mag er Terraner.«

Mit diesen Worten ließ Jere von Baloy seinen Gast stehen und begab sich an seinen Platz an der Spitze der LAS-TOÓR.

»Pass auf, dass du dir keine ansteckende Krankheit holst!«, hatten ihre Kollegen gewitzelt, als Eniva ta Drorar den Shift bestiegen hatte, der sie zu dem Terranerraumer bringen sollte, und Eniva hatte zusammen mit den übrigen Yidari herzlich gelacht.

Das war keine Stunde her, aber Eniva schien ihre Zeit auf der LAS-TOÓR bereits eine Ewigkeit her. Das Lachen war ihr gründlich vergangen. Der Terranerraumer starrte vor Schmutz. Hätte Eniva auch nur ansatzweise geahnt, was sie erwartete, sie hätte die PALENQUE in einem Spezialschutzanzug für Extremwelten betreten, nicht in einem einfachen Freizeitanzug, der dem Geschmack der angeblich so lockeren Terraner entgegenkommen sollte. Na ja, wenigstens hatte sie daran gedacht, ein paar Koffer mit ansprechenderer Kleidung zu bringen ...

Die Kommandantin hatte sie gleich im Hangar in Empfang genommen. Sharita Coho war in einer streng geschnittenen, schwarzen Uniform erschienen, die selbst in den alten Tagen, als das Energiekommando die heimliche Regierung gestellt hatte, kein Akone freiwillig getragen hätte, und hatte sie in ihre Kabine gebracht.

Ihre *Kabine*.

Selbst Mörder und Adelstitelerschleicher wurden auf Drorah in besseren Unterkünften verwahrt. Die *Kabine* war ein rechteckiger Verschlag, der gerade groß genug war, um ein schmales Bett unterzubringen. An der Seite davon einen Durchgang, der in ein Hygienekubikel führte. Die Tür, die es abtrennte, schloss nicht richtig, weshalb ein schimmliger Geruch in der Luft lag. Oder vielleicht gab es auch noch einen zweiten Gestanksverursacher: Als Eniva ihre Koffer entlang der Wand aufgereiht hatte, war sie auf eine schmutzige Männerunterhose gestoßen, die offenbar ihrem Vorbewohner gehört haben musste.

Eniva war zu überrascht gewesen, um zu protestieren, und als sie sich gefangen hatte, war die terranische Kommandantin bereits wieder verschwunden – nicht ohne Eniva vorher daran zu erinnern, dass sie als »Gast« auf er PALENQUE nur eingeschränkte Freizügigkeit hatte und am besten beraten war, in ihrer Kabine zu bleiben und sich ruhig zu verhalten.

Was unter »am besten beraten« zu verstehen war, hatte Eniva gleich darauf verstanden, als sie versucht hatte, ihre Kabine zu verlassen. Ein wuchtiger Reinigungsrobot hatte ihr den Weg versperrt. Zufälligerweise beschäftigte er sich gerade mit der Reinigung ihrer Tür – die seiner Auffassung nach eine Grundwäsche dringend nötig hatte, denn das Scharren seiner Bürsten wollte einfach nicht aufhören.

Dann eben anders!, hatte Eniva sich gedacht und sich dem Terminal der Kabine gewidmet. Die Terraner ahnten nicht, wen sie sich eingefangen hatten. Eniva war die Netzwerkspezialistin der LAS-TOÓR und als solche daran gewohnt, ihre Fühler auf syntronischem Weg auszustrecken. Der Rechnerverbund der PALENQUE war ohnehin der Grund gewesen, weshalb sie sich als Geisel gemeldet hatte. Wann sonst würde sie die Gelegenheit bekommen, einem terranischen Netz auf den Zahn zu fühlen?

Eniva setzte sich aufrecht auf das viel zu weiche Bett, atmete tief ein – durch den Mund, um den Schimmelgeruch zu vermeiden – und machte sich an die Arbeit. Fünf Minuten, mehr gab sie dem terranischen Rechner nicht, dann würde er seine syntronischen viere von sich strecken.

Aus fünf wurden fünfzehn Minuten, schließlich eine halbe Stunde. Eniva fluchte vor sich hin, erst leise, dann lauthals, aber es nützte nichts. Entweder mussten die Terraner erraten haben, wen sie vor sich hatten, oder sie waren vorsichtige Zeitgenossen: Der Kabinensyntron war jedenfalls abgekoppelt von den Bordsystemen, nicht softwareseitig – eine solche Sperre hätte Eniva geknackt –, sondern physisch.

Der Kabinensyntron war ein geschlossenes System – und ein dummes dazu.

Er war eine bessere Flimmerkiste, die ihr nur die Wahl bot, belanglose touristische Daten über verschiedene LFT-Welten abzurufen oder Trivid-Filme. In ihrer Verzweiflung – Eniva hatte das Gefühl, dass sie vor Langeweile sterben würde, noch bevor die Schimmelpilze ihre Lunge vergifteten, wenn sie sich nicht *irgendwie* beschäftigte – zappte sie sich durch die Filme. Sie entpuppten sich ausnahmslos als billiger Schund. Agentenstorys, in denen heldenhafte Terraner die finsteren Pläne von Akonen vereitelten, die darauf aus waren, die Vormachtstellung der Terraner zu brechen, oder Komödien, in denen die Akonen die ebenso eitlen wie dummen Stutzer mimten und grausam näselndes Interkosmo sprachen.

So denken sie also wirklich über uns!, ärgerte sich Eniva. *Wieso habe ich nur dagegen gestimmt, sie abzuschießen? Diesen Rosteimer hätten wir mit links pulverisiert, und ich könnte jetzt den Lemurerraumer erforschen, statt hier zu versauern!*

Eniva schaltete den Syntron ab. Tränen der Wut und der Enttäuschung stiegen ihr in die Augen. Wie hatte sie nur so naiv sein können, hierher zu kommen? Sie würde hier eingehen! Die terranische Kommandantin hatte sie eingekerkert. Wenn nur irgendetwas geschehen würde, das sie ...

Es summte.

Eniva ruckte hoch, nicht sicher, ob sie sich das Geräusch nicht nur eingebildet hatte. Hm, das Scharren der Bürsten an der Tür hatte aufgehört ...

Es summte ein zweites Mal.

Eniva stand auf, rückte ihren Freizeitanzug zurecht, so gut es der schlaffe Stoff zuließ, rieb sich die Tränen aus den Augenwinkeln und betätigte den Türöffner.

Die Tür glitt zur Seite – und vor ihr stand ein Terraner, so hässlich, wie sie ihn sich in ihren schlimmsten Fantasien nicht hätte ausmalen können.

Es war ein Mann, oder besser ein Männchen. Der Terraner ging ihr bestenfalls an die Brust, und er war so dürr, dass es ein Wunder war, dass er nicht längst in der Mitte abgeknickt war. Seine Haut war schwärzer als das All, seine Haare kraus und zu einer Mähne ausgewachsen, die seinen Kopf überdimensioniert erschienen ließ. Zwei helle, große Augen blickten zu Eniva auf.

»Hallo, ich bin Alemaheyu Kossa, der Funker dieses Ladens hier«, sagte das Männchen. »Sharita schickt mich.« Er entblößte zwei Reihen glänzend weißer Zähne, als er lächelte.

»Sharita ... die Kommandantin?«

»Dieselbe und unvergleichliche«, bestätigte das Männchen und lächelte weiterhin penetrant.

»Wozu das? Sie hat mich doch hier zu ihrer vollsten Zufriedenheit geparkt.«

»Ah, sie hat bei dir ihre harte Nummer durchgezogen, was?« Das Männchen schüttelte vorwurfsvoll die Mähne, als sprächen sie über ein ungezogenes Kind. »Mach dir nichts draus. Da muss jeder mal durch. Aber hinterher tut es ihr immer Leid. Deshalb hat sie mich geschickt. Ich soll mich um dich kümmern.«

Wieder lächelte das Männchen.

»Und wieso ausgerechnet dich?«

»Oh, weil ich gerade nichts zu tun habe. Der Funkkontakt zum Explorationsteam ist abgebrochen, und ...«

»Abgebrochen! Was ist passiert?«, unterbrach ihn Eniva entsetzt.

»Kein Grund zur Aufregung. Ich hatte nichts anderes erwartet. Muss ein Teil des Ortungsschutzes dieser Lemurer sein. Wir haben keine Energiestöße angemessen – und das hätten wir bestimmt, wenn es zu einem Kampf oder Unfall gekommen wäre.« Das Männchen rückte das Stirnband zurecht, mit dem es verhinderte, dass ihm die Mähne ins Gesicht fiel und die Sicht verdeckte. »Also habe ich gerade nichts zu tun, und außerdem bin ich der charmanteste Gastgeber, der auf der PALENQUE zu finden ist.«

»Du willst *was* sein?«

»Noch skeptisch?«, sagte das Männchen und lächelte wieder. »Komm mit, du Glückliche, du wirst schon sehen!«

Zögernd folgte Eniva ta Drorar dem Terraner – und wünschte sich plötzlich nichts sehnlicher, als in ihrer stinkenden Kabine bleiben zu dürfen und schlechte terranische Filme zu sehen.

21

Das Licht streichelte ihr über das Gesicht, lockte sie.

Solina Tormas ignorierte Pearl Laneauxs Warnruf und stieg die steile Treppe hinauf, dem Licht entgegen. Ihr Kombilader hing achtlos im Holster, wohin sie ihn gesteckt hatte, um beide Hände frei für ihre Arbeit am Terminal des lemurischen Bordnetzes zu haben.

Die Treppe mündete in einen Unterstand, dessen Dach weggebrochen war und ihr die Sicht zu einer Seite hin versperrte. Solina blinzelte in das Licht. Sie konnte keine einzelne Quelle erkennen, keine Analogie zu einer Sonne. Es trat gleichmäßig aus dem »Himmel« über ihr, war von einem sanften Rotton, ganz anders als das kalte blaue Licht, das sie von ihrer Heimatwelt Shaghomin kannte, oder von Drorah, der Zentralwelt der Akonen.

Überhaupt, der »Himmel« ... Solina wusste, dass sie sich innerhalb eines riesigen Zylinders befand, auf der Innenseite seiner Außenwandung stand. Eigentlich hätte sie, wenn sie den Kopf hob, auf die gegenüberliegende Seite sehen müssen. Stattdessen verlor sich ihr suchender Blick in dem rötlichen Licht, in einem Dunst, der nicht greifbar war.

»Ich denke, die Konstrukteure haben mehrere Decks eingezogen«, sagte Rhodan. In seiner Stimme schwang kein Vorwurf über ihr unvorsichtiges Voranstürmen mit. Der Angriff, den Pearl befürchtet hatte, war ausgeblieben, und das sanfte Licht der Arche schien auch den unsterblichen Terraner milde zu stimmen. Solina fragte sich, weshalb die Terraner überhaupt so nervös waren. Wussten sie etwas über die Arche, das sie verschwiegen hatten und das auf

Gefahr hindeutete? Solina konnte sich keine vorstellen. Die Archenbewohner lebten auf einem technisch niedrigen Niveau. Die Schirme der Anzüge würden die Besucher vor jedem potenziellen Angriff schützen.

»Möglich«, entgegnete Solina. »Aber vielleicht sehen wir auch einfach in die Mitte der Arche. Ich kann keine Einzelheiten erkennen.«

»Ich auch nicht. Aber es gibt mindestens drei Gründe, die für mehrere Decks sprechen. Erstens: Wenn es keine gäbe, wäre das eine unverzeihliche Platzverschwendung, eine gewaltiges, ungenutztes Volumen. Ich kann nicht glauben, dass Menschen, die ein solches Schiff konstruierten, sich dazu hinreißen ließen.«

»Klingt logisch. Und die anderen?«

»Zum einen die Schwerkraft. Auf diesem Deck herrscht anderthalbfache Erdschwerkraft. Will man das Erbe der Heimatwelt erhalten, ist das keine sehr glückliche Lösung. Die Bewohner des Schiffs würden gezwungen sein, in Reaktion auf die veränderten Umweltbedingungen innerhalb weniger Generationen eine neue Kultur zu entwickeln.« Rhodan wandte den Blick vom »Himmel« ab und sah auf sein Multifunktionsarmband. »Und drittens das Strahlungslevel. Es ist ungefährlich, sich hier aufzuhalten, selbst für Wochen. Aber auf Jahre und Jahrzehnte gerechnet ergibt sich eine enorme Belastung durch kosmische Strahlung und damit eine erhöhte Rate von Erbgutschädigungen. Lebten die Bewohner der Arche ständig auf diesem Deck, stünden sie innerhalb weniger Generationen vor der Auslöschung.«

Solina hatte Rhodans Ausführungen nur mit halbem Ohr gelauscht. Sie waren stichhaltig, daran hegte sie keinen Zweifel, aber ob sie auch zutrafen, würde sich in den nächsten Stunden erweisen. Menschen, ganz gleich, ob sie sich Akonen, Terraner oder auch Lemurer nannten, waren keine logischen Wesen. Ganz im Gegenteil: Je mehr sich Solina mit ihrer Geschichte beschäftigte, desto mehr wuchs in ihr die Überzeugung heran, dass auf Vernunft basierende menschliche Gesellschaften die Ausnahme darstellten. Ein gewisses Maß an Vernunft war allen menschlichen Gesellschaften zu Eigen, die für eine längere Zeit existierten, mehr aber auch nicht. Oft lag der Keim des Untergangs bereits in der Prämisse, auf der eine Gesellschaft fußte. War sie fehlerhaft, trieb die Gesellschaft unweigerlich ihrem Untergang entgegen.

Was für ein Urteil auf die Archengesellschaft zutraf, würden sie herausfinden, sobald sie auf die ersten Lemurer stießen. Das Schiff war riesig, aber zu klein, als dass eine Begegnung lange auf sich warten lassen konnte. Und die Zeit bis dahin wollte Solina nutzen, um das Schiff auf eine Weise zu erkunden, die keine Begegnung mit den Bewohnern, keine noch so ausgefeilten Instrumente ersetzen konnten: Sie wollte das Schiff erfühlen.

Solina wandte den Blick von Himmel ab und sah zur Seite. Links und rechts von ihr stieg der Boden gleichmäßig an, als befände sie sich in einem Tal. In gewisser Weise traf das auch zu: Die Außenhülle der Arche stellte eine gleichmäßig gekrümmte Oberfläche dar. Egal, an welchem Punkt sie die Arche betraten, sie würden sich immer in einer »Talsohle« wiederfinden. Die gleichmäßig ansteigenden »Hänge« verloren sich ebenso wie Bug und Heck der Arche im Dunst.

War der Dunst ein Zufall, eine unbeabsichtigte Begleiterscheinung des Ökosystems der Arche? Oder war er von den Konstrukteuren geplant, um den Bewohnern der Arche das Gefühl einer Weite zu geben, die sie eigentlich entbehren mussten?

In der Zwischenzeit war das gesamte Team an die Oberfläche getreten, das Schott hatte sich hinter ihnen wieder verschlossen; kein Grund zur Beunruhigung, es gehorchte nur seiner Sicherheitsautomatik. Pearl Laneaux und Hayden Norwell hatten ihre Kombilader gezogen und sicherten die Gruppe. Pearls Gesicht war rot angelaufen, und sie flüsterte unablässig in das Mikro ihres Schutzanzugs. Sie wollte nicht wahrhaben, dass der Funkkontakt mit der PALENQUE abgebrochen war. Solina hatte zu einem gewissen Maß Verständnis für ihre Aufregung – es war beunruhigend, auf sich allein gestellt zu sein. Ihrem professionellen Ohr, das kein Wort überhörte, das in ihrer Umgebung gesprochen wurde, war nicht entgangen, dass die Terranerin ihren Gegenpart allen Ernstes mit »Mama« ansprach.

Rhodan hatte die Augen geschlossen und sog die Luft ein. Er schien eine ähnliche Strategie zu verfolgen wie sie selbst. Hevror ta Gosz war einige Schritte weitergegangen und kniete in dem Gras, das den lädierten Unterstand umgab. Sein Köcher stand ab wie der eines archaischen Bogenschützen.

Solina ging zu ihm.

Hevror hatte mit einem ausklappbaren Spaten ein Loch in den Boden gegraben. Neben dem Loch lag die abgetragene »Gras«-Nabe. Solina betastete die Halme, sie waren unendlich viel weicher als das Gras auf Shaghomin, fühlten sich wie ein weicher Teppich an. Anschließend befühlte sie die Wurzeln. Vielmehr versuchte sie es: Die Wurzeln wichen vor ihrer Berührung zurück, als lebten sie.

Sie gab einen überraschten Aufruf von sich.

Hevror, der gerade eines der Messgeräte aus der Erde herauszog, die er in seinem breiten Gürtel bei sich trug, grinste schief. »Nur, falls du an deinen Sinnen zweifeln solltest: Die Wurzeln haben tatsächlich gezuckt.«

»Das ist nicht dein Ernst! Wir reden hier von Pflanzen.«

Hevror nickte. »So ist es. Aber Pflanzen haben durchaus die Fähigkeit, sich zu bewegen. Denk nur an Blüten, die sich öffnen und wieder schließen.«

»Schon, aber das ist ein Vorgang, der bestenfalls in Zeitlupe vor sich geht, und das hier ...«

»... ist derselbe Vorgang, nur eben schneller.« Hevror nahm eine Bodenprobe aus der Spitze des Bohrers und führte sie in ein Analysegerät ein.

»In Ordnung, du hast mich überzeugt. Und was ist deine Erklärung dafür – spontane Mutation, hervorgerufen durch jahrhundertelange Belastung durch kosmische Strahlung?«

Hevror blickte kurz auf. »Nein, gezielte Veränderung des Erbguts. Dieser Boden hier ...« Er griff in den Aushub. Die dunkle, feuchte Erde zerbröselte in kleine Stücke, als seine

Finger sie zerrieben. »Dieser Boden fühlt sich an wie der auf einer akonischen Welt, aber ihm fehlt etwas ganz Entscheidendes.«

Solina fasste in die Erde. Sie war warm und feucht und erinnerte an die des Gartens ihres Rundhauses ihrer Familie auf Shaghomin. Was sollte daran besonders sein, außer der Tatsache, dass sie ihn in einer Stahlröhre gefunden hatten, die seit über 50 000 Jahren mit nahezu Lichtgeschwindigkeit durch das All raste?

»Ich sage es dir«, fuhr Hevror fort, der ihr die Ratlosigkeit vom Gesicht ablies. »Die Tiere fehlen. Die kleinen Insekten und Würmer, die normalerweise im Boden leben und ihn unabsichtlich lockern. An ihrer Stelle erledigt das dieses Gras mit seinen beweglichen Wurzeln. Wenn du mich fragst, kann das kein Zufall sein.«

»Wie lange wollt ihr noch im Boden herumwühlen?«, rief in diesem Moment Pearl herüber. Sie fuchtelte mit dem Kombilader. »Gehen wir endlich weiter!«

Solina verzichtete auf einen Protest und gab Hevror ein Zeichen, der Aufforderung nachzukommen. Pearl Laneaux lebte in dem Glauben, den Oberbefehl über die Gruppe zu haben, und Solina zog es einstweilen vor, sie in diesem Glauben zu lassen. Er hielt die Terranerin beschäftigt und verhinderte, dass sie auf wirklich dumme Gedanken kam.

Sie marschierten los. Terraner und Akonen waren übereingekommen, vorerst auf die Flugaggregate ihrer Anzüge zu verzichten. Die Arche stellte trotz ihrer beeindruckenden Größe eine kleine Welt dar; es konnte nicht lange dauern, bis sie auf ihre Bewohner trafen. Wie diese Begegnung verlaufen würde, konnte niemand vorhersagen. Es war deshalb besser, einen Trumpf in der Hinterhand zu haben. Die Archenbewohner verfügten selbst nicht über künstliche Schwerkraft. Sie würden nicht damit rechnen, dass ihre Besucher über Antigravs verfügten.

Pearl setzte sich wie erwartet an die Spitze. Solina sah zu, dass sie in Rhodans Nähe blieb, und widmete ihre Aufmerksamkeit der Umgebung.

Es war ein seltsames Gefühl, durch die Arche zu gehen.

Ein Teil davon war einfach zu erklären: Sie bewegten sich durch eine ihnen unbekannte Umgebung, wussten nicht, was sie erwartete. Der andere erschloss sich Solina erst nach einigem Nachdenken: Das Lemurerschiff fühlte sich einfach nicht wie ein Schiff an. Der schmale Weg, den sie zwischen Feldern eingeschlagen hatte, war nicht gepflastert. An manchen Stellen war er weich, an anderen drückten unangenehm Steine durch die Sohlen ihrer Stiefel. In der Luft lag ein würziger Duft, der stellenweise handfestem Gestank wich. Der Dunst, der ihr den Blick in die Ferne versperrte, gaukelte ihr eine Endlosigkeit vor, die nicht existierte, flößte ihr das trügerische Gefühl ein, sie könnten bis in alle Ewigkeit weitermarschieren, ohne das Ende der Arche zu erreichen oder einen Menschen zu treffen.

Dabei war das Ergebnis menschlicher Arbeit unübersehbar. Das Außendeck war eine intensiv landwirtschaftlich genutzte Zone. Feld reihte sich an Feld. Bewässerungsgräben trennten sie voneinander, so schmal, dass ein Mensch sie auch unter der erhöhten Schwerkraft überspringen konnte. Der Maßstab der Landschaft war kleinräumig, erinnerte Solina eher an Gärten als an ernsthafte Landwirtschaft; überschaubare Einheiten, die man ohne Hilfe von Maschinen bewirtschaften konnte. Denn diese fehlten: Roboter. Auf den zivilisierten Welten der Milchstraße erledigten seit langer Zeit Roboter die körperliche Arbeit. Die Bauern beschränkten sich auf die Überwachung der Maschinen und die Optimierung der Arbeitsläufe und der Qualität, um sich im harten Wettbewerb des galaxisweiten Agrarmarkts zu behaupten.

Hier gab es offenbar fast keine Maschinen, nur die Spuren davon: Auf dem Weg und zwischen den Feldern sah Solina die Abdrücke von Reifen, teilweise so breit wie der Oberschenkel eines Menschen, teilweise fast grotesk schmal, vielleicht zwei oder bestenfalls drei Finger breit.

»Kein Antigrav«, kommentierte Rhodan, als er bemerkte, dass Solina sich den Reifenspuren widmete. »Die Bewohner der Arche beherrschen offenbar die Aufhebung der Schwerkraft nicht einmal in kleinem Maßstab, sonst würden sie nicht einen Teil ihrer wertvollen Anbauflächen auf Wege verschwenden.«

»Das ist anzunehmen«, stimmte Solina zu. »Entweder sie beherrschen das Prinzip nicht – oder ihnen fehlt die nötige Energie.«

Solina wandte ihre Aufmerksamkeit den Pflanzen zu. Sie hatten, wie unter dem Einfluss der hohen Schwerkraft zu erwarten, breitere Stängel als gewohnt und drückten sich förmlich gegen den Boden. Solina konnte nirgends Bäume sehen, die größten Pflanzen schienen Büsche mit herzförmigen Blättern, die in etwa die Größe eines Menschen erreichten.

Die Flora und Fauna der Arche war eigentlich Hevrors Revier, und der Spezialist für Planetenökologien war auch eifrig dabei, Pflanzenproben einzusammeln und in die Analysekammern seines Instrumentengürtels zu schieben. Hevror würde mit Sicherheit bereits die Grundzüge eines Beschreibungsmodells für das Ökosystem der Arche und eine Aufstellung über die Verwand- und Nichtverwandtschaft der verschiedenen Pflanzenarten an Bord liefern können, aber darum ging es Solina nicht. Ihr Augenmerk lag auf der Kulturgeschichte der Pflanzen.

Die Lemurer hatten, nachdem sie die überlichtschnelle Raumfahrt entdeckt hatten, sich geradezu explosionsartig über die Galaxis ausgebreitet. Man schätzte, dass auf dem Höhepunkt des Großen Tamaniums etwa 50 000 Jahren vor der altterranischen Zeitenwende an die 100 000 Siedlungswelten zum Reich der Lemurer gehörten. Mehr als Schätzungen gab es nicht. Die Aufzeichnungen waren lückenhaft, nicht zuletzt deshalb, weil die Lemurer in der Endphase des Krieges damit begonnen hatten, sie gezielt zu vernichten. Die Niederlage vor Augen hatten sie versucht, ihre Kolonien vor den Bestien zu verbergen.

Viele der Welten waren trotz dieser Vorsicht entdeckt, ihre Bevölkerung ausgelöscht worden. Viele Kolonien hatten sich dem Exodus nach Andromeda angeschlossen, und viele weitere – weit mehr, als man vermutet hätte – waren zwar der Vernichtung durch die Bestien entronnen, aber dennoch untergegangen. Ohne das Gefüge des Großen Tamaniums und seiner nahezu unerschöpflichen Ressourcen waren die Kolonien nahezu spurlos verschwunden.

Nahezu. In der Ökologie der Welten hatten sie unweigerlich Spuren hinterlassen. Einigen der Tier- und Pflanzenarten, die sie mitgebracht hatten – ob freiwillig oder unfreiwillig, wie im Fall von Schädlingen – gelang es fast immer, sich der neuen Umgebung anzupassen und zu überleben.

Für Historiker war das ein Glücksfall: Anhand der Arten gelang es ihnen, viele für jungfräulich gehaltene Welten als vergessene lemurische Kolonien zu bestimmen. Ja, mehr noch, anhand der Veränderungen der Tiere und Pflanzen war es sogar möglich, ein stetig exakter werdendes Bild der großen Kolonisationswelle der Lemurer zu zeichnen.

Solina war keine Expertin in lemurischer Artengenealogie, aber nach ihrem Dafürhalten existierte an Bord keine Art, die auf einer Kolonialwelt ihren Ursprung oder ihre Ausprägung erhalten hatte – ein weiteres Indiz dafür, dass die Arche vor der Gründung des lemurischen Tamaniums aufgebrochen sein musste.

»Was ist das da vorn?«

Pearl hatte angehalten. Solina sah über ihre Schultern hinweg einen dicken, dunklen Umriss, der sich vor ihnen aus dem Dunst schälte. Er stand leicht schräg und reichte bis in den »Himmel« des Decks.

»Vielleicht ein Fahrstuhl oder eine ähnliche Verbindung auf das innere Deck?«, mutmaßte Rhodan. »Wir sollten es uns näher ansehen. Unsere Chance, dort Einwohner zu finden, dürfte um einiges höher liegen als hier draußen auf den Feldern.«

Niemand erhob Widerspruch. Die Gruppe setzte ihren Marsch fort, schneller jetzt, beflügelt von der Aussicht, auf Archenbewohner zu treffen. Wie viel einfacher würde es dann sein, Antworten auf die tausend Fragen zu bekommen, die ihr auf der Zunge lagen!, dachte Solina. Sie würden ...

Ein Schrei riss sie aus den Gedanken. Er kam von rechts, aus den Feldern. Solina warf den Kopf herum, sah aber lediglich mannshohe Büsche, die wild hin- und herwogten.

Erst als sie genauer hinsah, bemerkte sie zwischen den Büschen Bewegung. Ein Arm war für einen Moment sichtbar, dann ein Bein, Solina hörte weitere Schreie, dann sah sie einem Archebewohner direkt in die Augen. Die Augen des Mannes – er trug eine kurze Hose und eine Art T-Shirt und war barfuß – weiteten sich, als ihre sich Blicke kreuzten. Er schrie noch einmal auf, dann waren er und seine Begleiter verschwunden.

»Was haben sie?«, fragte Pearl verwirrt. »Wieso rennen sie weg?«

»Aus Angst«, antwortete Rhodan.

»Aber wieso? Sie müssen doch sehen, dass wir Menschen wie sie sind.«

»Das bezweifle ich. Ich wette, sie haben noch nie eine Terranerin in einem Schutzanzug und mit einem Kombilader in der Hand gesehen. Außerdem spielt es nicht unbedingt eine Rolle, dass wir Menschen sind. Menschen können äußerst grausam zueinander sein. Diese Leute können nicht ahnen, dass wir ihnen nichts tun wollen.«

Betreten standen Akonen und Terraner da. Jeder von ihnen hatte sich die erste Begegnung mit den Lemurern in Gedanken ausgemalt. Doch dass sie so verlaufen könnte ... damit hatte keiner gerechnet.

»Sehen wir uns an, was unsere scheuen Freunde gemacht haben, als wir sie gestört haben«, sagte Rhodan. Solina beschlich das Gefühl, dass der Unsterbliche es vor allem mit der Absicht tat, sie nicht ins Grübeln kommen zu lassen. »Ich habe etwas Aufblitzen sehen, als sie wegrannten. Vielleicht hat einer von ihnen etwas zurückgelassen, was für uns aufschlussreich ist.«

Die Vermutung bestätigte sich rasch. Sie fanden zwischen den Büschen ein Metallgestell, an das zwei Räder montiert waren. Über einem Rad war eine Stange im rechten Winkel zum übrigen Gestell montiert, über dem anderen eine längliche Plastikschale.

»Was, bei allen Sternengöttern, ist das?«, sprach ausgerechnet Robol, der schweigsame Logistiker aus, was alle dachten.

»Oh, ganz einfach«, sagte Rhodan. »Das ist ein Fahrrad. Ich hatte als Kind eines.« Der Terraner zog das Gerät an der Vorderstange hoch.

»Und was macht man mit einem Fahrrad?«

»Fahren natürlich.« Rhodan konnte ein Lachen nicht unterdrücken.

»Wie das?«, ließ Robol nicht locker. »Hat es ein Antigravfeld oder so etwas, das es aufrecht hält? Und ich sehe keinen Antrieb!«

»Es hat auch keinen. Den bringt man mit!« Rhodan klopfte sich auf die Oberschenkel. »Eigentlich ist es offensichtlich. Fahrräder sind das ideale Gefährt für die Arche. Die Entfernungen sind kurz, es gibt keine Steigungen. Und ein Rad ist wartungsarm, verbraucht keine wertvolle Energie, ist emissionsfrei.«

»Das hört sich zu gut an, um wahr zu sein«, schloss sich Hayden Robol an. Die beiden schienen einander gut zu verstehen. Solina war nicht entgangen, dass die beiden nebeneinander gegangen waren. »Das glaube ich erst, wenn ich es sehe!«

»Das kannst du haben ...«

Rhodan glitt mit einer routinierten Bewegung auf das Rad und stieß sich ab. Seine Schenkel bewegten sich auf und ab, als er sich rasch entfernte. Solina wartete darauf, dass Rhodan umkippte, doch obwohl er heftig schwankte, behielt der Terraner wie durch ein Wunder das Gleichgewicht.

Dann bog Rhodan ab und war aus ihrer Sicht verschwunden. Fast im selben Augenblick hörte Solina ein lautes Scharren, gefolgt von einem lauten Ausruf.

»Perry, was ist los? Alles in Ordnung bei dir?«

Terraner und Akonen setzten sich gleichzeitig in Bewegung, rannten dem Unsterblichen hinterher.

»Ja, mit mir schon«, kam die Antwort. »Aber das hier müsst ihr euch ansehen! Ihr werdet es nicht glauben!«

22

Als die Nachricht kam, brach Jubel bei den Kalpen aus. Sie schnellten von ihren Lagern hoch, von denen sie sich sonst nur langsam und mit demonstrativem Widerwillen erhoben, um ihre tägliche Arbeit zu beginnen, rannten aufeinander zu, fielen sich in die Arme.

»Es ist so weit! Endlich ist es so weit!«, riefen sie immer schneller und lauter, bis ihre Ausrufe zu einem Sprechgesang wurden, so laut, dass er noch viele Metach'ton weit zu hören sein würde.

Tekker befand sich natürlich mitten im Geschehen, skandierte mit seiner hohen Fistelstimme immer neue Ausrufe, die von den übrigen Kalpen aufgenommen wurden.

Denetree hätte sich am liebsten die dünne Decke, unter der sie übernachtet hatte, über den Kopf gezogen, die Lider fest zusammengepresst und beide Hände gegen die Ohren gedrückt. Doch es hätte nichts genützt; die stampfenden Tanzschritte der Kalpen ließen den Boden erzittern, würden sie nicht vergessen lassen, was geschah.

Sie war gerettet.

Die anderen würden sterben.

Die beiden Sätze hallten durch ihre Gedanken, gejagt vom Singsang der Kalpen. Das Netz hatte sich an diesem Morgen gemeldet, hatte seine Nachricht auf alle Terminals übertragen, auch auf das tragbare der Kalpen, das sie wie ein ungeliebtes, nutzloses Gepäckstück von einem Lagerplatz zum nächsten schleppten und dessen Verlautbarungen sie aus Prinzip misstrauten. Das hatte zumindest Denetree bislang geglaubt. Der Freudentanz der Kalpen belehrte sie eines besseren.

Die Verlautbarung war direkt vom Netz gekommen. Im Namen des Naahk natürlich, als dessen gehorsames Werkzeug es sich bezeichnete. In seiner melodischen Stimme, die weder Mann noch Frau gehörte, hatte es dem Tenarchen Launt gedankt, der sich in beispielloser Hingabe bei der Jagd auf die Verräter hervorgetan hatte.

Launt ... Denetree hatte es nicht glauben wollen. Etwas Schlimmes musste geschehen sein. Launt wäre lieber gestorben, als die Sternensucher zu verfolgen. Hatte er sie nicht unter Einsatz seines Lebens gerettet?

Das Netz verweilte nicht bei Launt. Die Nennung seines Namens war lediglich ein Mittel, die Spannung zu steigern, die eigentliche Nachricht hinauszuzögern, die unglaublich und gleichzeitig unausweichlich war. Die Tenoy, hatte das Netz verkündet, hatten die Verräter ausgeräuchert, sie aus ihren schäbigen Verstecken gezogen, in denen sie fälschlicherweise geglaubt hatten, sich vor dem Schiff verbergen zu können. Ein Irrtum, kaum weniger groß als der, dass es für die Metach ein anderes Leben jenseits des Schiffes geben könne. Dort gab es nur den Tod. Das Schiff allein garantiere das Überleben der Metach.

Nun, da alle Verräter gefasst waren, gab es keinen Grund, weiter wertvolle Atemluft und Nahrung an sie zu verschwenden. Heute Abend, bei Einbruch der Nacht, hatte das Netz fortgefahren, würden die Sternensucher am Heck des Schiffs den Sternen übergeben, die sie gesucht hatten. Sie sollten denselben Tod sterben, den ihr Anführer den tapferen Tenoy angetan hatte, die versucht hatten, ihn von seiner Wahnsinnstat abzubringen. Waren die Verräter erst tot, würde der Friede an Bord wiederhergestellt, die Gemeinschaft aller Metach erneuert sein.

Der Friede an Bord wiederhergestellt ... die Jagd würde zu Ende sein. Denetree blickte zu den tanzenden Kalpen. Sie ruderten wild mit Armen und Beinen und hielten dabei die Luft an, bis ihnen die Gesichter rot anliefen und die Augen aus den Höhlen traten. »Hilfe, Hilfe, ich bekomme keine Luft mehr! Holt mich wieder rein! Holt mich auf das Schiff!«, gackerte Tekker. Nicht am lautesten, aber seine Fistelstimme stach heraus.

Denetree war gerettet. Das Schiff würde nicht mehr nach ihr suchen, wahrscheinlich davon ausgehen, dass sie ihrem Bruder freiwillig in den Tod gefolgt war und ihre Leiche neben dem Schiff trieb, der Ewigkeit entgegen. Launt, der vom Netz als Verantwortlicher nur vorgeschoben war, es sein *musste*, würde sie nicht verraten. Sie musste sich nur still verhalten, mit den Kalpen durch das Schiff ziehen und die Lebenserhaltungssysteme flicken, die rauen Scherze der Kalpen mit ebenso rauen Entgegnungen kontern, sich das »Mädchen« von Tekker gefallen lassen und aufpassen, dass sie immer reagierte, wenn jemand »Danque, komm her!« rief oder »Danque, bring mir Seil!« oder was auch immer.

Sie musste zu Danque werden. Denetree vergessen, sie begraben, so tief, dass sie nie wieder hervorkam. Einige der Männer – die meisten eigentlich – hatten ihr bereits zu verstehen gegeben, dass sie an ihr interessiert waren. Sie musste sich nur einen von ihnen aussuchen – welcher von ihnen, war eigentlich egal, sie waren alle gleich schmutzig, gleich ungeschickt und zugleich auf tölpelhafte Weise liebevoll –, und sie würde Ruhe haben. Bis an das Ende ihrer Tage.

»Danque, komm! Tanz mit mir!« Einer der Männer hatte sich vor ihr aufgebaut, packte sie mit seinen sehnigen Kalpen-Armen und wollte sie hochziehen. »Was machst du für ein Gesicht? Heute ist ein Freudentag!«

»Mehiu, nein, mir ist nicht gut.« Sie machte sich so schwer wie möglich.

»Komm, tanz mit mir!« Der Kalpen zog an ihr, als hätte er ihre Ablehnung nicht gehört. Vielleicht hatte er es auch nicht. Denetree hatte schnell gelernt, dass die Kalpen ein überaus feines Gehör besaßen. Sie hörten alles, was sie wollten, aber nichts von dem, was ihnen missfiel.

»Mehiu, bitte ...« Es nützte nichts. Der Kalpen riss Denetree hoch – und Denetree fiel einen Augenblick später zurück auf ihre Decke.

»Du hast gehört, was sie gesagt hat, Mehiu«, ertönte Tekkers hohe Stimme. »Ihr ist nicht gut.«

»Aber ...«

»Sie ist neu bei uns, kapierst du das nicht? Sie ist müde, die Arbeit in den Luftschächten macht sie schwach. Sie ist den Luftzug nicht gewohnt. Warte noch ein paar Wochen, dann wird sie mit dir tanzen.«

Mehiu senkte verschämt den Kopf und schloss sich wieder den Tanzenden an. Niemand widersprach Tekker. Er wandte sich an Denetree: »Und du sieh zu, dass es dir bald wieder besser geht, verstanden?«

Denetree nickte nur.

Der Tanz der Kalpen endete schließlich. Die Arbeit musste wie jeden Tag getan werden. Das Schiff erwartete von allen Metach, auch den Kalpen, die sich in dem Gefühl von Ungebundenheit sonnten, dass sie ihre Pflicht erfüllten. Taten sie es nicht, sperrte es die Rationen.

Denetree ging an diesem Tag wie die Übrigen mit knurrendem Magen an die Arbeit. Der Tanz hatte die Kalpen wertvolle Zeit gekostet, die es wieder aufzuholen galt. Tekker spornte sie mit gackernden Schreien an, teilte ihnen die Arbeit zu. Denetree gab er am Rand ihres Einsatzgebietes zu tun, weit weg von den anderen. So weit, dass ihre Rufe und das Hämmern ihrer Werkzeuge und die Schläge, mit denen ihre Ellenbogen und Knie gegen die engen Schächte prallten, sich mit den normalen Hintergrundgeräuschen des Schiffs vermischten und Denetree die Illusion gaben, allein zu sein, ungestört.

Ahnte Tekker, was in ihr vorging? Eine Zeit lang lähmte Denetree die Angst, entdeckt zu werden, all das zu verlieren. *All was?*, fragte eine leise Stimme in ihr, während ihr die Tränen die Wangen herunterliefen und auf den maroden Schacht tropften, den sie eigentlich reparieren sollte. Ihr war es gleich. Sollten die Kalpen, das Schiff sie doch bestrafen für ihre Nachlässigkeit. Ein paar Tage ohne Essen würde sie überstehen!

Die Stunden verstrichen. Denetrees Tränen versiegten, der stete Luftzug, der in den Schächten herrschte, ließ die

Tränen, die heruntergetropft waren, verdunsten. Das Knurren in ihrem Magen steigerte sich zu einem Schmerz. Am Materiallager, das die Kalpen jeden Morgen neu anlegten, gab es Essen, aber um es zu bekommen, hätte sie den anderen unter die Augen treten, sich ihre ruppigen Sprüche anhören müssen. Nein, besser den Hunger aushalten.

Nach einiger Zeit ertappte sich Denetree dabei, wie ihre Hände nach dem Werkzeug tasteten, es herausnahmen und begannen, die Lecks zu flicken. In den beiden Wochen, die sie bei den Kalpen war, hatte sie bereits eine gewisse Routine entwickelt. Es war nicht besonders schwierig, ein Leck zu flicken, wenn man den Bogen erst einmal raushatte. Es gab große und kleine und winzige Lecks, aber unter dem Strich waren sie alle gleich. Die Röhren und Schächte bestanden aus demselben Material, und Denetree besaß sowieso nur einen Satz Werkzeuge und Materialien. Hatte man ein Leck geflickt, hatte man sie alle geflickt.

Ihre Hände schnitten Gitternetze aus und passten sie an, besprühten sie mit Dichtungsmasse, prüften ihre Arbeit, tasteten sich zum nächsten Leck vor, immer schneller und schneller. Denetree schwitzte, ihr Atem und ihr Puls beschleunigte sich. Sie sah nur noch den Schacht, die Lecks und ihre Aufgabe. Was scherten sie die Sterne, die Sucher oder ihr toter Bruder? Sie waren unwichtig. Die Kalpen waren unwichtig, ja, das gesamte Schiff und seine Mission waren unwichtig. Was zählte, war, dass sie alle Lecks aufspürte. Und heute Abend würde sie erschöpft und zufrieden auf ihr Lager fallen, auf der Stelle einschlafen und nach einer traumlosen Nacht neue Lecks aufspüren und wieder schlafen und wieder ...

In dem merkwürdigen Arbeitseifer, der sie befallen hatte, benötigte Denetree lange Zeit, bis sie die Veränderung bemerkte. Sie fiel ihr erst auf, als sie sich nach einem neuen Gitternetz streckte, ihr schneller, hastiger Atem sich etwas beruhigte. Es war lauter geworden. So laut wie nie zuvor.

Die Luftschächte durchzogen alle Decks des Schiffs. Hätte man einen Plan von ihnen gezeichnet, er hätte an die

Gitternetze erinnert, mit denen sie die Lecks flickte, ein engmaschiges, allumfassendes Geflecht, zu Röhren gekrümmt. Dieses Geflecht ließ die Luft des Schiffs zirkulieren – und das, was die Luft mit sich trug, den Schall. Aber nur höchst selten konnte Denetree aus dem Hintergrundrauschen der Metach auf den Feldern, der vielen tausend Unterhaltungen, die zu jedem Augenblick auf dem Schiff geführt wurden, der Arbeitsgeräusche der verschiedenen Schiffsaggregate, einzelne Geräusche klar heraushören. Die Kalpen, die ihr Leben in den Schächten verbrachten, hatten die Fähigkeit, dieses Gesamtgeräusch in seine einzelnen Elemente aufzuspalten. Oft saßen sie abends an ihren verbotenen Feuern und erzählten, was sie den Tag über aufgeschnappt hatten. Die Kalpen wussten immer Bescheid, kannten immer auch jene Seite einer Geschichte, die das Schiff den Metach vorenthielt. Nur ... es gab keine zweite Seite zu den Sternensuchern.

Denetree stand erst am Anfang, doch sie hatte bereits gelernt, die generelle Stimmung herauszuhören. Für gewöhnlich war sie gedämpft, ein Widerhall der stoischen Geisteshaltung, wie sie von einem guten Metach erwartet wurde. Mehrmals während ihrer Zeit bei den Kalpen hatte Denetree geglaubt, Anflüge von Furcht herauszuhören, wenn die Angst vor den »Verrätern« und dem, was sie über das Schiff bringen mochten, die Oberhand gewann. Manchmal war die Stimmung auch triumphierend gewesen, wenn wieder ein »Verräter« gefasst worden war.

Jetzt hörte sie eine neue Empfindung heraus: Panik. Das Schiff erzitterte unter den schnellen Schritten der Metach, die alles stehen und liegen ließen und davonrannten, hallte von ihren spitzen Schreien wider, mit denen sie andere Metach mit ihrer Furcht ansteckten.

Denetree lauschte dem Geschehen hilflos. Was war passiert?

Das Vibrieren und die Schreie ließen nach, verloren sich in der Ferne. Und dann hörte Denetree ein neues Geräusch, eines, dass ihr Furcht einjagte: das Scharren, das verriet, dass die Kalpen durch die engen Schächte davon rutschten.

Die Kalpen waren auf der Flucht!

Hatte das Schiff doch Recht behalten? Wurden sie angegriffen? Hatte Venron das Unglück auf sie heraufbeschworen?

Denetree hörte Schläge, die näher kamen, untermalt von einem hektischen Scharren. Etwas kam auf sie zu! Sie nahm das schwerste ihrer Werkzeuge, klammerte sich daran, bereit, ihre erbärmliche Existenz zu verteidigen. Ein verwaschenes Licht schälte sich aus dem Dunkel, dann wurde ein faltiges Gesicht im Kegel der Stirnlampe sichtbar. Es gehörte Tekker.

»Tekker! Was ist los? Wieso rennen alle weg?«, rief sie ihm entgegen.

»Gleich, Mädchen«, antwortete er. »Du hast nicht viel Zeit. Komm mir nach!«

Tekker drehte sich geschickt wie eine Schlange in dem engen Schacht und kroch davon. Denetree kroch ihm hinterher, so schnell sie konnte, ließ ihr Werkzeug zurück. Ein Gefühl sagte ihr, dass sie es nicht mehr brauchen würde.

Nach wenigen Metern bog Tekker nach rechts ab, in einen größeren Schacht, dann wieder nach rechts, sodass sie eine Kehre um 180 Grad vollführt hatten.

»Tekker!«, keuchte Denetree. »Das ist nicht die Richtung, in die alle gehen!«

Der Kalpen kroch wortlos weiter.

Schließlich gelangten sie in einen der großen Hauptschächte, die die Decks des Schiffs wie ein unterirdisches Wegenetz durchzogen. Gegen die Wand lehnte Denetrees Fahrrad.

»Mein Rad! Wie kommt es hierher?«

»Ich habe es hingebracht.«

»Wozu das?«

»Weil du es brauchen wirst. Du musst schnell sein, Mädchen.«

Denetree rannte zum Rad und klappte das Transportgestell vorn herunter. »Spring auf, Tekker!«, rief sie. »Wir sind schneller hier weg, als die Luft durch die Schächte zieht!« Sie bedeutete dem Kalpen, auf die Ladefläche zu steigen.

Tekker schüttelte den Kopf. »Nein, ich komme nicht mit.«

»Aber wieso? Ich weiß nicht, was, aber etwas Furchtbares geschieht. Alle fliehen, selbst die Kalpen! Du kannst nicht erwarten, dass ich dich zurücklasse. Du hast mir das Leben gerettet!«

»Lass sie rennen.« Tekker machte keine Anstalten, ihrer Aufforderung zu folgen. »Sie wissen es nicht besser. Die Metach sind dumm, kennen nur ihren eigenen Metach'ton und die Schauermärchen, die ihnen das Schiff erzählt. Sie käuen sie wieder und wieder, bis sie die ganze Wahrheit sind. Alles, was fremd ist, jagt ihnen solche Angst ein, dass sie den Kopf verlieren.«

Denetree stützte sich auf den Lenker. »Und die Kalpen? Sie rennen auch davon!«

»Die Mäuler der Kalpen sind größer als ihr Verstand.« Tekker gackerte. »Glaub mir, ich muss es wissen. Sie denken, sie wären anders, aber am Ende sind sie doch nur gewöhnliche Metach. Du, Mädchen, bist anders, dein Weg führt dich woanders hin.« Er trat auf Denetree zu und umfasste ihre Handgelenke. Der Druck seiner Finger schmerzte. »Hör mir zu, Mädchen, Fremde sind an Bord! Ich weiß nicht, wer sie sind oder was sie wollen, nicht einmal, wie sie aussehen. Ich weiß nur, dass du zu ihnen gehen musst. Sofort. Sie sind deine Chance. Du gehörst nicht zu uns.«

»Aber ... aber du hast doch selbst gesagt, dass ich zu euch gehöre, am Lagerfeuer!«

»Es war eine Lüge. Ich habe dich angelogen. Dich und mich selbst. Du willst hier raus, Mädchen, das spüre ich. Du musst hier raus, sonst stirbst du. Geh zu den Fremden! Los!« Tekker entließ ihre Handgelenke und schlug ihr so hart auf den Rücken, dass sie nach vorn taumelte. Sie verlor das Gleichgewicht. Der Lenker bohrte sich in ihre Hüfte. Sie unterdrückte einen Schmerzensschrei, kämpfte sich wieder hoch und drehte sich zu dem Kalpen um.

»Worauf wartest du noch, Mädchen? Muss ich dich grün und blau prügeln, bevor du gehorchst?«

»Du ... du sagst, das ist meine Chance«, sagte Denetree.

»Aber es ist genauso deine. Wenn die Fremden mir nichts tun, werden sie auch dir nichts tun! Komm mit mir, Tekker!«

Der Kalpen kam schweigend auf sie zu. Denetree duckte sich in Erwartung der Schläge. Tekker zögerte nicht, Gewalt auszuüben, um seinen Willen durchzusetzen. Sie hatte es mehr als einmal beobachtet.

Aber Tekker schlug sie nicht. »Sieh mich an, Mädchen«, sagte er. »Sieh mich gut an, sieh dir die Falten an, die der Luftzug in den Schächten in mein Gesicht gegraben hat. Seit vierzig Jahren krieche ich durch die Eingeweide des Schiffs. Meinst du, das war, wovon ich für mein Leben geträumt habe? Wonach ich gesucht habe? Ich habe dieses Leben genommen, weil es das beste war, das ich bekommen konnte, das einzige, das ich ertragen konnte – und nun ist es das einzige, das mir noch möglich ist. Ohne die Kalpen und die Schächte bin ich nur ein hässlicher alter Mann mit einer schrillen Lache, mit dem niemand etwas zu tun haben will. Aber du bist noch jung. Such dir ein besseres Leben!«

Tekker packte sie an den Schultern und schob sie mit aller Kraft von sich. Diesmal war Denetree vorbereitet, fing sich ab. Ihre Beine fanden die Pedale und begannen zu treten. Tekker blieb hinter ihr zurück.

»Los, tret, so schnell du kannst!«, war das Letzte, was sie von ihm hörte. »Tret, *Denetree!*«

23

Die willkommene Routine des Alltags war zurückgekehrt. Lemal Netwar, der keinen Anlass hatte, daran zu zweifeln, dass der Frieden an Bord bald wiederhergestellt sein würde – die Ausschaltung der Verräter stand unmittelbar bevor –, genoss es, sich wieder mit trivialen Alltagsgeschäften zu befassen.

Auf dem Display vor ihm liefen die »Vitaldaten« des Schiffs zusammen: Energieproduktion- und verbrauch, Geburts- und Sterbeziffern, landwirtschaftliche und industrielle Produktionsziffern.

Im Lauf der Jahre war er immer mehr zu der Überzeugung gekommen, dass das Schiff zwar aus Stahl und Plastik gebaut war, es aber in seiner Funktion mehr einem lebenden Organismus denn einer Maschine ähnelte. Wie ein in die Jahre gekommener Mensch zeigte es Alterserscheinungen und hatte gute oder schlechte Tage, ohne dass Lemal die Ursachen für die einen oder anderen hätte ergründen können.

Und wie bei einem Menschen genügte oft ein winziger Anstoß für einen kompletten Umschwung seiner Verfassung. Eine veränderte Aufteilung der Energie auf die verschiedenen Sektoren, eine gezielte Energie- oder Sauerstoffspritze hier oder da konnte Wunder bewirken. Im Lauf der Jahre hatte Lemal ein Gefühl dafür entwickelt, was angebracht war, und in zunehmenden Maß verbrachte er seine Vormittage damit, dem Schiff zu geben, was es brauchte, es zu »streicheln«, wie er es nannte. Die elektronischen Fühler des Naahks waren frei von der Krankheit, die ihm sonst jede Bewegung zur Qual machte.

Nichts war befriedigender als das Spiel der verschiedenen Kennzahlen auf seinem Display. Änderte er eine Variable, wirkte es sich auf alle anderen aus. Und manchmal, an guten Tagen, entlockte er dem Schiff sogar Leistungen in der Nähe der Höhe, die seine Konstrukteure vorgesehen hatten.

Dieser Tag war ein mittelmäßiger für das Schiff, was dem Naahk willkommen war. Es kitzelte seinen Ehrgeiz, würde seine Gedanken ablenken, die es immer wieder zu den Verrätern zog, die gerade ihre letzten Stunden verlebten. Lemal nahm sich vor, einen guten Tag für das Schiff zu erreichen.

Er betrachtete die einzelnen Leistungsdaten. Die Energieproduktion war ausnehmend gut. Die Zahl der Be'ketren war in den letzten Jahren zwar in bedrohlichem Maß zusammengeschmolzen, aber die Verbliebenen erfüllten ihre Pflicht mit geradezu übermenschlicher Aufopferung. An diesem Tag gelang es ihnen sogar, so viel Energie zu erzeugen, dass an seinem Ende voraussichtlich ein Plus in den Speichern des Schiffs verbleiben würde. Lemal rief die Daten der verschiedenen Metach'ton auf. Auch hier – die Zahlen reflektierten den Stand von vor einer Stunde – nur überdurchschnittliche Werte. Die Metach waren gesund, ihre Motivation außerordentlich hoch, sicherlich ein Verdienst der Ereignisse der letzten Wochen. Die Gemeinschaft des Schiffs hatte die Probe, auf die sie durch die Verräter gestellt worden war, mit Bravour bestanden. Die Metach waren noch enger zusammengerückt.

Zufrieden betrachtete Lemal die Daten. Erst nach einiger Zeit kam ihm ein Gedanke. Wieso war der Tag lediglich mittelmäßig, wenn die wichtigsten Werte klar über dem Durchschnitt lagen?

Unruhig geworden, rief er weitere Daten ab, und nach einiger Zeit hatte er den Schuldigen gefunden: die Sauerstoffversorgung.

»Was ist, arbeiten die Kalpen wieder schlecht?«, fragte er laut. Er brauchte das Netz nicht gesondert anzusprechen, es war stets gegenwärtig.

»Ihre Arbeitsleistung stimmt exakt mit den Vorgaben überein«, antwortete das Netz.

Wenigstens etwas. Die Kalpen neigten dazu, sich Dinge herauszunehmen, die ihnen nicht zustanden. Der Naahk hätte liebend gern auf ihre Dienste verzichtet, aber all seine Versuche, sie durch gewöhnliche Metach zu ersetzen, waren gescheitert. Entweder, die Metach erbrachten noch weniger zufrieden stellende Leistungen, oder sie verwandelten sich innerhalb kürzester Zeit in Kalpen, wurden aufsässig und eigensinnig, und der Naahk stand wieder dort, wo er begonnen hatte.

»Sind die Vorgaben ungenügend?«

»Nein. Du hast sie selbst im Rahmen des letzten Zehnjahresplans autorisiert. Die Tenarchen haben sie seitdem überwacht und nach deinen Vorgaben fortgeschrieben.«

Lemal rief weitere Daten auf, ohne sich die Mühe einer Antwort zu machen. Das Netz, nie um eine Antwort verlegen, war ein anstrengender Gesprächspartner, aber es hatte einen unabweisbaren Vorteil: Es war kein Mensch; anders als bei den Tenarchen brauchte er sich keine Gedanken darüber zu machen, ob er es vor den Kopf stieß oder sich unhöflich verhielt.

Eine schematische Darstellung des Schiffs erschien auf dem Display. Sektoren, in denen der Sauerstoffgehalt die Sollwerte erreichte oder übertraf, waren grün dargestellt; Sektoren, in denen er unter dem Sollwert, aber innerhalb der Schwankungen lag, die in einer so großen und komplexen Ökosphäre wie der des Schiffs unvermeidlich waren, blau; Sektoren, in denen Handlungsbedarf bestand, rot.

Das Innendeck war erfüllt mit grünen und blauen Feldern, der übliche Wert. Das fast vollständige Fehlen von Pflanzen erlaubte keine besseren Resultate. Das Mitteldeck erstrahlte in ungebrochenem Grün. Das Außendeck ... Grün bis auf einen Sektor in der Nähe des Bugs.

»Was ist dort los?«, fragte der Naahk. Er musste seine Frage nicht genauer fassen. Das Netz wusste, welche Daten sein Display anzeigte.

»Ich verstehe deine Frage nicht.«

»In Sektor XVI F des Außendecks. Der Druckabfall.« Was war mit dem Netz los? Wollte es eines seiner Spielchen mit ihm spielen?

»Ich weiß nicht, wovon du sprichst. Alle Werte sind normal.«

»Und was habe ich hier auf dem Display?«

»Grünwerte natürlich. Ich sagte es bereits.«

»Ja, natürlich. Jetzt sehe ich es.« Lemals Finger zitterten, als er den Sektor genauer unter die Lupe nahm. Eine Fehlfunktion. Das Verhalten des Netzes war nicht mehr durch die Modifikationen zu erklären, die er an seinem Interface vorgenommen hatte. Das Netz führte sich dadurch wie ein Mensch auf, bockte und verzögerte manchmal, aber die Fähigkeit zu lügen hatte Lemal bislang nicht an ihm entdeckt.

Es gab nur eine Erklärung für das Verhalten des Netzes: eine Fehlfunktion. Des Netzes oder der Hardware, auf die es zugriff. Darauf setzte er seine ganze Hoffnungen

Manuell klinkte er sich in die Sensoren des Sektors ein. Mit einer Ausnahme reagierten sie auf die Prüfroutine mit Grünmeldungen. Sie waren funktionstüchtig. Der Fehler musste beim Netz liegen.

Lemal rief die Prüfroutinen ein zweites und drittes Mal auf. Vielleicht hatte er sich geirrt, vielleicht war es nur ein defekter Sensor, nicht das Netz selbst, von dessen einwandfreier Funktion das Überleben ihrer Gemeinschaft abhing.

Grünwerte, nichts als Grünwerte.

Er gab nicht auf. Er klinkte sich in die Überwachungskameras des Sektors ein. Nicht überraschend erhielt er überwiegend Rotwerte. Die meisten Kameras waren im Lauf der Jahrhunderte ausgefallen, und da sie für die Funktion des Schiffs nicht unabdingbar waren, hatte man sie nicht ersetzt.

Der Naahk begann seine Inspektion mit den funktionstüchtigen Kameras, die an der Oberfläche des Außendecks installiert waren. Er blickte auf die Felder, auf denen verschiedene auf Ertrag und Widerstandsfähigkeit gegen kosmische Strahlung und die erhöhte Schwerkraft des Decks optimierte Pflanzen wuchsen. Keine Auffälligkeiten. Oder doch? Etwas stimmte nicht. Unbehagen stieg in ihm auf, verdichtete sich mit jeder neuen Kameraansicht. Schließlich bekam er es zu fassen: Die Felder waren menschenleer. Um diese Zeit hätten sie voll mit Metach sein sollen, die ihrer Arbeit nachgingen.

Was war los? Saß er einem Zufall auf? Oder hatten die Metach den verringerten Sauerstoffanteil der Luft selbst bemerkt und waren in andere Sektoren ausgewichen? Ein solches Verhalten wäre höchst ungewöhnlich gewesen. Ein guter Metach blieb an dem ihm zugewiesenen Ort, bis man ihm einen neuen zuwies. Es würde weit Schlimmeres als eine vorübergehende Verschlechterung der Sauerstoffversorgung brauchen, ihn von seiner anerzogenen Verhaltensweise abzubringen.

Er nahm sich vor, später den zuständigen Tenarchen anzurufen und eine Aufklärung des Vorfalls zu fordern. Aber erst musste er dieses Phänomen ergründen. Der Naahk überprüfte die Kameras im Inneren des Außendecks. Erleichtert stellte er fest, dass die beiden in diesem Sektor untergebrachten Fähren unberührt waren. Zumindest seine Furcht, dass ein zweiter Venron auf den Plan getreten war, erwies sich als unbegründet.

Seine Suche nahm ihren Lauf. Er überprüfte Gänge und Räume, in die seit Start des Schiffs kein Menschenauge mehr geblickt hatte. Im flackernden Licht der Lampen, die sich automatisch einschalteten, oder der Restlichtverstärkung, die sich zuschaltete, wenn die Lampen den Dienst verweigerten, ging er einen nach dem anderen durch.

Die Arbeit war ermüdend. Sein Nacken begann zu schmerzen. Er bewegte automatisch den Kopf von links nach rechts, von oben nach unten, und während er die wechselnden Bilder musterte, setzte seine abgenutzten Gelenke einer Belastung aus, der sie nicht mehr gewachsen waren. Der Naahk war kurz davor, seine fruchtlose Suche zwar nicht aufzugeben, doch wenigstens für einige Zeit zu unterbrechen, als er eine Kamera aufrief, die einen seit langem leer stehenden Lagerraum unmittelbar an der Außenhülle des Schiffs überwachte. Die ursprünglich darin untergebrachten Ersatzteile waren bereits im ersten Jahrhundert nach dem Aufbruch verbaut worden.

Er sah ein Leck.

Es war kein Vorgang ohne Beispiel in der Geschichte des Schiffs. Material ermüdete eben. Aber dieses Leck war anderes als alle, die er je gesehen hatte. Lemal zoomte es heran. Er sah eine Schweißnaht, rund und so groß, dass bequem ein Mensch durch ihre Mitte gepasst hätte. Die Naht war unregelmäßig, als wäre sie hastig improvisiert worden – womit ausgeschlossen war, dass sie von den Erbauern des Schiffs stammte. Lemal stellte die Ansicht auf Infrarot um. Die Naht glühte rot. Sie musste eben erst geschaffen worden sein.

Er handelte augenblicklich. Er wandte sich nicht an das Netz. Die partielle Blindheit des Rechnerverbunds war ein untrüglicher Beweis dafür, dass er sich nicht länger auf ihn verlassen konnte.

Launts Kopf erschien in einem Ausschnittfenster des Displays. Der Tenarch war noch bleicher als an dem Tag, als Netwar ihm die Jagd auf die Verräter übertragen hatte.

»Naahk!«, sagte Launt. »Du hast schon davon gehört?«

»Von der Versorgungsstörung?«

Launt schüttelte den Kopf. »Davon weiß ich nichts. Von den Fremden, meine ich.«

»Fremde?«

»Ich habe eben von ihnen erfahren. Eindringlinge sind an Bord, in Sektor XVI E! Die Metach fliehen vor ihnen!«

Es war der Sektor, der an jenen angrenzte, in dem Lemal auf die frische Schweißnaht gestoßen war.

Man hatte das Schiff gefunden. Der Tag, vor dem er sich seit langer Zeit gefürchtet hatte, war gekommen.

»Naahk!«, drängte Launt, als Lemal schwieg. »Wie lauten deine Befehle? Was sollen wir tun?«

»Die Metach sollen das Außendeck verlassen. Alle.«

»Ich werde dafür sorgen. Und weiter?«

»Ruf die Tenoy auf dem Mitteldeck zusammen. In voller Kampfausrüstung. Ich bin bei euch, so schnell ich kann.«

Lemal unterbrach die Verbindung. Er spritzte sich eine Dosis des Schmerzmittels und stand auf. Aus einer Schublade nahm er einen Vorrat des Mittels an sich, der ihm für viele Wochen ausgereicht hätte, dann legte er seinen Körperpanzer an.

Als er im Fahrstuhl dem Mitteldeck entgegenglitt und die Schwerkraft ihn immer stärker gegen den Boden drückte, überprüfte er seine Waffen. Sie waren funktionstüchtig und geladen. Er steckte sie weg, und seine Finger fanden die Kette, die um seinen Hals hing, klammerten sich um das Abzeichen. Er spürte, wie es ihn belebte, ihn daran erinnerte, wofür er all die Mühen auf sich genommen hatte, wofür er stand.

Das nahm ihm die Angst.

Wenigstens die schlimmste Spitze.

24

Solina Tormas hatte sich von jeher für die Vergangenheit interessiert. Als Kind hatte sie ihren Vater und Mutter, ihre Groß-, Urgroß- und Ururgroßeltern gelöchert – eben alle Angehörigen ihrer Großfamilie, die greifbar waren – und sie danach gefragt, wie es früher gewesen war. Während die anderen Kinder miteinander die Tage an den Stränden verbrachten und nach den Leuchtfischen tauchten, um sie den Touristen zu verkaufen, die von vielen akonischen Welten kamen, verbrachte Solina ihre Zeit zu Hause, am liebsten mit ihrer Ururgroßmutter.

Mesdaq war anders als alle Übrigen. Sie scheuchte Solina nicht weg, ermahnte sie nie, endlich mit der verfluchten Fragerei nach der toten Vergangenheit aufzuhören und sich mit nützlichen Dingen zu beschäftigen, etwa die Küche putzen oder etwas Geld mit den Touristen verdienen. Mesdaq mangelte es nie an Zeit.

Erst Jahre später, nachdem Solina erwachsen geworden war, hatte sie verstanden, woraus Mesdaqs Langmut erwachsen war: Ihre Ururgroßmutter war eine alte, geschundene Frau gewesen, die auf den Tod gewartet hatte. Die Lebenserhaltungsaggregate in ihrem Schwebestuhl hatten ihr diese Erlösung verweigert, während nach und nach ihr Verstand zerfiel. Schließlich war nur noch ein Schatten der Frau geblieben, die sie einmal gewesen war, der in der Vergangenheit lebte.

»Mesdaq, wie war es, als du Kind warst?«, fragte Solina.

»Wir waren arm«, sagte die Greisin. »Bitterarm. Der Ozean war voller Leuchtfische, aber niemand wollte sie kaufen.

Man musste nur ein Netz ins Meer werfen und es wieder hinausziehen, und es war voll von ihnen. Es brauchte viele starke Arme dazu. Davon gab es immer zu wenige. Viele starben, bevor wir wussten, welche Fische wir essen durften und welche nicht. Es waren nicht viele.«

»Wieso habt ihr eure Fische nicht im Laden gekauft? Oder sie euch bringen lassen?« Solina kannte niemand, der die Fische direkt aus dem Meer aß.

»Es gab keinen Laden. Und niemand, der uns etwas gegeben hätte.«

»Wieso gab es keinen Laden?«

»Wir waren neu auf dieser Welt.«

»Ihr ... du warst nicht von Shaghomin?«

»Nein.«

»Und es gab keinen Laden, keinen einzigen?«

»Nein.«

Wie dumm, hatte die kleine Solina gedacht, *auf eine Welt zu ziehen, auf der es keine Läden gibt!*

»Wieso bist du dann hierher gekommen?«

»Man zwang uns dazu.«

»Wer?«

»Die Regierung, das Energiekommando.«

Was für ein Unsinn! Die Regierung tut nur Gutes für uns!

»Wieso das?«

»Weil man uns aus dem Weg haben wollte.«

»Woher bist du gekommen?«

»Von Drorah.«

»Sind alle hier von Drorah gekommen?«

»Nein, aber viele.«

»Dann stammen wir von Drorah?«

Auf diese Frage überlegte Mesdaq immer lange. Anfangs antwortete sie mit »ja«, aber einmal überlegte sie so lange, dass Solina glaubte, sie wäre wieder einmal weggenickt, als die Urgroßmutter flüsterte. »Nein, von Lemur.«

Es war das erste Mal, dass Solina den Namen der Ursprungswelt hörte. Er sollte sie nie wieder loslassen.

Aus dem Kind wurde ein Teenager. Sie wurde von den Gleichaltrigen geschnitten, die spürten, dass sie anders war als sie. Solina tat, als mache es ihr nichts aus, und vergrub sich noch tiefer in ihrem Eifer für die Vergangenheit. Eines Tages hatte sie entdeckt, dass das Terminal in ihrem Zimmer zu mehr als blöden Spielen oder hirnloser Unterhaltung taugte. Es war ein Fenster in die Vergangenheit. Die zahllosen Generationen, die vor ihr gekommen und gegangen waren, lebten in ihm weiter.

Mit Mesdaq verbrachte sie bald keine Zeit mehr. Die Urgroßmutter schlief fast nur noch, trotz der Aggregate ihres Schwebestuhls. Hätte ein Antigravfeld ihren Kopf nicht aufrecht gehalten, er wäre ständig nach vorn gefallen. Die Geschichten, die Mesdaq erzählte, wurden immer wirrer und unzusammenhängender, und außerdem hatte Solina sie ohnehin schon alle gehört.

Das Terminal hingegen berichtete ihr immer Neues, und so erfuhr Solina die Geschichte der Lemurer, der Vorväter der Akonen und tausender anderer Völker. Sie alle stammten von ein und demselben Planeten: Lemur, der nun Terra oder Erde hieß.

Lemur war eine unscheinbare Welt in einem abgelegenen Spiralarm der Galaxis. Sie zeichnete nur die Tatsache aus, dass sie Leben trug – eine »Besonderheit«, die sie mit vielen hunderttausend Welten der Milchstraße teilte.

Und doch waren vor langer Zeit ihre Einwohner innerhalb der für historische Abläufe kurzen Zeit von anderthalb Jahrtausenden zur vorherrschenden Macht der Milchstraße aufgestiegen. Vom Kontinent Lemuria aus, der später untergehen sollte, schickten die Lemurer ihre Schiffe mit Kolonisten in alle Teile der Galaxis. Bald umfasste das Große Tamanium, wie sie ihr Sternenreich nannten, mehr Welten als selbst das Arkonidische Imperium oder das Solare Imperium der Terraner in ihrer Blütezeit. 111 Tamanien, Verwaltungsbezirke, gehörten schließlich dem Reich der Lemurer an – und auch das war nicht genug, das Tamanium streckte seine Fühler bereits in die Nachbargalaxis Andromeda aus.

Es schien dazu bestimmt, in alle Ewigkeit zu bestehen.

Dann waren die Bestien aus dem Nichts über die Lemurer hergefallen, und innerhalb weniger Jahre zerbrach das Große Tamanium. Der Kontinent Lemuria, von dem die Zivilisation der Lemurer ihren Ausgang genommen hatte, versank im Meer. Die Tamanien wurden ausgelöscht. Einem Teil der Lemurer gelang es, mithilfe von Sonnentransmittern in die Nachbargalaxis Andromeda zu fliehen. Nach und nach vergaßen sie ihre Herkunft und wurden zu den Tefrodern. Das Tamanium, aus dem später Akon hervorgehen sollte, wählte einen anderen Fluchtweg, den der völligen Isolation. Der Plan ging auf, das Blaue System blieb von der Verheerung verschont, allerdings zu einem hohen Preis, wie Solina später herausfand, nämlich um den der Erstarrung einer gesamten Kultur.

Als der Kampf schließlich längst verloren war, hatten die Lemurer in einem letzten Aufbäumen ihrem Gegner einen entscheidenden Schlag versetzt.

Sie hatten ihrem Gegner das Schlimmste angetan, was denkbar war.

Sie hatten ihn befriedet.

Die Bestien hatten ihren Namen zurecht erhalten. Sie waren vier Meter große Giganten mit vier Armen, drei Augen und zwei Gehirnen. Eins der beiden, das Planhirn, erbrachte Leistungen, die mit denen einer Positronik vergleichbar waren. Ließen sich Bestien auf die Arme herab, erreichten sie ein Tempo von über 120 Stundenkilometern – und konnten es über 24 Stunden beibehalten. Ihrem Körper konnten sie auf Wunsch eine kristalline Struktur verleihen, härter als jeder Stahl; ihre Konvertermägen transformierten selbst Gestein in verwertbare Nahrung.

Die Bestien waren zum Töten geboren.

Die Lemurer verwandelten sie in friedfertige Wesen von beispielloser Selbstlosigkeit.

Es gelang ihnen, einen Strahler zu entwickeln, den so genannten Psychogen-Regenerator, unter dessen Einfluss die mordenden Bestien zu feinsinnigen Philosophen mutierten. Aus den Bestien wurden die Haluter, die ihre Zahl freiwillig auf 100 000 beschränkten, sich auf den Planeten Halut zurückzogen und sich fortan nicht mehr in die Belange anderer Völker einmischten. Für das Große Tamanium war die Rettung zu spät gekommen, aber viele Hundert oder Tausend von Lemurern besiedelte Welten entgingen auf diese Weise der Vernichtung. Das Blaue System der späteren Akonen zählte dazu, und aller Wahrscheinlichkeit nach auch Lemur selbst.

Anfangs hatte Solina noch versucht, ihrer Ururgroßmutter die Geschichte vom Ursprung ihres Volkes zu erzählen – niemand sonst, den sie kannte, war auch nur im Ansatz bereit, ihr zuzuhören –, aber sie hatte es schnell aufgegeben. Mesdaq lebte in einer speziellen Vergangenheit, ihrer eigenen Welt, in der die Lemurer nur als Schlagwort vorkamen. Und dazu, ihre Welt zu erweitern, war die Greisin nicht mehr in der Lage – mit einer Ausnahme, die Solina über alle Maßen wütend gemacht hatte.

Eines Tages war eine Touristin aus dem täglichen Strom ausgeschert, der sich am Rundhaus von Solinas Familie vorbei dem Strand entgegenwälzte, und hatte der Mitleid erregenden Greisin in ihrem Schwebestuhl ein Geschenk in die zitternden Hände gedrückt. Eine Statue des Sonnenboten Vhrato, einer messianischen Retterfigur, die vor anderthalbtausend Jahren in der gesamten Milchstraße verehrt worden war, in der Hoffnung, dass der Vhrato die Galaxis vom Joch der larischen Herrschaft befreite. Der Vhrato-Kult ging auf eine alte Tradition von Vincranern zurück, Lemurer-Abkömmlingen, die im Schutz einer Dunkelwolke den Ansturm der Bestien überdauert hatten. Der Kult breitete sich rasch aus, wurde zum vereinenden Symbol im Kampf gegen die Laren, verband sich mit lokalen Kulten.

Nach dem Abzug der Laren hatte es zuerst so geschienen, als würde der Vhrato in Vergessenheit geraten, aber tatsächlich durchlief der Kult nur eine Verwandlung. Als Erlöserfigur bestand immer irgendwo in der Galaxis Bedarf für ihn, und im Lauf der Jahrtausende war aus dem einen Vhrato eine ganze Familie von Erlösern geworden, die stets in dem äußeren Erscheinungsbild daherkamen, das dem seiner Anhänger glich.

Der Plastik-Vhrato, den Solinas Urgroßmutter erhalten hatte, war demnach in Gestalt eines Akonen, mit samtbrauner Haut – die stellenweise bereits abblätterte – und langen, mit einem Zopf zusammengebunden Haaren gekommen, die Arme weit ausgestreckt in einer huldvollen Geste. Die Familie hatte der alten Frau die Statue gelassen. Welchen Schaden hätte der Plastik-Vhrato auch anrichten sollen? Mesdaq schien zufrieden damit, mit ihren Fingern seine Konturen nachzufahren und dabei versonnen zu lächeln.

Einige Wochen später war die Statue aus den Händen der Greisin verschwunden. Stattdessen fand Solina sie im Hauptgang des Rundhauses vor. Jemand hatte aus Treibholz eine Art Altar gefertigt, auf dem der Plastik-Vhrato stand. Und das war erst der Anfang: Im Lauf der Jahre bis zu Mesdaqs Tod gewann der Altar zunehmend an Größe, und bald standen vor ihm jeden Tag Opfer für den Vhrato in einer Schale, meistens Leuchtfische, die man für teures Geld hätte an die Touristen verkaufen können und die furchtbar stanken.

Niemand wusste, wie der Altar angewachsen war oder woher die Opfer kamen. Jeder im Haushalt schimpfte darüber, doch niemand brachte den Mut auf, der Greisin den Vhrato wegzunehmen, vor dem sie den ganzen Tag über selig lächelnd in ihrem Stuhl schwebte und der übrigen Familie den Durchgang erschwerte.

Dann starb Mesdaq. Sie begruben sie im Keller des Hauses, wo alle Familienangehörigen ihre letzte Ruhe fanden, und als Solina wieder aus dem Untergrund heraustrat, erwartete sie, dass ihr Vater, der sich immer am lautesten über den Altar beschwert hatte, ihn abbauen und ins Meer werfen würde. Aber der Altar war noch unversehrt an Ort und Stelle, und ein frischer Leuchtfisch lag in der Opferschale.

Solina war einige Jahre nicht mehr zu Hause gewesen, aber sie war überzeugt davon, dass der Altar noch immer existierte, vielleicht bereits den gesamten Gang in Anspruch nahm.

Und nun stand sie wieder von einem Altar. Solina spähte an Perry Rhodan vorbei, der sich auf den Lenker des Fahrzeugs stützte, das er Fahrrad nannte, auf die kleine Lichtung zwischen den Büschen. Die Akonin hatte unwillkürlich das Gefühl, ein Versteck vor sich zu haben, als sei der Kult, dem der Altar diente, nur widerwillig geduldet.

Wie in dem Rundhaus ihrer Familie auf Shaghomin war der Altar improvisiert. Statt Treibholz hatten seine Erbauer Äste benutzt, die von den ringsum wachsenden Sträuchern und anderen Pflanzen stammten und die sie mit Plastikteilen zu einer größeren Struktur verbunden hatten. Die Uneinheitlichkeit der verwendeten Materialien, aber auch die verschiedenen Methoden, mit denen das Material zusammengesetzt war – Solina war im Geiste schon fast versucht, sie »Stile« zu nennen –, bewiesen dem geübten Auge der Historikerin, dass sie eine Konstruktion vor sich hatte, die seit einiger Zeit, vermutlich sogar seit Generationen, existierte und an der sich viele Hände beteiligt hatten.

Herausgekommen war dabei ein ovales Podest von einer Länge, die Solina auf zwei Meter schätzte, und einer Breite von ungefähr anderthalb Metern. Am Fuß des Podests waren eine Reihe von Opferschalen fest angebracht, von denen die meisten gefüllt waren.

»Das glaube ich nicht«, stöhnte Robol von Sarwar, als er die Figur sah, die auf dem Altar thronte. »Das glaube ich einfach nicht. Das kann nicht sein, Solina, oder?«

Die Historikerin gab keine Antwort. Nichts war unmöglich. »Geschichte« war stets nur ein Konstrukt des Bekannten und dessen, was eine Gesellschaft für beachtenswert erachtete. Der Reflex des Durchschnittsbürgers war, alles, was dem bekannten Bild widersprach, als unmöglich abzutun. Die Pflicht der Historikerin war es deshalb, neue Fakten möglichst vorurteilslos zu prüfen und sie in das Bild einzuweben, auf dass es wieder ein Quäntchen mehr den Tatsachen nahe kam. Sofern man überhaupt an so ein naives Konstrukt wie »Tatsachen« glaubte, was nur noch wenige Historiker im 14. Jahrhundert NGZ taten ...

Solina sah aus dem Augenwinkel, dass Pearl Laneaux und Hayden Norwell mit gezogenen Strahlern Wachpositionen bezogen hatten. Gut. Das gab ihr die Gelegenheit, diesen Ort der Verehrung genauer zu untersuchen.

Die Akonin trat an den Altar heran, ging vor der Statue in die Knie und widmete sich den Opferschalen. In zwei davon befand sich Nahrung: eine längliche Schote, die Solina an die Frucht des Nhemud-Baums ihrer Heimat erinnerte, und bei der zweiten Gabe handelte es sich offenbar um ein Stück Brot. In den übrigen Schalen fand sie eine handgearbeitete, primitive Kette, einen Blumenkranz und ein Stück ölverschmiertes Metall. Solina nahm es auf und drehte es zwischen den Fingern.

»Vielleicht ein Werkzeug für ihre Fahrräder?«, sagte Rhodan, der neben ihr in die Knie gegangen war. »Es würde einen hohen Wert darstellen – genau das, was man einem Gott opfern würde.«

»Klingt überzeugend.« Solina nahm einen zusammengefalteten Zettel auf, der unter dem Werkzeug gelegen hatte.

»Für den Hüter«, entzifferte sie die lemurische Handschrift. Sie öffnete den Zettel, und darin stand ein Wunsch: »Starker Hüter, gib, dass ich das Rennen heute Abend gewinne!«

Solina und Rhodan äugten zur Statue des Wesens hinauf, den die Bewohner der Arche offenbar als »Hüter« bezeichneten, dann trafen sich ihre verwunderten Blicke. Um ein Haar war Solina versucht, sich Robol anzuschließen und »Das kann nicht sein!« auszurufen.

Doch das kam nicht infrage, sie war Historikerin. Zusammen mit Rhodan untersuchte sie die übrigen Gaben. Unter jeder fanden sie einen Zettel mit einer Bitte an den Hüter. »Mach, dass ich in einen anderen – Solina vermochte das Wort nicht zu entziffern – versetzt werde!«, »Mach, dass meine Zahnschmerzen endlich verschwinden!«, »Mach, dass sie mich erhört!«

Solina und Rhodan erhoben sich. Die Statue des Hüters war ungefähr einen Meter groß, aber durch den Altar, auf dem das Wesen stand, sahen sie ihm direkt in die drei Augen. Sie waren glühend rot. Die Statue war aus einer Art Ton gearbeitet, der beinahe Schwarz und größtenteils unbemalt geblieben war. Das Wesen war nackt. Es stand auf zwei mächtigen Säulenbeinen und hatte vier Arme, die es halb ausgestreckt hielt, in einer Pose, als halte es die Arme schützend über seine Verehrer. Der Kopf saß halslos auf den Schultern.

»Kein Zweifel«, sprach Rhodan den Gedanken aller aus. »Das hier ist ein Haluter.«

»Oder eine Bestie,« warf Hevror ta Gosz ein, der sich zu den beiden gesellt hatte.

»Unwahrscheinlich«, widersprach Solina, ohne den Blick von der Hüter-Statue abzuwenden. Sie hatte noch nie mit eigenen Augen einen Haluter gesehen, aber die Statue war denen, die sie von Bilder und Aufzeichnungen her kannte, verblüffend ähnlich. »Dieses Schiff ist lange vor dem Angriff der Bestien aufgebrochen. Die Entfernung vom Startort belegt das. Seine Besatzung konnte nichts von der Existenz der Bestien ahnen.«

»Und wenn es unterwegs zu einer Begegnung mit Bestien gekommen ist?«, beharrte der Akone.

»Gäbe es das Schiff nicht mehr«, antwortete Rhodan. »Die Bestien pflegten niemals Fragen zu stellen, auch nicht, nachdem sie geschossen hatten. Sie hätten die Arche im selben Moment vernichtet, indem sie herausgefunden hätten, dass sich Lemurer oder Lemurerabkömmlinge auf ihr befinden.«

»Bleiben die Haluter«, sagte Solina. »Die Arche muss mit Halutern zusammengetroffen sein.«

»Das scheint mir im Augenblick die einzig mögliche Erklärung zu sein«, stimmte Rhodan zu. »Aber ehrlich gesagt gefällt sie mir ebenso wenig. In der Galaxis existieren seit Jahrzehntausenden nur 100 000 Haluter, eine verschwindend geringe Zahl. Und kaum einer aus diesem kleinen Häuflein verlässt jemals Halut. Die Chance, dass Haluter zufällig auf die Arche gestoßen sein sollten, ist gleich null.«

»Vielleicht war es kein Zufall?«, fragte Hevror. »Vielleicht haben die Haluter auf irgendeinem Weg von der Existenz der Arche erfahren?«

»Ebenfalls extrem unwahrscheinlich«, sagte Solina. »Meines Wissens hat niemand bislang auch nur einen Hinweis auf die Existenz eines Schiffs wie diesem gefunden. Hätten die Haluter einen gehabt, hätten sie ihn uns mitgeteilt. Und außerdem hätten sie den Bewohnern mit ihrem Besuch tatsächlich geholfen und sich nicht nach einer Stippvisite wieder aus dem Staub gemacht. Nicht wahr, Perry, du kennst Haluter persönlich?«

Sie spielte auf Icho Tolot an, mit dem den Terraner eine über zweitausendjährige Freundschaft verband. Der Unsterbliche nickte. »Die Haluter sind sehr bemüht, die Verbrechen ihrer Vorfahren zu sühnen. Sie hätten ...« Er kam nicht zum Ende des Satzes.

»Perry!«, rief Pearl. »Da ist eine Einge... eine Lemurerin auf einem dieser Räder!«

»Kannst du sie einholen?«, fragte Rhodan.

»Nicht nötig, *sie kommt direkt auf uns zu!*«

Einen Augenblick später war sie heran. Sie raste auf ihrem Fahrrad in die Mitte des Teams, brachte es mit einem Knirschen zu stehen und keuchte in altertümlich klingendem Lemurisch: »Bitte, Fremde, ihr müsst mir helfen!«

Rhodan fasste sich als Erster wieder. »Wobei helfen?«, entgegnete er, ebenfalls auf Lemurisch.

»Bitte, helft mir, sonst bringen sie mich um!«

25

Das Männchen führte Eniva ta Drorar endlos lange durch die Gänge und Decks der PALENQUE. Einerseits war die Akonin dankbar für die Gelegenheit, sich auf dem fremden Raumer umzusehen, andererseits verblüffte sie die technologische Rückständigkeit der Terraner: Auf akonischen Schiffen war es üblich, bereits auf kleineren Entfernungen Transmitter zu benutzen. Kein Mensch wäre auf die Idee gekommen, einen Antigravschacht zu benutzen, um mehr als zwei Decks zu überspringen. Oder betrieben die Terraner etwa eine Art Kult um die körperliche Bewegung und lehnten Transmitter aus ideologischen Gründen ab? Zuzutrauen war den Terranern alles, und sie hätte sich gern ausführlichere Gedanken dazu gemacht, hätte ... hätte Alemaheyu Kossa auch nur eine Sekunde den Mund gehalten.

Der Funker der PALENQUE redete, als stünde sein Leben auf dem Spiel. Er erzählte ihr vom Wetter auf Terra ... fragte, ob die Wetterkontrolle auf Sphinx – der Trampel nannte Drorah bei seinem hässlichen Terranernamen! – es ebenso regelmäßig in den Sand setzte wie die auf Terra ... gab ihr keine Gelegenheit zu einer Antwort ... schimpfte über die Schichteinteilung auf der PALENQUE, die grundsätzlich so ausfiel, dass er benachteiligt wurde ... fragte sie, ob es auf der LAS-TOÓR genauso zuginge ... gab ihre keine Gelegenheit zu einer Antwort ... weihte sie in seine Besorgnis über die galaktopolitische Lage ein ... und ob sie nicht auch glaube, dass die Ako..., Verzeihung!, die Arkoniden hinter allen Übeln steckten, vielleicht sogar an der unfähigen Wetterkontrolle ... gab ihr keine Gelegenheit zu einer Antwort ... fragte sie, ob sie jemals Perry Rhodan begegnet sei ... gab ihr keine Gelegenheit zu einer Antwort ... und stürzte sich dann in eine lange, sicherlich an den Haaren herbeigezogene Erzählung, wie gute Kumpels er und Perry doch seien ...

Kossas Wortschwall glich einer unaufhaltsamen Lawine. Eniva wünschte sich zurück in die Deckung ihrer Kabine, so klein und stinkend sie auch war, oder noch besser zurück auf die LAS-TOÓR, die sie niemals hätte verlassen sollen, um die Barbaren aus der Nähe kennen zu lernen. Denn das waren die Terraner ohne jeden Zweifel: Barbaren. Kein Akone von Stand wäre jemals auf den Gedanken gekommen, sein Gegenüber nicht zu Wort kommen zu lassen, und ganz bestimmt wäre niemand jemals auf das verfallen, was die Ober-Barbarin Sharita Coho eingefädelt hatte: Sie hatte sich ihres unbeschäftigten und somit an ihren Nerven zehrenden Funkers entledigt und damit gleichzeitig ihre akonische Geisel auf eine Weise neutralisiert, die unangreifbar war. Hatte sie sich nicht aufopfernd um ihren Gast gekümmert und Eniva einen ihrer wichtigsten Männer als persönlichen Adjutanten zur Seite gestellt?

Sharita Coho war eine Teufelin. Wenn sie jemals die Gelegenheit bekam, sie ...

»Wir sind da, Eniva.«

Die Akonin hatte Schwierigkeiten, in die Gegenwart zurückzufinden. Das terranische Männchen hatte aufgehört zu reden. Was war los?

»Wir sind was?«

»Hier ist meine Kabine.«

»Kabine? Du hast gesagt, du wolltest mich durch das Schiff führen!« Sie hatte keine Angst vor Alemaheyu Kossa. Sollte der terranische Zwerg versuchen, ihr körperliche Gewalt anzutun, würde sie mit einem Tritt zwischen die Beine die enge anatomische Verwandtschaft von Akonen und Terranern demonstrieren.

»Das habe ich doch getan! Wir sind zweimal durch das ganze Schiff.«

»Was? Wieso hast du nichts gesagt?«

Alemaheyus Augen weiteten sich vor Empörung. »Aber das habe ich doch getan, die ganze Zeit! Hast du nicht zugehört?«

»Doch, natürlich.« Eniva erinnerte sich daran, dass sie gewissermaßen als offizielle Botschafterin ihres Volkes auf der PALENQUE weilte. Es bestand kein Anlass, sich von der Unhöflichkeit der Terraner anstecken zu lassen.

»Wenn du es sagst, will ich es dir glauben. Wir Terraner sind ja höfliche Menschen.« Kossa deutete einladend auf die Tür seiner Kabine. »Und deshalb ist es bei uns üblich, seinen Gästen etwas zu trinken anzubieten.«

Eniva musterte die Tür zu Kossas Kabine. Sie unterschied sich in nichts von den hundert anderen, an denen sie der Terraner eben vorbeigeführt hatte. Mit einer Ausnahme: Jemand, vermutlich Kossa selbst, hatte in Augenhöhe mit primitiven Klebeband ein von Hand bemaltes Pappschild angebracht.

»ALEMAHEYU KOSSA«, las Eniva, »LUFTGITARRENVERSAND«.

Sie hielt einiges auf ihr Interkosmo und verstand jedes einzelne der Wortbestandteile, ja, sie hatte sogar eine Vorstellung davon, was eine Gitarre war, aber trotzdem ergaben die Worte keinen Sinn.

Kossa lächelte ihr mit seinem perfekten Gebiss zu, als erwartete er von ihr, dass sie ihn nach dem Schild fragte.

Darauf, dachte sie, *kannst du lange warten!*

»Also gut«, sagte die Akonin. »Bringen wir es hinter uns. *Ein* Getränk.«

»Ein Getränk.«

Kossa führte sie in seine Kabine. »Ich bin schon lange auf der PALENQUE«, sagte er entschuldigend, als er bemerkte, dass sie seine Kabine im Geiste mit der ihren verglich, »und meine Funktion ist für das Schiff unersetzlich. Deshalb hat Sharita mir eine großzügige Kabine zugeteilt. Der Mehraufwand wird von meinem Anteil abgezogen.«

»Großzügig« stellte eine wahrhaft großzügige Verzerrung der Tatsachen dar. Auf der LAS-TOÓR hätte man eine Kabine dieser Ausmaße allenfalls einem der unteren Mannschaftsgrade zugemutet. Aber die PALENQUE war eben nicht die LAS-TOÓR, und Eniva dankte den Geistern ihrer Ahnen, dass sie wenigstens nicht mit Kossa auf einer Couch sitzen musste.

Der Terraner stürzte zu einem Sessel, räumte einen Stoß Papiere und einige leere Verpackungen von der Sitzfläche und bedeutete ihr Platz zu nehmen. »Tut mir Leid, ich hatte nicht mit Besuch gerechnet, sonst hätte ich aufgeräumt.«

Eine lahme Ausrede. Wozu gab es Haushaltsroboter? Eniva besann sich erneut auf die in der gesamten Galaxis zurecht gerühmte akonische Höflichkeit, bedankte sich und nahm Platz.

»Du wirst begeistert sein!«, verkündete Kossa, während er ein großes Kühlfach öffnete, in dem es ähnlich ordentlich aussah wie in seiner Kabine – also in etwa so, als wäre darin eine Transformbombe explodiert.

Schließlich hatte Kossa gefunden, wonach er gesucht hatte. Er reckte zwei braune Flaschen in die Höhe, machte es sich ungeachtet der darauf gestapelten Papiere auf der Sitzfläche auf dem Sessel gegenüber bequem und stellte die Flaschen auf das Tischchen zwischen sich und Eniva. »Perfekt temperiert – 8,4 Grad.« Kossa kramte ein Werkzeug aus der Hosentasche und öffnete damit die Flaschen. Es zischte, einige schaumige Tropfen spritzen über den Tisch. »Halt dich fest, Eniva, dir steht ein Hochgenuss bevor, von dem die gesamte Milchstraße schwärmt – echtes terranisches Bier!« Er stieß seine Flasche gegen Enivas und hob sie an den Mund. »Prost!«

Als Eniva es ihm nicht gleichtat, murmelt er rasch: »Nein, keine Gläser. Bier trinkt man aus der Flasche!« Dann nahm er rasch einen Schluck, wie um ihr zu beweisen, dass die Flüssigkeit nicht giftig sei.

Eniva nahm ihren ganzen Mut zusammen und trank ebenfalls. Sie war auf das Schlimmste gefasst. Sie hatte gehört, dass Terraner sich nicht scheuten, Tiermilch in Flaschen abzufüllen und zu trinken.

Die kalte Flüssigkeit füllte ihren Gaumen, drang an ihre Zunge. Dann explodierten der Geschmack auf ihrer Zunge und ein Gedanke in ihrem Kopf: Kavla! Sie trank Kavla! Viel zu kalt – die Temperatur grenzte schon fast an eine Blasphemie – mit viel zu viel Kohlensäure, aber Enivas Sicherheit wuchs, als sich die Flüssigkeit in ihrem Mund zunehmend erwärmte und ihr Geschmacksspektrum entfaltete.

Kavla! Die Terraner kannten Kavla! Sie war so erleichtert, dass sie die halbe Flasche in einem Zug leerte.

»Es schmeckt dir?«, fragte Kossa. Zum ersten Mal erlebte Eniva ihn unsicher.

»Ja, nicht übel. Viel zu kalt zwar, und in dieser Flasche kommt es gar nicht zur Geltung. Du solltest es in die Mikrowelle stellen und in einer Schale serv...«

»In die Mikrowelle? Das wäre ja ...«

»Nur ein Vorschlag«, beschwichtigte Eniva, bevor er das Wort *Blasphemie* aussprechen konnte. Sie leerte die Flasche in einem zweiten Zug. Das Kavla mochte furchtbar serviert sein, im Magen entfaltete es immer noch seinen warmen Segen. Mit einem Mal fühlte sich Eniva sich nicht mehr so fremd und verloren unter den Terranern. »Hast du noch ein K... Bier?«

»Natürlich.« Sichtlich erfreut über ihre Bitte stürzte Kossa zum Kühlschrank und kam mit einem Gebinde aus sechs Flaschen zurück. »Wir nennen das Sixpack«, sagte er ernst. »Seit die Terraner Bier kennen, trinken sie es als Sixpack.«

Anfangs glaubte Eniva, dass Alemaheyu in seinem Eifer viel zu viel Kavla aufgetischt hatte, aber sie irrte sich. Das terranische Kavla rann, nachdem sie sich erst einmal an es gewöhnt hatte, ebenso geschmeidig die Kehle hinunter wie das akonische. Und sie hatte sich noch in einem anderen Punkt geirrt: Alemaheyu war kein so übler Kerl, wie sie gedacht hatte. Der Terraner war kein Männchen, nur eben sehr grazil, und er war tatsächlich charmant. Er erzählte ihr davon, wie er dazu gekommen war, auf einem Prospektorenschiff anzuheuern, und dass er hoffte, eines Tages Äthiopien zu besuchen, die Gegend Terras, von der seine Vorfahren vor langer Zeit ausgewandert waren. Und er fragte auch nach Enivas Befinden. Wie sie an Bord der LASTOÓR gekommen sei und wie es ihr dort erginge? Eniva ertappte sich dabei, wie sie ihm das Herz ausschüttete, und dabei, dass es ihr nichts ausmachte.

Viel zu schnell war das Sixpack ausgetrunken. Als Eniva nach einem weiteren fragte, schüttelte Alemaheyu verlegen den Kopf.

»Tut mir Leid. Wie gesagt, ich hatte nicht mit Besuch gerechnet, und wenn Sharita mitbekommt, dass ich in unserer Lage aus dem Zentrallager Bier anfordere ...«

»Sie würde dich in der Luft zerreißen!«

»Eben.« Alemaheyu starrte missmutig durch den Hals auf den Grund seiner leeren Flasche. Dann ruckte er hoch. »Ich hätte da eine Idee!«

»Und die wäre ...?«

Der Terraner zog bereits eine Schublade auf und holte ein Säckchen hervor. Mit geübten Bewegungen holte er aus dem Säckchen mehrere Papierstreifen, gab längliche braune Brösel – offenbar getrocknete Pflanzenfasern – hinzu, dann Spuren von einem Klumpen und rollte das Papier darum.

»Das hier ist wie ... nein, nicht wie Bier. Anders. Aber am besten probierst du selbst.«

»Wenn du meinst. Wie isst man das?«

»Gar nicht. Das ist ein Joint.« Alemaheyu lachte freundlich. »Ich zeige es dir.« Er entzündete seine Papierkonstruktion an einem Ende, nahm das andere Ende in den Mund, sog den Rauch ein und behielt ihn mit geschlossenen Augen in den Lungen. Als er sie wieder öffnete, lag in ihnen ein träumerischer Glanz. Alemaheyu reichte ihr den »Joint«.

Die Vorstellung, Rauch zu inhalieren, ekelte Eniva, aber sie nahm ihren ganzen Mut zusammen und tat es. Schließlich war sie ja hier, um eine fremde Kultur zu erleben. Gleich darauf begann sich eine zweite Wärmeschicht um Eniva zu legen, sie zu umhüllen. Genau wie Alemaheyu gesagt hatte. Nicht wie Kavla, aber ... oooh!

Sie rauchten den Joint zu Ende. Alemaheyu bot an, einen zweiten zu basteln, aber Eniva lehnte ab. Genug war genug.

Eine Zeit lang starrten der Terraner und die Akonin gemeinsam glücklich ins Leere, dann nahm Eniva ihren ganzen Mut zusammen – man hatte sie von Kind an gelehrt, sich nie eine Blöße zu geben, und das steckte tiefer, als Kavla, Bier oder Joints reichten – und fragte nach dem Schild an Alemaheyus Kabinentür.

»Ach das«, antwortete der Terraner. »Das ist nur ein Scherz. Ich verschicke keine Luftgitarren. Das kann man nicht.«

»Dann gibt es keine Luftgitarren?«

»Doch, natürlich!«

»Das verstehe ich nicht. Wieso kann man sie dann nicht versenden? Ist es verboten?«

»Nein, nein, das ginge sowieso nicht.« Alemaheyu verdrehte die glasigen Augen. »Hm, wie kann ich dir das erklären?« Er verdrehte einige Momente länger die Augen, dann sprang er wieder einmal auf und rief: »Ich weiß es, ich zeige es dir!« Aus einem der vielen Schränke, die die Wände seiner Kabine säumten, zog er einen bauchigen Gegenstand mit einem langen Hals.

»Eine Gitarre!«, rief Eniva, stolz darauf, das Instrument erkannt zu haben.

»Ja.« Alemaheyu hielt die Gitarre vor seine Hüfte, die eine Hand umfasste den Hals, die andere legte er auf den Klangkörper und verdeckte dabei beinahe das Loch in der Mitte. »So hält man sie.« Die Hand über dem Loch fuhr entlang der Saiten, und einige schiefe Töne erklangen. »Und so spielt man sie.«

»Gut. Das ist also eine Gitarre – und was ist der Unterschied zu einer Luftgitarre?«

»Sieh genau hin!« Alemaheyu legte die Gitarre zur Seite, gab dem Kabinensyntron ein Zeichen und warf sich in Pose. Er rückte die Hüfte in fast anstößiger Weise nach vorn, seine Hände nahmen die Position ein, als hielten sie eine Gitarre. Dann schloss er die Augen, und seine Finger glitten über die Saiten der imaginären Gitarre.

Ein Jaulen ertönte aus den Akustikfeldern der Kabine. Eniva hätte auf der Stelle die Flucht ergriffen, hätte sie nicht die Wärme in ihrem Innern geschützt. So blieb sie sitzen und ließ Alemaheyus Luftgitarrenspiel über sich ergehen. Der Kabinensyntron musste den Fingerbewegungen des Terraners folgen und sie in Töne umsetzen.

Und das Wunder geschah. Im selben Maß, wie der Terraner in seinem Spiel versank, wie er sich im Rhythmus wiegte, er die Hüfte in eindeutiger Manier schwang, öffnete sich Eniva seiner Musik, und aus dem Jaulen wurden Töne, die der Akonin keine andere Wahl ließen, als aufzuspringen und sich ihrem Takt hinzugeben.

Eniva schwitzte, als Alemaheyu das Stück zu Ende brachte. Er kniete, als danke er einem unbekannten Gott für die Gnade seines Spiels, den Oberkörper so weit nach hinten gestreckt, dass sein Hinterkopf beinahe den Boden berührte. Als der letzte Ton verklungen war, öffnete er die Augen und sah die ergriffene Eniva. Allumfassende Zufriedenheit machte sich auf seinem Gesicht breit. »Ich wette, so etwas habt ihr Akonen nicht!«

Das glaubst du!, dachte Eniva. Sie wollte sich an den Kabinensyntron wenden, um eine Sitzung Plejbek zu improvisieren und es Alemaheyu zu zeigen, der plötzlich wieder den überlegenen Terraner herauskehrte, aber im selben Moment erschien ein Holo in der Kabinenmitte. Es zeigte Sharita Coho.

»Alemaheyu!«, sagte die terranische Kommandantin barsch. »Komm sofort in die Zentrale! Die terranische Residenz fragt an, wo Perry Rhodan steckt. Du musst eine Antwort hintricksen. Sie dürfen nicht mitbekommen, dass wir uns im Dilatationsflug befinden – sonst haben wir die LFT-Flotte am Hals und sie haben dieses Lemurerschiff schneller abgeschleppt, als wir ›Augenblick!‹ buchstabieren können, und finden uns mit zehn Solar Entschädigung pro Mann ab!«

Alemaheyu schnellte hoch und versuchte, zu salutieren. »Schon auf dem Weg! Was ist mit Eniva da Drorar? Sie ist bei mir. Soll ich sie mitbringen?«

»Wie, zum Teufel, kommst du auf die hirnverbrannte Idee ...?« Die Kommandantin musste erkannt haben, dass

Eniva mithörte und schluckte den Rest des Satzes herunter. »Sie soll ruhig weiter deine exzellente Gastfreundschaft genießen. Ich schicke einen Reinigungsroboter, der den Korridor vor deiner Kabine richtig durchschrubbt. Der hat es nötig, verstanden?«

Der letztere Hinweis galt Eniva. Eigentlich war er empörend, aber die Akonin war noch zu entrückt, um sich aufzuregen. Als Alemaheyu, tausend Entschuldigungen murmelnd, die Kabine verließ, sank sie wohlig erschöpft in ihren Sessel zurück.

Schnell stellte es sich heraus, dass der Sessel sich zu einer bequemen Couch ausfahren ließ. Eniva streckte sich aus, das Kratzen der Bürsten des Reinigungsroboters an der Tür wiegte sie in den Schlaf ... der letzte Gedanke, der Eniva durch den Kopf ging, bevor sie wegnickte, war der, dass sie froh war, nicht auf das Lemurerschiff gegangen zu sein. Nichts, was dort geschah, konnte auch nur annähernd so aufregend sein wie ihre Abenteuer unter diesen Terranern.

Nichts ...

26

Lemal Netwar wurde auf dem Mitteldeck von der größten Streitmacht erwartet, die sich jemals in der Geschichte des Schiffs an einem Ort versammelt hatte.

Es waren beinahe vierhundert Tenoy, die in Gruppen zusammenstanden. Andere Metach waren nirgends zu sehen. Sie mussten es vorgezogen haben, das Weite zu suchen oder sich nicht blicken zu lassen. Lemal hatte die Versammlung der Tenoy nicht öffentlich ankündigen lassen, um nicht das Risiko einzugehen, eine Panik auszulösen, die auf das bislang noch ruhig gebliebene Mitteldeck übersprang.

Das Zusammenziehen der Tenoy war die Bestätigung für die Gerüchte, die durch das Schiff rasten: Fremde waren an Bord!

Die Tenoy trugen für herkömmliche Projektile undurchdringliche Körperpanzer und schwere Waffen, die für diesen Tag in den Magazinen des Schiffes gehortet waren und zum ersten Mal überhaupt ausgegeben worden waren. Ihr Gewicht – viele der Waffen mussten zu zweit oder dritt getragen werden – schien die Wächter nicht zu belasten. Im Gegenteil, ihre Stimmung war euphorisch. Vom Fahrstuhl aus sah Lemal siegessicher hoch gereckte Fäuste, las er zahllose Prahlereien von den Lippen ab.

Die meisten der Männer und Frauen hatten Gesichtsmasken angelegt, die nur Mund und Nase frei ließen. Die Masken waren mit wilden Fratzen bemalt. Wer keine Maske besaß, hatte sich von Kameraden die Fratze direkt auf das Gesicht malen lassen. Die Kämpferidentitäten, die sie auf diese Weise übergestreift hatten, flößten ihnen eine rauschartige Zuversicht ein.

Die Tenoy ahnten nicht, was sie erwarten mochte, und das war gut so.

Einer der Tenarchen begrüßte ihn. »Die Tenoy sind angetreten, wie von dir gewünscht.« Der Mann verbeugte sich. »Sie erwarten deine Befehle.«

Der Tenarch war nicht Launt. Der Naahk hätte viel dafür gegeben, seinen besten Helfer in dieser Stunde bei sich zu haben, aber Launt war im Heck des Schiffes, um die Hinrichtung der Verräter durchzuführen. Netwar hatte erwogen, ihn von der Aufgabe abzuziehen, sich aber dagegen entschieden. Er hatte ihn aus gutem Grund für sie vorgesehen. Wenn Launt erst seine Pflicht getan hatte, würde er ein noch besserer Tenarch sein und ihm viele Jahre lang in bedingungsloser Treue dienen.

»Die Fremden befinden sich nach wie vor auf dem Außendeck?«

»Ja.«

»Du kennst ihren Aufenthaltsort?«

»Ja.«

»Dann führ uns zu ihnen.«

»Aber ...« Der Mann verstummte, als der eisige Blick des Naahks ihn traf. Er wandte sich ab und rief laut Befehle.

Aber das ergibt keinen Sinn!, hatte der Tenarch protestieren wollen. Netwar konnte es ihm aus dem Gesicht ablesen. Dem Feind in einer geballten Formation entgegenzumarschieren, war töricht. Sie kannten das Schiff, es war ihre Heimat. Es wäre ihnen nicht schwer gefallen, auszuschwärmen und die Fremden einzukreisen, ohne dass sie es bemerkten. Die Tenoy waren zuverlässig, niemand würde das Aufsplittern in Gruppen dazu nutzen, sich abzusetzen.

Doch der Naahk blieb bei seiner Entscheidung. Handelte es sich bei den Fremden um die, die er fürchtete, konnte nur Geschlossenheit sie retten, wenn überhaupt.

Der Abstieg zum Außendeck dauerte lange Minuten. Um zusammenzubleiben, konnten die Tenoy lediglich einen einzigen Fahrstuhl benutzen. Netwar hatte den Treffpunkt an einen der großen Lastenfahrstühle gelegt, dennoch dauerte es über eine halbe Stunde – pro Fahrt konnten nur fünfzig Tenoy transportiert werden –, bis die gesamte Streitmacht auf dem Boden des Außendecks angekommen war.

Lemal fuhr mit dem ersten Trupp, und während hinter ihm Zug um Zug die übrigen Tenoy ankamen, blickte er über das Außendeck und hing seinen Gedanken nach. Es war lange her, dass er hierher gekommen war. Die hohe Schwerkraft, der er jetzt dank der Medikamente standhielt, die er sich injiziert hatte, hatte ihn daran gehindert. Jeder Ausflug auf das Außendeck versetzte seiner Krankheit einen weiteren Schub, und er wusste nicht, wie lange er noch durchhalten musste. Es kam nicht infrage, dass er eines Tages bewegungsunfähig sein würde und das Schiff damit steuerlos.

Das Außendeck wirkte friedlich. Die geordneten Reihen der Felder erstreckten sich bis in den Dunst, nirgends war ein Metach oder einer der Fremden zu sehen. Doch der Schein trog. Irgendwo dort unten verbargen sie sich.

Lemal fragte sich, wie sie sie gefunden hatten. Er wusste um die Unendlichkeit des Alls, auch um den Ortungsschutz, mit dem die Erbauer das Schiff ausgestattet hatten. Ein Zufall schien ihm nahezu undenkbar. Doch sollte ihre Entdeckung kein Zufall gewesen sein ... Er hatte plötzlich das Gefühl, als wolle die hohe Schwerkraft des Außendecks ihn auf den Boden zwingen und zerdrücken.

»Der Transport ist abgeschlossen.« Die Meldung des Tenarchen holte ihn in die Gegenwart zurück.

»Dann wollen wir keine Zeit verschwenden.« Er zog an der Kette um seinen Hals. Unter dem Körperpanzer kam sein Amtsabzeichen zum Vorschein. Er legte es so über seine Brust, dass die Tenoy es gut sehen konnten. Dann zog er seine Waffe, entsicherte sie und setzte sich an die Spitze der Wächter.

Die Lemurerin brauchte einige Zeit, bis sie sich so weit beruhigte, dass sie einigermaßen zusammenhängend berichten konnte.

Solina Tormas nutzte die Gelegenheit, die Frau, die sich Denetree nannte, zu mustern. Sie war jung, fast noch ein Mädchen, kleiner als eine durchschnittliche Akonin, hätte aber mühelos als Terranerin durchgehen können, nicht zuletzt wegen ihrer hellen Haut. Sie war ungewöhnlich kräftig, ihre Ärmel und Hosenbeine spannten über trainierten Muskeln. Solina schloss daraus, dass sie einen großen Teil ihrer Zeit, wenn nicht sogar die ganze, in der erhöhten Schwerkraft dieses äußeren Decks verbrachte. Wahrscheinlich arbeitete sie auf den Feldern. Denetree hatte die langen, schwarzen Haare zu einem Zopf zusammengebunden, damit sie ihr nicht ins Gesicht fielen. Ihre Augen waren wasserblau und unablässig in Bewegung – in diesem Moment blickten sie abwechselnd Solina und Rhodan an, die sich beide als der lemurischen Sprache kundig erwiesen hatten.

»Ihr müsst mich mit euch nehmen!«, flehte Denetree. »Sie wollen mich umbringen!«

»Wer will dich umbringen, und wieso?«

»Der Naahk ... das gesamte Schiff!« Die Lemurerin erbebte.

»Wieso das? Hast du etwas getan, was ...«

»Nein, wir haben nichts getan! Wir haben nur von den Sternen geträumt.«

»Und das soll ein Verbrechen sein?« Solina machte einen Schritt auf die Lemurerin zu, wollte sie tröstend in die Arme nehmen. Denetree wich zurück, eine Hand auf einer Ausbeulung ihres Gürtels, als wolle sie sie schützen.

»Ja. Der Naahk hat Angst um das Schiff. Aber wir haben nichts getan, nur geträumt! Ich wollte das Schiff nie verlassen!«

Rhodan schaltete sich ein. »Du sagst ›wir‹. Wer ist das?«

»Meine Freunde und ich. Und mein Bruder. Wir haben uns heimlich getroffen und von den Sternen geträumt. Jetzt haben sie meine Freunde gefangen und werden sie umbringen. Und irgendwann fangen sie mich! Ihr müsst mir helfen! Ihr müsst uns helfen!«

»Und was ist mit deinem Bruder?«

Denetree senkte den Blick. »Er ist tot. Er hat versucht zu

fliehen, mit einem kleinen Schiff. Die Tenoy haben es abgeschossen. Für ihn könnt ihr nichts mehr tun.«

Rhodan versteifte sich, rang mit Worten. Solina fragte sich, ob die Terraner ihnen etwas verschwiegen hatten. Sie hatten von dem Wrack einer Fähre berichtet, das sie aufgebracht hatten und das sie auf die Spur der Arche gebracht hatte. Von einem Passagier hatten sie nichts erwähnt. Hatten die Terraner etwa einen Gefangenen gemacht?

»Nein, Denetree, für ihn können wir nichts mehr tun.« Rhodan schüttelte traurig den Kopf.

Die Lemurerin weinte leise. Wieder legte sie eine Hand auf ihren Gürtel. Als sie die Hand hob, um sich Tränen aus dem Gesicht zu wischen, sah Solina eine rechteckige Plastikhülle hervorlugen, die Denetree unter den Gürtel geklemmt hatte.

»Dein Bruder hat also nicht nur geträumt?«, sagte Solina.

»Nein. Venron war nie zufrieden mit dem, was er hatte. Er wollte immer mehr wissen. Er hat geglaubt, dass es zwischen den Sternen ein besseres Leben als hier gibt.« Sie blickte Rhodan und Solina an. »Ist das wahr?«

»Das weiß ich nicht«, sagte Rhodan. »Ich kenne das Leben hier an Bord nicht. Ich kann nicht sagen, ob es gut oder schlecht ist, aber ich kann dir versichern, dass es eines zwischen den Sternen gibt – und dass wir dich mitnehmen werden, wenn du es willst.«

Denetrees »Danke« ging in Pearls Ruf unter. »Perry, ich glaube, du solltest besser mal herkommen und dir das ansehen!«

»Was ist? Noch mehr Lemurer?«

»Ja, *viel* mehr.«

Rhodan ging zu der Terranerin, die nach wie vor am Rande der Altarlichtung Wache hielt. Solina warf Denetree einen aufmunternden Blick zu und schloss sich ihm an. Es war gut, endlich mit einer Bewohnerin der Arche gesprochen zu haben, aber wenn sie mehr über das Schiff herausfinden wollten, mussten sie mit der Führungsschicht Kontakt aufnehmen. Vielleicht ergab sich jetzt eine Möglichkeit dazu.

Pearl hatte sich zwischen zwei Büschen postiert, ein Beobachtungsposten, von dem aus sie ein angrenzendes, offenbar kürzlich abgeerntetes Feld überblicken konnte. Darauf hatten mehrere Hundert Bewaffnete Position eingenommen. Solina konnte nicht viel von ihren Gesichtern erkennen – sie trugen Masken oder hatten sich die Gesichter mit furchterregenden Fratzen bemalt –, aber das war auch nicht nötig. Die Entschlossenheit, mit der sie ihre Waffen auf die Erkundungsmission anlegten, sprach Bände.

Hinter ihrem Rücken kam ein Aufschrei. »Die Tenoy!«, rief Denetree. »Sie haben uns gefunden!«

»Was jetzt?«, fragte Pearl. »Warten wir, bis sie das Feuer eröffnen, oder kommen wir ihnen zuvor?«

Solina wunderte sich darüber, dass die Terranerin sich plötzlich an Perry Rhodan als Anführer wandte, nachdem sie so verbissen darum gekämpft hatte, das Kommando über den Trupp an sich zu reißen,. Es war das einzig vernünftige Vorgehen; Rhodan hatte weit mehr Erfahrung als sie alle zusammen, wahrscheinlich sogar mehr als die Hundertschaften, die ihnen gegenüberstanden. Aber Pearl Laneaux hatte sich in Solinas Augen bislang eher als statusbewusstes denn als vernunftbegabtes Wesen aufgeführt. Hatte sie der Terranerin Unrecht getan?

Rhodan gab nicht gleich Antwort.

»Unsere Schirme können sie nicht knacken«, fuhr Pearl fort. »Wir legen sie mit den Paralysatoren für ein paar Stunden flach – danach sind sie vielleicht zur Vernunft gekommen.«

»Das bezweifle ich.« Rhodan schien zu einem Entschluss gekommen zu sein. Er wandte sich an die Lemurerin: »Denetree, du lässt dich nicht blicken, egal, was passiert! Verstanden?« Dann sagte er zu Pearl: »Mit einem brummenden Schädel unterhält es sich schlecht, und den werden diese Bewaffneten haben, wenn wir sie paralysieren. Kein guter Beginn für eine freundschaftliche Beziehung. Ich weiß nicht, was für Waffen sie besitzen, doch sollten sie das Feuer auf uns eröffnen, besteht die Gefahr, dass sie die Arche irreparabel beschädigen.«

Er richtete sich auf. »Wir müssen reden. *Jetzt.*«

Der Unsterbliche hob beide Arme, streckte den Bewaffneten die leeren Handflächen entgegen und ging los.

Einen Moment lang sah Solina ihm verblüfft nach, dann sprang sie empört auf. Was bildete sich der Terraner ein? Glaubte er, nur weil er unsterblich war, hätte er ein Monopol auf dramatische Gesten? Sie streckte die Arme aus und schloss zu Rhodan auf. Der Terraner begrüßte sie mit einem Lächeln. »Danke für die Gesellschaft.«

Gemeinsam setzten sie den Weg fort.

Als die Bewaffneten die beiden Fremden bemerkten, die ihnen entgegenkamen, versteiften sie sich. Das Klirren von Metall auf Metall, das das Aufstellen ihrer Waffen begleitet hatte, erstarb. Niemand sagte ein Wort. Solina glaubte ein leises Surren zu hören, das sie vorher nicht wahrgenommen hatte. Vielleicht das Grundgeräusch der Schiffsaggregate.

Rhodan hatte seinen Individualschirm nicht aktiviert. Auch Solina verzichtete darauf. Sie glaubte zu wissen, worauf sich die Entscheidung des Terraners begründete: Die Bewaffneten hätten die Schirme aufgrund ihres Glitzerns wahrgenommen und vielleicht auf der Stelle das Feuer eröffnet. Die Lemurer, die ihnen gegenüberstanden, mussten über alle Maßen nervös und verängstigt sein, wenn auch nur ein Teil dessen zutraf, was Denetree über die von Furcht geprägte Gesellschaft der Arche berichtet hatte.

Es war ein kalkuliertes Risiko: Feuerte man auf sie, würden die Anzugsyntrons die Schirme rechtzeitig aufbauen. Aller Wahrscheinlichkeit zumindest; sie wussten nicht, über welche Waffen ihre Gegenüber verfügten.

Etwa zwanzig Schritte vor den Bewaffneten blieben Rhodan und Solina stehen. Rhodan senkte die Arme, achtete dabei darauf, dass er die leeren Handflächen weiter vorzeigte, und rief: »Wir kommen in Frieden!«

Rhodan hatte Lemurisch gesprochen.

Nichts rührte sich. Die Waffenläufe waren weiter auf den Terraner und die Akonin gerichtet.

»Wir kommen in Frieden!«, wiederholte Rhodan. »Wir wollen mit euch sprechen!«

Ein einzelner Mann löste sich aus der Masse. Auf halbem Weg machte er Halt und legte seine Waffe ab. Seine Schritte waren seltsam steif, als sei er es nicht gewohnt, seine Beine zu benutzen, oder als setze ihm die hohe Schwerkraft zu. Sein fast kahler Kopf saß starr auf dem Nacken, veränderte seine Position auch nicht, als er sich bückte, um die Waffe auf den Boden zu legen. Er wirkte in seiner Steifheit fast wie ein Roboter. Nur seine Augen verrieten den Aufruhr, der in ihm tobte.

Doch Solina nahm den Mann an sich kaum wahr. Ihre Aufmerksamkeit – und die Rhodans, wie sie mit einem Seitenblick feststellte – galt fast ausschließlich der Kette, die der Mann um den Hals trug. An ihrem Ende baumelte ein Ei aus mattem Metall.

Ein Zellaktivator!

Der Mann, der ihnen entgegenkam, war ein Unsterblicher!

Der Mann hielt zwei Schritte vor ihnen an. »Ich bin Lemal Netwar, Naahk der NETHACK ACHTON.«

Solina übersetzte in Gedanken den Namen der Arche: FERNE WEITEN. Eigentlich ein hoffnungsvoller Name. Wie ließ er sich mit den Erzählungen Denetrees in Einklang bringen?

Perry Rhodan und Solina nannten ihre Namen. Die Akonin nannte den ihren in einem Zustand der Benommenheit. Ein Zellaktivator! Das war unmöglich! Ein Haluter mochte durch einen unwahrscheinlichen Zufall auf die Arche gestoßen und als Hüter in ihre Legendenwelt eingegangen sein, aber das hier ... es war unmöglich. Erst lange nach dem Aufbruch der Arche hatten die Tefroder, die Nachkommen der Lemurer, über Zellaktivatoren verfügt ...

»Ihr sagt, ihr kommt in Frieden. Wieso soll ich euch glauben?«

»Weil wir Menschen sind wie ihr. Wir kommen von Lemuria.«

»Von Lemuria? Dann existiert Lemur noch?«

»Ja.«

Rhodan verschwieg dem Lemurer, dass die Zivilisation,

aus der er stammte, untergegangen war. Die Mitteilung hätte sein Gegenüber in tiefste Verwirrung stürzen können. Selbst so schienen die Ereignisse Lemal Netwar zu überfordern. Seine Hände zitterten. Langsam fuhr er mit der Rechten zu dem Zellaktivator auf seiner Brust, als suche er dort Kraft. Was er aller Wahrscheinlichkeit tatsächlich tat: Solina wusste, dass Zellaktivatoren in Zeiten erhöhter Belastung ihre lebenserhaltenden Impulse verstärkten und ihren Trägern damit ihre Bewältigung erleichterten.

Der Lemurer schloss die Augen. Wie würde er sich entscheiden? Solina fragte sich, was sie noch tun könnten, um sie von ihren friedlichen Absichten zu überzeugen. Ihr fiel nichts ein.

Rhodan dagegen schon. Er sagte: »Ich sehe, dein Zellaktivator spendet dir Kraft.«

Lemal Netwar riss die Augen auf. »Du weißt von ...«

»Ja«, antwortete Rhodan. »Ich habe einst selbst einen wie du getragen. In der Zwischenzeit wurde er durch einen neuen, in meine Schulter implantierten ersetzt.«

»Du bist ...«

Der Lemurer musterte Rhodan. Solina spürte, wie sie sich ein Band zwischen den beiden entspann. Nur ein Unsterblicher konnte ermessen, wie sich die Unsterblichkeit anfühlte ...

Sie hatten gewonnen.

Lemal Netwar vertraute Rhodan. Es würde zu keinem Kampf kommen.

Im selben Moment hörte Solina Pearl hinter sich schreien: »Denetree, nein!«

Solina Tormas drehte sich um und sah die junge Lemurerin auf sie zurennen.

27

Hartich van Küspert bekam eine Konsole im unteren Ring der Zentrale der LAS-TOÓR zugewiesen, jenem, der den akonischen Wissenschaftlern, den Yidari, vorbehalten war. Dem Terraner bot die Konsole einen willkommenen Rückzugsort. Die Unterhaltung mit dem Ma-Techten, dem Ersten Offizier des Schiffes, war ein zwiespältiges Vergnügen gewesen. Das Auftreten des Akonen hatte beinahe perfekt dem Bild entsprochen, das Hartich von dessen Volk hatte: beherrscht und reserviert. Doch hinter Echkal cer Lethirs Maske aus kühler Höflichkeit hatte der Terraner geglaubt, etwas brodeln zu spüren. Ablehnung. Widerwillen. Oder war es nur Unsicherheit gewesen? Hartich war es schwer gefallen, seiner eigenen Wahrnehmung zu trauen. Hatte nicht derselbe Mann ihm in einer großzügigen Geste seine Kabine überlassen?

Hartich ahnte, dass noch viel Zeit vergehen würde, bis er die Akonen verstehen würde.

Was für ihre Technik nicht zutraf. Der Syntron reagierte auf Ansprache in Interkosmo, und eine unbekannte gute Seele hatte die Menüführung und Ergebnisausgabe vor seinem Eintreffen auf die Verkehrssprache der Milchstraße gestellt.

Innerhalb kürzester Zeit hatte Hartich sich mit seinem neuen Arbeitsplatz vertraut gemacht. Es war verblüffend, wie sehr sich die akonische mit der terranischen Technik deckte – ein Beleg dafür, dass sich die beiden Völker ähnlicher waren, als sie es wahrhaben wollten? Oder dafür, dass die akonische Wirtschaftsspionage doch keine Erfindung der terranischen Geheimdienste war, wie der Hyperphysiker bislang geglaubt hatte? Und die Ausführung auf der LAS-TOÓR schien ihrem Pendant auf der PALENQUE immer das entscheidende Quäntchen voraus. Die akonische Regierung schien offenbar weniger knauserig als die privaten Eigner der PALENQUE.

Was auch immer der Grund war, Hartich fühlte sich wohl, wo er war. Während der kurzen Passage zur LAS-TOÓR war ihm eine neue Idee in Bezug auf den Ortungsschutz des Lemurerraumers gekommen, und er verbrachte einige Minuten damit, mit dem Bordsyntron ein entsprechendes Rechenmodell zu entwerfen. Schließlich war es komplett, und er ließ es prüfen, was länger dauerte als erwartet, da einige der akonischen Wissenschaftler gerade den Großteil der Rechnerleistung belegten.

Hartich lehnte sich zurück und ließ die Atmosphäre der Zentrale auf sich einwirken. In der Halbkugel herrschte konzentrierte Ruhe. Die meiste Zeit über hörte man lediglich das leise Rauschen verschiedener Lüfter, hin und wieder unterbrochen von gemurmelten Anweisungen an verschiedene Syntrons. Jere von Baloy griff nur selten in die Arbeit der Zentralebesatzung ein. Die Männer und Frauen waren offenkundig ein eingespieltes Team, das die Mehrzahl der Entscheidungen autonom traf.

Der Maphan war in die nur ihm einsichtige Anzeige des Bordsyntrons vertieft und studierte Daten. Dann wandte er sich an den Funker, der im mittleren Ring positioniert war. »Netkim, hast du den Kontakt mit dem Explorationsteam wiederherstellen können?«

Ein in die Konsole integrierter Translator übersetzte die Frage für Hartich praktisch ohne Zeitverlust ins Interkosmo.

»Nein.«

»Versuch es weiter.«

»Ja, Maphan.«

Der kurze Wortwechsel riss Hartich aus der unbekümmerten Stimmung, in die ihn der unerwartet offene Empfang der LAS-TOÓR gelockt hatte. Der Funkkontakt zu den

Terranern und den Akonen, die an Bord der Arche gegangen waren, war abgebrochen? Das war unmöglich! Sie mussten dem Team zur Hilfe eilen!

Er wollte eine entsprechende Frage an Jere von Baloy richten, doch während er sich die Worte noch zurechtlegte, kam ihm der Erste Offizier zuvor. »Maphan, wir müssen etwas unternehmen!«, forderte Echkal cer Lethir. »Der Kontakt ist jetzt seit beinahe einer Stunde abgebrochen.«

Jere von Baloy drehte sich in seinem Sessel dem Offizier zu. »Und was schlägst du vor?«

»Wir schicken ein zweites, stärker bewaffnetes Team.«

»Und was willst du damit erreichen?«

»Was wohl? Sie können unsere Leute heraushauen!«

Der Maphan sah seinen Stellvertreter fast mitleidig an. »Das beruht auf der Annahme, dass das Team in Gefahr ist. Dafür gibt es keinen Hinweis.«

»Aber der Funkkontakt ist abgebrochen!«

»Das heißt nicht, dass ihnen etwas zugestoßen ist. Mit Sicherheit haben wir es nur mit einer Nebenwirkung des Ortungsschutzes des Lemurerschiffs zu tun. Hartich, das ist doch wahrscheinlich? Du hast dich doch mit dem Schiff und seinem Ortungsschutz beschäftigt, nicht wahr?«

Hartich brachte in seiner Überraschung nur ein gestottertes »Ja, schon ...« hervor. Der Kommandant des Akonenraumers bat ihn, der trotz des höflichen Geredes von Gastfreundschaft nur eine Geisel darstellte, um Rat?

Jere von Baloy war es zufrieden. »Siehst du, Echkal? Wir warten ab. Wir haben mit den Terranern eine Frist von zwölf Stunden für die Erkundungsmission verabredet. Wir halten uns selbstverständlich an die Vereinbarung. Wir sind Akonen, vergiss das nicht. Wir sind die Guten.« Der Maphan grinste in die Runde, als hätte er einen umwerfenden Scherz gemacht. Doch niemand lachte. Die Akonen nahmen seine Worte hin, als hätte er eine Selbstverständlichkeit ausgesprochen.

Erneut kehrte Ruhe in der Zentrale ein, doch es lag eine Spannung in der Luft, die Hartich vorher nicht wahrgenommen hatte. Er hatte das Gefühl, eine Szene eines

Schauspiels miterlebt zu haben, das sich bereits seit längerer Zeit abspielte. Anders war der öffentliche Widerspruch des Ersten Offiziers und die schroffe Abfuhr des Kommandanten nicht erklärbar.

Hartich fragte sich, wann sich der nächste Akt des Stücks abspielen würde.

»Maphan!«, rief der Funker, »die Siebente Flotte meldet sich wieder! Takhan Mechtan von Taklir wünscht dich unverzüglich zu sprechen.«

Der Kommandant überlegte einen Augenblick. »Richte dem hochverehrten Admiral meine besten Grüße aus. Ich bin im Augenblick unabkömmlich.«

Es waren höfliche Worte, wie man sie zwischen hochgestellten Akonen erwartete, aber Hartich hatte gegenüber dem Admiral einen entscheidenden Vorteil: Er konnte Jeres Miene lesen. Und dort stand eine ganz andere Botschaft geschrieben: *Troll dich, Admiral!*

»Natürlich, Maphan«, sagte der Funker. Er übermittelte die Nachricht. Mit konzentrierter Miene lauschte er der Antwort und wandte sich dann wieder an den Kommandanten. »Maphan, Mechtan ta Taklir lässt ausrichten, nichts könne so wichtig sein, den Kommandanten eines Explorers über Stunden hinweg unabkömmlich zu machen. Es sei denn ein Notfall, der seine und die beschränkten Möglichkeiten seines Schiffes übersteige.«

Jere versteifte sich im Sitz. Ihm war die Spitze nicht entgangen. Wie auch? Hartich kam langsam zur Überzeugung, dass das Akonische nur aus Spitzen bestand. Das übrige Gesagte war nur Beiwerk, die Trägermasse für die eigentliche Botschaft.

»So, so ...«, sagte der Kommandant leise. Dann, lauter: »Schalt ihm meinen Avatar rüber, Netkim. Soll sich der ehrenwerte Takhan seine Grobheiten an ihm abarbeiten.«

Der Funker reagierte nicht.

»Was ist? Hast du meinen Befehl nicht gehört?«

»Schon ...« Netkim strich sich verlegen über den Nacken. »Der Admiral hat noch etwas an seine Nachricht angefügt: ›Und versucht nicht, mir einen Avatar vor die Nase zu setzen! Sonst sorge ich dafür, dass ihr für den Rest eurer Tage die Gänge auf Flottenschiffen schrubbt ...«

»Ah ja.« Jere von Baloy stand auf, straffte sich. »Nun, wie könnte man eine derart freundliche Bitte abschlagen? Stell ihn durch, Netkim!«

Das Holo, das bislang den Lemurerraumer und die PALENQUE gezeigt hatte, wechselte. Hartich blickte dem akonischen Admiral ins Gesicht und zog unwillkürlich die Schultern ein. Mechtan von Taklir war ein bulliger Mann, jenseits der besten Jahre, aber seine Uniform wölbte sich noch immer unter seiner Brust und den muskulösen Armen. Seine angegrauten Haare waren militärisch kurz geschnitten.

Jere von Baloy wollte ihn begrüßen, doch der Admiral kam ihm zuvor. »Verdammte Zivilisten!«, polterte er. »Können nicht einmal eine simple Hyperfunkverbindung schalten. Raus aus der Leitung, Neehlak! Ich will den Kommandanten sprechen!«

Neehlak. Der akonische Begriff für einen einfachen Raumfahrer. Hartich war gespannt, wie Jere von Baloy auf die Beleidigung reagieren würde.

»Das tust du bereits«, sagte der Kommandant ruhig. »Was kann ich für dich tun, Takhan? Ich bitte dich, dich kurz zu fassen. Meine Pflichten machen mich eigentlich unabkömmlich, wie ich dir bereits durch meinen Funker habe mitteilen lassen.«

Der Admiral maß den Kommandanten in seinem einfachen Overall mit Blicken ab, murmelte, wenn auch mehr zu sich selbst, etwas wie »Kein Wunder, dass diese Zivilisten keine Funkverbindung hinkriegen – bei dieser Laxheit!«. Dann sagte er laut: »Die LAS-TOÓR hat Order, sich in regelmäßigen Intervallen mit Statusberichten bei der Siebenten Flotte zu melden!«

»Was wir selbstverständlich getan haben.«

»Mit unerklärlichen Verzögerungen.«

»Wie du vielleicht weißt, stellt der Ochent-Nebel ein Raumgebiet extremer physikalischer Verhältnisse dar. Es ist hier eher die Regel, dass Funkimpulse gestört, verzerrt und verzögert werden. Ich bin sicher, dass die Yidari dir erschöpfend Auskunft ...«

»Verschone mich mit deinen Quasselköpfen! Ich brauche keine Wissenschaftler, um zu spüren, dass hier etwas faul ist. Die physikalischen Verhältnisse sind ein Faktor – der andere ist der menschliche!«

»Willst du damit etwa sagen ...«

»Ich erfülle nur meine Pflicht – und erwarte von dir dasselbe. Du bist Zivilist, aber auch du hast geschworen, dem akonischen Volk zu dienen!«

Jere von Baloys Gesicht färbte sich rot. Der Admiral musste den Kommandanten an einem empfindlichen Punkt getroffen haben.

»Das habe ich. Und das tue ich, das versichere ich dir. Wenn du mich jetzt entschuldigst ...«

»Einen Augenblick noch. Dir ist vielleicht bekannt, dass die höheren Offiziere der Flotte eine wissenschaftliche Zusatzausbildung durchlaufen. Wir haben eure Meldungen analysiert. Und rate mal, was wir herausgefunden haben? Die LAS-TOÓR befindet sich seit fast dreizehn Tagen Standardzeit im Dilatationsflug. Was soll das – ist den Damen und Herren Yidari die Reise zu lang?«

»Die Damen und Herren Yidari arbeiten hart, das versichere ich dir. Der Dilatationsflug ist Teil einer wissenschaftlichen Versuchsreihe, die zu erläutern, den Rahmen eines Hyperfunkgesprächs sprengen würde.«

Einige Augenblicke lang starrten die beiden Männer einander an. Mechtan von Taklir besaß den unbarmherzigen Blick eines Mannes, der keinen Fehler zuließ und sich schon so lange in einer Position der Macht befand, dass er vergessen hatte, wie man einen verzieh.

Jere von Baloy hielt dem Blick stand.

»Schön. Ich freue mich, dass deine Yidari so fleißig sind«, sagte der Admiral schließlich. »Ich bin sicher, eure Experimente sind von höchstem Interesse und tragen auf lange Sicht zum Wohl unseres Volkes bei.«

Hartich traute seinen Ohren nicht. *Der Admiral gab klein bei?*

Das Misstrauen des Terraners war berechtigt.

»Und nichts liegt uns näher am Herzen als das Wohl unseres Volkes, nicht wahr, Jere von Baloy?«, fuhr der akonische Admiral fort. »Ich bin sicher, dass ihr Unterstützung gebrauchen könnt.«

»Takhan, das ist zu gütig. Du ...«

»Nein, bitte ... keine höflichen Beteuerungen. Wir kommen.« Der Admiral beugte sich nach vorne, füllte den gesamten Erfassungsbereich der Kamera aus. Sein riesenhaft vergrößertes Gesicht hing über den Männern und Frauen in der Zentrale der LAS-TOÓR. »Und im Interesse des Wohles unseres Volkes *befehle* ich dir, bis zu unserem Eintreffen auf Kurs zu bleiben. Wir sehen uns, Jere von Baloy.«

Das Gesicht verschwand.

Schweiß trat auf Hartichs Stirn. Ein akonischer Flottenverband war auf dem Weg zu ihrem Standort, und er steckte als Geisel auf einem Akonenraumer fest! Perry Rhodan, Pearl Laneaux und Hayden Norwell waren auf dem Lemurerschiff verschollen, und die Kommandantin seines eigenen Schiffs, der PALENQUE, war eine ausgewiesene Akonenhasserin.

Die nächsten Stunden würden ... nun ... interessant werden.

Aber da war noch ein ganz anderer Gedanke, der den Terraner schwitzen ließ: Was veranlasste Mechtan von Taklir zu einem derart energischen Vorgehen? Gekränkter Stolz? Das Bedürfnis, den von der Regierung verwöhnten Zivilisten zu zeigen, wer das eigentliche Sagen hatte? Oder wusste der Admiral mehr, als er hatte durchblicken lassen?

28

»Naahk! Du musst sie retten!«

Denetree kam heran, ohne dass einer der Wächter auf sie schoss. Die Bewaffneten spürten, dass eine fundamentale Änderung eingetreten war. Die Katastrophe, vor der man sie und alle Generationen vor ihnen gewarnt hatte, war eingetreten: Fremde hatten das Schiff gefunden, es betreten. Das Ende der Zeit war gekommen.

Und nun stand der Naahk mit den Fremden zusammen und sprach mit ihnen, als wären sie Freunde. Die Tenoy verstanden die Welt nicht mehr.

Solina Tormas musste eingestehen, dass es ihr nicht viel besser erging. Vor ihr stand ein Zellaktivatorträger – der Kommandant eines Schiffs, dessen technologisches Niveau Jahrtausende hinter dem herhinkte, das nötig war, um die lebensverlängernden Geräte herzustellen. Mehr noch, in der Milchstraße existierte derzeit keine Zivilisation, die dazu in der Lage war, einen Aktivator zu entwickeln. Nicht einmal die Aussicht darauf bestand.

Was hatte diesen Mann auf einen Rosteimer wie die Arche verschlagen? War er auf der Flucht? Versteckte er sich? War dieses trotz seiner Rückständigkeit gewaltige Schiff nur erbaut worden, um ihm ein komfortables Versteck zu schaffen, als Herrscher über ein in Furcht und Unwissenheit gehaltenes Volk? Oder hatte die Arche ein Ziel, von dem sie nichts ahnte? Aber wenn das der Fall war ... wieso hatte der Aktivatorträger dann ein Transportmittel gewählt, das Jahrzehntausende oder länger dazu benötigen würde, es zu erreichen?

Fragen über Fragen brannten der Historikerin auf der Zunge – und blieben durch das Auftauchen Denetrees ungestellt. Solina tröstete sich damit, dass sie später Gelegenheit haben würde, den Naahk zu befragen. Schließlich hatten sie jetzt, da sie den Kontakt hergestellt hatten, alle Zeit der Welt.

Zuerst nahm der Naahk die junge Lemurerin gar nicht wahr. Zu fest schien Lemal Netwar Rhodans Eröffnung in ihrem Bann zu halten. In Gesicht des Naahks arbeitete es. Solina glaubte, in seinen Zügen lesen zu können. *Ein Aktivatorträger ... ein Bruder, der sein Schicksal teilt ... der die Einsamkeit, die der unvermeidliche Preis der Unsterblichkeit war, kannte ... Konnte er dem Mann vor sich trauen? War er ein Bruder oder ein durchtriebener Betrüger?* Lemal Netwar rang mit sich.

Denetree ließ sich davon nicht beirren.

»Naahk!«, rief sie wieder. Als er immer noch keine Reaktion zeigte, griff sie nach seiner Hand. »Naahk!«

Solina hörte das Klacken von Metall, als die Wächter ihre Waffen entsicherten. Denetree hatte den Naahk berührt! Sie hatte eine Grenze überschritten.

Netwar ließ es mit sich geschehen. Er machte keine Anstalten, den Griff Denetrees abzuschütteln. Seine Augen waren glasig, der Wirbel der Gedanken hatte ihn im Griff. Sein Gesicht war zu einer Maske erstarrt. Als er sich dann der Berührung gewahr wurde, kehrte langsam Leben in seine Augen und Züge zurück. Der kräftige Mann erzitterte, als schüttele er die Implikationen der Begegnung für den Augenblick ab, und wandte den Kopf der jungen Lemurerin zu.

»Du ... bist ... Denetree ...«, sagte er langsam.

»Ja, das bin ich!«, antwortete sie trotzig.

»Die ... Ver... Verräterin ...«

»Die ehemalige Verräterin!« Denetree sprach mit der Entschlossenheit eines Menschen, der sich für einen Weg entschieden hatte, auch wenn es ihn den Kopf kosten sollte. »Wo ist der Verrat, wenn selbst der Naahk mit Fremden von den Sternen spricht? Wo ist der Verrat, wenn Menschen von den Sternen träumen? Wenn Menschen ein anderes Leben suchen als das ihrer Ahnen?«

»Ich ...« Netwar schüttelte sich ein zweites Mal. »Ich ...« Seine Lippen brachten den Satz lautlos zu Ende. Solina brauchte keine Worte, um zu verstehen. Lemal Netwar sank in sich zusammen. Seine Schultern fielen nach vorn. Der Kopf, den er steif wie ein Roboter bewegte, sackte ebenfalls nach vorn, bis sein Kinn gegen die Brust stieß. Es war, als erdrücke Lemal Netwar eine Last, die um ein Vielfaches schwerer als die erhöhte Anziehungskraft des Außendecks war. Eine Last, die er seit langer Zeit mit sich schleppte, möglicherweise seit Jahrtausenden. Die er mit Kräften geschultert hatte, die jene eines gewöhnlichen Sterblichen übertrafen. Eine Last, die ihn im Angesicht der jungen Lemurerin, die ihm furchtlos gegenübertrat, zu überwältigen drohte.

»Du ... du verstehst?« Denetree schien zu verblüfft, um die Hand Netwars aus ihrem Griff zu entlassen. Was wahrscheinlich gut so war: Der Naahk stützte sich auf sie. Solina bezweifelte, dass er sich ohne Denetrees Hand hätte auf den Beinen halten konnte.

Der Naahk nickte langsam. Steif, als seien seine Nackenwirbel nicht in der Lage, eine andere Bewegung zu unterstützen.

Was war los mit dem Lemurer? Saß der Schock so tief, dass er sich nicht mehr unbehindert bewegen konnte? Oder war er krank? Unmöglich, entschied Solina. Aktivatoren verhinderten die Alterung eines Lebewesens, inbegriffen des natürlichen Verschleißes, schützten ihn vor chronischen Krankheiten.

»Nein«, brachte Lemal Netwar hervor. »Du bist keine Verräterin mehr. Du brauchst nicht mehr um dein Leben zu fürchten.«

»Gut!«

Denetree war gerettet, aber die Spannung war nicht von ihr abgefallen. Was war los?

»Was ist mit den anderen?«, fragte die Lemurerin den Naahk.

»Den anderen?«

»Den anderen Verrätern. Den *ehemaligen* Verrätern. Den Sternensuchern.«

Lemal Netwars Augen weiteten sich. »Nein ... ihre Hinrichtung ...« Er hob den freien Arm, sah auf ein metallenes Armband. »Noch ist es nicht zu spät!«

Er hob den Arm vor den Mund. »Netz!«, rief er. »Setze die Hinrichtung ab!«

Er bekam keine Antwort.

»Netz!«, rief er erneut. »Hörst du mich!«

Keine Antwort.

»Es ... es geht nicht«, sagte der Naahk. »Das Netz scheint gestört. Bevor ... bevor ihr gekommen seid, zeigte es bereits Fehlfunktionen. Es muss sich abgeschaltet haben.«

Fehlfunktion im Netz ...

»Vielleicht legt die Fehlfunktion bei deinem Armband«, warf Rhodan ein. »Du könntest es mit einem anderen versuchen.« Rhodan deutete in Richtung der Bewaffneten.

»Unmöglich. Keiner von ihnen hat ein Funkgerät.«

Fehlfunktion ... Solina hatte sich bei ihrem Einstieg in die Arche in das Netz gehackt. Ein paar harmlose Trojaner eingeschleust, nur für den Fall. Konnte es sein, dass sie die Ursache des Ausfalls waren ...?

»Hier ist ein stationäres Terminal!«, rief Pearl hinüber, die die Begegnung in Hörweite verfolgte. Ihr Anzugtranslator übersetzte das Lemurische praktisch verzögerungsfrei. »Versucht es hier!«

Die Gruppe setzte sich in Bewegung. Solina schloss sich benommen an. Sie ahnte, dass die Bemühungen vergeblich bleiben würden. Konnten ihre Trojaner Schuld sein? Sie hatte ganz einfache Programme eingeschleust, im übertragenen Sinn Schläfer, die nur auf ihren Befehl aktiv werden sollten. Übelkeit stieg in ihr auf. Sie hatte die Gruppe nur absichern wollen. Hätte sie geahnt ...

Der Naahk bearbeitete mit steifen Bewegungen den Touchscreen des Displays. »Nichts«, flüsterte er nach einigen Sekunden. »Das Netz reagiert nicht. Ich kann keine Nachricht schicken.«

»Wie lange noch bis zur Hinrichtung?«, fragte Rhodan.

Der Naahk nannte einen Zeitraum, der knapp sieben terranischen Minuten entsprach.

»Wo soll sie stattfinden?«

»Am Heck. Es ist zu weit, um zu Fuß einzugreifen. Selbst mit dem Fahrrad ist es nicht schaffen.«

»Daran hatte ich nicht gedacht.« Rhodan aktivierte den Antigravantrieb seines Schutzanzugs. Der Terraner schoss in die Höhe.

Und blieb hängen.

Solina sah die Sohlen von Rhodans Stiefeln, hörte ihn fluchen – glaubte sie zumindest; eigentlich hatte sie geglaubt, nach Jahrtausenden hätte man sich solche Unarten abgewöhnt –, dann fiel er wieder dem Deck entgegen und kam hart auf.

»Der Antigrav funktioniert nicht richtig!«, rief Rhodan.

Reihum versuchten Akonen und Terraner ihr Glück. Keiner von ihnen kam mehr als ein paar Meter weit. Am besten schnitt noch Pearl ab, die dafür das Pech hatte, in einem der Büsche wieder zu Boden zu gehen.

Denetree verfolgte ihre Flugversuche anfangs mit offenem Mund – die Fremden flogen! – und, als sie scheiterten, mit steigender Verzweiflung.

»Dann sind sie verloren!«, stieß sie hervor. Tränen standen ihr in den Augenwinkeln. »Niemand kann sie mehr retten!«

Schweigen antwortete ihr.

Hevror ta Gosz trat vor. »Nun, das scheint mir etwas voreilig zu sein«, sagte er und zog den Köcher vom Rücken.

Hevror wusste, dass er keine Zeit verlieren durfte. Er wartete nicht ab, bis die anderen ihre Verblüffung überwanden, sondern löste mit einem routinierten Griff den Gürtel des Lederköchers. Die Terraner, Rhodan eingeschlossen, und die beiden Lemurer sahen ihn an, als hätte er den Verstand verloren. Die Blicke von Solina und Robol, die Bescheid wussten, wenn auch nur in der Theorie, waren nur wenig höflicher.

Nicht gerade, was er sich auf seine Ankündigung erwünscht hatte, aber immerhin hielt ihn niemand auf.

Hevror wandte sich an die beiden Lemurer. »An Bord des

Schiffs muss es ein Lüftungssystem geben. Mit riesigen Luftschächten, nicht wahr?« Der Anzugtranslator übersetzte seine Frage.

Denetree und der Naahk nickten wie in Trance.

»Gibt es hier in der Nähe einen großen Luftschacht, der verbrauchte, warme Luft in die Felder transportiert?«

Zu seiner Überraschung antworte die junge Frau, nicht der unsterbliche Naahk, der doch die gesamte Arche wie seine Westentasche kennen sollte.

»Ja«, sagte Denetree. »Zwei Felder weiter tritt ...«

»Bestens. Führ mich hin!«

Die Lemurerin spürte Hevrors aufrichtige Dringlichkeit und setzte sich augenblicklich in Bewegung. Hevror folgte ihr. Der Rest der Gruppe schloss sich an.

»Was hast du vor?«, fragte Rhodan, der scheinbar mühelos zu ihm aufschloss. Ein Zellaktivator schien überaus fit zu halten – zumindest Rhodans Modell, der Naahk stakste steif am Ende der Gruppe, als müsse er sich zu jedem Schritt einzeln überwinden.

»Einer von uns muss das Heck der Arche erreichen.«

»Du?«

»Ja.«

»Und wie willst du das anstellen?«

»Auf Flügeln.«

Denetree hielt neben einem runden Loch im Boden an. Es war rund und hatte einen Durchmesser von ungefähr zwei Metern. Durch das Gitter, das es gegen Unfälle absicherte, kam ein warmer, nicht sonderlich wohlriechender Luftstrom.

Hevror hielt den Arm prüfend über den Schacht. Ja, das konnte klappen. Mit etwas Glück, einem Schubs seines stotternden Antigravs ...

Der Akone ging in die Knie, öffnete den Verschluss des Köchers und zog das Gestänge heraus. Es bestand aus Akon-Stahl. Die einzelnen Stangen erreichten nicht einmal die Dicke eines kleinen Fingers und wogen nur wenige Gramm. Sie waren hohl wie die Knochen eines Vogels.

»Naahk!«, begrüßte er den lemurischen Herrscher, der

sich als Letzter in den Kreis der Zuschauer einreihte, die seinen Bewegungen aufmerksam folgten. »Naahk, wie finde ich den Hinrichtungsplatz?«

»Er ist am Heck. Ein ehemaliger Laderaum ...«

»Ich brauche eine Beschreibung von außen!«

Hevrors Hände hatten das Gestänge vollständig ausgeklappt und montiert. Er holte die Folie aus dem Köcher.

»Das Schott ist rot markiert. Es ...«

»Ist es von oben zu sehen? Aus der Luft?«

»Ich denke ... ja.«

»Dann haben wir noch eine Chance. Wie finde ich dorthin?«

Während der Naahk ihm eine Reihe von Landmarken beschrieb, zog Hevror die Folie auf das Gestänge, hob das fertige Gebilde prüfend hoch und schmetterte es dann auf den Boden, um seine Belastbarkeit zu überprüfen. Es hielt. Die Flügel waren einsatzbereit.

Jetzt kam der schwierigste Teil. Hevrors Flügel waren dazu gedacht, dass man sie direkt am Körper trug, mit eng anliegender Kleidung oder nackt, Hevrors bevorzugter Flugweise. Der Schutzanzug war trotz seiner kompakten Bauweise im Weg. Gleichzeitig konnte er nicht auf ihn verzichten: Der stotternde Antigrav musste ihm genug Höhe verschaffen, um darauf aufbauen zu können.

Hevrors Arme schlüpften in die Armhalterungen. Dann kam der Rücken ... es ging nicht. Der Akone mühte sich einige Augenblicke ab, dann spürte er eine kräftige Hand, die sich an seinem Rücken zu schaffen machte. Rhodans Hand. Der Unsterbliche hatte als Erster begriffen, wo das Problem lag. Mit seiner Hilfe gelang es Hevror, die Rückenbefestigung einrasten zu lassen. Der Akone betete, dass sie halten würde. Im Interesse von Denetrees Freunden – und seinem eigenen: Der »Himmel« des Außendecks mochte niedrig sein, aber er genügte spielend, um sich zu Tode zu stürzen.

Er nickte den anderen zu. »Bin gleich wieder da!«, versicherte er ihnen grinsend, mit einer Zuversicht, die er nicht verspürte. Er holte Luft und sprang, die Arme – *die Flügel* –

weit ausgebreitet, in den aufsteigenden Luftstrom über dem Schacht.

Er sackte ab, glaubte schon, auf das Gitter zu prallen, nicht in den Tod, sondern in die Lächerlichkeit zu stürzen, dann setzte der Antigrav ein, riss ihn hoch und setzte wieder aus.

Es genügte.

Mit der Erfahrung von Jahrzehnten spürte Hevror, dass er genug Luft unter den Flügeln hatte. Er begann zu kreisen, im sich auffächernden warmen Luftstrom aufzusteigen. Höher und höher stieg er. Seine Begleiter, die ratlos auf der Stelle verharrenden Wächter des Naahks, schrumpften zu Spielzeugfiguren zusammen. Hevror blickte auf die merkwürdigste Landschaft hinab, die er je zu Gesicht bekommen hatte, seit er sich das erste Mal Flügel auf den Rücken geschnallt hatte. Das lag ein halbes Jahrhundert zurück. Am selben Tag noch hatte er seine Stelle bei einer untergeordneten Regierungsbehörde aufgegeben – einen Rang, auf den Generationen seiner Familie hingearbeitet hatten – und Drorah den Rücken gekehrt. Er war »aus dem Käfig geflattert«, wie er es nannte, wenn jemand aufrichtiges Interesse an seiner Leidenschaft bekundete.

Seitdem hatten Hevrors Flügel den Wind hunderter Welten verspürt. Hevror hatte auf Häuser- und Wellenmeere hinabgeblickt, auf Wüsten aus Sand und Eis, auf endlose Ebenen und bodenlose Schluchten. Aber nichts kam nur annähernd dem Anblick der Arche gleich. Sie war riesig und winzig zugleich.

Winzig in ihren physischen Dimensionen. Sie maß einige wenige Kilometer in der Länge, keinen halben im Gesamtdurchmesser und beherbergte eine Einwohnerzahl, der man auf Drorah noch nicht einmal das Prädikat »Dorf« angedeihen ließ. In wenigen Minuten konnte er, wenn er es darauf anlegte, und das tat er in diesen Moment, die Arche in ihrer gesamten Länge durchfliegen.

Und doch, sie war auch riesig. Ihre Maße stellten alles in den Schatten, was akonische Werften mit ihrer unendlich weit überlegenen Technik hervorbrachten. Was für eine ungeheure Anstrengung! Sie war der stahlgewordene Ausdruck eines unbezähmbaren Willens, der Entschlossenheit hunderttausender von Menschen, die an ihrer Entstehung mitgewirkt haben mussten. Doch woher entsprang diese Entschlossenheit? Hevror konnte nur spekulieren, aber die Antworten entwanden sich ihm, wie der Horizont des Außendecks, der in einem verhüllenden Dunst mündete, der nicht geneigt war, seine Geheimnisse preiszugeben.

Der Akone zog weiter seine Kreise. Die Spielzeugfiguren unter ihm gestikulierten jetzt, zeigten mit hektischen Bewegungen in Richtung Heck. Sie befürchteten, dass er sich im Hochgefühl des Fliegens verloren hatte und nun selbstvergessen seine Kreise zog.

»Hevror!«, hörte er Solinas Stimme aus dem Akustikfeld seines Anzugs. »Bei allen stinkenden Leuchtfischen Shaghomins, was treibst du da?«

Hevror war überrascht, dass ihre Funkgeräte innerhalb der Arche einwandfrei arbeiteten. Es war keine freudige Überraschung. Er schaltete das Funkgerät ab, ohne Antwort zu geben. Sie waren keine Flieger, verstanden ihn nicht. Hevror brauchte Höhe. Alle Höhe, die er bekommen konnte. Denn Höhe bedeutete Strecke und Geschwindigkeit.

Er schraubte sich weiter hinauf, bis seine Flügel fast am »Himmel« kratzten, der Unterseite des Mitteldecks. Als er den Sinkflug einleiten wollte, glaubte er ein Gesicht zu sehen. Es steckte in einem Raumhelm.

Der Akone legte einen weiteren Kreis ein, auch auf die Gefahr hin, den »Himmel« zu touchieren, aber das Gesicht war verschwunden. Vielleicht hatte er es sich nur eingebildet. Das Licht, dessen Quelle er immer noch nicht finden konnte, wurde langsam schwächer. Es wurde Abend auf der Arche.

Hevror legte die Arme an. Das Kreisen stoppte abrupt; in einem Sturzflug, der einem kontrollierten Fall glich, raste er seinem Ziel entgegen. Er ging ein großes Risiko ein. Er wusste nicht, ob das Material durchhielt. Seine Sorge galt nicht seinen Flügeln, der Akon-Stahl und die Folie hielten einem Vielfachen der Belastung stand. Nein, Hevror sorgte sich um das Material seines Körpers. Seine Arme konnten brechen. Geschah das, würde er die Kontrolle über seine Flügel verlieren, so wie Malit Balak, der Erfinder der Flügel. Der Sturz in den Tod hatte Malit zur Legende gemacht, das Fliegen von einer Spinnerei mit einem Schlag zu einer Lebensweise katapultiert. Was würde mit ihm, Hevror, geschehen, versagte er jetzt? Der Akone bezweifelte, dass man ihm Denkmäler errichten würde.

Die verzweifelte Lemurerin, der Naahk, seine Wächter, Perry Rhodan und die Übrigen blieben rasch hinter ihm zurück. Wie ein Pfeil schoss Hevror über das Außendeck, dem Dunst entgegen, an den Ort, an dem Menschen sterben würden, wenn er zu spät kam.

Die Beschreibung des Naahk erwies sich als akkurat. Hevror veränderte seinen Kurs, indem er die Arme geringfügig anwinkelte, eine Feinarbeit, die ihn lange Jahre des Trainings gekostet hatte.

Als er seine Höhe schließlich fast ganz aufgebraucht hatte, schälte sich das rote Schott aus dem Dunst. Das Heck, das sich vor ihm auftürmen musste, blieb weiter im Dunst verborgen, doch das Schott genügte Hevror.

Hart kam der Akone in seiner unmittelbaren Nähe auf. Er brauchte einen Moment, um die Benommenheit der unsanften Landung abzuschütteln. Dann streifte er die Flügel ab, ließ sie achtlos liegen – vielleicht der schwerste Teil für ihn: Ein Flieger ließ niemals seine Flügel zurück; sie hatten ihn in den Himmel getragen! – und rannte auf das Schott zu. Es war verschlossen. Ein einfacher Touchscreen leuchtete matt in Kopfhöhe neben ihm. Hevror hieb mit der Faust darauf. Ihm fiel nichts Besseres ein. Er war nicht wie Solina, kannte sich nicht mit Computern aus. Er wusste nur, dass sie *nie* taten, was er von ihnen wollte.

Dieser schon.

Das Schott glitt zur Seite. Hevror rannte hindurch. Ein großer, leerer Lagerraum öffnete sich vor ihm. An der rückwärtigen Wand standen ein halbes Dutzend bewaffneter Wächter und, in einigen Schritten Abstand, ein schmächtiger Mann in einer Art einfarbigen Anzug. Er hatte den Kopf gesenkt.

»Halt! Ihr müsst aufhören!«, schrie Hevror ta Gosz und rannte auf die Männer zu. Die Wächter hoben ihre Waffen und legten auf ihn an, aber Hevror rannte einfach weiter, als trage ihn immer noch der Schwung des Sturzflugs, der ihn hierher gebracht hatte.

»Halt ... bitte!«

Die Wächter schossen nicht. Als Hevror vor ihnen zu stehen kam, hob der Mann im Anzug den Kopf.

Hevror las in seinen Augen die Antwort, noch bevor er das Display bemerkte, das in die Wand eingelassen war und den Weltraum jenseits des Hecks der Sternenarche zeigte, und darin die in grotesken Posen erstarrten Leichen.

Die Augen des Mannes lagen tief in den Höhlen. Tränen rannen ihm die Wangen hinab.

Hevror war zu spät gekommen.

Der Akone aktivierte das Funkgerät. »Solina?«

»Ja?«, kam augenblicklich die Antwort.

»Sie ... sind tot.«

29

»Sie ... sind tot.«

Denetree erstarrte, als sie Hevrors Worte hörte. Dann barg sie langsam, wie in Zeitlupe, ihr Gesicht in den Händen und weinte. Ihre Knie gaben nach. Sie sank auf den Boden.

»Denetree!«

Solina Tormas wollte auf die Lemurerin zugehen, sie in die Arme nehmen, aber ein Aufschrei hielt sie zurück.

»Da oben!«

Die Akonin sah hoch – und sah Soldaten vom Himmel regnen.

Sie waren nicht wie Hevror, keine Flieger. Hevror schwamm in der Luft, spielte mit ihr, machte sich zu ihrem Spielball, begab sich in die Macht der Elementargewalten. Die Soldaten schnitten durch die Luft, als existiere sie nicht, von der übermächtigen Kraft ihrer Pulsatortriebwerke angetrieben.

Es waren hunderte, mindestens. Solina verdrehte den Kopf und sah überall kleine Punkte, die dem Boden in lockeren Formationen entgegenrasten, um einem Gegner kein einfaches Ziel zu bieten.

Doch niemand schoss. Die Wächter des Naahk schrien durcheinander, als sie die Soldaten erblickten, dann verlor der erste von ihnen die Nerven, warf seine Waffe weg und rannte davon. Die anderen folgten seinem Beispiel. Die Soldaten ließen die Flucht zu.

Ihr Ziel war nicht der Verband der Wächter.

Die Soldaten waren heran. Ein Dutzend von ihnen umringte die Gruppe aus Akonen, Terranern und Lemurern, ein zweites bremste ihren Fall über dem Boden ab und schwebte über den Köpfen der Gruppe.

Ihre Antigravaggregate arbeiteten fehlerfrei, ebenso ihre Schutzschirmprojektoren, wie die glitzernden, transparenten Hüllen bewiesen, die jeden Soldaten umgaben.

Wie kann das sein?, fragte sich Solina. *Wieso funktionieren ihre Aggregate und unsere nicht? Was ...*

»Takhan, wir haben sie!«, sagte einer der Soldaten in das Akustikfeld seines Helmkragens. Solina hörte nichts, aber der Soldat musste Antwort bekommen haben, denn er gab seinen Kameraden ein Zeichen, die Waffen weiter im Anschlag zu halten. Die Soldaten gehörten ihrem Volk an, aber sie machten nicht den Eindruck, als ob sie irgendeine Bewegung von irgendjemanden tolerieren würden, die als feindselig gedeutet werden konnte Wenige Augenblicke später hörte Solina ein Surren. Vorsichtig hob sie den Kopf und sah zwei weitere Punkte auf sie zurasen.

Die Punkte gingen in ihrer Mitte nieder. Es waren zwei Offiziere. Einer von ihnen war klein und stämmig und trug mehr Rangstreifen auf der Brust seines Kampfanzugs, als Solina jemals gesehen hatte, der zweite war von durchschnittlicher Figur und hatte volles, schwarzes Haar, das er glatt zurückgekämmt hatte und ihm bis zum Nacken reichte. Seine Rangstreifen konnte Solina deuten, sie kannte sie vom Abflug der LAS-TOÓR, als Jere von Baloy das erste und bisher einzige Mal Uniform getragen hatte: Es handelte sich um einen Maphan, einen Schiffskommandanten.

Die beiden Männer waren unbewaffnet, eine Demonstration der Macht. Kam es ihnen in den Sinn, Gewalt anzuwenden, würden es die Soldaten für sie erledigen.

Der stämmige Mann deutete eine Verneigung an. »Takhan Mechtan ta Taklir, Kommandeur der Siebenten Einsatzflotte – und wie ich sehe, hat mich mein Instinkt nicht getrogen!« Er trat auf Rhodan zu und salutierte. »Es ist mir eine Ehre, dich persönlich zu treffen, Perry Rhodan.«

»Danke.« Der Unsterbliche nahm die Ehrenbekundung des Admirals mit der reservierten Gleichmut eines Mannes an, der schon tausendmal ähnliche Situationen erlebt hatte. »Was verschafft uns die Ehre deiner Aufwartung?«

»Die Pflicht, was sonst? Ich wünschte, ich hätte die Gelegenheit, mich mit dir zu unterhalten, aber das ist unmöglich. Deine bloße Anwesenheit auf diesem Schiff beweist die Dringlichkeit meiner Aufgabe.« Mechtan von Taklir straffte sich. »Ich erkläre dieses Schiff zum Eigentum Akons.«

»Wie bitte?«

»Die Auswertung der Orterdaten der LAS-TOÓR und der PALENQUE wird belegen, das unser Raumer dieses Schiff zuerst geortet hat. Mithin fällt es unter akonische Jurisdiktion. Seine Einwohner« – er verneigte sich in Richtung des Naahks – »kommen damit selbstverständlich in den Genuss und die Fürsorge des Akonischen Reiches. Wir werden sicherstellen, dass sie keinen Schaden nehmen.«

Solina folgte den Ausführungen des Generals mit offenem Mund. *Nein!*, wollte sie schreien. *Das dürft ihr nicht!* Sie wusste, dass sie die Arche nie wieder betreten würde, sollten die Militärs sie beschlagnahmen. Eher würde sie an Altersschwäche sterben, bevor sie einer unbedeutenden Historikerin von zweifelhafter Loyalität zum Reich den Zutritt gewähren würden.

Aber Solina schwieg. Sie hatte oft genug in ihrem Leben mit Uniformierten zu tun gehabt, um zu wissen, dass es ihr nur schaden würde. Uniformierte liebten es, andere anzuschreien – und konnten es nicht ausstehen, wenn man den Spieß umdrehte. Wenn sie jetzt protestierte, machte sie selbst die geringen Aussichten zunichte, die ihr noch blieben.

Rhodan schien ähnliche Überlegungen anzustellen. Mit bemerkenswerter Ruhe sagte er: »Bei allem Respekt, Takhan, ich bezweifle, dass deine Auslegung der Ereignisse vor Gericht Bestand haben wird.«

»Das werden wir sehen. Wir sind selbstverständlich bereit, uns einem unabhängigen Verfahren zu stellen. Ich bin sicher, dass wir, die Kooperationsbereitschaft beider Seiten vorausgesetzt, innerhalb weniger Jahre zu einem Richterspruch gelangen können. Bis zu diesem Zeitpunkt verbleibt dieses Schiff allerdings in akonischem Gewahrsam. Seine Einwohner bedürfen dringend unserer Hilfe. Während wir hier sprechen, hat bereits ein Reparaturkommando mit dem Einbau einer zusätzlichen Luftversorgung begonnen. Die bestehende Anlage ist so marode, dass das System jeden Augenblick zusammenbrechen kann. Und was das bedeuten würde, brauche ich nicht weiter zu erläutern, oder?«

Niemand sagte etwas.

»Ich sehe, wir verstehen uns.« Er wandte sich an den Raumschiffskommandanten, der seinen Ausführungen mit abwesendem Blick gefolgt war, als wäre er in Gedanken ganz woanders. »Achab, geleite unsere terranischen Gäste zu dem für sie vorbereiteten Transmitter. Ihr Schiff wartet bereits auf sie, um sie aus dem akonischen Territorium zu bringen. Ich gehe davon aus, dass ihre Grenzübertretung aus Unwissenheit geschah, und verzichte deshalb auf die in diesen Fällen eigentlich angebrachten Sanktionen.«

Der Maphan trat vor und deutete in Richtung Bug der Arche: »Wenn ich bitten darf!«

Pearl Laneaux fluchte unterdrückt in dieser merkwürdig melodischen Sprache, die so ungeeignet für Grobheiten schien. Sie hatte die Hand am Griff ihres Kombiladers. Es war ihr deutlich anzusehen, was sie von den »Höflichkeiten« Taklirs hielt, doch Solina kannte sie inzwischen gut genug, um zu wissen, dass sie zu klug war, um irgendeine Dummheit anzustellen. Sie rüttelte nur etwas an ihren Ketten, um ihre Peiniger wissen zu lassen, dass sie sie durchschaute.

Hayden Norwell ließ die Schultern hängen. Er war kein kämpferischer Charakter. Und Rhodan? Der Terraner warf ihr einen flehentlichen Blick zu. *Tu etwas!*, forderte er sie auf. *Du gehörst doch zu ihnen? Tu etwas!*

Solina wandte beschämt den Kopf ab. Was konnte sie schon ausrichten? Sie war nur ein kleines, unbedeutendes Rad im Gefüge des Akonischen Reiches. Diese Mission, diese jämmerlich kurzen Stunden waren der einzige Augenblick in ihrem Leben gewesen, in denen sie eine Position von Einfluss erreicht hatte, in denen sie an etwas Großem teilgehabt hatte, nicht als analysierende Zuschauerin, durch die Kluft von Jahrtausenden von den Geschehnissen getrennt, sondern als Akteurin.

Es hatte sich so verdammt *gut* angefühlt.

Sie wollte nicht, dass es aufhörte.

Sie musste etwas unternehmen. Sie durfte nicht tatenlos zusehen, wie ihr die Chance ihres Lebens durch die Finger glitt. Wenigstens einen Versuch musste sie unternehmen, um vor sich selbst bestehen zu können.

Streng deinen Kopf an!, ermahnte sie sich. *Du bist doch sonst immer so stolz auf ihn, oder?*

Zwei der akonischen Soldaten traten zur Seite, um den Maphan und die drei Terraner durchzulassen.

Solina beobachtete den Vorgang fassungslos. Der Takhan saß am längeren Hebel – zweihundert Kriegsschiffe und mehrere zehntausend Soldaten erfüllten bedingungslos jeden seiner Befehle. Die Siebente Flotte hatte die Arche innerhalb von Minuten gesichert. Die Arche gehörte ihr. Ein Wink von Mechtan von Taklir, und von der PALENQUE würde nur eine Wolke Sternenstaub bleiben – was auch für die LAS-TOÓR galt, sollten sich die Wissenschaftler sich zu sehr sträuben.

Nein, Widerstand war nicht nur sinnlos. Er war selbstmörderisch.

Rhodan, Pearl Laneaux und Hayden Norwell schlossen sich dem Maphan an. Sie passierten gerade den Kreis der Soldaten, als Solina die Erleuchtung kam.

Widerstand war zwecklos, aber ihr blieb immer noch die Waffe der Schwachen.

»Takhan!«, wandte sie sich an den Admiral. »Darf ich dir im Namen aller Yidari der LAS-TOÓR zu eurem entschlossenen Angriff gratulieren?«

Mechtan von Taklir wandte sich zum ersten Mal Solina zu. In seinen Augen lag ein ungeduldiges Funkeln. Der Admiral schien Süßholzraspler nicht zu schätzen, nicht, wenn ihre Schmeicheleien keinen handfesten Zweck verfolgten. Solina musste rasch nachlegen.

»Aber du solltest nicht halbherzig handeln.«
»Was?«
»Wenn du die Terraner ausweist – was das einzig angebrachte Vorgehen ist –, solltest du sie *alle* ausweisen.«
»Was willst du damit sagen?«
Solina deutete auf Denetree, die den Vorgängen wie betäubt gefolgt war. »Du hast sie hier vergessen!«
»Das soll eine Terranerin sein? Sie trägt keinen Schutzanzug wie die anderen.«
»Nein, sie ist eine Spezialistin. Die Terraner haben sie eingeschleust, um uns zu hintergehen.«
Denetree, die bemerkte, dass plötzlich die Aufmerksamkeit ihr galt, erwachte aus ihrer Starre, murmelte einige Worte auf Lemurisch.
»Sie spricht kein Terranisch«, stellte der Admiral fest.
»Jetzt natürlich nicht. Sie will uns ja über ihre wahre Herkunft hinwegtäuschen. Aber sieh genau hin, sie hat die helle Haut der Terraner! Diese Agentin soll an Bord bleiben und dieses Objekt ausspionieren.«
»So dumm können die Terraner nicht sein.«
Solina hielt dem Blick des Takhan stand. »Oh ja, das können sie. Und arrogant sind sie dazu. Die Terraner haben sich viel zu lange als Herren der Milchstraße gefühlt, sie sind faul und träge geworden – wenn du mich fragst, ist es kein Zufall, dass ein *akonischer* Flottenverband zuerst erschienen ist.«
»Da ist etwas dran ... Achab, nimm sie mit!«
Der Kommandant zögerte, dann sagte er: »Aber Takhan! Was ist, wenn sie keine Terranerin ist? Wir ...«
»Was ist dann schon? Sieh dir das junge, verschreckte Ding an – was könnte sie ihnen schon verraten? Sollen sie sie mitnehmen!«
Denetree murmelte wieder auf Lemurisch, lauter jetzt. Solina war mit einem schnellen Schritt bei ihr und zischte ihr ins Ohr: »Bei allen Sternengöttern! Setz dich in Bewegung, Mädchen! Geh, oder ich ...«
Sie gab ihr einen Stoß in Richtung Rhodan und der übrigen Terraner. Denetree ging.

Als Perry Rhodan, Pearl Laneaux, Hayden Norwell und Denetree aus dem Transmitter in der Zentrale der PALENQUE traten, wurden sie mit Beschimpfungen empfangen.

»Da seid ihr ja endlich!« Sharita Coho stampfte in ihrer Uniform auf und ab, die Wangen flammend rot. »Habe ich es nicht gleich gesagt? Diesen Akonen kann man nicht trauen! Sie haben uns hintergangen. Es ist ein Wunder, dass sie euch mit heiler Haut haben ziehen lassen und ...« Die Kommandantin brach ab, als sie Denetree wahrnahm. »Wer, zum Teufel, ist das Mädchen? Noch mehr Akonen? Mir reicht schon die eine, die wir haben, mit ihren Sonderwünschen! Ich ...«

»Sie ist eine Lemurerin«, sagte Rhodan.

»Eine Lem... wie habt ihr das angestellt?«

Bevor Rhodan antworten konnte, rief Alemaheyu Kossa dazwischen: »Sharita, Funkspruch von Mechtan von Taklir, wir sollen uns unverzüglich aus dem Staub machen, sonst ...«

»Ach, lass den alten Mann reden!«

»Aber ...«

»Habt ihr meinen Avatar fertig? Du weißt schon, so ein Programm wie das, mit dem mich Jere von Baloy hingehalten hat.«

»So gut wie. Wir haben eine ganz anständige Beta-Version.«

»Spiel sie diesem Admiral ein. Mal sehen, wie den Akonen ihre eigene Medizin schmeckt.« Die Kommandantin wandte sich wieder den Neuankömmlingen zu. »Also, raus damit, wie habt ihr diese Lemurerin herausgeschmuggelt? Ist sie eine Spionin?« Sie musterte Denetree misstrauisch. Die junge Lemurerin zitterte. Schweiß stand ihr auf der Stirn.

»Wir waren es nicht. Eine Akonin von der LAS-TOÓR hat es getan«, antwortete Rhodan.

»Erzähl mir nichts! Wieso sollte sie das tun?«

»Genau das frage ich mich auch.« Rhodan ging zu Denetree und stützte sie. »Hörst du mich?«, fragte er auf Lemurisch. »Kannst du uns helfen?«

Die Lemurerin flüsterte eine Antwort, aber sie ging im Dröhnen unter, dass den Rumpf der PALENQUE erschütterte.

»Wirkungsfeuer!«, rief Harriett Hewes. »Die Akonen haben eine Salve abgefeuert. Dein Avatar scheint sie nicht sehr zu überzeugen.«

»Schirmauslastung?«

»99,3 Prozent. Sie wissen genau, mit wem sie es zu tun haben.«

Sharita zuckte mit den Achseln. »Na gut«, sagte sie dann. »Eine höfliche Bitte sollte man nicht abschlagen. Wir verschwinden.«

Denetree griff unter ihren eng anliegenden Anzug und zog ein schwarzes, rechteckiges Plastikstück hervor. Es war so klein, dass die Lemurerin es mit einer Faust umfassen konnte. Sie gab es Rhodan.

»Was ist das?«, fragte die Kommandantin verwirrt.

»Der Grund, weshalb Solina Tormas dafür gesorgt hat, dass Denetree mit uns ging«, antwortete Rhodan. »Ein Speicherchip.«

Der Rumpf der PALENQUE erbebte ein zweites Mal, als die akonische Flotte dem Explorer einen glühenden Abschiedsgruß hinterherschickte, dann wechselte der Raumer in den Hyperraum.

Rhodan nahm es kaum wahr. Sollte Mechtan von Taklir sich als Sieger wähnen und die Arche als Trophäe in das Akon-System schleppen. Der Terraner glaubte, etwas sehr viel Wertvolleres in den Händen zu halten: den Schlüssel zum Geheimnis der Arche.

Epilog

Maahkora, 17. April 1327 NGZ

Die Sonne versank hinter dem Horizont.

Alemaheyu Kossa und seine Begleiter verfolgten den Untergang der Riesensonne Pollaco Hermi auf den Helmdisplays ihrer Syntrons. Mit bloßem Auge hätten die Prospektoren lediglich mitbekommen, wie das Licht aus dem Dunst geschwunden wäre, der sich seit ihrer Ankunft auf dem Botschafterplaneten der Maahks hartnäckig in den Straßen der Hauptstadt Kreytsos hielt. Er bestand aus einem Gemisch von Ammoniak, Wasserstoff, Methan und verschiedenen Spurengasen, erhitzt auf die für lokale Verhältnisse moderate Temperatur von 98,7 Grad Celsius.

Der Funker glaubte, trotz seines Schutzanzugs jedes Einzelne davon zu spüren. Der Schweiß bedeckte seinen Körper in einem klebrigen Film.

Hin und wieder traten wuchtige Schatten aus dem Dunst, verharrten einen Augenblick, um den Trupp aus Humanoiden zu mustern und dann weiterzugehen, eilig zumeist. Maahkora war die Botschaftswelt der Maahks in der Milchstraße. Es gab hier immer irgendetwas Dringendes zu erledigen. Fremde waren auf Maahkora nicht die Ausnahme, sondern die Regel.

Dennoch erregten Alemaheyu Kossa und seine Begleiter ein gewisses Aufsehen.

Hatte sich die Nachricht herumgesprochen, dass sich der unsterbliche Terraner Perry Rhodan in Kreytsos befand?

Unwahrscheinlich. Niemand wusste von Rhodans Anwesenheit, nicht einmal die terranische Residenz.

Oder war es die Größe der Gruppe, die Aufmerksamkeit erregte?

Es waren über vierzig Terraner, zwei Blues und ein Gurrad, die durch die Straßen von Kreytsos marschierten. An Bord der PALENQUE war nur eine Notbesatzung zurückgeblieben, befehligt von Harriet Hewes, die es auch übernommen hatte, sich um die vom Tod ihrer Freunde niedergeschlagene Denetree zu kümmern.

Oder war es die Haltung der Gruppe, die sich mit ihrem Ziel nicht vereinbaren lassen wollte? Die Prospektoren setzten entschlossen einen Fuß vor den anderen. Ein Blick durch die Helmdisplays hätte verkniffene Gesichtszüge und fest aufeinander gebissene Kiefer enthüllt, als stünde ihnen eine schwierige, alles andere als angenehme, aber dennoch unumgängliche Aufgabe bevor. Und, verborgen, aber unmissverständlich: Neugierde.

Die Prospektoren waren auf dem Weg nach Meklaran, in das Vergnügungsviertel von Kreytsos, aber sie machten nicht den Eindruck, als ob sie Vergnügen erwarteten.

Im selben Maß, wie das Licht von Pollaco Hermi dahinschwand, erhellte sich die Straßenbeleuchtung. Und als die Prospektoren sich zunehmend von ihrem Schiff entfernten, ging vor ihnen eine neue Sonne auf: die Lichter von Meklaran.

Alemaheyu spürte einen Knoten in seinem Hals. Perry Rhodan trat neben den Funker der PALENQUE und fragte: »Nervös?«

Kossa sah den Unsterblichen verwundert an. »Du weißt davon?«

Der Terraner nickte. »Natürlich. Du solltest ja wissen, wie das ist. An Bord der PALENQUE gibt es keine Geheimnisse.«

»Scheint so.« Kossa schluckte. »Ja, schätze, ich bin nervös ... ein wenig ...«

»Wird schon schief gehen!« Rhodan hob den linken Arm, als wolle er dem Funker aufmunternd auf die Schulter klopfen, ließ es aber sein.

»Danke«, sagte Kossa nur. Und hing wieder seinen Gedanken nach, die nicht, wie Rhodan vermutete, zur Gänze von dem Abend beherrscht wurde, der vor ihm lag.

Bevor sie die PALENQUE verlassen hatten, hatte Alemaheyu Kossa ein letztes Mal seine Konsole durchgecheckt. Aus Gewohnheit, ohne besonderen Anlass. Und bei der Archivierung der Logfiles der vergangenen Tage war er auf eine Anomalie gestoßen. Er hatte nicht mehr die Zeit gehabt, sie genauer zu untersuchen – Sharita Coho akzeptierte keine Unpünktlichkeit –, aber alles sprach dafür, dass die Antennen der PALENQUE einen Hyperfunkimpuls aufgefangen hatten. Der Bordsyntron hatte ihn als natürliches Phänomen des Ochent-Nebels eingestuft und darauf verzichtet, Kossa darauf hinzuweisen.

Kossa war rasch zu einer anderen Auffassung gekommen: Der Impuls war künstlich – und sein Ursprungsort war die Arche.

Was unmöglich war.

Vollkommen unmöglich.

Hyperfunk war fünfdimensionale Technologie. Der technische Stand der Archen war Jahrhunderte, wenn nicht Jahrtausende davon entfernt.

Der Impuls *konnte* nicht von der Arche stammen.

Alemaheyu war derart gefangen in seinen Gedanken, dass er nur am Rande mitbekam, dass sie die Grenze von Meklaran erreichten. Eine Formenergiekuppel wölbte sich über dem Viertel, sorgte für eine Sauerstoffatmern zuträgliche Atmosphäre.

Die Prospektoren legten ihre Schutzanzüge ab und ließen sie im bewachten Schleusenbereich zurück. Schreiend bunte Freizeitkleidung kam zum Vorschein. Die mit süßen Düften – Lockstoffen verschiedenster Etablissements – übersättigte Luft stieg dem Funker in die Nase. Kossa liebte diesen Duft, aber an diesem Abend war er zu sehr in den Wirbeln seiner Gedanken gefangen, um ihn bewusst wahrzunehmen.

Angenommen, der Funkimpuls war tatsächlich von der Arche ausgegangen? Was konnte er dann bedeuten? Ein Notsignal vielleicht? Oder eine Aufforderung?

Ja, das war es vielleicht. Eine Aufforderung, der die akonische Flotte nachgekommen war. Das musste es sein.

Den Akonen war alles zuzutrauen.

Vielleicht auch Kunstgeschmack? Alemaheyu würde es noch an diesem Abend herausfinden.

Sharita setzte sich erneut an die Spitze der Prospektoren und führte sie zielsicher zum *Drunken Sailor*. Kannte sie ihr Ziel bereits? Oder verbarg sie souverän, dass sie einem Navigationssystem folgte? Mit ihren knapp 2000 Jahren nicht die älteste Kneipe Meklarans, nicht die berühmteste, nicht die berüchtigste und, wie Alemaheyu befand, als sie in ihr Schummerlicht eintraten, mit Sicherheit keine, durch die seit ihrer Eröffnung auch nur ein Putzroboter gegangen war. Einfach nur eine ganz gewöhnliche, heruntergekommene Kneipe in einem ganz gewöhnlichen, heruntergekommenen Vergnügungsviertel.

Mit anderen Worten: Das *Drunken Sailor* war der ideale Ort für ihr Vorhaben.

In dem halbrunden Saal waren Tische für ungefähr hundert Personen aufgebaut, die Stühle auf die kleine, erhöhte Bühne ausgerichtet, bei deren Anblick Alemaheyu auf der Stelle jeder Gedanke an mysteriöse Hyperfunkimpulse entglitt.

Noch eine halbe Stunde und ...

Die Türen am gegenüberliegenden Ende des Saals glitten auf, und die Besatzung der LAS-TOÓR strömte in das *Drunken Sailor*. Lange Sekunden beäugten Terraner und Akonen einander schweigend und unsicher, dann legte die gnädige Seele von Wirt einen Klangteppich maahkschen Zwerchfellgesangs über die peinliche Szene – eine kluge Wahl, kein Nicht-Maahk konnte diese so genannte Musik ertragen – und ermöglichte es Terranern und Akonen, sich in seinem Schutz auf die Tische zu verteilen.

Bald saßen beide Gruppen, Terraner links vom Mittelgang, die Akonen rechts. Der Kommandant der Akonen machte einen Versuch, auf seine terranische Kollegin zuzugehen, doch Sharita verbannte ihn mit einem eisigen Blick zurück auf seinen Stuhl.

Die Barrobots schwärmten aus. Beide Seiten bestellten, froh darüber, etwas zu tun zu haben, als ob es kein Morgen gäbe, und bald bogen sich die Tische unter Schalen und Gläsern. Die verstohlenen Blicke, die man einander zuwarf, wurden zunehmend offener, aber immer noch wagte es niemand, den Mittelgang zu überqueren.

Das Show-Programm begann mit dem unvermeidlichen Duo Ertruser-Siganese. Terraner und Akonen besannen sich auf ihre Höflichkeit und klatschten artig Beifall. Maahkora war eben Provinz, und solange etwas auf der Bühne geschah, war man wenigstens nicht gezwungen, das Verhältnis zueinander zu bestimmen.

Alemaheyu achtete kaum auf das ungleiche Paar auf der Bühne. Seine Augen suchten und fanden Eniva ta Drorar. Die Akonin mit der sich unentwegt windenden Frisur winkte ihm freundlich zu, zeigte auf die Bühne und grinste aufmunternd.

Der Terraner wünschte, er wäre so unbefangen gewesen wie Eniva. Am liebsten wäre er aufgestanden und geflohen. Oder hätte so viel Bier in sich hineingeschüttet, dass er nicht einmal mehr zur Bühne wanken konnte. Aber es half nichts.

Er hatte es Eniva versprochen, vor ihr mit seinem Können geprotzt. Die gesamte Besatzung der PALENQUE wusste davon, und mit Sicherheit auch die der LAS-TOÓR.

Es gab kein zurück mehr.

Und außerdem musste ja jemand den Anfang machen, das Eis brechen.

Dann war es so weit. Während sich auf der Bühne ein Matten-Willy mit Körperkarikaturen prominenter Politiker – unter anderem auch von Rhodan, der sich unerkannt im Publikum vor Lachen kaum halten konnte – abmühte, die Befangenheit des Publikums zu erschüttern, kam der Wirt an Alemaheyus Tisch und legte ihm die Hand auf den Arm: »Du bist als Nächster dran. Mach dich bereit!«

»In Ordnung.«

Alemaheyu erhob sich und ging durch die Tische zum Seiteneingang der Bühne. Ihm war, als durchbohrten Dutzende von Blicken seine Rücken. Als er hinter der Bühne ankam, klebte ihm das Hemd schweißnass am Körper. Ein Helfer kam auf ihn zu: »Nervös, was? Macht nichts, ich hole dir ein neues!«

»Was ...?«, fragte Alemaheyu verwirrt.

»Hemd. Deines ist ...«

Der Funker schüttelte seine Benommenheit ab. »Ist schon in Ordnung. Es passt zu dem, was ich vorhabe.«

Der Helfer zuckte die Achseln. »Wie du meinst ...«

Alemaheyu checkte den Syntron des *Drunken Sailor*, während der Matten-Willy seinen Auftritt mit einer Karikatur des Arkonidenimperators Bostich beendete, der bei einer seiner geliebten Truppenparaden über seinen Zierdegen stolperte.

Der Check war erfolgreich. Die Software war korrekt initialisiert. Jetzt gab es nur noch einen Risikofaktor: ihn selbst, Alemaheyu Kossa.

Der höfliche Applaus für den Matten-Willy ebbte ab. Alemaheyu holte tief Luft und trat auf die Bühne. Die Scheinwerfer blendeten ihn, verhinderten, dass er sein Publikum sah. Vom anderen Ende aus, für das Publikum unsichtbar, winkte ihm Eniva zu.

Der Funker knöpfte das schweißnasse Hemd auf, zog es aus und rollte es zusammen. Dann band er es sich um die Stirn, um seine Mähne aus den Augen zu halten.

Alemaheyu Kossa verbeugte sich. »Liebe ...« Er stockte. Liebe *was*? Freunde? Zweckverbündete? Ex-Erzfeinde? Rivalen? Er ließ die Anrede unvollendet. »Das hier ist ein Stück, das einige von euch vielleicht schon kennen. Eine alte terranische Volksweise. Sie heißt ›All along the Watchtower‹.«

Er schloss die Augen, konzentrierte sich ganz auf seine Fingerspitzen. Er musste die Gitarre in seinen Händen *spüren*.

Von links kamen Rufe. »Zeig's uns, Alemaheyu! Gib uns die Luftgitarre!«

Alemaheyu gab sie ihnen.

Seine Finger, die noch eben ins Leere gegriffen hatten, fühlten die Saiten der Luftgitarre, als existiere sie als physisch greifbares Objekt. Die ersten Töne bohrten sich kreischend in den Saal des *Drunken Sailor*.

Alemaheyu getraute sich, wieder die Augen zu öffnen. Der Wirt hatte die Scheinwerfer heruntergedimmt, gestattete es ihm, das Publikum zu sehen. Die terranische Hälfte hielt es schon nicht mehr auf den Sitzen. Und die Akonen? Alemaheyu glaubte zu sehen, wie einige verstohlen mitwippten.

Gut, sie wurden warm. Und gleich ... er gab Eniva das verabredete Zeichen.

Die Akonin trat gemessen auf die Bühne. Winzige Antigravprojektoren hielten ihre Frisur in ständiger, schlangenähnlicher Bewegung. Sie verbeugte sich, öffnete den Mund und bewegte lautlos die Lippen.

Der Syntron des *Drunken Sailor* erfasste ihre Bewegungen und setzte sie in Gesang um. Alemaheyu hörte »Watchtower«, wie er es noch nie gehört hatte: in einem wunderbar vollen, rauen Gesang. Überwältigend weiblich. Überwältigend leidenschaftlich.

Das akonische Publikum hielt es keinen Augenblick länger auf den Stühlen. Männer und Frauen sprangen auf, feuerten Eniva an, riefen immer lauter: »Plejbek! Plejbek! Plejbek!«

Frenetischer Beifall ergoss sich über Alemaheyu und Eniva. Die Terraner klatschten und johlten, die Akonen stampften und johlten.

»Zugabe! Zugabe! Zugabe!«, kam von allen Seiten, als ihr erstes Stück endete.

Es war eine unnötige Aufforderung. Alemaheyu und Eniva dachten nicht im Traum ans Aufhören. Jetzt nicht mehr. Abwechselnd spielten sie akonische und terranische Stücke, ließen sie schließlich immer mehr ineinander fließen.

Niemand im *Drunken Sailor* hielt es mehr auf den Stühlen. Akonen und Terraner tanzten überall: im Saal, auf den Tischen auf der Bar und ein paar, die Antigravs mitgebracht hatten, an der Decke.

Nur ein Bereich blieb verschont: der Mittelgang, die

Grenze zwischen den beiden Mannschaften. Niemand wagte es, dort zu tanzen, geschweige denn, ihn zu überqueren.

Alemaheyu, der sich nach über einem Dutzend Stücken vor Erschöpfung kaum noch auf den Beinen halten konnte, glaubte bereits, dass es dabei bleiben würde, als etwas geschah, was ihn mehr verwunderte, als es das Auftauchen einer ganzen Flotte lemurischer Generationenschiffe getan hätte: Sharita stand auf, knöpfte ihre Uniformjacke auf und hängte sie akribisch gerade über den Stuhl. Sie ging einige Schritte zurück, nahm Anlauf und sprang auf die Bühne, auf den Lippen einen Schrei, den Alemaheyu nicht so recht einordnen konnte: »Karaoke!«

Alemaheyu sollte an diesem Abend, der zur längsten Nacht wurde, seine Bedeutung kennen lernen. Er und die Besatzungen der PALENQUE und LAS-TOÓR, die im Morgengrauen zu ihren Schiffen zurückwankten, in gemischten Gruppen von fünfen, vieren, dreien oder auch zweien ... laut grölend oder mit anderem, Stillerem beschäftigt.

Der Funker war der Letzte, der an Bord der PALENQUE zurückkehrte. So erschöpft, aber auch so gelöst wie noch nie in seinem Leben, nicht zuletzt wegen des Kusses, den ihm Eniva auf die Lippen gehaucht hatte, bevor sie in ihrer Kabine auf der PALENQUE verschwunden war. Alemaheyu nahm ihn als ein Versprechen auf eine höchst erfreuliche Zukunft.

Als er durch den Hangar der PALENQUE wankte, zwickte er sich in den Arm, wie um sicherzugehen, dass er die vergangenen Stunden nicht geträumt hatte – und knallte mit dem Kopf gegen eine Metallwand.

Der Funker taumelte zurück.

»Alemaheyu, pass auf, das Ding ist härter als dein Kopf!«, kam eine Stimme von der Seite. Der Funker verdrehte den Kopf und glaubte Hayden Norwell zu erkennen, der freiwillig auf der PALENQUE zurückgeblieben war.

»Was ... welches Ding?«

Und dann, als seine Sicht wieder an Schärfe gewann, sah er sie: Im Hangar der PALENQUE ruhte eine nagelneue

Space-Jet, das Beiboot, auf dass sie seit Jahren vergeblich gewartet hatten.

»Das ... das ... ist ...«

»... eine Space-Jet«, half ihm Norwell aus.

»Wie kommt sie hierher?«

»Oh, ich dachte, wir können sie bestimmt gut gebrauchen. Also habe ich Kontakt zu den Schiffseignern aufgenommen, mit ihnen vernünftig geredet und ... den Rest siehst du ja.«

Alemaheyu nickte. »Ja, sehe ich.«

Ein Schiff voller Lemurer; die Aussicht auf weitere Funde, die sie alle reich machen würden; Menschen, die ihm zujubelten; Akonen, die gar nicht so übel drauf waren, in einem Fall sogar überhaupt gar nicht; Sharita, die sich gehen ließ; Perry Rhodan, der ihn wie einen alten Kumpel behandelte – und jetzt noch eine Space-Jet für die PALENQUE, spendiert von den knauserigen Eignern.

Nichts war mehr unmöglich.

Alemaheyu fragte sich, was für eine Überraschung sie als Nächstes erwarten würde.

Anhang

Das Generationenraumschiff in der Science Fiction: Von der Arche Noah zu den Sternenarchen

von Hartmut Kasper

Was hat Frank Borsch, der den PERRY RHODAN LEMURIA-Zyklus mit dem vorliegenden Roman eröffnet, am Generationenraumschiff besonders interessiert?

»Die Vorstellung«, sagt der Autor, »dass dort Menschen zu einem Ziel aufbrechen, von dem sie wissen, dass sie es nicht erreichen werden. Ich frage mich: Was geht in den Köpfen dieser Reisenden vor?«

Wer geht, und warum geht er auf solche himmelweiten Reisen?

Ins Sternenmeer

Von jeher hat die Schifffahrt über die Weltenmeere den Menschen fasziniert. Schiffe tragen ihre Besatzungen über die Abgründe und Untiefen des Wassers zu anderen und neuen Ländern, ermöglichen Entdeckungen, Handel, Wandel, Reichtum; Häfen und Hafenstädte wie Karthago, Shanghai, Hongkong und New York werden zum Tor in neue Welten. Völker wandern über die Meere aus und besiedeln ferne Kontinente. Manchmal aber verzögern sich die Fahrten, werden zu Irrfahrten, Odysseen, zu Fahrten ohne Wiederkehr, oder sie driften ganz ab in Dimensionen fern der physischen Realität und werden zu Geisterschiffen wie der Fliegende Holländer, jener frevelhafte Kapitän, der mit seine Crew dazu verdammt ist, auf ewig die Meere zu kreuzen, weil er unbedacht geschworen hatte, seine Versuche, das Kap der Guten Hoffnung zu umschiffen, Gott, Teufel und Sturm zum Trotz fortzusetzen, wenn's sein muss bis zum Jüngsten Tag. Der Teufel hatte ihn darauf beim Wort genommen.

Heute sind die Weltmeere weitgehend entdämonisiert, zu Teilen der planetaren Infrastruktur und Wertschöpfung geworden; Industrieschiffe fischen und verarbeiten den Fang; Tanker beliefern die mechanisierten Nationen mit ihrer lebenserhaltenden Infusion Öl; hier und da sind weiße Kreuzfahrtschiffe mit Weltreisenden unterwegs, und vereinzelt sieht man transatlantische Ruderer sich ihren Weg ins Guiness-Buch der Weltrekorde rudern. Die meisten Menschen, die den Ozean passieren, tun dies hingegen in zehn Kilometern Höhe, und sie verschlafen die Passage oder sehen im Bordkino *Titanic* oder andere Märchen aus alter Zeit.

Kurz und gut: Zwar ist das Meer nicht wirklich geschrumpft, doch bietet es unserer Imagination nicht mehr allzu viel Entfaltungsmöglichkeiten.

Dafür ist im Laufe der letzten Jahrhunderte der Himmel zu einer Art »Neuem Meer« über unseren Köpfen geworden, zu einem Megameer. Wie tief der Himmel ist, können wir mit bloßem Auge nicht wahrnehmen. Unsere Fähigkeit, räumlich, also dreidimensional zu sehen, endet nach etwa 300 Metern. Deswegen erscheinen uns die Sterne nicht in der Tiefe gestaffelt, und deswegen konnten zahllose Generationen annehmen, alle Sterne befänden sich auf der selben Ebene

Doch anders als die wirklichen Meere der Welt ist das Sternenmeer offenbar grenzenlos, wenn nicht sogar unendlich. Wer hier reist, hat eine lange Reise vor sich: eine ohne Rückkehr, möglicherweise sogar eine ohne Ankunft – denn wie soll man im Unendlichen ankommen?

Friedrich Nietzsche hat wie bei so vielem auch bei solchen Unternehmungen vorausgedacht; in seiner »Fröhlichen Wissenschaft« (1886) sagt er zum Stichwort »Im Horizont des Unendlichen«: »Wir haben das Land verlassen und sind zu Schiff gestiegen! Wir haben die Brücke hinter uns – mehr noch, wir haben das Land hinter uns abgebrochen! Nun, Schifflein! Sieh dich vor! Neben dir liegt der Ozean, es ist wahr, er brüllt nicht immer, und mitunter liegt er da wie Seide und Gold und Träumerei der Güte. Aber es kommen Stunden, wo du erkennen wirst, dass er unendlich ist und dass es nichts Furchtbareres gibt als Unendlichkeit.«

Das Wort »Generation« wurde um das Jahr 1500 aus dem lateinischen Wort »generatio« entlehnt, das so viel wie »Nachkommenschaft« und »Zeugungskraft« bedeutet. Und Zeugungskraft braucht die Besatzung eines solchen Generationenraumschiffs in der Tat, macht es sich doch auf den Weg, fremde Welten zu bevölkern – sei es, weil die alte Erde wegen Überbevölkerung aus allen Nähten platzt oder weil sie nuklear verseucht oder aus anderen katastrophalen Gründen unheimlich geworden ist.

Und so setzt das Unternehmen Generationenraumschiff fort, was einst Urvater Noah begonnen hat: einen Teil der Biosphäre nämlich über Wasser zu halten, wenn alles andere untergeht – so spricht der Herr: »Mach dir eine Arche aus Zypressenholz! Statte sie mit Kammern aus, und dichte sie innen und außen mit Peche ab. So sollst du die Arche bauen: Dreihundert Ellen lang, fünfzig Ellen breit und dreißig Ellen hoch soll sie sein. Mach der Arche ein Dach, und hebe es genau um eine Elle nach oben an! Den Eingang der Arche bring an der Seite an! Richte ein unteres, ein zweites und ein drittes Stockwerk ein.« (Genesis 6, 14–16) Eine Elle misst königlich gemessen 52,5 Zentimeter, gewöhnlich 45,8 Zentimeter. Die Arche ist also etwa 150 Meter lang, 25 Meter breit und 15 Meter hoch. Wer das Ganze einmal in seinem Garten nachgebaut hat, weiß, dass es wahrlich ein Werk für Generationen ist.

Noahs Schiff war im Original allerdings ein zwar imposanter, aber verhältnismäßig schlichter Kasten, genau so heißt es denn auch im hebräischen Urtext: »Tebáh«, »Kasten«; das Lateinische »arca« – von dem unser Wort »Arche« stammt – meint dasselbe, gelegentlich aber auch »Sarg«. Doch von Tod ist keine Rede: Mittels Arche wird die Menschheit am Leben gehalten, die Arche ist Rettungsboot und Keimzelle für menschliches Leben zugleich.

Raumfahrttheorie und elektronische Opern

Peter Nicholls führt in seiner Untersuchung »Der Zukunft auf der Spur. Wie wahr kann Science Fiction werden?« die Idee des Generationenraumschiffs auf den russischen Raumfahrttheoretiker Konstantin Ziolkovsky zurück, der schon 1928 in einem Aufsatz vorgeschlagen hatte, weltraumtüchtige »Noah-Archen« zu bauen.

Um ein Leben in Schwerelosigkeit zu vermeiden, könnte das Schiff einen gleichmäßigen Schub von etwa einem Gravo erzeugen, wodurch das Gefühl entstehen würde, das Heck wäre »un-

Ark of Space – Raum-Arche aus dem Jahr 1939

ten«. Einfacher wäre es, das komplette Gebilde ring- oder zylinderförmig zu konstruieren und dann um die eigene Achse rotieren zu lassen. Durch die Zentrifugalkraft erlebten die Raumfahrer die Außenflächen der Räume als »unten«, zur Mitte hin nähme die Schwerkraft stetig ab. Generationenraumschiffe, darüber sind sich die Wissenschaftler wie die SF-Autoren einig, müssten sehr groß sein – wenn die Schiffe jedoch einen Durchmesser von etwa 16 Kilometer hätten, liefen sie Gefahr, von den Zentrifugalkräften auseinander gerissen zu werden.

Die ersten Generationenraumschiffe der Science Fiction verkehren kurz nach Ziolkovskys Überlegungen: Laurence Meaning ist der Erste, der in »The Living Galaxy« (1934) dieses Motiv anschneidet; das erste vollentwickelte Generationenraumschiff fliegt in »The Voyage that Lasted 600 Years« (1940) von Don Wilcox; zum Durchbruch verhilft ihm Robert Heinlein mit den Storys »Universe« (1941) und »Common Sense« (1941; beide zusammen unter dem Titel »Orphans of the Sky«/»Die lange Reise«). Damals tobte der Zweite Weltkrieg – Anlass genug, sich nach einem alternativen Wohnraum für die Menschheit umzusehen.

Fast alles, was in der Science Fiction Rang und Namen hatte, steuerte sein Schiff bei zur Flotte der Generationenraumschiffe: E. C. Tubbs (»The Space-Born«/»Kinder des Weltalls«, 1955), Harry Harrison (»Captive Universe«/»Welt im Fels«, 1969); in »Non-Stop« (»Fahrt ohne Ende«, 1958) von Brian W. Aldiss mischen sich Mutationen unter die Stammbesatzung. In Samuel R. Delanys Roman »The Ballad of Beta-2« (»Die Ballade von Beta-2«, 1962) sind die einstigen Raumpioniere zu bloßen Balladendichtern verkümmert; in Brian M. Stablefords »Promised Land« (»Die Welt der Verheißung«, 1978) ist sich die Besatzung zwar noch der Zweck der Reise bewusst, hat das Ziel aber zum Gegenstand religiösen Eifers deformiert.

In »Riding the Torch« (»Der Weg der Flamme«, 1974) von Norman Spinrad erreicht das Schiff – das seit einem Jahrtausend zusammen mit tausend anderen in einem Verbund, dem »Trek«, unterwegs ist – zwar scheinbar das Ziel der Reise, den erdähnlichen Planeten Eden, doch mögen seine Passagiere es nicht mehr verlassen: Sie sind in der Weltenminiatur heimisch geworden: Und so folgen die Besatzungen des Treks weiter dem »Ruf der Leere«.

Geradezu idealtypisch hat Wolfgang Jeschke die Motive, die mit dem Thema Generationenraumschiff zusammenhängen, in seiner Geschichte »Welt ohne Horizont« aus dem Jahr 1957 durchgespielt: Der Held der Story ist ein Junge, Jay. Er lebt in einem Generationenraumschiff, einer »Welt ohne Horizont«. Das Schiff ist so lange unterwegs, dass seine Bevölkerung ihre Herkunft vergessen hat; wer noch weiß oder ahnt, dass außerhalb des eigenen Welt noch andere, größere existieren, wird als Ketzer behandelt. Denn an Bord hat sich eine eigene Religion entwickelt, und die Gläubigen huldigen einem »Bösen Geist«, den sie als Schöpfergott verehren, der – nach ihrem Glaubensbekenntnis –

»die Welt erschuf,
und das Licht und die Säure
und den Tag und die Nacht
und den 16-Uhr-Wind
und uns, um zu sterben.«

Das technische Personal wurde längst im Zuge eines Aufstandes getötet, das Schiff wird ebenso vom Bordrechner gesteuert wie das Wetter und der Wechsel der Jahreszeiten in der Weltenkabine. Hier, an den Rändern der riesenhaften rotierenden Trommel, liegen die kleinen Siedlungen des Schiffes, Miami, El Paso, Memphis, Pitsburgh oder Detroit. Mechanische Katzen und Mäuse durchstreifen eine Botanik, die nichts Irdisches mehr hat: In den hydroponischen Gärten wachsen venusische Pflanzen, die von ihrem Gärtner kleine Lieder gelernt haben und sie vor sich hin pfeifen; wer ihnen an die Früchte will, braucht Geschick und Überredungskunst. Keine Sonne geht auf; ein Lichtfaden webt Helligkeit über die Ostwand.

Doch diese Welt steht kurz vor ihrer Untergang: Die Menschen sterben an einer rätselhaften Krankheit. Als die Zentrale endlich das Erreichen des Zielsterns verkündet und die Siedler zum Ausschiffen ruft, ist Jay allein. Und zwischen den Zeilen erfährt man, dass auch der Rechner die lange Zeit nicht schadlos überstanden hat: Tatsächlich ist das Schiff weit über jedes Ziel hinausgeschossen, steht außerhalb der Galaxis und entlässt den hilflosen Jungen in den Leerraum.

Sichtet man die Generationenraumschiffe dieser ersten Generation, fällt ein insgesamt pessimistischer Grundton auf: Wie Fluchtfahrzeuge von einer zerstörten und untergegangenen Erde bewegen sich die Schiffe durchs Sternenmeer; anders als bei Noah aber fehlt jede göttliche Aufsicht, und so gehen die meisten Flüge fehl. Wenn von einem Gott überhaupt die Rede ist, dann entpuppt er sich meist als technischer Apparat, als abergläubisch vergötzter Navigationscomputer, der zu allem Unglück verrückt spielt.

An Bord wird die Erde simuliert, doch diese simulierte Erde ist nicht nur miniaturisiert, sondern auch noch entstellt, verzerrt, karikiert. Und entsprechend ihrer denaturierten Umwelt verändert sich auch die menschliche Gesellschaft: Sie vergisst ihre Herkunft, verkennt die Natur der Dinge, wird barbarisch, gewalttätig, und mit geradezu mittelalterlichem Starrsinn leugnet sie jede andere Welt als die Flaschenwelt, in der sie haust.

Übrigens handelt auch die erste wirkliche Space Opera, die erste Weltraumoper im Wortsinn, von einem Generationenraumschiff – wenn einem außerplanmäßigen: Der schwedische Komponist Karl-Birger Blomdahl vertonte in den Jahren 1957–1959 Harry Martinssons Verspos »Aniara«, die gleichnamige Oper erlebte im Jahr 1959 ihre Uraufführung, eine Synthese aus elektronischer und konventioneller Orchestermusik. Die Handlung: Auf ihrer Flucht von der radioaktiv verseuchten Erde verfehlt das Raumschiff Aniara mit seiner Besatzung den ursprünglichen Bestimmungsort Mars und rast ziellos weiter in die Leere.

Dabei könnte das Leben auf zwar beschränktem, aber nicht beengtem Raum doch auch schön sein. Wer hätte nicht als Kind gerne seine Höhle unter dem Tisch gebaut und sich darin wohl gefühlt? Und was wäre ein Generationenraumschiff aus dieser Perspektive anderes als eine gemütliche Höhle mit Ionenantrieb? Und so tauchen dort, wo (seit Mitte der 1960er Jahre) der weltraumschwarze Kulturpessimismus mit seinen Befürchtungen eines nahen nuklearen Holocausts langsam weicht, erste Generationenfahrzeuge mit einer gefälligeren Innenausstattung auf.

Beispielsweise im grundoptimistischen Star-Trek-Universum: Die von Familien mit Kindern bewohnte Next-Generation-*Enterprise*; die Kuben der Borg, die sich allerdings ungeschlechtlich vermehren und deren Liebeserklärung deswegen eher technizistisch als romantisch klingt (»Wir sind die Borg. Bereiten Sie sich darauf vor, assimiliert zu werden. Ihre biologischen und technischen Merkmale werden unseren eigenen hinzugefügt. Widerstand ist zwecklos.«); die Voyager, deren Heimflug aus dem Gamma-Quadranten odysseeische 70 Jahre dauern soll.

Kein Wunder, dass sich die Besatzungsmitglieder bald mehr als kameradschaftliche Kontakte miteinander pflegen und auf mannigfache Art für Nachwuchs sorgen.

So verwandelt sich die Mannschaft langsam in eine große Familie, deren Übermutter, Mamacaptain Katheryn Janeway, immer mal wieder eines ihrer Ziehkinder in die mütterlichen Arme schließen darf: die Halbklingonin B'elanna Torres, die junge Okampa Kes, den namenlosen Doktor, den Vulkanier Tuvok und – worum wir sie am meisten beneiden – die wohlgeformte Drohne Seven of Nine.

Allerdings fällt auf, wie selten Generationenraumschiffe durch Science-Fiction-Filme fliegen. Schade, sie wären doch optisch ergiebig: an den Bordhorizonten hochgekrümmte Landschaften mit den Himmel hinauffließenden Strömen, labyrinthische Gänge, technoid verwilderte Stockwerke. Nichts von alledem bereichert bislang die Leinwand. Industrial Light & Magic, bitte nachholen!

Und falls es an Vorbildern mangeln sollte. Wie wäre es damit ...

Waisenheim, Schule des Herzens, große Familie: Seven of Nine an Bord des Generationenraumschiffs Voyager

»Schaut her, da kommt die SOL!«: Generationenraumschiffe im PERRY RHODAN-Kosmos

»In der PERRY RHODAN-Serie«, so William Voltz, zu seiner Zeit Chefautor und Exposé-Redakteur eben dieser Serie, »erlangten einige Raumschiffe ... eine Bedeutung, die nicht mehr allein der des technischen Instrumentariums entspricht, so zum Beispiel die *Crest IV*, die ihre Popularität bei den Lesern einem unfreiwilligen Dilatationsflug verdankt; die *Marco Polo*, die lange Zeit die größten Entfernungen überbrückte, und die *Basis* ... Von allen Raumschiffen der PERRY RHODAN-Serie aber steht eines an besonders exponierter Stelle: die SOL. Das hantelförmige Fernraumschiff«, das Voltz übrigens auch als den »Fliegenden Holländer der Serie« bezeichnete.

Generationenraumschiffe sind dem PERRY RHODAN-Universum eigentlich fremd, geht es hier dank fantastischer Antriebstechnik doch in aller Regel schneller zu als das Licht. Im PERRY RHODAN-Universum gibt es derart viele Möglichkeiten, überlichtschnell ans Ziel zu kommen, dass sich die Photonen auf einer Art Kriechspur bewegen. Vielleicht haben die Hohen Mächte dieser Rhodanwelt – Kosmokraten wie Taurec, Vishna, Samburi Yura oder Robert Feldhoff – neuerdings auch deswegen die metaphysischen Naturgesetze geändert und die so genannte Hyperimpedanz eingeführt, die nun Reichweite und Geschwindigkeit der Raumschiffe herabsetzt, um den Raum als Raum wiederherzustellen, in dem sich zu bewegen eben Zeit kostet, viel Zeit. Und vielleicht verkehren auch bald echte Generationenschiffe, zum Beispiel zwischen den Galaxien, die zu erreichen nun wieder ein Menschenalter und mehr dauern könnte. Denn »es gibt Themen, denen sich fast jeder Science-Fiction-Autor im Laufe seines Schaffens einmal auf die eine oder andere Weise annimmt; ich denke hier an das Thema des ›Generationenraumschiffs‹. In der Regel haben die Besatzungsmitglieder an Bord solcher Schiffe vergessen, wo sie sich befinden (eine elitäre Clique, die es noch weiß, gehört natürlich ebenso regelmäßig dazu!), und es ist fast immer der Held, der die Wahrheit herausfindet und ... ein Happy End herbeiführt.«

Die SOL ist zweifellos das wahre Generationenraumschiff der Serie – nicht aber ihr erstes. In K. H. Scheers Exposé zum Heftroman Nummer 81 »Raumschiff der Ahnen« von Clark Darlton – Untertitel: »Auf dem Geisterschiff aus der Vergangenheit« – heißt es: »Ein riesiges Raumschiff treibt im freien Fall durch den

Raum. ... Der Raumer ist ein arkonidisches Auswandererschiff, das Jahrtausende zuvor auf die Reise geschickt wurde. Beim Start ergab sich jedoch ein Panne, die schließlich zum Ausfall des Hyperantriebs führte. ... Somit wird aus dem Raumer ein Generationenraumschiff, in dem die späten Nachkommen der ursprünglichen Auswanderer nicht mehr wissen, woher die verschwundenen Vorfahren gekommen sind und wohin sie fliegen sollten.« Um den Lebensraum an Bord nicht zu eng werden zu lassen, lagert das inzwischen regierende Robotgehirn des Schiffes ganze nachgewachsene Generationen ein, »in starken Eisblöcken eingefroren, sorgfältig und platzsparend gestapelt ... Es sind rund hunderttausend im Eisschlaf lebende Wesen« an Bord. Und weil es ein Darlton-Roman ist, kommt am Ende Gucky und rettet alles.

Gut so, denn tatsächlich taucht das Schiff im Heftroman 94 »Die flammende Sonne« wieder auf, da Rhodan auf die Arkonidenkonserve zurückgreifen will. Litt der damalige arkonidische Sternenstaat doch unter krankhafter Willensarmut und sollte durch die Einspeisung der jung gebliebenen Alt-Arkoniden eine Frischzellenkur verpasst bekommen.

Etwa acht Realjahre später und im Heftroman 496 bekommt es Rhodan mit einer ganzen Flotte von Generationenraumschiffen zu tun, der 200 000 Schiffe umfassenden »Flotte der Clans«. Hier sind es keine beschädigten Triebwerke, die für eine längere Verweildauer im All sorgen müssten, hier ist es der Lebensrhythmus der Besatzungen, der aus den Schiffen Generationenschiffe macht: Die Jungen Clans sind eine Unterspezies der menschengleichen Takerer, Resultat eines perfiden takerischen Zuchtprogramms. Das takerische Reich brauchte Raumfahrer, die bereit waren, in den unwirtlichen Randzonen ihrer Galaxis, Gruelfin, für sie Kriege zu führen. Dazu manipulierten sie das Erbgut der Clans, sodass diese mit drei oder vier Jahren erwachsen werden, mit zwanzig vergreisen. »Niemand hat Zeit« lautet deshalb der Wahlspruch der »Jungen« Clans, deren Mentalität sich an die kurze Frist angepasst hat: »Wir dachten nur noch ans Leben.« Und so leben sie völlig zügellos, überfallen Raumschiffe, plündern, rauben, feiern Orgien. Bis Rhodan ihnen die Augen öffnet und sie sich gegen die Herrschaft de Takerer stellen, auch mit dem Fernziel, irgendwann wieder älter zu werden, auf Planeten zu siedeln und ihre Raumschiffe zu verlassen.

Ein spätes Echo auf die Flotte der Clans ist der Schwarm, der nach frühen Plänen überwiegend aus Raumschiffen zusammen gesetzt sein sollte, und natürlich die Endlose Armada aus Millionen oder Milliarden Raumschiffen, auf denen seit Jahrzehntausenden die Armadavölker hausen. Die Endlose Armada funktioniert als eine kulturell und biologisch völlig heterogene Mobilzivilisation mit homogener High Tech, die beispielsweise in der Lage ist, Energien abzuweiden, die am Ereignishorizont Schwarzer Löcher freigesetzt werden. Die Armada ist die ehemalige Wachflotte für ein mysteriöses kosmisches Objekt, das »psionische Feld« namens Frostrubin, das der gigantischen Flotte in einem Moment gigantischer Unachtsamkeit abhanden gekommen ist. Jetzt wird – seit einigen Äonen – gesucht.

Die SOL startete im Aphilie-Zyklus zu ihrer Odyssee – wenn man unter »Odyssee« die langjährige und von widrigen Mächten behinderte Heimfahrt aus der Fremde versteht: Perry Rhodan musste mit anderen, gegen die Aphilie (eine krankhafte Mitleids-

Arkoniden in Konservenhaltung. Das Heft 20 war übrigens ursprünglich als »Ein fliegender Holländer im All« angekündigt worden.

und Liebesunfähigkeit) Immunen die im Mahlstrom der Sterne gestrandete Erde verlassen und machte sich mit der SOL auf die Suche nach der Milchstraße.

Allem Anschein nach wurde das mächtige Hantelraumschiff nach alten Unterlagen gebaut, die das Mondgehirn der Menschheit, der weise Supercomputer NATHAN, als Fan deutscher SF-Heftromane outeten. Hatte doch Rhodans Serienkonkurrent Rex Corda in den 1960er Jahren mit außerirdischen Invasoren zu kämpfen, den so genannten Orathonen oder Featherheads, die eben Hantelraumschiffe bauten. Die SOL wäre mithin das erste und bislang einzige Generationenraumschiff, das nicht nur die Grenze zwischen den Galaxien passierte, sondern auch die zwischen den Heftromanserien. Nachdem sie aus dem Rex-Corda-Kosmos eingeflogen worden war, zog sie sich später für einige Jahre auch aus der Rhodan-Serie zurück und begab sich in die Schwesterserie von PERRY RHODAN, ATLAN, die ab Heft Nummer 500 (»Die Solaner – Unterwegs in der Unendlichkeit«) den Untertitel »Die Abenteuer der SOL« trug.

Sehen wir uns das legendäre Raumschiff einmal näher an: »Die Innenräume der SOL (zur Erinnerung: Das Raumschiff besteht aus zwei zweieinhalb Kilometer durchmessenden Kugelzellen von Superschlachtschiffen der Universum-Klasse, beide miteinander verbunden durch einen gedrungenen Zylinder von fünfzehnhundert Metern Länge und ebensolcher Dicke) sind weitläufig genug, um einer solchen Anzahl von Menschen [gemeint sind: über zehntausend; HK] spielend Unterkunft zu bieten. Wer sich von seinen Mitmenschen zurückziehen will, dem fällt es nicht schwer, in den teilweise öden Weiten des Schiffsinnern ein Versteck zu finden, in dem er tage-, sogar wochenlang allein ist. Die Weitläufigkeit der Schiffsräume ist, um genau zu sein, sogar nahezu beängstigend.« (RHODAN-Computer im Heft 710 »Raumschiff in Fesseln«)

Ungemütlich war die Innenwelt auch aus einem anderen Grund: »Als die SOL von der in Lieblosigkeit versunkenen Erde startete, fehlten in ihrem Innern jene Einrichtungen, die an Bord anderer Großfahrzeuge längst zur Selbstverständlichkeit geworden waren: Grünflächen, Erholungsgebiete, Sportzentren, Vergnügungsstätten. Es wirkt geradezu grotesk, dass Rhodans Mannschaft auf ihrer von Problemen belasteten Irrfahrt vorderhand nichts Eiligeres zu tun hatte, als Bars und Tanzdielen einzurichten, Grünflächen anzulegen, Schwimmbäder zu bauen und Kinobildflächen zu installieren«.

Seitdem hat die SOL einige Male die Besitzer gewechselt, ist in die Hände der SOL-Geborenen übergeben worden, hat die generationenraumschifftypische Phase des sozialen Niedergangs inklusive finsterer Borddiktatur erlebt, wurde von Lordadmiral Atlan in der eigenen Serie wieder auf den rechten demokratisch-kosmokratischen Weg gebracht, baute als Lieferant intelligenzverstärkender Symbionten das Herzogtum von Krandhor mit auf, überstand eine Trennung ihrer Zwillingskugelzellen, verschwand in der Unendlichkeit, tauchte als goldglänzendes Werkzeug kosmisch-zwielichtiger Mächte wieder auf und kehrte in den Besitz der Menschheit zurück. Gegenwärtig ist sie unterwegs, in einer Galaxie nach dem Rechten zu sehen, die zu einer Materiesenke zu zerfallen droht... Sie ist damit über tausend Erzähl- und 28 Realjahre unterwegs – das dienstälteste Generationenraumschiff der Science-Fiction-Literatur. Der Barkeeper einer ihrer Tanzdielen hätte sicher eine Menge zu erzählen.

Neuerdings hat die SOL als fernflugtaugliches Faszinosum allerdings Konkurrenz bekommen: Robert Feldhoff hat mit dem Raumschiff *Leuchtkraft* ein Fahrzeug ins Rennen geschickt, das nicht nur eine simulierte Planetenwelt, sondern ein ganzes, surreales Universum beinhaltet. Alaska Saedelaere, der auf den Kontakt mit mysteriösen Wesenheiten spezialisierte Serienunsterbliche, geht an Bord dieses Kosmokratenraumschiffs, das innen größer als außen ist: Äußerlich nur zwei Kilometer lang, erstreckt sich innen eine Dutzende Kilometer weit geschwungene Hügellandschaft, in deren Mitte ein Fluss fließt, an dessen Ende wiederum die Herrin des Schiffes residiert, und dieses Ende ist »unendlich weit entfernt«. Auf die Frage, wie viel das in Kilometern sei, antwortet einer der Leuchtkraftbewohner: »Unendlich viele« – natürlich! Auf dem Fluss verkehren wunderliche Ausflugdampfer; eine Nagetierkapelle gibt ein hypnotisches Konzert; ein Hütchenspieler spielt um Augen; man begegnet sich selbst; und ein Teil der Bewohner zweifelt an der eigenen Existenz – mit Recht. Saedelaere erinnert das Ganze an Lewis Carrolls »Alice im Wunderland« und »Die Welt hinter den Spiegeln«. Den Leser auch und zwar aufs Angenehmste: So fantastisch können die Raumschiffe der Science Fiction sein.

Und nun: NETHACK ACHTON und die neuen Archen

Nun sind im PERRY RHODAN-Universum neue Archen unterwegs – und das Jahrzehntausende, bevor sich Noah Richtung Ararat auf den Weg machte. Frank Borsch zu dieser im Wortsinn vorsintflutlichen Baureihe: »Unsere Generationenraumschiffe – also die, die Hubert Haensel und (zum kleineren Teil) auch ich für den Lemuria-Zyklus konstruiert haben – sind zumeist wie die Arche NETHACK ACHTON, das heißt die *Ferne Weiten*, vom Grundtyp her Walzen von vier Kilometern Länge, also selbst für den PERRY RHODAN-Kosmos riesige Fahrzeuge. Gut, es gab in der Serie schon größere Fahrzeuge, der Riesenroboter Old Man, die Kosmischen Fabriken – aber das waren meist absolute High-Tech-Produkte. Die lemurischen Generationenraumschiffe sind dagegen Low Tech: Sie kommen ohne 5-D-Technologie aus, haben deswegen nicht einmal künstliche Schwerkraft; weswegen durch Rotation Fliehkraft als Gravitationsersatz erzeugt wird. Echte Raumfahrt eben, die einen nicht per Knopfdruck von einem Sonnensystem zum anderen katapultiert. Diese frühen lemurischen Raumfahrer haben es nicht einfach, aber das verschafft dem Ganzen auch seine eigene Dramatik. Denn Dramatik hat eben etwas mit Entbehrungen und Opfern zu tun.«

Auf die Frage nach literarischen Vorbildern antwortet Frank Borsch: »Keine, die mir im Bereich Generationenraumschiff geholfen hätten. Ich liebe die Kurzgeschichten von Joe Haldeman, James Patrick Kelly und Robert Reed und die großen Romane von Philip K. Dick, vor allem ›Marsianischer Zeitsturz‹. Mein All-Time-Lieblingsroman aber ist der fantastische ›Planet der Habenichtse‹ von Ursula K. Le Guin, in dem sie eine glaubwürdige anarchistische Gesellschaft schildert – meines Wissens einzigartig. Aus dem PERRY RHODAN-Autorenteam bewundere ich William Voltz am meisten, seine Geschichten haben dem Zahn der Zeit am besten widerstanden. Dabei ist Voltz ein Science-Fiction-Autor, der sich um Technik eigentlich wenig kümmert, sich manchmal eher um sie herummogelt. Aber Technik, die man nicht beschreibt, veraltet eben auch nicht so schnell.«

Und welche Richtung wird der Lemurer-Zyklus im kosmischen Fahrwasser dieser Weltenwalzen nehmen? »Als ich vor kurzem bei einer Kaffeepause einer Konferenz der RHODAN-Autoren mit Leo Lukas über Lemuria plauderte, hörte Arndt Ellmer zu und sagte dann, das klinge ja wie M-87. Ich glaube, er liegt nicht ganz falsch, und ich fasse seine Beobachtung als großes

Kompliment auf, denn ich meine, der Lemuria-Zyklus hat tatsächlich diesen Touch des Meister der Insel- und des Zeitpolizisten-Zyklus. Lemuria ist im besten Sinn klassischer PERRY RHODAN: Er beginnt mit einer großen Frage, und kaum hat man als Leser einen Teil der Antwort, ergeben sich tausend neu Fragen.«

Generationenraumschiffe XXL – die neuesten Modelle

Sie heißen *Fleischficker, Schöne Sauerei, Vorfreude Auf Die Ankunft Eines Neuen Geliebten, Erschieß Sie Später, Wie Lautet Die Antwort Und Warum, Gähnender Engel, Nur Ernstgemeinte Anrufe, Widerstand Formt Den Charakter, Ich Gebe Meiner Mutter Die Schuld* oder *Ich gebe Deiner Mutter Die Schuld* – die Raumschiffe der von Iain Banks ausgedachten KULTUR, jener aus sieben oder acht humanoiden Arten zusammengesetzte Gemeinschaftszivilisation, in der neben den Menschen auch die von ihnen erzeugten Künstlichen Intelligenzen Bürgerrecht genießen: die Drohnen oder die »Gehirne«, Künstliche Intelligenzen, die in Weltraumhabitaten oder in den ungeheuer großen Schiffen hausen, ja, auf gewisse Weise mit ihnen identisch sind.

Wenn die alten Generationenraumschiffe manchmal von klaustrophobischem Reiz sind, dann sind Banks Raumschiffe ein Gegenentwurf. Banks, einer der bedeutendsten und innovativsten Science-Fiction-Autoren der Gegenwart, hat, um es milde zu sagen, einen leichten Hang zum Titanischen, und das ganze großzügige KULTUR-Universum ist sozusagen die XXL-Version der klassischen Space Opera.

Banks hat einen großen Teil der spannendsten Motive von Spannungsliteratur aus dem Weg geräumt: In seinem Universum gibt es keine Not mehr, daher auch kein Verbrechen aus Not. Die Kultur ist überreich, jeder hat alles, was er wünschen kann, und mehr; Geld, heißt es dort, ist, egal in welchen Mengen, ein Zeichen von Armut. Denn wer Geld hat oder hortet, will damit irgendetwas kaufen. Wer aber noch etwas kaufen will, hat noch nicht alles – anders eben als die Bürger der Kultur. Auch der Tod droht nicht mehr, sondern ist ein Relikt einer technisch unterentwickelten Epoche. Man hat die reiche Auswahl, auf welchem Wege man unsterblich zu werden wünscht, man kann sich immer wieder verjüngen, wiedergeboren werden, sein Bewusstsein in Klone oder auf Kunstkörper übertragen lassen;

Nanoroboter behüten die Gesundheit und heilen alle denkbaren Verletzungen; auch Eifersucht fällt eigentlich aus, wenn man gelegentlich das Geschlecht wechseln, Vater, Mutter oder ein Alien werden kann, das noch über ganz andere sexuelle Möglichkeiten verfügt als die knappe Zweigeschlechtlichkeit. Selbst wer willentlich und aus schierer Bösartigkeit gegen Gesetze verstoßen wollte, hätte es schwer in dieser Kultur, die schlicht keine Gesetze kennt, keine Regierung, keine Polizei, sondern nur lose Verabredungen, Gebräuche, eine Art von Etikette. Man lebt auf Planeten, man lebt aber auch auf riesenhaften Kunstwelten, den Raumhabitaten, und hat Haus, Palast und Gärten so weit das Auge reicht.

Wovon erzählt man in einer solchen Welt?

Man erzählt zum Beispiel von den Raumschiffen, die Ewigkeiten unterwegs sind, mit Millionen von Passagieren an Bord, von Generationenraumschiffen mithin und ihrem etwas exzentrischen Selbstbewusstsein.

Was ist die Antwort und warum? – Generationenraumschiffe auf der Suche nach Lebenssinn

Denn die Bank'schen Schiffe sind selbst Persönlichkeiten und haben Charakter – wenn auch einen dubiosen: »›Natürlich gehe ich von der Voraussetzung aus, dass keines Ihrer Schiffs-Gehirne lügt.‹ – ›Oh, sie lügen niemals. Sie heucheln, weichen aus, ergehen sich in Ausflüchten, verwirren, lenken ab, hüllen sich in Dunst, missverstehen auf raffinierte Weise und legen Dinge absichtlich falsch aus, und allem Anschein nach betreiben sie das meistens mit großem Genuss; sie sind im Allgemeinen sehr geschickt darin, einem einen zweifelsfreien Eindruck ihres Vorhabens zu vermitteln, während sie in Wirklichkeit die Absicht haben, genau das Gegenteil zu tun, aber sie lügen niemals‹« – so die Drohne Tersono gegenüber dem chelgrianischen Komponisten Ziller, der in »Blicke windwärts« auf dem Weltraum-Orbital Masaq', einem künstlichen Lebensraum von drei Millionen Kilometern Durchmesser, eine Symphonie aufzuführen wünscht.

Das Orbital wird übrigens von einem ehemaligen Schiffsgehirn verwaltet, das sich der Schwierigkeit gegenüber sieht, einen Saboteur auszuschalten, der das Orbital zerstören möchte – davon selbst aber nichts mehr weiß. Der Attentäter wird zusammen mit einem mentalen Mitbewohner von einer Reihe anderer Bankscher Kultur-Raumschiffe zum Orbital gebracht, darunter *Abgesegnete Teilliste*: Das Schiff »wurde zu einem silbernen Fleck und wuchs bald so sehr an, dass es den Bildschirm ganz ausfüllte, obwohl nicht die Spur eines Details auf der glänzenden Oberfläche zu erkennen war. – Ich hatte es mir etwas größer vorgestellt. – *Von außen sehen sie immer unscheinbar aus.*«

Bis dahin war man mit einem so genannten Superlifter geflogen, der nun von dem Allgemeinen System Fahrzeug (ASF) *Abgesegnete Teilliste* aufgenommen wird: »Der Superlifter schob sich in die Mitte der silbernen Fläche. Die Wirkung im Innern war wie beim Ausblick aus einem Flugzeug in einer Wolke, dann entstand der Eindruck des Tauchens durch eine andere Fläche, dann noch eine, dann in schneller Folge noch Dutzende weitere, die vorbeiflitzten wie die mit dem Daumen durchgeblätterten Seiten eines antiken Buchs. ... Das Schiff war fünfundzwanzig Kilometer lang und zehn Kilometer breit. Die obere Fläche war eine Parklandschaft; bewaldete Hügel und Höhen, von Flüssen durchtrennt und mit Seen verziert. Die goldbraunen Seiten des ASF, eingeklammert von kolossalen gerippten und mit Zinnen versehenen Auslegern ... waren übersät von einem buntgescheckten Durcheinander aus laubbedeckten Plattformen und

Balkonen und durchlöchert von einer verwirrenden Vielfalt an hell erleuchteten Öffnungen, einer leuchtenden senkrechten Stadt gleich, in Sandsteinklippen von drei Kilometern Höhe gebaut. Die Luft wimmelte von Tausenden von Fluggeräten aller Art. ... Einige waren winzig, einige hatten die Größe des Superlifters. ... Zwei weitere riesige Schiffe, jedes kaum ein Achtel der Größe der *Abgesegneten Teilliste*, durchbrachen die Umhüllung des ASF-Umgebungsfeldes. Sie fuhren mit ein paar Kilometern Abstand zu beiden Seiten; sie wirkten schlichter und irgendwie kompakter, und sie waren umgeben von einer eigenen Konzentration kleinerer Flugmaschinen. ›Im Innern ist es etwas eindrucksvoller, nicht wahr?‹«

Dreißig Millionen Leute an Bord – dazu beliebig viele Avatare des Schiffsgehirns, menschenförmige Repräsentanten der einen künstlichen Intelligenz, die das Schiff ist.

Solche Raumschiffe haben keine Besatzung mehr, sondern Bevölkerungen. Und sie tragen ihre Passagiere nicht nur von Handlungsort zu Handlungsort, sondern handeln selbst, mischen sich ein, ziehen die Fäden und verschaffen so ihrer Existenz Sinn und Ziel: Sie inszenieren Intrigen, führen, wenn es angezeigt ist, auch Krieg wie im ersten KULTUR-Roman »Bedenke Phlebas« (»Consider Phlebas«, 1987), in dem sich die Kultur gegen die religiös motivierten Angriffe der Idiraner zur Wehr setzt; sie bringen monströse Sternenimperien zur Strecke (»The Player of Games«/»Das Spiel Azad«, 1988), deren Herrscher in einem grausamen Spiel ermittelt wird, das so heißt wie das Reich: Azad.

Oder sie haben es mit dem Einfall von Mächten zu tun, die, schwer vorstellbar, älter als das Universum sind und das technische Niveau der Kultur so weit übertreffen wie das Fluggerät der NASA den Wurfspieß eines frühneuzeitlichen Indianerstamms: »Exzession« (»Excession«, 1996) heißt denn auch dieser Meilenstein neuer Science Fiction.

Bei allem Garn, das diese Schiffe spinnen, und bei allen ihren (liebenswerten) Macken bleiben sie aber doch Idealisten, Bürger einer aufgeklärten Kultur, die nach humanistischen Maßstäben operiert und jedes einzelne Bewusstsein als höchstes Gut achtet, das unter allen Umständen bewahrt und in Sicherheit gebracht gehört. Kant, der große Theoretiker der guten Tat, hätte seine Freude an diesen *Fleischfickern* gehabt.

Sehnsucht nach Unendlichkeit & Neue Verdüsterungen

Aber so schön licht und weit Banks Welten und Weltenraumschiffe sind, sie haben neuerdings ein Gegenstück von ähnlicher Dimension und gleichem Format bekommen: Die düsteren Raumfahrzeuge, die, wir erinnern uns an Nietzsche, sich nicht nur nach Unendlichkeit sehnen, sondern auch gleich so heißen: *Sehnsucht nach Unendlichkeit* – das ist der Name des Schiffs in Alastair Reynolds vor Ideen flirrenden Romanen »Unendlichkeit« (»Revelation Space«, 2000) und »Die Arche« (»Redemption Ark«, 2002).

Im Lichtschiff *Sehnsucht nach Unendlichkeit* gleiten die Aufzüge durch weit über eintausend Decks; die Mannschaftsquartiere bieten Platz für tausende, die Kryogen-Tanks für hunderttausend Schläfer. Aber das Schiff ist so gut wie verlassen: Sechs Raumfahrer sind an Bord, überwiegend Chimären, das heißt mechano-technisch aufgerüstete, mit künstlichen Prothesen und Organen aufgebretzelte Menschen. Angetrieben wird das Schiff von einer Maschine, die die Synthetiker gebaut haben, eine »Sekte genialer Techniker«, eine Art nächster Evolutionsschritt des Homo sapiens sapiens. Wie Synthetiker-Triebwerke funktionieren, weiß niemand außer den Synthetikern – doch von denen ist keiner an Bord.

Dafür sind Waffen an Bord – Fundstücke unbekannter Herkunft und Wirkungsweise, Waffen, von denen die kleineren ganze Planeten in Stücke reißen könnten. Über die größeren machen sich selbst die hartgesottenen Raumfahrer der *Sehnsucht nach Unendlichkeit* lieber keine Gedanken. Die Waffen befinden sich in einer Waffenkammer: »›Festhalten‹, sagte sie, als sich der Fahrstuhl dem Geschützpark näherte. ›Beim ersten Mal wird den meisten Leuten ziemlich unheimlich zumute.‹ – ›Mein Gott‹, sagte Khouri und drückte sich instinktiv gegen die Rückwand, als sich der Blick plötzlich weitete. Wie ein kleiner Käfer kroch der Fahrstuhl an einer Wand des riesigen Raumes hinunter. ›Wie kann eine solche Halle ins Innere des Schiffes passen?‹ ... In der Halle standen vierzig Geschütze, doch keins davon sah aus wie das andere. Nur in der Gesamtkonstruktion zeigte sich eine gewisse Verwandtschaft. Jedes Geschütz war von einem grünlich bronzefarbenen Metallgehäuse umgeben und so groß wie ein mittleres Raumschiff. ... Die Systeme standen auf Schienen – ein dreidimensionales Netz aus Geleisen und Weichen durchzog die

Halle –, die weiter unten zusammenliefen und in einen sehr viel kleineren Raum eine Etage tiefer führten, der nur einem Geschütz Platz bot. Von dort konnte die Weltraumwaffe durch eine Hülle nach draußen ins All gebracht werden.«

Kapitän des von ihm selbst fremden Waffen starrenden Riesenraumers ist Brannigan, ein Chimäre, der an der so genannten Schmelzseuche leidet, einer bislang unheilbaren Krankheit, die ihn allmählich mit dem Schiff selbst verschmilzt – was die Geschichte vom untoten Seemann, der auf ewig mit seinem Schiff die Meere kreuzen muss, auf den neuesten Stand der Technik bringt. So mischt sich in diesem Schiff das Flair einer fantastischer Techno-Architektur mit der morbiden Aura eines transsylvanischem Herrensitz, das Generationenschiff wird zur leer stehenden und Unheil bringenden Arche; zum Schiff, das seinen Kapitän frisst – eben die düstere Antwort auf die lichten Weiten an Bord der Banks-Raumschiffe.

Phiolenwelt – das Generationenraumschiff als literarisches Reagenzglas

Sehen wir uns die Generationenraumschiffe noch einmal aus den Augen ihrer Konstrukteure an – der Autoren. Was ist eigentlich literarisch so reizvoll an dieser Art von Flugzeug?

Peter Nusser hat für den Kriminalroman festgestellt: »Das Eisenbahnabteil eines fahrenden Zuges, das Flugzeug, das von der Welt abgeschnittene Landhaus, der exklusive Londoner Club, das College, die Insel und so weiter bieten nicht nur eine unter Umständen reizvolle Kulisse, sie stellen als isolierte Räume ... den Detektiv (und den Leser) vor allem vor das besondere Problem, den Mörder unter den anwesenden Figuren zu suchen.« (In: Jochen Schmidt: Gangster, Opfer, Detektive. Eine Typengeschichte des Kriminalromans, Frankfurt am Main/Berlin 1989, Seite 59). Enge Räume beschränken die Zahl der mitspielenden Figuren – sie sorgen aber auch für eine besondere Art von Spannung: Der Raum selbst übt eine Art Druck aus, beengt, führt Menschen mit Zwangsläufigkeit zusammen, die einander sonst aus dem Weg gehen könnten. Je enger der Raum, desto größer die Spannung. Westernhelden stellen der Sage nach gern fest: »Diese Stadt ist nicht groß genug für uns beide.« Eine Stadt ließe sich ja noch ausbauen – die Kabine eines Aufzugs, ein Ruderboot oder ein Generationenraumschiff nicht.

Dieses Gefühl allzu enger Beziehungen ist auch den Bewohnern der SOL bekannt; im schon zitierten PERRY RHODAN-Computer zu Heft 710 heißt es: »Es ist nichts andres, als riegele man eine Kleinstadt vom Range der Gemeinde Geldern oder Fürstenfeldbruck oder Eschwege hermetisch von der Umwelt ab und überlasse sie sich selbst.«

Und so passiert auf der SOL, was auch mit einer in die galaktischen Weiten versetzten Geldern passieren würde: Es entwickelt sich ein »Residualgroll«, der sich trotz liebevoller Bemühung der Bordpsychologen nicht abbauen ließ. Und so geschieht's: »Es fing damit an, dass eines Tages einer, der seinen Zellennachbarn schon seit geraumer Zeit mit Inbrunst hasste, auf diesen zuging und ihn fragte: Hast du was dagegen, wenn ich dich verprügele? ... Seitdem gibt es an Bord der SOL, im 36. Jahrhundert, wieder das mittelalterliche Duell. ... Ein uraltes Rezept löst die menschlichen Probleme der Neuzeit.«

Wahrscheinlich ist es dieses Miteinander kontrastierender Motive, die das Generationenraumschiff zu so einem literarisch ergiebigen Spielort macht: Der Kontrast zwischen der unendlichen Weite des Welt- und der Enge des endgültig limitierten Innenraums; der Kontrast zwischen high-ester Hightech und gewaltig vereinfachter Sozialstruktur; der Kontrast zwischen Ziel- und Irrflug, zwischen heimwärtsgerichteter Odyssee und dem »Ruf der Leere«. Im Generationenraumschiff verbindet sich all dies und vermischt sich wie in einem literarischen Reagenzglas zu fantastischen Reisebildern.

Und man fragt sich – wie Frank Borsch –, mit welchen Gefühlen Menschen auf solche Lebensreisen ins Unendliche gehen: Reisefieber? Hoffnung? Angst?

Eine alte Frage, denn schon im Jahr 1922, also noch ein halbes Jahrzehnt, bevor Ziolkovsky seine Gedanken über die Weltraumarchen veröffentlicht, erzählt der Prager Autor Franz Kafka in »Der Aufbruch« (1922) von einem Mann, der sich auf eine förmlich himmelweit reichende Reise vorbereitet. Auf Proviant kann er getrost verzichten, denn »die Reise ist so lang, dass ich verhungern muss, wenn ich auf dem Weg nichts bekomme. Kein Essvorrat kann mich retten. Es ist ja zum Glück eine wahrhaft ungeheuere Reise.«

Eine Reise zum Glück also.

Gute Fahrt allen Generationenraumschiffen unterwegs!

Perry Rhodan
DIE GRÖSSTE SCIENCE FICTION-SERIE DER WELT
JEDE WOCHE ERSCHEINT EIN
NEUER SPANNENDER ROMAN.
ERHÄLTLICH IM BAHNHOFSBUCH-
HANDEL UND AM KIOSK.
1. Auflage
3. Auflage
5. Auflage
Perry Rhodan
Der Sternenbastard
Flugziel Dorifer
Blick in die Zukunft
Solaner-Jagd
Wolke im All
INTERNET: WWW.PERRY-RHODAN.NET
KOSTENLOSES INFOMATERIAL:
PERRY RHODAN • POSTFACH 2352 • 76413 RASTATT